젖니를 뽑다

MILK TEETH

MILK TEETH

젖니를 뽑다

제시카 앤드루스 장편소설

김희용 옮김

INFLUENTIAL
인플루엔셜

당신은 정말 어려요. 원한다면,
온 세상을 다 먹어치울 수도 있어요.

─택시 운전사, 런던, 2019년 5월

차례

일러두기
• 본문의 주는 모두 옮긴이가 독자의 이해를 돕기 위해 붙인 것입니다.

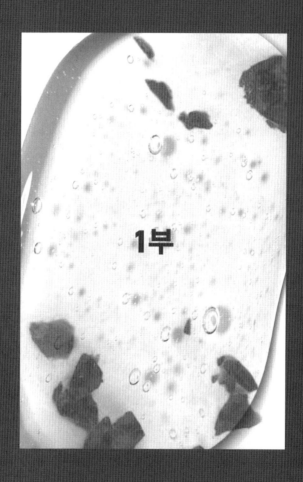

1부

I

내 생일날 당신에게 처음으로 키스한다. 나는 페컴*의 어느 지하에서 금빛 스팽글이 달린 옷을 입고 땀을 뻘뻘 흘리고 있다. 당신은 고양이 가면을 쓰고 있다가, 우리가 연기 속으로 걸어 들어갈 때 벗어버린다. 당신의 입술은 젖어 있고, 혀에서는 피 맛이 난다. 우리는 바람을 쐬러 밖으로 나가, 하늘이 밝아오기 시작하는 것을 지켜본다. 손톱을 칠한 당신의 손끝 사이에서 담배가 타들어가고, 당신은 내게 스물여덟 살을 맞아 다짐한 것이 있느냐고 묻는다. 나는 당신의 입에서 소용돌이치며 흘러나오는 은빛 연기를 유심히 바라보면서 대답한다.

"뻔뻔스러울 정도로 나다워지는 것."

우리는 동틀 녘에 공원과 자줏빛으로 물든 고층 건물들 사이

* 영국 런던 남동부 서더크구에 속한 지역. 이민자, 저소득층, 젊은 예술가들이 많이 거주한다.

11

를 지나 당신의 집으로 걸어간다. 나는 새벽 어스름 속에 당신의 손을 잡고 앞뒤로 흔든다. 당신은 무성한 덤불의 어둠 속으로 사라지고, 점점 희미해져가는 달빛 아래 당신의 귀걸이가 반짝거린다.

"그냥 소변 좀 보고 있어." 당신이 어둠을 뚫고 외친다. "어디 가지 마."

"돌아오면 난 사라지고 없을지도 몰라." 나는 주황색 가로등 밑에서 빙글빙글 돈다. "그러면 나를 다시는 볼 수 없을 거야." 당신은 검은색 데님 재킷의 소맷부리가 찢어진 채, 바지 지퍼를 올리며 풀숲에서 나온다.

"그건 정말 안타까운 일일 거야." 당신이 내 목덜미에 속삭이자, 당신의 목소리가 내 어깨를 감싸며 파도처럼 부서진다.

나중에, 당신의 따뜻한 침실에서 장식용 줄 조명의 붉은 불빛 아래 당신이 내게 묻는다.

"어떻게 해주길 원해?" 당신이 손가락으로 내 엉덩이의 윤곽을 훑는다. "내가 어떻게 해주길 바라는지 말해봐. 그럼 그게 뭐든 다 해줄게."

"생각 좀 해볼게." 나는 당황한 나머지 얼굴을 붉히며, 너무 빨리 대답해버린다.

2

내 왼쪽 손목 안쪽에 분홍색 버섯처럼 도도록한 쥐젖이 있다. 어렸을 때 어머니의 반짇고리에서 몰래 바늘을 꺼내 피가 날 때까지 그것을 콕콕 찌른 적이 있다.

"그건 네가 특별하다는 뜻이야." 어머니가 그 빨간 피를 닦아내며 말했다. "너한테 마법의 힘이 있을 수도 있어."

"어떤 힘이요?" 내가 물어보았다.

"더 나이가 들 때까지 기다려야 해. 네 힘이 발동하는 건 그때거든."

"하지만 기다리고 싶지 않아요."

"안 돼." 어머니는 내 얼굴 너머 거울에 비친 자신의 모습을 보며 입술에 립스틱을 발랐다. "그래도 기다려야 해."

나는 손가락마다 젤리 반지를 잔뜩 끼고, 거품이 나는 콜라 병 주둥이를 핥고, 비행접시 모양 셔벗 과자를 빨아 먹었다.

"나 결혼했어요." 내가 선언하듯 말했다.

"누구랑?" 어머니는 눈살을 찌푸리며, 물결 무늬 감자칩과 케첩을 잔뜩 뿌린 바삭한 치킨 스틱을 차려 냈고, 그런 다음 캔에 든 크림을 내 입속에 직접 짜 넣었다.

나는 빨간색 라운드넥 티셔츠에 멜빵바지나 남아용 긴 데님 반바지를 입었다. 점심시간이면 체크무늬 여름 원피스를 입은 친구들이 빤히 쳐다보는 것을 못 본 체하고, 포니테일로 묶은 머리채를 달랑달랑 흔들며 하얀 스포츠 양말에 온통 풀물이 들도록 축구를 했고, 내가 공을 놓치면 남자아이들이 눈알을 희번덕대곤 했다. 불빛이 반짝이는 롤러블레이드를 타고, 티셔츠를 찢을 듯한 바람을 가르고 머리카락을 등 뒤로 휘날리며, 비탈길을 겁 없이 질주했다. 나는 잡풀이 무성한 풀밭에 앉아, 흙 속에서 데이지 꽃을 뽑아 꽃잎을 떼어내며 읊조렸다.

"나를 사랑한다, 나를 사랑하지 않는다." 내가 어느 쪽 대답을 기대하는지는 나 자신도 잘 몰랐다.

"저런 건 절대 안 입을 거예요." 나는 차를 타고, 햇볕에 바랜 너덜너덜한 광고판을 쌩 하고 지나가면서, 젖가슴을 감싼 하얀 레이스 브래지어를 보고 코를 찡그리며 어머니에게 말했다.

"그래도 하나 필요해질 거야." 어머니가 히터 온도를 올리며 말했다. "가슴이 커지기 시작하면 말이야."

"어쩌면 나한테는 안 생길 수도 있잖아요." 티셔츠 바로 밑의 내 젖꼭지가 따끔거렸다.

"어머, 얘." 어머니가 딱하다는 듯 말했다. "생길 거야."

3

나는 반짝거리는 가죽 구두를 신은 발로 낙엽을 차올리며 우리 집에서 당신 집까지 걸어간다. 내 핏줄은 은빛으로 물들고 머리카락은 정전기로 바지직 소리가 날 지경이다. 계단을 성큼성큼 뛰어올라 파란 현관문에 바짝 다가서서 당신이 대답하기를 기다린다. 당신의 몸이 마치 수면 아래 어른거리는 무엇인가처럼 우윳빛 유리 너머로 어렴풋이 보인다. 문이 벌컥 열리고 우리는 잠시 넘어질 듯 비틀거린다. 곧이어 당신이 다정한 눈빛으로 나를 바라보고 나는 그 눈빛 속으로 빠져든다.

"마실 것 좀 줄까?" 당신이 나를 주방으로 데려간다. "차? 물? 맥주?" 당신의 낡은 재킷이 문에 걸려 있고, 밑창이 다 닳은 닥터 마틴 부츠가 현관에 나동그라져 있다. 당신의 주방에서는 축축한 나무와 썩어가는 과일 냄새가 나고, 나는 그 냄새를 깊이 들이마신다. 당신은 주방 조리대 위로 펄쩍 뛰어올라 앉고, 전등 불빛 아래서 잠시 긴장한 듯 보인다.

나는 "맥주"라고 말하려고 입을 열지만, "차"라는 말이 튀어나온다.

"알았어. 허브티가 좀 있어. 민들레나 뭐 그 비슷한 거야. 내가 산에서 직접 따 왔지." 당신은 찬장을 열고 지문 자국이 있는 병에서 허브 한 줌을 집어 꺼낸다.

"어느 산에서?" 내가 눈썹을 치켜세우며 묻는다.

"좋은 질문이야." 당신이 내게 이가 빠진 노란색 머그잔을 건네고, 나는 너무 빨리 마시다가 입술을 덴다. 내 입안으로 꽃봉오리와 이파리가 밀려들고 당신은 혀로 그것들을 쓸어낸다.

당신의 목에 걸린 가느다란 체인 목걸이가 내 부드러운 배를 스치고 지나간다. 당신의 피부는 고기와 털가죽 같은 동물 냄새를 풍긴다. 당신은 다급한 손길로 내 몸 구석구석을 만지고, 나는 온몸이 금빛으로 물든다.

미처 깨닫기도 전에 내 입에서 이런 말이 튀어나온다. "당신을 원해." 당신은 내 발목, 쇄골, 내 오금에 키스한다. 나는 가시풀처럼 당신에게 달라붙는다.

잠에서 깨어나 보니 날은 어둡고 당신은 나가려는 참이다.

"아침이야." 당신이 속삭인다. "지도 교수와 회의가 있어." 나는 방을 둘러보며 차고 끈적끈적한 피부 위로 스타킹을 당겨 신는다. "원한다면 여기 더 있어도 돼."

"괜찮아." 나는 눈을 비빈다. "가야 해. 할 일이 있어."

우리는 거리에 서 있고 하얀빛에 몸이 굳는다. 당신의 커다란 검은색 오버코트는 보풀로 뒤덮여 있고, 나는 손을 뻗어 그것을 만져보고 싶다.

"오늘 하루 잘 보내." 당신은 한쪽 다리를 자전거 위로 넘겨 걸치며 윙크를 한다.

"나중에 봐." 나는 온 마음과 두려움을 담아 대답한다.

나는 입술이 까지고 붓고 머리카락에서는 당신의 땀내가 진동하는 채로, 혼잡한 아침 출근길을 뚫고 집으로 걸어 돌아간다. 따끔거리는 피부에 바람이 매섭게 불자, 코트의 단추를 풀고 그 찌르는 듯한 통증에 잠기운을 몰아낸다. 당신이 안겨준 황홀감을 무언가 위험한 것, 예를 들어 끓는 물이 끓어 넘칠 듯한 위험한 냄비처럼, 내 안에 품고 있다. 당신의 침실 커튼을 가르며 새어들던 햇빛, 잠기운에 절어 베개를 베고 있던 당신의 얼굴을 떠올린다. 예전의 나였다면 손을 뻗어 당신의 일부를 차지할 생각 따위는 전혀 못 했을 테지만, 더 마음 편히 살려고, 더 부드러운 사람이 되려고 애쓰는 중이다.

사람들이 일회용 커피 컵과 페이스트리가 든 종이봉투, 노트북 가방, 신문, 휴대전화를 들고 서둘러 나를 지나쳐 간다. 나는 인파를 거스르며 천천히 걸어간다. 과일 가게 밖에는 귤이 주황색 구슬 목걸이처럼 나란히 줄지어 있고, 해바라기가 보도 위로 꽃잎을 흩뿌리고 있다. 무화과가 쟁반 위에 살짝 물크러진 요리처럼 진열되어 있고, 나는 무심코 손을 뻗어 하나를 집는다.

"두 개에 1파운드예요." 과일 파는 사람이 나에게 그렇게 말하고, 나는 손톱 둘레에 흙물이 든 그의 손에 금색 동전 하나를 쥐어준다. "올해는 무화과가 아주 좋네요." 내가 하나 더 골라 들고 무게를 가늠해보자, 그가 동의의 뜻으로 고개를 끄덕인다. 나는 그에게 감사 인사를 하고 자주색 과일을 베어 물며 다시 일상으로 돌아와 걸어간다. 끈적거리는 분홍색 실들이 이 사이에 낀다. 내 목에 닿는 당신 입술의 그림자가 느껴지며 아찔해진다.

4

학창 시절에, 선생님이 화이트보드 위 나무 선반에 성모 마리아상을 모셔놓았다. 나는 성모의 베일 뒤에 걸린 푸른 하늘과 머리에 둘린 금박 띠에 매료되었다. 성모의 피 흘리는 가슴에 박혀 있는 은빛 슬픔의 검들을 뚫어져라 올려다보았다.*

"성모님은 평생 죄를 짓지 않았어." 선생님이 말씀하셨다. "그래서 신의 어머니로 선택받으신 거야." 나는 숨을 죽이고 내가 이미 저지른 모든 죄를 헤아려보려 했다. 나는 결코 선택받지 못할 터였다. 기회조차 얻지 못할 것 같았다.

나는 예수님의 살갗에 아로새겨진 갈비뼈를 세었고 심홍색 핏방울이 그의 움푹 꺼진 배로 흘러내리는 것을 관찰했다.

"그들은 나를 채찍질하고, 옷을 벗기고, 높은 데 매달았네." 성가대와 함께 찬미했다. 그러면서 이를 악물고 손바닥의 부드러운

---

* 슬픔의 성모상에는 가슴에 슬픔을 상징하는 일곱 개의 검이 꽂혀 있다.

한복판에 날카로운 연필을 꾹꾹 누르며, 내 손에 못이 박힌다면 어떤 느낌일지 상상해보려 했다. 나는 광야에서 금식하신 예수님, 낙타털로 만든 옷을 입은 세례 요한, 예수님 앞에 무릎 꿇고 그의 굳은살이 박인 발바닥에 향유를 문지르며 자기 몸으로 지은 죄를 회개한 막달라 마리아의 이야기를 읽었다.

"나는 수녀가 될 거예요." 어느 일요일, 나는 겨드랑이에 하얀 가죽 커버 성경책을 끼고 성당에서 집으로 돌아가는 길에 어머니에게 말했다.

"정말?" 어머니가 눈썹을 치켜세우며 물어보았다. "왜 수녀가 되고 싶니?"

"그래야 천국에 갈 수 있어요."

어머니는 가까스로 웃음을 참았다. "천국에 가는 데는 다른 방법들도 있어."

"어떤 거요?"

"착하게 사는 거지."

"하지만 죄는 어쩌고요?" 어머니는 아무 말이 없었다. "엄마는 천국에 가나요?"

"아니." 어머니는 내 눈길을 피했다. "아마 못 갈 거야."

"엄마한테 건방지게 굴었어요." 고해성사에 가져가려고 종이에 그렇게 휘갈겨 썼다. "숙제하는 것을 까먹었어요." 신부님이 따뜻한 손을 내 머리에 얹고 중얼중얼 기도드리자, 그 속삭이듯 부드러운 말투가 주문처럼 내 몸을 휘감았다.

"편히 가거라." 신부님이 말했다. 나는 단것을 너무 많이 먹고 텔레비전을 보느라 늦게까지 자지 않은 죄를 용서받기 위해 초조하게 소매를 잘근거리며 기다리고 있는 반 친구들을 만나러 가려고 통로를 팔짝팔짝 뛰어 내려갔다.

"멋지지 않니?" 선생님이 나를 내려다보며 빙긋 웃었다. "다시 순수하고 깨끗해진 기분이 드는 거 말이야."

5

우리는 사우스런던 갤러리 밖에서 만난다. 당신은 줄곧 도서관에서 박사 학위 논문을 썼고, 하루 종일 기다란 형광등 아래서 모니터 화면을 본 탓에 눈이 흐릿해져 있다. 나는 공공장소에서 당신 근처에 있으면 수줍은 기분이 들고, 어두워지는 하늘을 배경으로 우리의 얼굴은 분홍빛으로 물들어 있다. 전시장이 곧 닫을 터라, 당신이 열쇠를 쩽그랑거리며 난간에 자전거를 묶자마자 우리는 서둘러 안으로 들어간다. 계단에서 당신의 손이 내 허리를 스치고 지나간다.

"미안." 당신이 나지막한 목소리로 중얼거린다. 우리는 어두컴컴한 방에서 상자 위에 앉아 화면에 투사되어 변해가는 색깔들을 바라본다. 오디오 가이드가 있어서, 열심히 들으려 해보지만,

내 옆에 있는 당신의 몸, 그러니까 빛에 놀라 섬광등처럼 흠칫거리는 당신 때문에 정신이 흐트러진다.

"10분 후에 관람을 종료합니다." 스피커에서 목소리가 울린다.

"정말 다행이다." 당신이 속삭인다. "한마디도 집중해서 들을 수가 없었어."

"정말?" 나는 못마땅하게 들리는 어조로 말하려고 애쓴다.

"정말이야." 당신이 내 귀에 대고 말한다. 눌어붙은 우유처럼 크리미하고 쏩쓸한 맛이 나는 내 피부가 지니고 있는 힘이 느껴진다.

함께 근처 펍에 가지만, 나는 그 어떤 것에도 집중할 수가 없다. 거무스름한 목재 위에 줄지어 늘어선 반짝이는 유리잔과 밖에서 덜컹대는 빨간 버스들이 어설프게 느껴진다. 마치 내가 런던을 배경으로 한 연극을 하는 중인 듯, 마치 보드카 병들이 물로 가득 채운 소품인 것처럼 말이다. 모든 것이 금방이라도 무너져 내릴 것만 같다. 당신이 테이블 밑에서 내 허벅지에 손을 얹는다. 내가 무언가를 원하고 그것을 그렇게 쉽게 가질 수 있다는 것이 도저히 믿기지가 않는다.

"우리 집으로 돌아갈래?" 당신이 반쯤 마신 비터* 잔을 밀어내며 다정하게 물어본다.

* 영국에서 즐겨 마시는 쓴맛이 강한 맥주.

"응." 내가 가쁜 숨을 몰아쉬며 대답한다. 당신은 일어서서 어깨를 움츠려 재킷을 입고, 내 손을 잡아 나를 거리로 끌어낸다. 우리는 와인 한 병을 사러 구멍가게에 들른다.

"난 로제 와인만 마셔." 당신이 털어놓는다. "그래도 괜찮아?" 나는 문간에 서 있는 당신의 긴 팔다리, 벨트를 맨 블랙진에 넣어 입은 색이 바랜 티셔츠, 헝클어진 곱슬머리와 질질 끌리는 신발 끈을 삼킬 듯 바라본다.

"알았어." 내가 빙긋 웃으며 말한다. "완전 십 대잖아." 당신은 얼굴을 붉히며 가게 안으로 사라지고, 나는 벽에 기대어 마음을 가라앉히려 노력한다. 잠시 후, 파란 비닐봉지를 손가락에 걸고 흔들며 당신이 나타난다.

"십 대가 된 것 같은 기분이야." 당신은 나를 벽에 밀어붙이고 키스한 후 그렇게 말한다. 거친 벽돌에 내 목덜미가 긁히고, 나는 어색하게 웃음을 터뜨린다.

"난 십 대가 되고 싶진 않아." 내가 중얼거린다.

당신이 내 머리카락을 쓸어 넘긴다. "사람은 다 십 대인 것 같아. 마음속은 말이야." 나는 십 대 시절의 나 자신을 떠올리며, 그녀의 단내 나는 향수와 넌더리 나는 비밀에서 멀리 떨어진 이곳에 있다는 사실에 안도감을 느낀다.

"내가 십 대가 아니라서 다행이야."

"그래." 함께 잔디밭을 가로지를 때 당신이 내 손을 잡는다. "내 말은, 나도 십 대가 아니라 다행이라는 거야." 자줏빛이 짙어지는 어둠 속에서 당신의 눈이 반짝반짝 빛난다. "십 대라면 우리가 하는 것 같은 일들은 절대 하지 않을 테니까."

"어떤 일?"

당신은 나를 끌고 보도를 따라 걸어간다. "조금만 기다려봐."

우리는 서로의 부드러운 부분을 낱낱이 알게 된다. 나사에 찢어져 생긴 허벅지의 흉터. 한쪽 발바닥의 작은 반점. 눈꺼풀 습진으로 인한 박편, 움푹한 사타구니에 잔뜩 돋아 있는 면도 발진. 어린 시절의 수두 자국. 여름날 뜨거운 아스팔트에 그슬려 뭉개진 문신. 우리는 젊은 편이고, 비록 우리 몸에는 많은 것이 담겨 있지만, 아직 우리 피부에 드러나지는 않는다. 그것들이 모습을 드러낸다면 어쩐지 마음이 더 편할 것 같다.

6

내가 열세 살이 되자 어머니는 몸에 맞는 브래지어를 사주려고 나를 막스앤스펜서에 데리고 갔다.

"아무도 나를 데려가서 치수를 재게 해준 적이 없어." 어머니가 말했다. "난 그냥 네 이모가 입던 것을 물려받아 입었지."

"같은 사이즈였어요?"

"아니." 어머니가 유감스럽다는 듯 고개를 가로저었다. "비슷하지도 않았어."

내가 탈의실에서 거울을 외면하며 티셔츠를 벗자 손이 차가운 여자가 내 가슴에 줄자를 감았다.

"D컵 코너를 찾아봐야겠어요." 그녀가 내 머리 너머로 어머니에게 윙크를 했다. "운 좋은 아이구나." 그녀가 커튼 사이로 사라질 때, 나는 가슴 위로 팔짱을 꼈다. 나는 내 가슴이 너무 싫었다. 그것은 물렁물렁하고 보기 흉했으며, 티셔츠 밑에서 불룩 튀어나와서 나를 짓누르고 있었다. 친구들이 자신의 납작 가슴을 자조하며, 홀터넥 톱 아래에 브래지어를 입지 않고 돌아다니거나 가느다란 끈이 달린 예쁘고 얇은 삼각형 브라를 입는 것이 부러웠다. 브래지어 담당자는 걸쇠와 사이즈 조절 후크, 측면 지지대와 망사가 달린 레이스 브라를 한 아름 들고 돌아왔다. 파스텔 핑크색 브래지어의 컵 밖으로 내 가슴이 비어져 나오자, 그녀가 얼굴을 찡그렸다.

"가슴 좀 흔들어볼래?" 그녀가 그렇게 요청하자 나는 그녀를 멍하니 바라보았다. "자, 어서." 그녀가 까치발로 제자리 뛰기를 하며 말했다. "그냥 지지대를 좀 확인하고 싶어서 그래." 나는 얼굴이 시뻘겋게 달아오른 채 마지못해 어깨를 흔들었다.

"아니, 그렇게 말고." 그녀가 또다시 어머니를 바라보았다. "요즘 어린 여자애들은 다들 가슴이 커요." 그녀가 입을 가리고 속삭였다. "고기에 든 호르몬 때문이에요."

24

친구인 에마의 아버지는 도축장에서 일했는데, 피가 뚝뚝 떨어지는 고기를 비닐 포장하여 담은 큰 봉투를 집으로 가져오곤 했다. 내가 그 애 집에 차를 마시러 갔을 때, 우리는 소고기 스테이크와 닭 날개 튀김이 수북이 쌓여 있고 그 옆에 집에서 만든 페퍼콘 소스* 단지가 놓여 있는 테이블에 앉았다. 그 애의 아빠는 핏자국이 있는 셔츠를 입고 테이블 상석에 앉아, 검게 그슬린 스테이크를 보며 고개를 가로저었다.

"너희들은 참 마음이 여려." 잔뜩 고인 피를 흰 빵 한 조각으로 빨아들이며 그가 말했다.

에마의 머리는 숱이 많고 윤이 났으며, 뾰족하게 다듬은 긴 손톱에는 네온 핑크색 매니큐어가 발려 있었다. 나는 큐티클 주변의 거스러미를 물어뜯으며, 그 애의 깨끗한 피부와 포니테일로 묶은 풍성한 머리를 부러워했다.

"우리 엄마가 그게 다 단백질이랬어." 그 애가 거울을 보면서, 반짝이는 립글로스를 쓱 바르고 머리채를 홱 젖히며 말했다. "그래서 튼튼해진대." 나는 가슴 위로 팔짱을 끼고, 화학 물질이 동물의 발굽과 털을 타고 흐르다가 내 혀에 부딪쳐 갈라지는 상상을 했다.

"채식주의자가 될래요." 나중에 치킨너깃 접시를 밀어내며 내

---

* 말린 후추 열매에 화이트 와인, 우유, 생크림 등의 재료를 넣어 만드는 소스.

가 어머니에게 말했다.

"그건 네가 결정할 일이야." 어머니가 포크로 내 감자튀김 중 하나를 찍으며 말했다. "하지만 꼭 제대로 챙겨 먹어야 해. 비타민도 꼬박꼬박 다 섭취해야 하고."

"걱정하지 마세요." 오렌지 코디얼*을 한 모금 마시며 내가 말했다. "그럴게요."

7

나는 친구인 로사와 술을 마시러 간다. 그녀는 검은색 베레모를 벗어 의자 등받이에 건다. 나는 라거 맥주 반 파인트와 볶은 땅콩 한 봉지를 들고 자리로 온다. 그녀에게 고양이 가면, 민들레 차, 그리고 시, 희곡, 산문이 분류되어 꽂혀 있는 당신의 책장에 대해 말해준다.

"그 사람을 좋아하는구나." 그녀가 비난하듯 말한다.

"잘 모르겠어." 나는 은색 봉지를 이로 뜯는다. "기분이 이상해. 난 혼자여도 상관없어." 로사가 맥주를 한 모금 마시자, 유리잔에 그녀의 자줏빛 입술 자국이 남는다. 그녀는 땅콩을 아작아작 씹으며 다 알겠다는 표정으로 나를 바라본다. "뭐?" 내가 그녀

---

* 물이나 소다수를 타서 마시는 천연과즙 농축 주스.

26

에게 묻는다.

"넌 무언가 원하는 마음을 스스로 억눌러." 우리는 한 무리의 남자들이 구석에서 포켓볼을 치고, 색색의 공들이 당구대의 초록색 펠트 천을 가로질러 데굴데굴 굴러가는 것을 구경한다.

"그렇지 않아. 난 내가 뭘 원하는지 모르겠어."

"정말?"

나는 그녀의 눈길을 피하며 맥주를 한 모금 마신다.

"배고파?" 로사가 물어본다. "뭐 좀 먹을까?" 그녀가 테이블 맞은편에서 메뉴판을 툭 던져주고, 나는 그것을 읽는 체한다.

8

내가 초등학생 때 어머니가 유산을 했다. 어느 날 아침 어머니는 복통을 느끼며 잠에서 깼고, 나는 어머니가 피로 얼룩진 창백한 손으로 실크 잠옷을 세탁기에 곧장 던져 넣는 것을 보았다.

"난 괜찮아." 내가 공포에 질려 어머니의 손을 잡으려 손을 뻗자 어머니가 말했다. "그냥 여자라면 다 겪는 일이야. 나중에 제대로 설명해줄게."

어머니가 병원에 갈 수 있도록 아빠가 직장에서 집으로 돌아와 나를 학교에 데려다주었다. 아빠는 눈 밑에 푸르스름한 그늘이 진 채로, 안절부절못하며 갈팡질팡했다.

"난 머리를 땋을 줄 몰라." 기름얼룩이 묻은 손바닥에 고이 놓여 반짝이는 나비 모양 머리핀을 보고 당황하며 아빠가 말했다. "머리는 그냥 늘어뜨리면 안 될까?"

점심시간에 내 샌드위치 포장을 벗겨보니 두껍게 자른 버터 두 덩이 사이에 얇은 햄 몇 조각이 끼어 있었다. 나는 버터가 너무 싫었다. 버터 냄새에 목구멍으로 치밀어 오른 것을 다급히 토해버렸다.

"애야, 넌 이걸 꼭 먹어야 해." 학교 급식 담당 아주머니가 한숨을 쉬며 말했다. "내가 여기 앉아서 네가 다 먹을 때까지 지켜볼 거야." 나는 마지못해 빵 끄트머리를 씹었지만, 목구멍에 무언가 딱딱한 것이 박혀 있어서 내가 빵을 삼키려고 할 때마다 욱신욱신 쑤셨다. "아프리카에는 굶어 죽는 아이들이 있어." 급식 담당 아주머니가 꾸짖었다. "그런데 넌 네 훌륭한 식사를 먹지 않으려고 하는구나." 내 눈물이 은박지에 뚝뚝 떨어지자 급식 담당 아주머니의 뺨이 분홍빛으로 물들었다. "왜 그러니?" 그녀가 물었지만 내 목구멍에서 나는 느낌이나, 세탁기의 피, 아빠는 내가 무엇을 좋아하는지도 모른다는 사실을 그녀에게 말할 수가 없었다.

"엄마가 병원에 있어요." 내가 목멘 소리로 대답하자, 급식 담당 아주머니는 마음이 누그러져서 점심을 다시 싸 가지고 가도록 도와주었다.

그날 남은 시간 내내 날카로운 칼날이 나를 반 친구들과 떼어놓았다. 나는 그들과 다르다는 느낌이 들었다. 마치 그들과 함께 먹고 마시고 운동장에서 떠들지 못하게 하는 조심스러운 비밀을 간직하고 있기라도 한 것 같았다. 배고픔이 마치 댐처럼 걱정과 두려움을 가둬놓았기 때문에, 나는 더 이상 그런 것을 느낄 필요가 없었다.

<h1 style="text-align:center">9</h1>

당신이 차를 마시자고 나를 집으로 초대하고, 그날은 안절부절 경황없이 하루가 지나간다. 카페에서 근무를 마친 다음, 자전거를 타고 학생들의 집을 이 집 저 집 다니는 사이, 휴대전화에 당신의 이름이 뜨는지 확인한다. 당신이 어떤 요리를 할지, 내가 그것을 먹을 수 있을지 걱정한다.

"내가 뭐 좀 가져갈까?" 힌트를 얻기를 바라며, 당신에게 문자를 보낸다. 당신의 답장이 내 휴대전화 화면에 초록색으로 피어나자, 가슴속이 걷잡을 수 없이 요동친다.

"정말 미안. 오늘 밤은 안 될 것 같아. 내일 아침이 마감 시한이라 아무래도 집에 늦게 가게 될 것 같아. 당신이 정말 보고 싶어! 언제 시간이 나는지 알려줄래?" 숨이 턱 막히고, 나는 이런 게 정말 싫다. 지금껏 나는 오랫동안 강하고 독립적이었다. 다른 누구에게도 의존하지 않는다. 하지만 이제 당신이 내 안에 있고, 어느새 드러난 내 심장의 부드럽고 연약한 근육을 틀어쥐고 있다.

"신경 쓰지 마." 나는 쾌활하게 대답한다. "언제 시간이 날지 잘 모르겠어. 나중에 알려줘도 되지?" 당신은 내게 실망감을 안겨주고, 나는 답장이 오기도 전에 휴대전화를 가방 밑바닥에 쑤셔 넣는다.

10

어머니는 내가 태어나자, 보조 교사 일을 그만두고 나를 돌봤다. 아버지는 제약 공장에서 일하면서 돈을 많이 벌었다. 하지만 아버지가 두 사람의 은행 계좌를 좌지우지했고, 어머니는 매주 식비를 구걸해야 했다.

"지갑에 고작 2파운드밖에 없어." 어슴푸레한 새벽빛 속에 아버지가 출근하려 할 때, 어머니가 애원했다. "집에 우유도 빵도 없고, 차에 휘발유도 좀 넣어야 해." 아버지는 주방 테이블에 동전을 조금 놓아두었고, 어머니는 몇 푼이라도 더 건져보려고 코트 주머니 속을 살살이 뒤지고, 손가락으로 소파 쿠션 뒤를 헤집었지만, 보풀과 솜털만 뽑아냈다.

우리의 작은 연립 주택은 플라스틱 장난감과 빨래 더미로 발 디딜 틈 없이 비좁았고, 엄마는 항상 아빠에게 어딘가 더 큰 집으로 이사할 수 있는지 물어보았지만, 아빠는 그럴 형편이 안 된다고 말했다. 아빠는 세를 놓으려고 몰래 집을 샀고, 어머니는 아버지의 차 조수석 수납함에서 부동산 중개인의 편지를 발견했다.

"자, 봐." 어머니는 분노에 손을 떨며 내게 그 편지를 보여주었다. "네 아빠는 우릴 속였어."

때때로 어머니와 나는 방과 후에 쇼핑센터로 차를 몰고 가서 가게를 여기저기 돌아다니며, 형편만 된다면 우리를 더 멋진 모습으로 변신시켜 주겠다고 약속하는 실크 블라우스와 꽃무늬 원피스를 보며 한숨짓곤 했다. 어머니는 자신을 카일리 미노그* 처럼 보이게 해주는 종아리에 딱 맞는 가죽 롱부츠 한 켤레를 발견했다. 어머니가 긴 거울 앞에 서자 내가 대신 지퍼를 올려주었는데, 손가락에 닿은 가죽이 탄력 있고 부드러웠다.

"정말 멋져 보여요." 어머니가 걱정스러운 듯 머리를 헝클어뜨릴 때 내가 말했다.

"그런 것 같니?" 어머니는 가격표를 확인하고는 표정이 어두워졌다. "비싸." 어머니는 짧은 검정 치마를 잡아당기고 데님 재킷을 곧게 펴며 거울에 비친 자신의 모습을 바라보았다.

"엄마는 이걸 사야 할 것 같아요." 어머니의 피부 안쪽에서 파문처럼 번지는 에너지를 보며, 내가 나직이 말했다.

"하지만 이걸 살 돈이 없어." 어머니는 얼굴을 찡그리며 부츠를 벗으려고 허리를 숙였다.

"그냥 신용카드로 결제해요."

---

* 1980~1990년대 영국과 호주를 중심으로 인기를 모았던 호주 출신의 가수.

"넌 내게 나쁜 물을 들이고 있어." 어머니는 몸을 일으키고 거울을 다시 바라봤다. "정말 그래야 한다고 생각하니?"

우리는 집에 도착해서, 아빠가 정원에서 담배를 피우는 동안 화려한 쇼핑백들을 집 안에 뭉텅이로 갖고 들어가, 아빠가 찾지 못할 옷장 깊숙한 곳에 그 부츠를 감춰놓았다.

"서둘러!" 아빠가 뒷문을 여는 소리에 어머니의 얼굴이 상기되었다. "아빠한테 우리가 쇼핑하러 갔었다는 말 하지 마. 그건 우리만의 비밀이야, 알았지?" 나는 우리가 공유할 비밀이 있다는 사실에 아주 신이 나서, 입에 자물쇠를 채우고 열쇠를 버리는 시늉을 했다. 왜 아빠가 화를 내는지는 궁금하지 않았다. 단지 우리가 우리 몫이 아닌 것들, 분에 넘치게 비싼 것들을 원한다는 사실을 알고 있을 뿐이었다.

11

나는 동네 수영장에 가서, 푸른 물속으로 미끄러져 들어가, 몸을 최대한 쭉 뻗는다. 두 팔이 비단결 같은 물을 가르자, 근육이 부풀어 오른다. 저녁 햇빛이 창문을 통해 쏟아져 들어와, 내가 희미한 물결에 두 팔을 적시고 햇살을 가르며 헤엄치는 동안 작은 은빛 물방울을 흩뿌린다. 물속에서 나는 매우 강하고, 내 몸이,

그러니까 수면 아래 숨은 내 몸의 무게와 부피와 밀도가 더 이상 생각나지 않을 때까지 앞으로 나를 밀어내며 몇 바퀴나 왕복한다. 잔물결을 헤치고 나아가며 당신과 당신의 어수선한 방, 부드럽게 굴려서 발음하는 자음, 목덜미의 돌돌 말린 머리카락 따위를 떠올린다.

내가 당신에게 헤엄치는 것을 좋아한다고 이야기하자, 당신은 이렇게 말했다.

"그토록 푸른 물에 안겨 있는 당신 몸을 생각하니 기분이 좋아."

나도 그랬으면 좋겠다. 정말로 나 자신보다 더 큰 무언가에 안기고 싶어서 헤엄을 치면 좋겠지만, 항상 나를 잔인할 정도로 더 멀리, 더 빨리, 더 세게 밀어붙이는 날카롭고 얼얼한 느낌이 드는 데다, 허기지고 몸은 쑤신다. 때로는 생각이 갈팡질팡 제멋대로고 몸이 너무 무겁게 느껴져서 뜨겁고 강렬한 공포에 휩쓸리다가, 호흡과 왕복 거리와 규칙적인 동작 속에 파묻혀 나 자신을 잊기를 간절히 바라며 물에 들어가곤 한다. 당신의 손가락 아래 있는 내 몸에 대해, 억누를 수 없는 욕망이 어떻게 내 안에서 솟구치는지에 대해 생각한다. 나 자신이 살아 있음을 부정하고 싶지는 않지만, 한때 나였던 그 소녀의 흔적이 아직도 내 핏속에 갇힌 채 남아 있으면서, 욕망을 봉인하고 도망치도록 나를 몰아붙인다. 나는 당신이 어디에 있고 무엇을 하고 있을지 궁금하다. 당신이 전조등 없는 자전거를 타고, 은빛 공기를 가르며 붉어진 얼굴로 집으로 돌아가는 모습을 그려본다. 나는 다리가 덜덜 떨릴 때까지 더 빨리 헤엄친다. 자제력을 얻기 위해 더 세게 밀어붙인다.

12

예전에, 우리 반에는 수영을 하는 여학생이 몇 명 있었다. 그들은 매일 아침 어둠 속에 일어나 거울처럼 잔잔한 풀장을 왔다 갔다 가로질렀고, 그들의 목소리는 하얀 타일에 부딪쳐 사방으로 울려 퍼졌다. 그들은 축축하게 뭉친 머리카락이 군데군데 셔츠 깃에 달라붙은 채로, 찌르는 듯한 염소 냄새를 풍기며 수업에 들어왔다. 그들은 작은 통에 가득 든, 코티지치즈를 바른 당근, 후무스와 샐러리, 아몬드 한 줌을 먹었다. 그리고 내 데어릴리아 런처블,* 훌라후프 과자 봉지, 어머니가 신경 써서 넣어준 초콜릿 바를 보고 코를 찡그렸다.

"넌 초콜릿을 많이 먹는구나." 내가 입술에 부스러기를 묻히며 그 달콤한 것을 덥석 베어 물자 그들이 히죽히죽 웃으며 말했다.

나는 하교 후에 어머니에게 그들이 한 말을 이야기해주었다.

"얘야, 그냥 무시해." 어머니가 고개를 가로저으며 말했다. 이튿날 나는 책가방에 킷캣 멀티팩을 통째로 담아 가서, 점심시간에

---

* 크래커, 치킨너깃, 나초 등에 햄과 치즈를 끼워 조리가 필요 없는 간편식 도시락 세트.

웃음기 없이 테이블 위에 하나하나 늘어놓고는, 사과와 오렌지를 먹으면서 충격적이라는 듯이 나를 야유하며 수군거리는 소리를 만끽했다. 나는 그 애들의 신랄한 말을 웃어넘겼지만, 그럼에도 그들은 절제에 성공했고 나는 욕구에 굴복했기 때문에, 그들은 착하고 순수한 반면 나는 추잡하고 나약하다는 느낌에서 벗어나지 못했다.

나는 그 수영하는 아이들 중 한 명과 친구가 되었고, 어느 토요일에 그 애가 우리 집에서 자고 가게 되었다. 그 애는 핑크색 운동 가방에 단정하게 개켜 넣은 잠옷, 얼음과 레몬이 가득 든 플라스틱 물병을 가지고 왔다. 어머니는 우리에게 콩과 샐러드를 곁들인 통감자구이를 만들어주었다. 어머니는 강판에 간 체다 치즈를 플라스틱 그릇에 담아 주었고, 나는 한 움큼 움켜쥐어 감자 위에 수북이 뿌렸다. 우리는 거실에 무릎을 꿇고 앉아서 텔레비전을 보며 식사를 했다. 나는 접시 가장자리를 손가락으로 싹 훑어, 손가락에 묻은 소금과 토마토소스를 빨아 먹은 다음, 주방으로 다시 가서 한 접시 더 담아 왔다. 그 수영하는 아이는 내가 그 애의 눈길을 외면하며 도전적으로 씹는 모습을 지켜보았다.

"참 신기해." 나중에 우리가 서로의 몸이 안 보이게 돌아서서 벽을 보고 잠옷으로 갈아입을 때 그 애가 말했다. "너는 정말 말랐는데 엄청 많이 먹어."

13

나는 당신이 사는 동네의 도로변 식료품점 앞에서 당신을 우연히 만난다. 당신은 구겨진 셔츠 위에 코트를 입고, 더러운 토트백을 어깨에 메고 있다. 나는 당신의 한쪽 귓불을 감싸고 있는 고리 모양 은색 귀걸이를 발견하고는 자제할 겨를도 없이 손을 뻗는다. 당신이 내 입술에 키스하고 이렇게 말한다.

"이 근처에서 당신을 만나다니 정말 마음에 드는데."

"나도 그래." 나는 빙긋 웃으며 당신을 문 안으로 살며시 밀어 넣는다.

비닐 포장된 호박들이 둘로 쪼개진 채 입을 쩍 벌리고 있다. 나는 갈색 감자가 담긴 양동이에 손을 집어넣고, 이내 손가락에 감자에서 떨어진 흙가루가 묻은 것을 본다.

"필요한 게 뭐야?" 내가 당신에게 물어본다.

"누에콩." 당신이 대답한다. "리크,* 바질, 주키니 호박. 혹시 있다면 생크림도." 나는 반질반질한 토마토 껍질을 문지르고, 코를 킁킁대며 레몬 향이 나는 고수 다발의 냄새를 맡는다. 누에콩을 찾기 위해 줄줄이 진열돼 있는 통조림을 훑어보지만 허탕만 친다.

"여긴 콩이 없나 봐." 그렇게 말문을 열지만, 당신이 바로 내 눈

---

* 모양은 대파, 맛은 순한 양파와 비슷한 지중해 연안 원산의 채소.

앞에 있는 초록색 꼬투리를 잡아당긴다.

"여기 있네." 당신이 나를 묘하게 쳐다본다. 나는 잎사귀가 달린 콩은 한 번도 본 적이 없다. 내 얼굴이 달아오른다.

"그러네." 나는 종이봉투를 집어 들고 가득 채우기 시작한다. 우리는 길고 주름진 리크를 발견하고, 당신의 집으로 가는 내내 나는 그것을 품에 고이 안고 있다.

"아기처럼." 내가 선언하듯 말하자 당신이 웃음을 터뜨린다.

당신의 주방에는 음식 찌꺼기가 말라붙은 접시와 돌돌 말린 오렌지 껍질이 잔뜩 쌓여 있다. 상자에서 티백들이 툭 튀어나와 있고, 프렌치프레스 안에는 커피 알갱이들이 퉁퉁 불어 있다.

"짐승 같은 녀석들." 당신이 하우스메이트들이 머무는 위층을 가리키며 말한다.

"그 정도로 엉망은 아니야." 내가 수세미로 나이프에 엉겨 있는 버터를 닦아내며 말한다. 당신은 어깨를 으쓱하고 코트를 벗은 다음 셔츠 소매를 걷어 올린다. 당신의 팔뚝에 새겨진 양치식물 문신이 마치 도전하듯 번득인다.

"잠깐만." 당신이 스토브 위에 놓인 커다란 주황색 냄비의 뚜껑을 들어 올린다. "이거 맛 좀 봐." 당신은 숟가락을 찾으려고 두리번거린다. 걱정이 내 배 속에 모래처럼 쌓인다.

"그게 뭔데?"

"내가 아까 만든 수프야."

나는 당신에게서 숟가락을 받아 들고, 머뭇머뭇 맛을 본다.

"맛있어."

"뭘 넣었는지 알아맞힐 수 있겠어?"

"음, 토마토? 혹시 마늘?" 나는 두 눈을 감고, 재료를 생각해내려 안간힘을 쓴다. "다른 건 모르겠어." 내가 중얼거린다.

"완전히 맛에만 집중해봐." 나는 그 맛을 음미하며 목덜미의 털이 곤두설 듯 긴장해서 생각을 정리하려 노력한다. 강한 신맛의 여운에 잇몸이 따끔거린다. 나는 눈을 뜬다.

"여기에 레몬 넣었어?"

"맞아!" 당신의 얼굴에 미소가 번진다. "미각이 뛰어난데. 당신과 함께할 수 있어서 정말 기뻐." 나는 수도꼭지를 틀고 채소를 헹구기 시작한다. 차가운 물에 달아오른 피부가 진정되고, 마치 내가 쾌락을 인식하는 방법을 아는지 확인하는 시험에 통과하기라도 한 듯 마음이 놓인다.

당신은 템테이션스*의 노래를 틀어놓고, 재료를 다지고 저미기 시작한다. 나는 훈제 마늘 한 통을 여러 쪽으로 쪼개고 누에콩을 꼬투리에서 떼어낸다. 당신은 손목과 손바닥이 만나는 불룩한 부분으로 반죽을 납작하게 펴고, 두툼한 리코타 치즈에 신선한 바질과 파르메산 치즈를 섞는다. 당신의 조심스러운 손가락이 흩뿌리고 휘젓는 것을 지켜보며, 격렬한 열망에 속이 마구 뒤틀린다. 오븐용 접시에 기름을 바르는 내내, 허브와 버터 냄새를

* 1960년대를 풍미한 미국의 알앤비 그룹.

맡아 배가 고프다. 당신이 내게 맛에만 집중해보라고 말했을 때 내 뒷덜미에 닿아 있던 당신의 손을 떠올리며 그 허기가 내 온몸에 파문처럼 번지게 내버려둔다. 당신이 레몬 껍질을 강판에 대고 갈자, 톡 쏘는 듯한 향이 주방을 가득 채운다. 나는 유리그릇 측면에 대고 달걀을 깨고, 주키니 호박을 동전 모양으로 아주 얇게 썬다. 당신의 하우스메이트가 나가며 현관문이 쾅 닫히고, 곧이어 당신의 손이 내 드레스 속 허벅지에 닿는다.

"마음에 들어?" 당신이 속삭이자 나는 대답으로 당신에게 키스한다. 당신이 나를 냉장고에 밀어붙이고 나는 욕망에 흠뻑 젖는다. 장보기 목록이 바닥으로 팔랑팔랑 떨어진다. 나는 당신의 셔츠 속으로 슬쩍 손을 밀어 넣고, 당신의 등 부드러운 부분에 내 손톱을 박아 넣는다. 당신이 내 어깨를 너무 세게 무는 바람에 시커멓게 멍이 든다. 우리는 달걀 껍데기와 양파 껍질 옆에서 가쁜 숨을 몰아쉰다. 당신이 회색 눈으로 나를 상냥하게 바라본다.

"오븐에 굽는 동안 산책하러 갈래?" 나는 당신의 눈길을 붙잡고 있고, 내 안에는 폭풍이 거세지듯 열기가 치솟는다. 우리는 타르트를 오븐에 넣고 갈색이 되게 놓아둔다. 거리의 나뭇잎들이 노란색으로 물결치고 있다. 나는 언제나 계절과 계절 사이를, 모든 것이 변하기 시작하는 그 시점을 가장 좋아했다.

14

내가 자기 수업에 들어갈 때마다 내 허벅지를 눈으로 더듬던 과학 선생님이 있었다. 그의 앞에 있는 의자에 앉을 때면, 흥분으로 반짝이는 그의 눈길에 숨이 막히는 것 같고 겨드랑이에 땀이 흥건해졌다. 그는 내가 불안해서 얼굴이 붉어지고 입이 부루퉁해지며 몹시 당혹스러워하는 것을 좋아했다.

"다들 여기를 봐." 그가 좌중의 눈길을 내 쪽으로 유도하며 말했다. "자, 한번 지켜보자." 그가 해부를 하려고 준비해둔 초록색 도마를 문질렀다. "우리가 이 애를 아주 오래 응시하면, 이 애의 얼굴이 새빨개질 거야. 십 대 인간의 별난 특성이지."

어느 날 오후, 그는 부피와 무게에 대한 실험을 하기 위해, 모두에게 교실 앞에 있는 커다란 천칭을 밟고 올라서게 했다. 우리는 각자 분필로 칠판에 이름, 그리고 그 옆에 킬로그램 단위로 자신의 몸무게를 적어야 했다. 교실 구석구석까지 전류가 흘렀다. 남자아이들은 자신들의 탄탄한 몸을 간절히 증명하고 싶었기에 으스대며 저울 위로 걸어갔지만, 우리 여자아이들은 교과서에 얼굴을 파묻으며 참여하려 하지 않았다.

선생님은 눈을 부릅떴다. "어서, 얘들아. 무게는 아무 의미도 없어. 단지 숫자에 불과해." 나는 조심스럽게 저울 위에 섰고, 내 이름 옆에 몸무게를 적었다. 내 친구들 중 일부는 참여하기를 거부

했지만, 나는 그렇게 해야 한다고, 그러니까 용기를 내서 몸무게와 부피를 계산해 밀도를 알아내야 한다고 느꼈다. 선생님이 우리에게 일깨워준 것은, 그렇게 함으로써 다음과 같이 할 수 있다는 사실이었다.

"무엇인가의 존재를 증명한다."

15

우리는 디스코 조명을 켠 뎁트퍼드*의 어느 바에서 춤을 춘다. 벽은 땀에 젖어들고, 진은 쓰다. 인파 속에서 당신을 찾을 때, 내 눈가에 번진 반짝이에 시야가 흐릿하다. 선홍색 실크 셔츠 차림으로 두 눈을 감고 눈꺼풀을 은색으로 물들인 당신을 찾아낸다. 두 팔을 머리 위로 치켜들고 나를 똑바로 바라보는 당신의 모습은 허리가 낭창낭창하고 자극적이다. 우리는 서로에게 시선을 고정하고, 그 공간을 돌아다니면서, 원을 그리며 빙글빙글 돌고, 당신의 발은 나를 향해 미끄러지듯 다가오다가 멀어진다. 당신은 몸으로 나에게 질문을 던지며, 나를 가장자리로 이끌어 어디 한번 떨어져보라고 나를 부추긴다. 우리는 입술이 닿을락 말락 할 만큼 가깝다. 당신의 입김에서는 다크 럼 냄새가 난다. 우리는 활

* 런던 남동부, 템스강 연안에 있는 지역.

기찬 음악에 몸을 맡긴다. 우리는 무한하고, 수은처럼 변덕스러우며, 유동적인 은빛 기쁨이다.

"여기서 나갈래?" 당신이 내 귀에 대고 나직이 말한다. 나는 고개를 끄덕이고, 우리는 코트를 집어 들고 비틀거리며 밖으로 나선다.

우리는 택시를 타고 당신의 집으로 간다. 차창 너머로 보이는 거리는 얼룩져 보인다. 당신은 내 어깨에 머리를 기대고 무언가 잘 들리지 않는 말을 중얼거린다. 신호등 불빛이 당신의 얼굴을 가로지르며 새어 들어 당신을 에메랄드색, 루비색, 금색으로 물들인다.

당신 방의 어둠 속에서 우리는 피부 같은 우리의 옷을 벗는다. 당신의 몸은 위험하지만, 나는 거기에 올라타고 싶다. 당신의 근육과 섬세한 골격을 한 꺼풀 벗겨보고 싶다.

"당신과 굉장히 가까워진 기분이야." 당신이 내 귀에 속삭인다. 나는 당신과 가깝지만 더 가까워지고 싶고, 우리의 폐가 맞비벼지며 생기는 마찰력을 느끼고 싶지만 내 안에는 당신이 알지 못하는 것들이 있다. 내 가슴에는 날카롭고 검은 파편이 박혀 있어서, 내가 손을 뻗어 뽑으면 피가 솟구치듯 쏟아지며 구멍이 날까봐 겁이 난다.

내 팔다리로 당신의 팔다리를 휘감은 채 나는 잠에서 깬다.

내 다리에는 검은 먼지가 줄무늬처럼 묻어 있고, 엄지발가락 밑의 볼록한 살이 아프다. 나는 아침에 당신에게 달라붙어 얼굴을 파묻고 있다. 퀴퀴한 땀내와 따뜻한 숨결이 느껴진다. 당신이 꿈틀거리며, 손톱으로 내 등을 파고들고 내 가슴을 어루만진다. 햇살이 살짝 금이 간 것처럼 미세하게 벌어진 커튼 틈새로 새어든다. 시트 밑의 우리는 뜨겁고 끈끈하다. 당신은 앓는 소리를 내며 돌아눕는다.

"머리가 아파."

"불쌍한 우리 아기." 내가 놀린다. 당신은 소리 내 웃다가 느닷없이 입을 다물고는, 비켜난다. "괜찮아?" 내가 당신에게 손을 뻗으며 속삭인다. 당신이 고개를 돌려 나를 바라본다. 그 순간 당신이 눈을 깜박거려 떨쳐낼 겨를도 없이, 내가 이해할 수 없는 슬픔이 당신의 눈을 스쳐 지나간다.

"괜찮아." 당신은 내 귀에 그렇게 속삭이고는, 내가 녹아버릴 때까지 내 몸에 당신의 몸을 밀착시킨다.

내가 샤워하는 동안 당신은 달걀을 풀고 블루베리를 씻고 병에 든 꿀을 흩뿌리며 팬케이크를 만든다. 나는 욕실 문간에 서서 당신을 지켜본다. 빌려 입은 티셔츠가 내 머리카락의 물기에 젖어들고, 당신은 토킹 헤즈*의 음악에 맞춰 엉덩이를 씰룩거리고

* 1974년 결성된 미국의 뉴웨이브 밴드.

있다. 내가 목격한, 당신의 피부 아래 웅크리고 있는 슬픔에 대해 물어보고 싶지만, 어떻게 말문을 열어야 할지 모르겠다. 당신의 얼굴에는 반짝이는 광채가 흐르고, 나는 조심스레 다가가서, 그 것을 털어내려 손가락을 뻗는다.

"맙소사!" 당신이 소스라치게 놀란다. "거기 얼마나 서 있었던 거야?"

"아주 잠깐." 햇살 아래 내가 반투명한 것처럼 느껴진다. 마치 간밤에 나의 무언가가 드러나서 돌이킬 수 없게 되기라도 한 것 처럼 말이다.

"배고파?" 당신은 주전자에 물을 끓이며, 유리잔에 오렌지 주 스를 가득 따르고, 나무 테이블 위에 팬케이크 더미를 내려놓 는다. 나는 당신 맞은편에 앉아 내 접시 위에 시나몬을 조금 뿌 린다.

"완벽해." 내가 그렇게 말하자 당신이 윙크한다. 팬케이크를 아 주 많이 먹자 당신은 믿을 수 없다는 듯 눈썹을 치켜세우고, 나 는 뿌듯해진다. 식욕, 쾌락을 즐기는 능력으로 당신에게 깊은 인 상을 남기고 싶다.

16

십 대 시절, 친구들과 나는 누군가의 부모님이 집을 비울 때면 그 집 거실로 우르르 몰려가서 토요일 오후를 보내곤 했다. 창문에 뜨거운 입김과 호르몬으로 김이 서릴 때, 우리는 소파에서 쿠션을 끌어와서 다 함께 바닥에 누워, 레드 핫 칠리 페퍼스의 음악을 들으며 미래를 꿈꿨다. 서로 몸을 바짝 붙인 채, 감자칩 그릇과 병 주둥이가 침으로 미끈거리는 초대형 콜라 병을 돌려 먹으며, 어둠 속에서 몇 시간 동안이나 이야기를 나눴다. 우리는 정확히 이름을 말할 수 없는 어떤 것, 우리 사이에 자리 잡고 있던 짙고 하얀 열기의 정점에 와 있었다.

때로는 다 함께 그 집에서 잠을 자면서, 찬장에서 훔친 보드카를 조금씩 홀짝거리고, 입고 있던 옷을 그대로 입은 채로 땀에 젖은 침낭 속에서 꿈틀거리기도 했다. 누군가가 프리뷰 채널의 〈베이브 스테이션〉*을 틀어놓으면, 배경에서 속옷 차림의 여성들이 가슴골에 휴대전화를 끼우고 손가락으로 팬티의 허리 밴드를 쓰다듬는 동안, 우리는 관심 없는 척하며 저마다 각자의 축축한 열기에 젖어들었다. 남자아이들은 항상 병 돌리기 게임을 하고 싶어 했고, 우리 여자아이들은 긴장한 듯 보이고 싶지 않아서 게임을 할 수밖에 없었다. 나는 종종 결국 제이미와 키스해야 했는데,

---

* 영국의 디지털 텔레비전 채널에서 방영하던 일종의 소프트 포르노 프로그램.

그는 내 입술 사이에 혀를 거칠게 밀어 넣어 힘껏 꿈틀거렸고, 그러면 다른 아이들은 모두 우리의 기술을 평가하면서 무거운 침묵에 잠겨 지켜보았다.

그러고 나면, 나는 친구인 에마와 케이티와 함께 도망치듯 급히 주방으로 가서 머그잔에 든 보드카를 찔끔찔끔 마시며, 혀로 닦아내듯 이를 훑었다.

"너무 역겨웠어." 싱크대에 몸을 기대고 수도꼭지에 입을 들이대 물로 입을 헹구며 에마가 투덜거렸다.

"난 사실 생각하기도 싫어." 내가 술을 들이키며 말했다. 케이티는 머리를 부풀리며, 창문에 비친 자신의 모습을 확인했다.

"난 좋았던 것 같아." 케이티가 우리를 보며 어색하게 미소 지었다.

"와, 세상에." 우리가 식식대며 말했다. "말도 안 돼!"

우리가 영화를 보려고 자리를 잡고 앉으면, 때때로 남자아이들이 우리 사이를 비집고 들어와 앉아 슬그머니 우리의 엉덩이와 허리로 손을 뻗었다. 그들의 욕망이 마치 기름처럼 우리의 몸을 뒤덮었고 나는 내 육체의 힘을 느꼈다. 하지만 그 힘은 왜인지 그들에게서 비롯되는 힘처럼 느껴졌다. 마치 그들이 언제든 어딘가 다른 곳으로 눈길을 돌리고 관심을 끊어버릴 수 있는 것처럼 말이다.

어느 날 밤 나는 흘린 콜라가 끈적거리고 방금까지 본 공포 영화 때문에 오싹해서 잠이 잘 오지 않았다. 정전기가 이는 침낭

속에서 뒤척거리고 있다 보니, 제이미가 다가와 내 옆에 누웠다.

"괜찮아?" 그의 입김은 시큼했다.

"응. 그냥 좀 잠이 안 와서."

그가 자기 몸을 내 몸에 바짝 밀어붙였다. "나도 그래." 나는 그를 외면하고 눈을 감았지만 그의 손은 내 침낭과 옷 속으로 슬금슬금 기어들어와 축축한 내 피부를 만졌다. 그가 내 가랑이로 슬쩍 손을 밀어 넣는 순간 그만하라고 말하고 싶었지만, 나는 왠지 모르게 얼어붙어서 꼼짝 못 하고 말 한마디 하지 못했다. 나는 그가 한 손으로 내 허리를 느슨하게 감싸고 반듯이 누울 때까지 두 눈을 꼭 감고 있었다. 카펫에 핀으로 꽂혀 꼼짝도 못 하는 느낌이었다. 마치 무언가 엄청나게 무거운 것이 나를 짓누르고 있기라도 한 것처럼 말이다.

"좋은 꿈 꿔." 그가 내 귀에 속삭였다. 나는 몇 시간 동안이나 벽을 뚫어져라 바라보며 누워 있었다. 일어나서 가버리고 싶었지만, 바깥에는 어두운 거리와 축축하고 푸른 골목길과 탁 트인 벌판뿐, 갈 곳이 아무 데도 없었다.

아침에 케이티와 나는 비좁은 욕실에서 손가락에 치약을 짜 잇몸에 문지르고, 손가락으로 머리를 빗질하고 킁킁거리며 옷 냄새를 맡아보았다. 나는 케이티에게 제이미에 대해 말했다.

"그래?" 케이티는 변기에 앉아서 오줌을 누기 시작했다. "나한테도 한 번 그런 적 있어."

"뭐? 언제?"

"아마, 두 달 전쯤일 거야."

"아." 나는 그 애의 말에 침울해졌다. 제이미를 원하지는 않았지만, 누군가가 원하는 대상이 되고, 선택받고, 특별한 존재가 되고 싶었다.

"내가 그걸 정말로 좋아했는지 모르겠어." 내가 털어놓았다.

"싫었어?" 케이티는 몸을 닦고 두루마리 휴지를 살펴보았다. "왜 싫은데?"

"잘 모르겠어." 나는 머뭇거리며 할 말을 찾았다. "걔한테 좀 이상한 냄새 같은 게 났어." 케이티가 거울을 보며 입술을 삐죽였다.

"난 걔한테 항상 좋은 냄새가 나는 것 같은데." 케이티는 맨몸에 입은 베스트 톱을 매만지며, 배를 안으로 쏙 집어넣고 가슴을 쑥 내밀었다. 그 애가 거울에 비친 내 눈을 바라보았지만, 나는 눈길을 돌려버렸다.

17

우리는 팔짱을 끼고 페컴라이*를 따라 걷는다. 소금에 절인 대구가 상점 출입구에 은색 줄무늬처럼 줄줄이 매달려 있고, 요리용 바나나는 노란색 초승달 모양으로 서로 달라붙어 있다. 하늘

* 런던 서더크구에 있는 삼각형의 녹지 이름이자 도로 이름.

48

이 어두워지기 시작하자 바와 레스토랑들이 불을 켜고 더러운 보도 위로 금빛 조명이 흘러넘친다.

"이쪽이야." 당신이 그렇게 말하며 나를 작은 타파스 바로 이끈다. 당신의 스카프가 바닥에 끌리고 있다. 내가 몸을 굽혀 그것을 집어 드는 사이, 당신이 웨이터에게 스페인어로 뭐라 말하자 그가 빙긋 웃으며 손짓해 우리를 테이블로 데려간다. 연기 냄새 나는 훈연 마늘 다발들이 천장에 매달려 있다. 여자들이 커다란 레드 와인 잔을 움켜쥔 채 고개를 뒤로 젖히고 이를 다 드러내며 큰 소리로 웃는다. 끈적끈적한 조명에 비친 당신의 갈라진 입술을 응시하며 마치 내가 누군가 다른 사람의 삶 속에 들어온 것 같은 기분이 든다. 당신이 눈을 가늘게 뜨고 카운터 위에 걸려 있는 칠판을 쳐다본다.

"크로케타를 시킬까? 아란치니? 토르티야는 어때?"

나는 올리브 오일이 초록색 유리병 너머로 희미하게 반짝이는 것을 지켜보며 몽롱한 기분으로 고개를 끄덕인다. "뭐가 좋아? 당신도 뭔가를 골라야지."

나는 메뉴를 대충 훑어본다. "올리브로 할까?"

"그게 다야? 원하는 건 뭐든 시켜도 돼." 당신은 그렇게 말하지만, 나는 그 말이 사실이 아니라는 것을 안다.

내가 고개를 끄덕이며 말한다. "나머지는 당신이 골라."

나는 주위를 둘러보며, 오픈 키친의 보조 테이블 위에 물기가 흥건한 접시들, 식기 세척기가 쉭쉭 내뿜는 김, 바닥에 쌓여 있는 와인 상자들을 눈여겨본다. 나는 접시를 나르는 법, 맥주 통을 교체하는 법, 완벽하게 소용돌이치는 라테를 만드는 법, 맥주잔에 딱 적당한 양의 거품이 뜰 만큼 맥주를 따르는 법, 와인 병에 끼울 수 있게 양초를 깎는 법, 밤의 끝자락에 사람들이 자리를 뜨게 하는 법을 알고 있다. 그러나 허브와 향신료의 이름을 훤히 알지는 못한다. 맛, 식감, 미묘한 차이에 대해 알지 못한다. 자주 요청받은 일이 아니기 때문에 메뉴를 고르는 법도 알지 못한다. 사람들이 코트를 벗으며 우리 주위에 들어차는 내내, 공기에서 매운 칠리와 후추 냄새가 진하게 난다.

"이거면 돼?" 당신이 손가락을 하나씩 구부려 접시를 세며 물어본다. 웨이터가 짭짤한 올리브가 담긴 작은 접시를 가져다주자 나는 고개를 끄덕이며 와인을 한 모금 마신다. 그것은 감초처럼 진하며 색이 짙고, 줄곧 날이 서 있는 내 경계심을 누그러뜨린다. 당신과 함께 여기 앉아 먹고 마시고 돈을 쓰고 다른 사람들이 하는 일을 하니, 온전한 사람이 된 기분이다.

"여기 자주 와?" 내가 당신에게 물어본다.

"맙소사, 아니야. 대체로 집에서 직접 해 먹는 편이야. 외출할 여유가 없어, 정말로." 당신은 긴장한 기색이다. "하지만 오늘은 좀 특별한 경우야."

"응?"

"어제 박사 학위 논문을 제출했거든."

"뭐? 왜 나한테 말 안 했어?"

당신은 어깨를 으쓱한다. "모르겠어. 실감이 안 났어."

"축하해!" 내 잔을 당신 잔에 쨍하고 맞부딪친다. "굉장한 일이야." 당신이 눈가에 흘러내린 머리카락을 쓸어 넘긴다. 당신은 단추가 세 개나 사라진 쭈글쭈글한 금색 셔츠를 입고 있다.

"하나 더 있어."

"뭔데?"

"대학을 통해서 연구직을 제의받았어. 이주와 언어학 분야에서."

나에게는 불가능한 방식으로 당신에게 펼쳐지는 세상에 대해 순간적으로 날카로운 분노가 스치는 것을 느끼지만, 감정을 억누르며 이렇게 말한다. "뭐라고? 굉장해! 왜 나한테 아무 말도 안 했어?"

"음." 당신이 포크를 만지작거리며 말한다. "바르셀로나에 있는 자리야."

"아." 아래로 떨어지는 것 같은 느낌이 든다. 마치 땅이 나를 만나러 달려들고 있는 것 같다. "음. 정말 잘됐어. 꼭 가야지." 당신의 눈은 그 가능성으로 환하게 빛난다. 마치 벌써부터 더 뜨거운 태양 아래 서 있는 것처럼 말이다. 당신은 죄지은 듯 나를 바라보고, 나는 눈을 지나치게 빨리 깜박거린다.

"오래전부터 런던을 떠나고 싶었어." 당신이 부드럽게 말한다. "아버지가 돌아가신 후로 줄곧." 당신이 손가락으로 촛농을 꾹 누르자, 테이블 위로 붉은 방울이 흘러간다. "그냥 여기엔 너무 많은 역사가 있어서, 나를 짓누르는 것 같아."

나는 다리에 힘을 꽉 준다.

"나는 어린 시절을 모두 이곳에서 보냈어. 내 말 무슨 뜻인지 알겠어?"

나는 무게에 대해 알고, 과거가 내리누르는 느낌, 하루하루 과거를 끌고 가는 느낌을 알고 있다. 공간에 대해, 또 그 공간을 외면하고 피하는 법에 대해 알고 있다. 자신을 재창조하는 것과 도망치는 것에 대해 알고 있다.

나는 손을 뻗어 당신의 손을 만진다. "알 것 같아."

당신이 내 손가락을 꼭 쥔다. "당신을 만날 줄은 몰랐어."

"그래." 나는 얼굴이 화끈거린다. "나도 마찬가지야."

음식이 나오자 당신은 복숭아색 새우 껍질을 벗기며 배고팠다는 듯 열심히 먹는다. 나는 포크로 크로케타를 깨작거리며 먹기 싫은데도 억지로 더 먹고, 그 결과 당신은 나의 의기소침한 기분을 눈치채지 못한다. 우리는 읽고 있는 책과 주말 계획에 대해 이야기하지만, 내 안에서는 무언가가 딱딱하게 굳어버렸다. 나는 미래에 대해 생각하고 싶지 않다. 당신이 떠나는 날이 더 가까워지기 때문이다.

"언제 떠나?" 내가 블라우스 단추를 만지작거리며 물어본다.

"아마 다음 달쯤. 내 방에 들어올 사람을 찾아야 해."

"금방이네." 나는 조용히 말한다.

"응." 당신의 다리가 테이블 밑에서 내 다리를 찾아낸다. "하지만 우리한텐 아직 시간이 좀 있어."

나중에 당신 침실에서, 당신이 스르르 꿈속으로 빠져들어, 시원한 이불 속에서 한숨을 쉬며 뒤척일 때, 나는 한 팔을 당신 가슴에 걸친 채 잠 못 들고 누워 있다. 내 손목 아래에서 당신의 맥박을 느끼며, 그것이 얼마나 연약해 보이는지, 우리가 얼마나 부주의한지, 모든 것이 얼마나 빨리 변하는지 두려워한다.

18

내가 어렸을 때, 아빠는 욕실 문을 잠그고 맥주를 몇 캔씩 마시곤 했다. 아빠는 욕조에 내 입욕제를 붓고는, 비누 거품이 차가워지고 빈 캔이 쓰레기통에 가득 쌓일 때까지 몇 시간 동안 몸을 담갔다.

"가서 아빠 좀 확인해봐." 어머니가 그렇게 말하면 나는 복도에 엎드려 물방울 튀는 소리에 귀를 기울이며 문 밑의 좁은 틈새로 아빠를 보려고 안간힘을 썼다. 때때로 아빠는 잠이 들었고 우리는 아빠가 수면 아래로 미끄러져 들어가 익사할까 봐 걱정하곤 했다.

어느 날 밤, 부모님이 말다툼을 했는데, 아빠가 욕실 문을 잠그고 나오려 하지 않았다. 어머니가 주먹으로 나무문을 쾅쾅 두드렸다.

"부탁이야." 어머니의 목소리가 갈라졌다. "나와서 나랑 얘기 좀 해." 나는 나무의 소용돌이무늬에 얼굴을 바짝 대고 있었다. 그 검어진 눈에 무엇이 보일지 궁금해하면서 말이다.

"아빠?" 나는 그렇게 부르며, 작은 손가락으로 금색 문손잡이를 돌리려 해보았다.

"가서 동전 가져와." 어머니가 나에게 속삭였다. "주방에 내 지갑이 있어." 나는 어머니의 빨간색 에나멜가죽 지갑을 비틀어 열고, 지저분한 1파운드짜리 동전을 손가락으로 집어 들었다. 그 문의 잠금장치는 금속 홈에 동전을 밀어 넣고 비틀면 바깥쪽에서 열 수 있었다. 어머니의 손이 떨리고 잠금장치가 달가닥거렸다. 어머니 잠옷의 가느다란 한쪽 어깨끈이 흘러내려 주근깨가 드러났다. 안에서 삐걱거리는 소리와 쿵 하는 소리가 들렸다.

"아." 어머니가 숨을 헐떡였다. "아빠가 창문을 열고 있어." 어머니가 잠금장치를 흔들었지만 문은 꿈쩍도 하지 않았다. 문틈으로 차가운 공기가 밀려들었다. "감히 우리를 두고 떠날 생각은 하지도 마!" 어머니가 외쳤다.

"아빠!" 내가 합세했다. "가지 마요." 쿵쿵거리는 소리가 들린 바로 그 순간, 잠금장치가 딸깍 소리를 내며 덜컥 풀렸다. 어머니가 문을 밀어젖히니, 아빠가 억지로 연 창문이 경첩에 매달려 흔들리고 있는 것이 보였다. 우리는 아빠가 뒷담을 기어올라 우리 집 뒷골목으로 뛰어내리는 것을 목격했다. 우리는 얇은 잠옷 바람으로 추위에 덜덜 떨며 잠시 서 있었고, 달이 우리 얼굴에 은빛을 드리우고 있었다. 어머니가 내 손을 꼭 쥐었다.

"내가 가지 말라고 했는데." 내가 어머니에게 말했다. 속이 시커멓게 타들어갔다. 어머니의 눈빛은 어둡고 멍했다.

"네 아빠는 항상 떠나려고 했어."

나는 세면대에 몸을 기대고 창밖을 내다보았다. 차가운 도자기에 닿아 살갗에 소름이 돋았다. "엄마도 떠날 거예요?"

"아니." 어머니가 창문을 닫으려고 내 위로 손을 뻗었다. "난 남아 있어야 해."

19

ICA*의 접수처에서 일하는 당신의 하우스메이트가 우리에게 존 콜트레인**에 관한 다큐멘터리의 무료 관람권을 준다. 우리는 도심행 버스의 위층에 타고 마치 칼날처럼 하늘을 가르는 유리같이 매끄러운 건물들을 올려다본다.

"런던이 누구를 위한 곳인지 생각해본 적 있어?" 앞자리에 앉아 함께 차창에 발을 뻗은 채 내가 당신에게 물어본다.

"무슨 뜻이야?"

"그러니까, 런던이 당신을 위한 곳같이 느껴져?"

* 1946년 설립된 현대미술연구소. 갤러리, 영화관, 서점, 바 등이 모여 있다.
** 미국의 색소폰 연주가 겸 작곡가.

당신은 코트 주머니 속의 담뱃갑을 만지작거린다. "나는 평생 여기 살았어." 우리는 강을 건너고, 불빛이 마치 물에 빠진 별처럼 수면에 비친다. "그래서 어느 정도는 그런 것 같아." 당신이 런던에 속해 있으면서도 새로운 곳으로 떠날 예정이라는 것이 나에게는 불공평해 보인다.

"난 가끔 이런 느낌이 들어." 분수가 분홍빛을 뿜어내는 트래펄가 광장에 다다를 때, 내가 말한다. "그저 여기 사는 척 놀이를 하고 있는 것 같은 느낌 말이야. 예를 들어, 카페나 펍 같은 데 가긴 하지만, 현실이 아닌 것 같아."

"그래?" 당신은 앉은 자리에서 몸을 비틀어 벨을 누른다.

"그래." 나는 적당한 말을 찾으려고 고심한다. "글쎄. 설명하기가 어렵네."

유니언잭이 줄지어 우리를 내려다보는 더몰*을 따라 걸으며, 당신은 담배에 불을 붙인다.

"어디가 당신을 위한 곳인 것 같은데?" 당신이 코트의 단추를 채우며 물어본다. 나는 우리의 신발이 보도에 부딪치는 소리를 들으며, 그 질문에 대해 생각해본다. 정말 많은 곳에서 살아봤지만, 그중 어느 곳도 정말 내 것처럼 느껴본 적이 없다. 나는 언제나 다른 사람들이 나보다 공간에 대해 더 많은 권리를 가지고 있다고 느꼈다. 마치 내가 꼭 맞는 모양이 아닌 것처럼, 마치 그중

---

* 버킹엄 궁전과 트래펄가 광장을 잇는 930미터의 대로.

어느 것도 마땅히 내 것이 아닌 것처럼 말이다.

"글쎄." 나는 그렇게 말한 다음, 말머리를 돌린다.

우리는 어둠 속에서 우리 좌석에 자리를 잡는다. 나는 화면에
집중하려 애써보지만, 우리의 몸이 닿는 곳에 정전기가 넘쳐흐
르는 느낌이 든다. 음악이 우리를 에워싸자 나는 두 눈을 감는다.
언젠가 진정으로 내게 속하는 것이 생길지의 여부가 궁금하다.
한 가닥 은빛 실처럼 내 삶을 관통하는 잔인함의 끄트머리를 찾
아내, 뽑아낼 수 있을지 궁금하다. 어둠 속에서 당신의 팔에 손
을 뻗어 내 손가락에 닿는 당신의 모직 코트를 느낀다. 그냥 손바
닥을 쫙 펴서 흘려보내는 것보다는, 꼭 붙잡고 있는 것이 나을지
궁금하다.

그 후 우리는 입김이 보이는 밤에 공원을 가로질러 걸어간다.

"그럼, 그 다큐멘터리는 어땠어?" 당신이 슬그머니 내 팔에 팔
짱을 낀다. 차 한 대가 지나가며 빛으로 우리를 흠뻑 적신다.

"괜찮았어." 나는 뭔가 흥미로운 말을 하려 궁리해본다. "당신
은 어때?"

당신은 어깨를 으쓱한다. "솔직히 말해서 난 항상 앨리스 콜트
레인*을 더 좋아했어." 버스 정류장에 도착하자 나는 불안에 휩

* 미국의 재즈 피아니스트. 두 번째 남편인 존 콜트레인과 함께 활동하기도 했다.

싸인다.

"우리 어디 좀 가볼까?" 나는 버스 노선을 훑어보며 당신에게 물어본다.

"어디 가고 싶은데?"

"모르겠어. 어디든 갈 수 있겠지. 그냥 버스에 올라타서 어디에 도착하는지 보는 거야."

당신은 눈썹을 치켜세운다. "그렇게 재미있을 것 같진 않은데. 날이 추워. 늦은 시간이고." 당신은 나를 바짝 끌어당긴다. "그냥 집에 가는 게 어떨까? 원한다면 자고 가도 돼."

"좋아." 버스가 정차할 때, 나는 바보가 된 것 같은 기분이 든다. 우리는 오이스터 카드*를 찍는다. 당신은 내 어깨에 머리를 기대고, 나는 마치 내가 이 도시에 존재하지도 않는다는 듯 도시가 차창에 비친 내 모습을 스쳐 지나가는 것을 지켜본다. 나는 보석처럼 무겁고 단단한 '집'이라는 단어를 입속에서 되뇌어본다.

우리는 당신의 집으로 돌아가서 옷을 모두 벗고 이불 안으로 기어들어간다. 당신이 내 가슴을 만지고, 나는 기쁨에 휩싸여 몸을 동그랗게 말며 당신에게 손을 뻗는다. 하지만 내게 떠오르는 생각이라고는 당신은 떠날 테고 그러면 모든 것이 변할 것이라는 사실뿐이다.

"당신이 정말 세게 해줬으면 좋겠어." 내가 나직이 말하자, 당신

---

* 런던 시내 대중교통 및 수도권 철도 교통에서 사용되는 교통카드.

이 그렇게 한다. 그것은 거의 아플 지경이지만, 그 날카로운 통증은 의심할 수 없을 만큼 현실적으로, 모든 것이 변화하는 이 세상에서 꼭 붙잡고 있을 수 있는 단단한 무언가로 느껴진다.

20

부모님의 관계가 산산조각 나고 어머니와 나는 이모네서 몇 달 동안 함께 지냈다. 나는 나보다 몇 살 어린 사촌 남동생과 방을 함께 써야 했고, 때로는 어머니와 이모가 일하는 동안 그 애를 돌보며, 냉동 생선튀김을 튀겨주고 숙제를 도와주기도 했다. 사촌의 침실을 둘러보다가 선반에 쌓여 있는 그 애의 테디 베어와 장난감 자동차들을 보자, 마치 내 방이 폭삭 무너져 먼지가 되어서 다시는 돌아갈 수도 없고, 또 더 이상은 내가 누구인지 표시해주는 것이 아무것도 없는 것처럼 두려운 기분이 들었다. 밤늦게 어머니가 우는 소리를 듣고는, 빌려 쓰던 베개에 내 두려움을 파묻었다. 나는 내가 강하고 책임감 있는 아이가 되어야 한다는 것을 알았다. 내 속에서 들끓는 걱정거리들은 어머니의 걱정거리와 비교하면 사소한 것이었다.

나는 사촌의 기차선로를 조심스럽게 넘어가고 그 애의 장난감 모형 해적선 주위에서 살금살금 움직였지만, 레고 조각에 걸려 넘어지고 플라스틱 앵무새를 밟아 발을 움켜쥐고 깡충깡충 뛰는 일이 반복되었다.

"누나가 내 물건을 다 부수고 있잖아!" 그 애가 잔뜩 부은 얼굴로 소리쳤다.

"그럼 바닥에 늘어놓지 좀 마."

"내 방바닥이야. 내 마음대로 해도 돼."

사촌 동생은 나보다 일찍 잠자리에 들었고 나는 밤에 살짝 들어가 헤드 랜턴을 끼고 이불 밑에서 책을 읽으려고 했다. "불 좀 꺼줘." 그 애가 담요 아래서 울리는 낮은 목소리로 투덜거렸다. "잠을 못 자겠어." 나는 일기장에 블루베리 향이 나는 젤펜으로 집과 작은 나선형 탑이 있고 벽을 따라 해바라기가 자라는 성을 그렸다. 말이 끄는 이동식 주택과 가지가 무성한 나무 위의 트리 하우스, 운하용 보트와 아늑한 테라스를 그리고, 창문은 모두 금색으로 칠했다. 내 집을 갖게 된다면 미끄럽틀과 파란색으로 반짝반짝 빛나는 수영장을 만들겠다고 결심했다. 모든 문에는 특별한 은색 열쇠로 여는 작고 둥근 열쇠 구멍이 있고, 나는 열쇠를 다 사슬에 꿰어 마치 다이아몬드 목걸이처럼 목에 걸어서 결코 잃어버리지 않을 작정이었다.

스무 살에 처음 런던으로 이사했을 때, 나는 턴파이크레인*에

* 런던 중북부 해링게이에 있는 거리.

있는 셰어하우스의 방을 빌렸다. 피스타치오와 말린 살구 통이 있는 터키식 빵집, 기다란 형광등이 켜 있는 사설 마권 판매소, 보석 빛깔 병들이 빼곡한 신문 파는 가게의 진열창을 지나치며 그린레인스*를 따라 걸었다.

수염이 텁수룩한 삼십 대 남자가 너바나가 프린트된 후드 달린 옷을 입고 문을 열러 나왔다.

"방이 마음에 들면 좋겠어요." 그는 복도를 따라가서 어두운 계단 위쪽으로 나를 안내했다. "방이 꽤 작아요. 이 방을 원한 사람이 아무도 없었어요." 나는 열린 문 앞에서 볼품없는 벽지를 바른 벽으로 바짝 밀어붙인 싱글 침대, 갈색 소용돌이무늬 카펫, 싸구려 흰색 옷장을 바라보았다. 일주일 내내 방을 보러 다녔는데, 이곳이 문과 창문이 있고 다른 사람과 이층 침대를 나눠 쓸 필요가 없으면서 내가 방세를 감당할 수 있는 유일한 방이었다.

"나한테 딱 좋네요." 나는 행운에 들떠, 침대 가장자리에 걸터앉았다. 그 남자는 소지품이 가득 담긴 내 무거운 배낭을 흘끗 본 다음, 나를 위아래로 훑어보았다.

"그래요." 그가 하품을 했다. "음. 당신도 꽤 작네요."

* 런던 북부의 주요 도로로 A105 도로.

21

당신은 당신 방에 세 들 사람을 찾아내고, 책을 골판지 상자에 넣고, 사용한 열차표, 잉크가 새는 펜, 돌돌 뭉친 휴지 따위를 쓰레기봉지 가득 담으며, 짐을 꾸리기 시작한다. 내가 도와주겠다고 제안하지만 당신은 말한다. "아니, 괜찮아. 당신이 내 잡동사니를 일일이 다 정리할 필요는 없어." 당신은 먼지가 모든 것을 얇은 은빛 막처럼 뒤덮고 있는 텅 빈 방의 사진을 내게 보낸다. 나는 벌써부터 당신의 무거운 커튼 너머의 벨벳 같은 아침, 당신의 손길에 내 몸이 녹아내리던 순간이 그립다.

"그 사람이 떠난다니 기분이 어때?" 로사의 침실 창문 아래, 치킨 가게 지붕 위에 담요를 펼치고 앉아 차가운 가을 햇볕을 쬐고 있을 때 로사가 내게 묻는다.

"괜찮아." 나는 아래쪽에 있는 거리의 나무들을 바라본다.

"괜찮다고?" 그녀가 히죽히죽 웃는다.

"글쎄." 나는 잠시 얼버무리며 시간을 번다. "어쩌면 이러는 편이 나을지도 몰라."

"무슨 뜻이야?"

"너무 강렬해. 좀 진지하기도 하고. 이렇게 하면 약간의 거리를 두고 우리가 뭘 원하는지를 알아낼 수 있을 거야."

로사가 담배를 돌돌 만다. "그러면 너는 뭘 원하는데?"

"맙소사, 로사. 나도 몰라. 좀 더 두고 봐야 해."

"몇백 마일이나 떨어져 있다면, 뭘 원하는지 어떻게 알겠어?"

나는 웃음을 터뜨리고 오후 햇살 아래 다리를 쭉 뻗으며 커피를 한 모금 마신다. 당신이 내게서 멀리 떨어져 있으면 내가 마음 한구석에서 더 안전하다고 느낄지, 떨리는 두 손과 숨 가쁘고 욱신욱신한 욕구가 진정될지 궁금하다.

"나도 모르겠어." 나는 스웨터의 소맷부리를 만지작거리며 인정한다.

"네가 이러는 건 처음 봐." 그녀가 엄지손가락으로 라이터를 누르지만 불이 켜지지 않는다.

"내가 어떤데?"

라이터에서 불꽃이 일자, 그녀는 기꺼이 담배연기를 빨아들인다. 나는 사람이나 상황 때문에 판단력이 흐려지지 않고 자신이 원하는 것을 정말로 깊이 있게 아는 사람이 실제로 있을까 궁금하다. 과연 우리가 정말로 무언가를 원하는 것인지, 아니면 그저 우리를 둘러싼 세상에 반응할 뿐인지, 우리의 감정이 반응하는 것인지, 아니면 그 감정이 어딘가 더 깊은 곳에서 나오는 것인지 궁금하다. "로사, 넌 뭘 원하니?" 내가 그녀에게 조용히 물어본다.

"난 그저 사랑받고 싶을 뿐이야." 그녀는 그렇게 대답하며 나를 깜짝 놀라게 한다. "대부분의 사람이 원하는 거잖아." 그녀가 나를 쳐다본다. "안 그래?"

22

나는 더럼주*에 있는 장이 서는 오래된 마을인 비숍오클랜드에서 자랐다. 웨어 계곡이 들여다보이고, 가느다란 은빛 강이 흐르며 초록색과 갈색으로 물든 마을이다. 번화가에는 떠들썩한 펍, 중고품 가게, 네온사인을 반짝이며 자갈길 위로 형광등 불빛을 쏟아내는 테이크아웃 음식 전문점들이 빼곡히 들어차 있다.

가장 친한 친구인 타라와 나는 때때로 방과 후 요령껏 레이시스에 들어가서 크로넨버그 맥주 몇 잔을 주문하곤 했다. 그 프랑스어 이름이 세련되게 들리고, 우리를 실제보다 더 나이 들어 보이게 하는 것 같았기 때문이다. 우리는 그것을 빨대로 마셨는데, 나는 첫 잔을 마셨을 때 마치 무슨 일이든 일어날 수 있을 것처럼 세상의 경계가 흐릿해지며 술잔의 테두리 주위가 환하게 빛나는 것이 너무 좋았다. 술을 마시면 내 몸의 안과 밖이 동시에 느껴졌다. 나는 알코올이 혈관을 타고 흐르며 피가 묽어지는 것을 감지했고, 동시에 뼈에 붙은 살의 무게를 잊은 채 마치 내가 내 몸 위에 둥둥 떠 있는 것처럼 내 몸에서 떨어져 나가는 느낌이 들었다.

나는 극단적인 것을 갈망했는데, 그 이유는 극단적인 것이 비

* 영국 잉글랜드 북동부에 위치한 주.

숍과 정반대인 것 같았기 때문이다. 비록 비숍이 나름대로 극단적인 곳이기는 했지만 말이다. 비숍은 스팽글이 잔뜩 달린 드레스에 스틸레토힐 차림으로 펍에서 쏟아져 나오는 여자들과 반팔 셔츠를 입고 축구공 문신을 한 남자들 때문에 작은 라스베이거스를 연상시켜 '비시베이거스'라고 알려져 있다. 한때는 주교후*들의 집이었던 성 아래 위치한 이곳은, 부유함도, 사막의 태양도 없지만, 천박한 매력이 강렬하게 밀려들어 들썩이는 곳이다.

끝없는 들판에 둘러싸인 쇠퇴한 탄광촌들이 비숍과 인근 도시들 사이를 가로막고 있어서, 비숍은 어디에서나 멀리 떨어져 있는 것처럼 느껴졌다. 나는 버스에서 몇 시간 동안이나 더러운 차창에 머리를 기대고 휙휙 스쳐 지나가는 도로를 물끄러미 바라보며 내 삶이 시작되기를 기다렸다. 길고 공허한 일요일이면 침대에 누워 시간을 보내며, 잡지를 휙휙 넘겼고 낡은 핑크색 잠옷 속의 내 몸을 만지며 욕망에 차 발가락을 오므렸다. 온갖 상념이 내 눈꺼풀 속에서 내가 정확히 이름 붙일 수 없는 무언가에 대한 갈망에 허기진 채 안절부절못하며 발버둥 쳤다. 나는 특정 직업이나 집이나 자동차, 그러니까 쉽게 정량화할 수 있는 그 어떤 것도 원하지 않았다. 빛이 새어 들어오는 컷글라스** 같은 바다, 여름밤 고속도로의 타버릴 듯 뜨거운 아스팔트같이 추상적인 것을

* 중세 유럽의 작위로, 가톨릭 주교인 동시에 세속 영지를 소유한 사람을 일컫는 말.
** 칼로 여러 가지 모양을 새긴 유리그릇.

원했다. 나는 감각을 원했다. 세상으로 나가 그 감각이 나를 거칠게 꿰뚫게 해서, 내 해안선의 모양을 알고, 나에게 형체가 있는지 확인하기를 원했다. 나는 그 모든 욕구가 내 안에서 강물처럼 불어나 돌진하듯 세차게 밀려가며 지나가는 길에 있는 모든 것을 흠뻑 적시는 동안, 어쩔 줄 모르고 안절부절못했다.

"산책이라도 좀 가지 그러니?" 내가 게슴츠레한 눈과 헝클어진 머리로 욕실 거울 앞에서 뾰루지를 짜고 있는 것을 발견하고는, 어머니가 말했다. "그놈의 몸치장도, 침울하게 어슬렁거리는 짓도 다 그만 좀 해."

23

나는 샤워를 하며 내 피부에 밴 당신의 냄새를 씻어내고, 한때 단단했지만 당신의 손길에 말랑말랑해진 내 외피를 추스르려 노력한다. 잇몸에서 피가 날 정도로 세게 양치질을 하고 하얀 도자기 세면대에 피를 뱉어내며 당신에 대한 생각을 밀어낸다.

당신이 떠나기 전날, 당신을 만날지 아니면 상황을 그냥 내버려두는 것이 나을지 궁금해하며, 초조하게 휴대전화를 만지작거린다. 휴대전화 화면에 불이 들어오자 내 위가 조여든다.

"계획 변경." 당신이 그렇게 적어 보낸다. "내가 들어갈 아파트가 아직 준비되지 않았어. 여기 일주일 더 머물 예정이야." 나는 당신이 글자를 입력 중이라는 것을 의미하는 점들을 빤히 바라보며 손거스러미를 물어뜯는다. 당신을 잊고 이 모든 걸 뒤로할 준비가 되어 있었지만, 내게 이토록 가까운 곳에서 희미하게 빛나는 당신의 존재가 나를 놀라게 하며 내 가슴속에서 깜박거린다.

"하이게이트에서 주인이 잠시 비운 집을 봐주는 중이야." 당신이 메시지를 보낸다. "여기 와서 지낼래?"

나는 생각해볼 겨를도 없이 스타킹과 여분의 팬티를 가방에 쑤셔 넣고 지하철로 향한다.

당신은 다닥다닥 증축된 연립주택에 사는 어머니 친구분의 집을 봐주는 중이다. 집주인이 이 도시가 돈과 유리로 무정해지기 전인 1980년대에 싸게 사들인 집이다. 그녀는 두어 주 정도 집을 비울 예정이고, 당신이 정원을 돌보고 그녀의 고양이에게 먹이를 주기만 하면, 이 도시를 떠나기 전까지 그곳에 머물러도 좋다고 한다.

"왔구나." 내가 도착하자 당신이 차가운 주방 타일 위에 맨발로 서서 어색하게 말한다. 나는 주머니 속에서 초조하게 주먹을 질끈 쥔다. 이내 당신이 나에게 키스하려고 몸을 기울이고, 나는 당신에게 굴복한다.

내가 사는 집은 쌀쌀하고 눅눅하며 천장의 페인트칠이 벗겨지고 숙취에 시달리는 하우스메이트들이 더러운 운동화를 신고 쿵

쿵거리며 계단을 오르내리는 곳이다. 하이게이트는 조용하고, 크림색이며, 침대 시트가 다림질되어 깔끔하게 접혀 있다. 오후에는 블라인드를 쳐서 집 안으로 슬그머니 들어온 햇빛에 가구가 변색되는 것을 막는다. 샤워실에는 유리의 물방울을 털어내기 위한 플라스틱 유리닦이가 있다.

나는 우리가 다른 부류의 사람들인 척하며 신문을 읽을 때, 테이블 위에 커피를 흘린다. 우리는 반쯤 읽은 책을 그대로 놓아두고 스웨터가 사라질까 하는 걱정 없이 의자 위에 걸쳐둔다. 바나나가 과일 그릇에서 갈변하고, 우리는 그 바나나로 따뜻한 빵을 만들며, 손톱 밑을 바닐라와 섹스로 물들인다. 밤이 되면, 주방에 촛불을 가득 켜고 크리스털 잔으로 자두 빛깔 와인을 홀짝이며, 조리대에 강황 얼룩을 남기고 공기를 정향과 카다몬 향으로 채운다. 나는 욕실에 있는 당신의 칫솔, 카펫 위로 여기저기 양말과 티셔츠를 쏟아낸 당신의 배낭, 침대 옆 탁자 위에 쌓여 있는 당신의 책 더미를 바라보며, 모조리 들이켠다. 당신이 가버리고, 당신의 형체가 선명도를 잃고 내 기억 속에서 흐릿해지려 하기 전에, 당신의 정확한 풍미를 마치 연기나 감초처럼 기억해두려 필사적이다.

우리는 함께 천창 밑의 미끄러운 욕조 속에 몸을 푹 담그고, 굴뚝 끝의 통풍관과 녹슨 텔레비전 안테나들 사이에서 별을 찾아 헤맨다. 젖은 몸으로 거실 바닥에 누워 키득거리며 서로를 만지고, 젖은 머리카락으로 카펫을 적신다. 맨발로 장미의 곁가지를 다듬고, 정원에서 굵은 루바브* 몇 줄기를 뽑아서 도자기 그릇에 설탕을 뭉근히 끓인 다음 크럼블**을 만든다. 나는 라벤더와 수레국화를 잘라 주방 테이블 위의 꽃병에 꽂아놓는다. 우리는 CD 케이스를 열어 긁힌 자국이 있는 CD를 꺼내고, 하늘에서 칠흑처럼 까만 밤이 쏟아져 내리는 동안 알몸에 빌려 입은 가운만 걸친 채 주방에서 춤을 춘다. 우리의 삶은 소프트 포커스 렌즈를 씌운 것처럼 흐릿해질 때, 더 평온해 보인다.

나는 감자 카레를 만들기로 결정하고, 양파가 노릇노릇해지도록 볶고, 숟가락으로 냄비에 적갈색 가람 마살라***를 수북이 담는다. 나는 라디오로 재즈를 틀고 당신은 선반에서 슬쩍한 와인을 병째 마시며 테이블에서 책을 읽는다. 주방에 물방울이 잔뜩 맺히고, 우리가 흉내 내고 있는 삶, 현실과는 동떨어진 이 삶에 우리는 웃음을 터뜨린다. 이 모든 것이 지나가버릴 것임을 잘 알기에 그 열기와 흥취를 보존하고 싶지만, 내가 할 수 있는 일은 아무것도 없고, 수증기는 차가운 창유리에 닿자마자 증발하기 시작한다.

당신은 내가 냄비를 달그락거리거나 숟가락을 떨어뜨릴 때마다 벌떡 일어서고, 코코넛우유 캔을 따자 흠칫 놀라며 안절부절못한다.

---

* 잼이나 콩포트 등으로 만들어 먹는 채소.
** 과일 위에 반죽을 얹어 구워낸 영국 전통 디저트.
*** 카레 요리에 흔히 쓰이는 혼합 향신료.

"정말 안 도와줘도 돼?" 당신이 읽던 책을 테이블 위에 엎어 놓으며, 세 번째로 물어본다.

"정말이야." 나는 톡 쏴붙이지만, 이내 누그러진다. "맛있을 거야. 장담해. 걱정하지 마."

"알아." 당신이 죄책감을 느끼며 말한다. "내 말은 그런 뜻이 아니야."

"그럼 뭔데?"

"난 이런 일에 익숙하지 않아." 당신이 나를 향해 손짓한다. "누가 날 위해 요리해주고 있는 거 말이야. 보통은 내가 다른 사람들을 위해 요리를 하거든."

"항상?"

"그런 것 같아. 보살핌을 받고 있으니까 기분이 이상해. 어떻게 해야 할지 모르겠어."

나는 냄비 뚜껑을 살며시 덮는다. "당신을 돌봐주는 사람은 아무도 없어?"

"돌봐주지. 다른 방식으로. 나도 잘 모르겠어. 내가 레스토랑에서 우리 아버지에 대해 얘기했던 거랑 좀 비슷해. 아버지가 돌아가셨을 때 나는 엄마나 남동생 같은 사람들을 보살피는 게 몸에 배었어. 믿음직하고, 남에게 쓸모 있는 사람이 되는 거 말이야." 나는 와인 잔을 다시 채우고 당신 맞은편에 앉아 촛불 빛에 비친 당신 얼굴을 관찰한다. "그래서 내가 스페인에 가려고 하는 것 같아. 그냥 저절로 흘러가게 두는 대신, 무언가를 선택하기 위해서 말이야."

나는 이리저리 옮겨 다니며 살아온 내 삶의 방식에 대해 생각해본다. 이 세상에서 내가 선택을 하고 내 주체성을 시험하며 살았는지 궁금하지만, 결코 돈이 충분하지 않거나 살 곳이 마땅하지 않아서, 또 어쩌면 전혀 내 선택이 아닌 무언가를 쫓아다니느라 선택하지 못한 것들이 많다. 나는 우리가 사랑을 선택하고 있는 것인지, 아니면 그냥 저절로 흘러가게 두고 있을 뿐인지, 사랑이 선택 가능한 것인지, 아니면 그냥 눈부시게 하얗게 우리의 허를 찌르며 우연히 일어나서 그 길에 있는 모든 것을 산산조각 내는 것인지 궁금하다.

"선택하는 건 중요해." 내 잔에 든 짙은 색의 와인을 빙빙 돌리며 내가 말한다. 새로운 삶을 목전에 둔 당신이 부럽지만, 곧 그 질투심에 죄책감을 느끼는데, 그것은 당신이 아버지를 잃었다는 데서 비롯되는 감정이다.

당신은 내 눈을 피하며 창밖을 내다본다. "그래. 맞아."

감자는 익는 데 너무 오래 걸려서, 감자가 부드러워질 때쯤엔 밥은 차갑고 우리는 둘 다 술에 취해 있다. 나는 스토브 위의 카레를 국자로 떠서 깊은 그릇에 넘칠 만큼 담는다. 우리는 너무 허겁지겁 먹는 바람에 혀를 덴다.

"정말 맛있어." 당신이 그렇게 말하자, 나는 내가 자르고 썰고 당신을 돌볼 수 있다는 데, 나 자신을 돌보는 법을 배우고 있다는 데 기뻐한다. 비록 진정으로 나 자신을 돌본다면 내가 여기에,

그러니까 상처받기 쉽고 깨지기 쉬운 지경에 이르지 않았을지도 모르지만 말이다.

우리는 더러운 그릇들을 한쪽으로 밀어 놓는다. 당신이 내 손을 잡으려고 테이블 너머로 손을 뻗는다. 당신의 눈 깊은 곳에는 무언가 무정한 것이 있다. 벌써부터 나를 떠나 어딘가 새로운 곳을 향해 나래를 펼치고 있는, 꽉 막히고 아득한 무언가가 말이다.

"고마워." 당신이 내 손목 안쪽에 키스하며 말한다.

"뭐가?" 나는 당신의 표정을 읽을 수 없고, 그로 인해 불안해진다.

"저녁 식사를 만들어줬잖아." 당신이 손가락으로 내 손금을 더듬는다. "그리고 이해해준 것도." 내 안에서 분노가 치밀어 오르지만, 내게 선택권이 있는 것처럼 행동하는 당신에게 화가 나는 것인지, 아니면 당신이 여기 남기를 얼마나 원하는지를 인정하지 못하는 나 자신에게 화가 나는 것인지 알 수가 없다.

"천만에." 내가 비꼬듯이 말하자, 당신이 눈살을 찌푸리며 내 손을 놓는다.

"왜 그러는 거야?"

"그러다니 뭘?"

당신은 대답 없이 눈을 감는다. 공기는 무겁고 밀도가 높다. 나는 당신이 자신을 위한 더 많은 공간을 찾기 위해 떠나기를 원하지만, 당신은 다시 봉인될 수 없는 무언가를 이미 터뜨려버린 상태다. 나는 마음 한구석에서는, 당신의 부재의 언저리를 따라 헤매도록 나를 방치한 채 새로운 삶을 향해 떠나가는 당신을 원망한다.

"당신이 스페인에 가게 돼서 기뻐." 내가 그렇게 말하자 당신은 서운한 듯 보인다.

"정말이야?"

"당신을 위해 정말 잘된 일이야."

"그럼 당신은 어때?"

나는 고개를 가로젓는다. 우리 사이의 공간이 마치 툭 하고 끊어지기라도 할 것처럼 팽팽하게 느껴진다. 손을 뻗어 내가 원하는 것을 잡을 수 있으면 좋겠지만, 어떻게 해야 할지 모르겠다. 남은 와인을 다 털어넣자 잇몸이 얼얼하다.

"이리 와." 당신이 다정하게 말하자 내 몸이 긴장한다. "부탁이야." 당신이 테이블 너머로 나를 향해 손을 뻗는다. 나는 일어서서 당신을 향해 움직이며, 정적인 분위기 속에서 당신을 찾는다. 당신은 내게 몸을 바짝 밀어붙이고, 나는 입술을 일그러뜨리며 한숨을 토해낸다. 당신이 내 원피스 속으로 한 손을 집어넣자 나는 그 손에 굴복하며 기도를 올리듯 내 몸을 바친다. 나는 눈을 감고, 당신의 거친 뺨, 동그랗게 말린 혀, 내 생각이 당신의 입안에서 설탕처럼 녹아내리는 방식을 기억해두려 애쓴다. 우리는 서로의 몸에 빠져들고, 차가운 주방 타일 위에서 옆구리를 할퀴며 상처를 낸다. 나는 당신의 살갗 속에 피가 맺힌 손 모양의 멍 자국을 만진다. 당신이 나를 바라보며 나직이 말한다.

"우리 이제 어떡하지?"

"나도 모르겠어." 명료하게 생각하려 노력하며 내가 말한다. 우리의 욕망이 원초적인 새빨간 피비린내로 온 집을 가득 채운다.

24

나에게는 어머니의 배 속에서 죽은 쌍둥이 자매가 있다. 언젠가 이모가 우리 집에 와서 머그잔 테두리에 산호색 립스틱 자국을 남기며 차를 한잔하다가 하는 얘기를 우연히 듣게 되었다. 어머니는 나를 흘끗 보더니 곧 이모를 의미심장하게 쳐다보며 말머리를 돌렸다.

"태어날 운명이 아니었던 모양이야." 나중에 내가 그 일에 대해 물었을 때 어머니가 내 머리를 쓰다듬으며 상냥하게 말했다. 쌍둥이 자매가 내 옆에 있으면서, 줄넘기 줄을 빙빙 돌려주고, 내그네를 밀어주는 모습을 상상해보았다. 나는 그 애가 나의 일부라는 생각, 우리가 자궁을 공유하는 동안 그 애의 생각과 감정이내 몸에 스며들었고, 만일 내가 듣는 법을 열심히 배우기만 한다면 그 애와 소통할 수 있을지도 모른다는 생각에 사로잡혔다. 밤이면 침대에 누워 내 감정 중 어떤 것이 그 애에게서 비롯된 것이고, 어떤 것이 내 자신의 것인지 판독하며, 그 애의 사고의 구조를 이해하려 노력했다. 정원에서 놀고 욕조에서 첨벙거리며 그 애에게 말을 걸었다. 내가 그 애를 위해 테이블에 자리를 추가로 마련하기 시작하자, 어머니가 나를 앉혀놓고 말했다.

"그 애는 죽었을 때 아주 작았어." 어머니가 설명해주었다. "상태가 좋지 않아서 살아남지 못했을 거야."

"많이 슬펐어요?"

"응." 어머니가 내 뺨을 쓰다듬었다. "하지만 나한테는 네가 있었고, 너 때문에 무척 행복했어."

내가 테이블 위에 차려놓은 나이프와 포크를 바라보았다. "내 잘못이었어요?"

"아, 아가. 당연히 아니지. 그건 누구의 잘못도 아니었어." 어머니는 내 정수리에 키스를 하고 여분의 나이프와 포크를 치웠다. 나는 마치 내가 쌍둥이 자매의 자리를 차지하기라도 한 것처럼 죄책감을 느끼며 내 옆의 빈자리를 바라보았다. 마치 어머니의 자궁 속에서 내가 영양분을 모조리 다 삼켜서 그 애를 위한 것은 아무것도 남지 않은 것처럼, 나는 너무 많이 받고 내 자매는 너무 조금 받은 것 같은 느낌을 떨칠 수가 없었다.

25

우리는 머리카락을 베개에 펼친 채 침대에 누워 있고, 나는 손가락으로 당신의 팔뚝에 새겨진 양치식물의 윤곽을 덧그리고 있다. 스테인드글라스 램프가 방에 분홍색 불빛을 비춘다.

"어떻게 하고 싶어?" 당신이 머뭇거리며 내게 묻는다.

"무슨 소리야?"

"우리 사이 말이야."

나는 그 답을 알아내려 애쓰며 잠시 침묵에 잠긴다. 당신과 함께 있고 싶지만, 그 말을 소리 내어 하는 것이 두렵고, 무엇이든 내가 원하는 것이 있을지도 모른다는 사실을 인정하기가 두렵다. 나는 몸에 두른 이불을 더 단단히 여민다. "아마 그냥 두고 보는 게 좋을 것 같아." 내가 조용히 말한다. "그렇게 하면 덜 부담스러워."

당신이 내 어깨에 얼굴을 파묻는다. "알았어."

"그러니까, 그게 당신이 원하는 거야?" 고개를 돌려 당신의 얼굴을 바라보며 내가 물어본다.

"그럼 당신은 뭘 원하는데?"

나는 눈을 감는다. 당신이 내 안에 열어놓은, 굶주림과 욕구로 질식할 지경인 심연이 두렵지만, 당신의 복부를 스치는 낯선 입술을 생각하면 마치 땅이 우리 발밑에서 갈라지기라도 한 것처럼 현기증이 난다. "잘 모르겠어."

당신은 말을 하려 입을 열었다가 도로 다문다. 나는 당신이 땀에 젖어 피부가 번들거리는 채로 야자나무 아래서 시원한 맥주를 마시는 모습을 그려본다. 당신은 후텁지근한 밤에 탄력 있는 어깨를 드러낸 채 내가 이해할 수 없는 언어로 웃으며 말하고 있다. 불쾌하고 신맛 나는 죄책감이 내 입안을 가득 채운다. 나는 당신이 가서 자신의 삶을 살기를 바라지만, 당신은 내가 완전히 이해하지 못하는 어떤 일을 나에게 이미 해버렸다. 나는 독립적으로 행동하고, 내 욕구를 억누르고, 멈칫했다가도 계속 나아가는 데 익숙하지만, 지금은 발바닥과 가슴골이 욕망으로 근질근질하다. 나는 쉽게 사랑에 빠지는 사람이 아니다. 다른 사람의 울안에 조용히 웅크리고 있을 사람이 아니지만, 당신이 상냥한 손길로 내 얼룩덜룩한 껍데기를 가져가는 바람에, 욕망을 느끼면서 미끄러져 나왔다.

"당분간은 그냥 두고 보자." 당신이 이불 속에서 나에게 손을 뻗는다. "무슨 일이 일어날지 우리도 모르잖아."

"그래." 나는 사실대로 말한다. "우리도 모르지."

우리는 아침의 금빛 입술 아래 웅크린 채 새벽에 잠이 깬다. 당신의 무거운 여행 가방은 문 옆에 놓여 있다.

"내가 당신 몸을 구석구석 하나도 빠짐없이 만져본 것 같아?" 당신 등 뒤에서 배를 밀착시키며 당신을 끌어안고 내가 묻는다.

당신이 웃음을 터뜨린다. "모르겠어. 아마 아닐 거야."

"아닌 것 같아?" 당신 몸 구석구석을 손가락으로 눌러서, 당신 몸에 내 지문을 점자처럼 남기고 싶다. 끝을 암시하는 듯이 당신의 알람이 울리자, 나는 얼굴을 베개에 파묻는다.

공항행 열차가 역으로 들어올 때 우리는 승강장에 서서 얼굴의 머리칼을 떼어낸다. 당신이 내게 힘껏 키스하며 말한다. "꼭 와줄 거지?" 나는 눈을 감는다. 당신이 가서, 따가운 햇살이 피부에 닿는 것을 느끼고, 아버지의 죽음이 남긴 누렇게 멍든 상처에서 벗어나고, 짊어지고 있는 무거운 짐을 내려놓기를 바란다. 떠나는 것의 중요성을 이해하지만, 이미 나를 열어버렸기 때문에 다시 봉인하기가 두렵다. 보통은 내가 떠나가는 사람이라, 정반대 입장이 된 것이 이상하게 느껴진다. 그 깨달음이 퍼덕이는 물고기처럼 내 배 속에서 발버둥 치고 있다.

"내가 그랬으면 좋겠어?"

"물론이지."

나는 당신이 길고양이처럼 거무스름한 곱슬머리에 눈이 찔린 채 검은 부츠와 지저분한 검은 재킷 차림으로 바퀴 달린 여행 가방을 밀어 열차에 싣는 것을 지켜본다. 낯모르는 사람이 당신에게 질문을 하고, 나는 이미 나를 떠나 세상 밖으로 나간 당신이 대답하는 모습을 차창 너머에서 지켜본다. 당신이 울긋불긋한 셔츠를 입은 채, 발코니에서 덩굴이 흘러내리고 나무에는 초록색 잉꼬들이 앉아 있는 바르셀로나를 돌아다니는 모습을 그려보지만, 여름에 당신을 본 적이 없어서 여름이 당신에게 어떤 영향을 미치는지 알지 못한다. 열차가 역을 빠져나갈 때, 당신이 차창에 코를 바짝 밀어붙이고 책을 손수건처럼 흔들어댄다. 나는 웃음을 터뜨리며 손을 흔든다. 이윽고 열차가 나를 지나쳐 가자 내 얼굴이 쩍 갈라지고 내 심장이 쏟아져 나온다.

26

　내가 어렸을 때 아빠가 나를 데리고 더럼에 가서 노 젓는 보트를 오후 내내 빌린 적이 있다. 우리는 강가에서 보트를 저어 출발해 오래된 돌다리 아래를 표류하며, 별자리 같은 초록색 이끼와 지저분한 벽돌에 반사된 빛의 파편들을 올려다보고, 손을 뻗어 흙탕물 속으로 떨어져 내린 수양버들을 한 움큼 움켜잡았다. 나는 아빠가 햇빛에 반짝이는 사슬 금목걸이를 목에 걸고 노를 앞뒤로 젓는 동안 아빠의 근육이 툭툭 불거지는 것을 지켜보며, 아빠의 관심을 만끽했다. 그 강의 어느 만곡부에 이르자, 아빠는 잠시 노를 내려놓고 보트가 물 위에 둥둥 떠 있게 했다. 나는 뱃전 너머로 몸을 구부려 차가운 물에 손을 넣고, 잔물결이 우리를 휘감는 것을 지켜보았다. 마치 세상에 우리 둘밖에 없는 것처럼, 육지에서 떨어져 나와 아빠, 단둘이 있는 느낌이 너무 좋았다.
　보트가 흔들리기 시작해서 고개를 들어보니 아빠가 노를 저어 강기슭으로 보트를 움직이고 있었다. 아빠가 쿵 하고 땅으로 뛰어오르더니, 나무 그루터기에 앉아 담배에 불을 붙였다. 그러고는 자신과 멀어지기 시작하자 겁에 질려 어쩔 줄 모르는 내 얼굴을 보며 웃음을 터뜨렸다.

"아빠?" 무거운 노를 집으려 허우적거리며 내가 큰 소리로 불렀다.

"그냥 밀기만 하면 돼." 아빠가 연기를 내뿜었다. "어서." 아빠가 또다시 소리 내 웃었다. "넌 할 수 있어." 손을 뻗어 노를 밀어보려 했지만, 노는 물에 젖어 미끄러웠고 내 팔은 너무 가늘었다. 나는 보트가 물살에 밀려 다리 쪽으로 끌려가는 것을 무기력하게 지켜보았다. 바다까지 떠내려갈지도 모르겠다고 생각하며, 안전한 곳으로 배를 몰지 못하면 어떤 일이 벌어질지 상상하니 속이 메스꺼웠다.

"아빠!" 내가 다시 소리치자 아빠가 담배를 끄고, 재빨리 긴다리로 강기슭을 따라 성큼성큼 걸었다. 아빠가 나뭇가지를 꺾어 내가 붙잡을 수 있도록 내밀었다. 내가 그것을 두 손으로 꼭 움켜잡자 아빠가 고개를 절레절레 흔들며 나를 육지로 끌어당겼다.

"뭐 하는 짓이야?" 아빠가 내 창백한 얼굴을 바라보며 죄책감을 느끼는 듯 내 팔을 꽉 잡았다. "그렇게 나약하게 굴 필요는 없잖아."

"하나도 안 무서웠어요." 나는 아빠에게 잘 보이고 싶은 마음이 간절했기에 거짓말을 했다. 내가 아빠에게 만족스러운 존재가 아니라는 깊은 두려움을 갖고 있었고, 아빠를 실망시켜서 나를 두고 떠날 이유를 하나 더 만들게 될까 봐 두려웠다. 아빠가 담뱃 갑에서 새 담배를 꺼냈다.

"그래야 내 딸이지. 무서웠을 리가 없어."

27

나날이 곰팡이가 피고, 그 언저리에 물때가 낀다. 겨울이 도시의 틈새에 자리 잡았고, 나는 진주 같은 서리를 차근차근 밟으며, 혼자 넌헤드 공동묘지 주변을 산책하곤 한다. 로사와 나는 추운 저녁이면 레드 와인을 마시고 그 후에는 찐만두를 먹는다. 일요일 오후에는 혼자 영화관에 가고, 비를 맞으며 번화가를 헤맨다. 저녁에는 병아리콩 스튜를 만들고, 침대에 누워 정말로 원하지도 않는 일자리에 지원하기도 한다.

나는 목욕물에 몸을 담그고 피부에 비누칠을 하다가 허벅지에서 작은 멍을 발견한다. 당신의 손가락이 나를 누른다고 상상하며, 아픔이 느껴질 때까지 엄지손가락으로 그것을 누른다. 나는 그 멍이 검은색에서 자줏빛으로 희미해져가는 중이고, 동틀녘 도시 위의 오염된 하늘처럼 누런색으로 사라져갈 것임을 깨닫는다. 그것은 우리가 서로에게 속해 있다고 할 만했던 시간의 마지막 표시다. 당신이 대학에서 풍부한 아이디어를 전개하며 일하고, 해 질 녘에 맥주를 마시며 동료들을 웃기고, 셔츠 소매를 돌돌 말아 올려 구릿빛으로 그을린 두 팔을 드러낸 채 입술 사이에 담배를 물고 낯선 사람에게 담뱃불을 부탁하는 모습을 상상해본다. 당신이 누군가를 당신의 아파트로 초대하고 당신의 피부위에 촛불 불빛이 일렁이는 모습을 그려보자, 찌르는 듯한 아픔이 내 가슴을 덮친다. 내가 원하는 것을 두려움과 부끄러움에 얽매여 그냥 억누르기만 하는 대신, 요구하는 법을 알았으면 좋겠다. 당신을 소유하고 싶은 것은 아니지만, '무언가'를 원하고 있고, 그 생각에 목구멍이 타들어가다 마침내 시큼한 맛이 내 입안 가득 고이며 눈물이 나기 시작한다.

나는 빗속에서 자전거를 타고 다니며 학생들을 가르친다. 중앙난방 장치에 몸을 녹이는 동안 따뜻한 주방에서 양파와 마늘이 노릇노릇하게 익어가는 냄새에 쓸쓸한 기분이 든다. 아이들이 부루퉁한 얼굴로 늘어놓는 이야기를 들으며, 나는 아이들의 모든 것이 잘 갖춰져 있는 필통과 시곗바늘 돌듯 안정적인 삶을 의미하는 손으로 쓴 시간표를 부러워한다. 때로는 아이들의 부모님이 차 한잔 하자고 초대해주었으면 좋겠다는 생각을 하기도 한다. 그들이 나를 위해 뜨거운 목욕물을 받아주고, 부드러운 타월을 건네주고, 내게 필요한 것을 모두 챙겨주는 모습을 상상한다.

카페에서 추가 근무를 하면서, 사람들이 노트북 자판을 두드리는 것을 지켜보고 우유 거품기에 손목을 데기도 한다. 힐끔힐끔 쳐다보던 손님들이 나에게 말을 걸려고 애를 쓰면, 그들의 손이 내 허리에 닿는 상상을 잠시 즐기기도 하지만, 거리가 전등 불빛에 둘러싸이고 사람들이 서로를 향해 서둘러 집으로 돌아가면서 밤이 깊어갈수록 당신 생각만 난다. 코트 주머니에서 당신이 손으로 쓴 장보기 목록을 발견하고는, 그대로 넣어두고 손가락 사이에 끼워 계속 문지르며, 소호행 버스 위층에 앉아 버스를 타고 가는 내내 과거에 이 도시의 어떤 면을 사랑했는지 기억해내려 애쓴다. 차창에 얼굴을 바짝 붙이고 케밥 가게 위쪽의 네온관이 깨져서 수은이 새어 나오며, 네온사인이 깜박이다가 희미해지는 것을 지켜본다.

나는 습하고 캄캄한 거리를 걸으며, 크레인 끝의 경고등이 저공비행하는 비행기들에게 깜박깜박 적신호를 보내는 것을 올려다본다. 짙은 안개가 강 위에 내려앉아 있다. 나는 런던교 한가운데 서 있고 아무것도 보이지 않는다. 당신을 생각하며 눈을 가늘게 뜨고 그 하얀 안개를 바라본다. 휴대전화를 꺼내 메시지를 입력한다.

"어디야?" 이내 삭제해버린다.

28

어느 날 학교에서 점심시간에, 가장 친한 친구인 타라가 자기 수학책의 한 페이지를 찢어 그 위에 자줏빛 소용돌이 모양으로 우리 이름을 적었다.

"서로의 이목구비를 평가해보자." 그 애가 말했다.

나는 경계하듯 그 애를 바라보았다. "그게 무슨 뜻이야?"

타라가 젤펜을 종이에 대고 눌렀다. "예를 들어서, 나는 코만 크지 않으면 엄청 예뻤을 거야. 그러니까 내 코는 1점이야. 하지만 내 눈은 8점이지."

나는 그녀를 보며 얼굴을 찡그렸다. "우리가 왜 그래야 하는데?"

"자, 어서." 그 애가 눈을 부릅떴다. "그냥 게임이잖아." 그 애가 내 이름 옆에 하트를 그렸다. "네 머리카락은 9점이야. 하지만 네 다리는 6점이라고 해야 할 것 같아." 나는 토할 것 같았다. 내가 부족하고, 내게 거는 기대에 부응하지 못할까 봐 너무 두려웠다. 교복 치마 밑에서 다리를 꼬고 앉으며, 더 멋있어 보이게 하려고 애썼다. "뭐?" 타라가 히죽히죽 웃었다. "나는 그냥 솔직하게 말할 뿐이야. 난 내 배가 너무 싫어. 그러니까 그건 나한테는 0점이야."

우리는 점심시간에 학교 식당에서 줄을 서서 기다리며, 배가 고파 발을 동동 굴렀다.

"엄청 뚱뚱하네." 낯모르는 한 남자아이가 옆을 스쳐 지나가며 비웃었다. 젤을 발라 반드르르한 머리에 교복 셔츠를 팽팽하게 만드는 어깨를 가진 남학생이었다. 나는 당황해 눈을 굴렸고, 그의 친구들은 사나운 스라소니 떼처럼 우르르 지나가며 거듭 외쳤다.

"엄청 뚱뚱해, 뚱뚱해, 뚱뚱해."

나는 종이 포장지에 기름이 고여 있는 햄치즈 파니니를 선택했다. 그것을 블레이저 주머니에 집어넣고는, 학교 운동장을 돌아다니면서 타라와 팔짱을 낀 채로, 혹은 잔디밭에 책상다리를 하고 앉아서, 한 덩어리씩 뜯어 얼른 입에 넣었다.

"그거 칼로리 높은 거 알지?" 타라가 코를 찡그리며 말했다.

"배가 고파." 나는 어깨를 으쓱하며 대꾸했다. 타라는 입술을 삐죽이며 아무 말도 하지 않았다. 나는 겸연쩍어서 치마를 허벅지 위로 끌어내리며 다음에는 더 좋은 선택을 하겠다고 다짐했다. 나는 언제나 배고픔에 굴복하여, 흐물흐물하고 축축한 샐러드 대신 노릇노릇 구운 빵과 녹인 치즈를 선택하고는 어색하게 허겁지겁 먹곤 했다. 내 욕구를 잠재우는 법을 아직 배우지 못한 상태였기에, 죄책감을 느끼면서도 번번이 그 욕구에 굴복했다.

때때로 나는 도시락을 싸 갔다. 한 무리의 여자아이들과 함께 휴게실에 앉아, 다리를 꼬고 팔꿈치를 옆구리에 붙인 채 무릎에 플라스틱 도시락을 얹고 있었다. 어떤 여자애들은 참치 파스타

나 삶은 달걀같이 냄새 나는 음식을 가져왔고, 우리가 손으로 입
과 코를 가리고 그들로부터 조금씩 멀어지면 그들의 얼굴이 화
끈 달아올랐다. 어떤 여자아이들은 다른 사람들이 쳐다보면 먹
지 못하고, 샌드위치를 잘게 뜯어 아무도 보지 않는다고 생각될
때 슬그머니 한 입씩 먹었다.

여학생 둘이 다리를 벌리고 앉아 손등의 케첩을 핥으며 햄버
거를 베어 물었다. 그들은 헐렁한 넥타이와 운동화 차림으로, 우
리가 간절히 바라는 몸매 따위에는 신경도 쓰지 않는 웃기고 사
내아이 같은 모습이었다. 나는 그들의 굵고 재빠른 손가락과 어
깨를 쫙 펴고 무릎을 살짝 구부린 채 마치 세상을 다 가진 듯 걷
는 걸음걸이를 빤히 바라보았다.

29

나는 반짝이와 모피로 차려입은 하우스메이트들과 춤을 추러
나간다. 꼼짝도 않는 대기 줄에 서서 기다리는 동안 우리끼리 진
한 병을 나눠 마신다.

"괜찮아?" 에이다가 내게 담배 한 모금을 권하며 친절하게 물
어본다. "좀 조용하네."

"상사병에 걸렸잖아." 댄이 쾌활하게 말하고, 나는 눈을 부라
린다.

"그건 너답지 않아." 에이다가 진을 다 마셔버린다. "보통은 아주 독립적이잖아."

"난 아무렇지도 않아." 나는 코트 자락을 여민다. "그냥 좀 피곤할 뿐이야. 안에 들어가면 괜찮을 거야."

우리는 문 앞에서 손목을 내밀어 도장을 찍고, 이내 열기와 소리의 벽에 부딪힌다. 다 함께 한쪽 구석에 코트를 숨기고, 바에 가서 당신 생각을 털어내려 해보지만, 에이다의 말이 목구멍에 걸린 가시처럼 느껴진다. 나는 독립적으로 행동하고 내가 하고 싶은 대로 하는 데 익숙하지만, 지금은 내 모든 생각이 당신에게 사로잡혀 있고, 어떻게 벗어나야 할지 모르겠다. 내 삶에서 뚜껑을 뜯어내고는, 뻥 뚫린 하늘에 눈이 부신 나를 여기에 남겨두고 간 당신에게 화가 난다. 술을 주문해서 벌컥벌컥 들이켜며, 당신이 여기서 나를 당신 쪽으로 끌어당기고 있지 않다는 사실에 안도하고, 내가 자유의 몸이고 내 마음대로 할 수 있다는 것을 상기한다.

나는 인파 속에서 에이다와 댄을 찾아내고, 다 함께 뜨거운 조명 아래 몸을 흔든다. 에이다의 금빛 배꼽티가 현란한 섬광등 아래 번쩍이고, 댄은 땀에 흠뻑 젖은 홀치기염색 티셔츠를 입고 빙글빙글 돈다. 나는 눈을 감고 내 몸에 집중하며, 별들이 내 안에서 솟구쳐 올라와서 입안을 가득 채우는 것을 느낀다. 내 혈관 속의 피는 뜨겁고, 팔다리는 유연하며 버터처럼 부드럽고 가볍다.

낯선 사람이 방 건너편에서 나와 눈길이 마주치자, 나를 향해 다가온다. 손가락마다 반지를 끼고, 입술에 마리화나 담배를 물고 있는 남자다. 내가 더 다가붙어 춤을 추자, 그의 맥주 냄새 섞인 사향 냄새가 코로 들어오고, 마리화나 연기가 내 머리카락을 휘감는다. 그를 원하지는 않지만, 그가 원하는 사람이 되고 싶고, 빛나고 강렬하며, 스며들기 쉽지 않고 견고한 사람이 된 기분을 느끼고 싶다. 그가 아랫자락을 묶은 내 셔츠 속의 맨 허리로 손을 뻗자 뜻대로 하게 내버려두고, 음악에 빠져들어 두 팔로 허공에서 모양을 빚는다. 그가 내 얼굴에 그의 얼굴을 들이밀자, 바람 속에서 담배에 불을 붙이려 애쓰면서 사랑받고 싶다고 말하던 로사가 떠오른다. 그의 혀는 두툼하고 축축했다. 나는 '집'이라는 단어가 당신의 입에서 나왔을 때 반짝거리고 안전하고 순수했던 그 맛이 기억난다. 낯선 사람이 몸을 더 바짝 밀어붙이자, 나는 그의 양어깨에 손을 얹고 그를 부드럽게 밀어낸다.

"나가서 바람이나 좀 쐬려고요." 내가 그의 귀에 대고 말한다.

"같이 가요." 그가 셔츠 주머니의 담배를 툭툭 두드린다.

"고맙지만 됐어요. 괜찮아요." 나는 출구로 가는 길에 미러볼 아래서 몸을 흔드는 에이다와 댄 옆을 지나간다.

"어이, 정말 잘했어." 댄이 내게 엄지손가락을 추켜올리며 소리친다. 손등으로 이마를 닦는 그의 눈동자가 빙글빙글 돌고 있다.

나는 목둘레에 맺혀 있던 땀방울들이 증발하는 것을 느끼며 차가운 공기를 즐긴다. 뒤집힌 맥주 통에 앉아, 주변 사람들이 이야기를 나누며 단숨에 술을 들이켜는 것을 지켜본다. 곁눈질로 보니 그들이 피우는 담배의 주황색 끄트머리가 쪼개진 작은 다이아몬드처럼 반짝거린다. 건물에서는 저음이 진동하며 울려 나오지만, 모든 것이 기복 없이 단조롭다. 내 휴대전화에서 당신이 보낸 메시지가 깜박거린다.

"젠장." 나는 숨죽여 중얼거리고는 그 메시지를 열어본다. 당신은 내게 소나무 밑에 벗어 던진 당신의 등산화 사진을 보냈다. 햇빛이 노랗고 맑아서 너무 색달라 보인다. 종이 꽃 장식이 주렁주렁 걸린 불법 가옥과 그 앞에 놓인 찢어진 소파에 앉아 맥주를 마시는 사람들 사진도 있다. 당신이 책을 읽다가 밑줄을 그은 어느 문구를 찍은 사진도 있지만, 당신이 물어뜯어 들쭉날쭉해진 엄지손톱에 너무 정신이 팔려 그 글귀를 이해하지 못한다.

"당신을 원해." 답장을 입력하다가 이내 삭제하지만, 그 말이 내 눈꺼풀 속에서 네온사인처럼 번쩍인다. 나는 당신을 원한다. 당신의 짭짤한 피부와 회색 눈과 당신의 젖은 혀가 내 이름을 발음하던 방식을 원한다. 나는 내 욕구와 욕망을 삼키고, 억누르며, 멈칫했다가도 계속 나아가는 데 전문가이지만, 내 모든 규칙이 깨지고 모든 것이 쏟아져 나오고 있다. 당신에게 야자나무 이모티콘을 줄줄이 보내자, 당신은 답장으로 물음표를 보낸다.

30

타라와 나는 공원에 누워 끈적끈적하고 달콤한 사과술을 마시고, 비에 흠뻑 젖은 싸구려 발레리나 플랫 슈즈를 신고 팔짱을 낀 채 주택개발단지 주변을 걸어 다녔다. 우리는 MTV의 〈더 힐즈〉*와 〈디 오시〉**를 시청하며, 벌꿀색의 팔다리와 파스텔 핑크색의 저녁노을을 갈망하고, 야자나무가 늘어선 대로와 《틴 보그》에서의 직장생활을 그려보았다. 의사나 변호사나 사업가가 되겠다고 꿈꿔본 적 없지만, 아름다움에 우리를 자유롭게 하는 힘이 있다는 것은 알고 있었다. 그것은 실크처럼 매끄럽고 스팽글처럼 반짝거렸으며, 더 나은 무언가를 할 수 있는 기회였다. 우리는 언젠가 카니예 웨스트가 그레이구스 보드카 병을 들고 있는 모습이 목격된 뉴캐슬의 가장 화려한 클럽 무대에서 속옷 차림으로 춤추는 일을 하는, 가장 예쁜 6학년*** 여학생들에게서 배어 나오는 화려한 매력을 알아차렸다. 우리는 누군가가 자신을 모델로 스카우트해서 더 눈부신 곳으로 휙 데려가주기를 바라며, 주말마다 선글라스를 끼고 지역 공항 입국장에 서서 시간을 보내는 한 여학생을 알고 있었다.

우리는 월드컵에서 빅토리아 베컴이 자기 자리에 앉아 있는 모

* 패션잡지 회사에 취직한 네 명의 여성을 주인공으로 한 미국의 리얼리티 쇼.
** 미국 오렌지카운티의 상류층 사회를 배경으로 한 청춘 드라마.
*** 영국 학제에서 대학 입시를 준비하는 16~18세 학생. 우리나라의 고등학교 3학년에 해당한다.

습을 눈여겨보았고, 글래스톤베리*에서 반짝이는 황금빛 미니 원피스를 입은 케이트 모스의 허벅지 곡선을 눈으로 더듬었다. 쌍둥이인 올슨 자매의 가녀린 어깨에서 스팽글이 줄줄 흐르듯 반짝이는 모습을 동경하며 가슴이 부풀었고, 피치스 겔도프**의 배 주변에 새겨진 먹빛 데이지꽃 문신들이 그녀를 우그러뜨린 듯 더 작고 말라 보이는 그녀의 몸매에 질투 섞인 한숨을 쉬었다. 알렉사 청이 검은색 스키니 진을 입고 늘씬한 몸매를 드러낸 모습을 주시했고, 천사 같은 머리카락에 초록빛이 감도는 황금색 드레스 차림으로 새벽에 각성제에 취해 있는 〈스킨스〉의 캐시***를 탐내듯 바라보기도 했다.

우리는 앙상한 골반과 헤로인 시크 스타일에서 자기 파괴의 언어를 배웠다. 우리가 동경하는 여성들은 깡마르고 아름답기만 하면 무엇이든 할 수 있었다. 그들은 섹스와 마약에 대한 그들의 욕구를 과시했고, 너무 많이 먹지만 않는다면 가느다란 손가락으로 이 세상의 모든 기쁨을 차지할 수 있을 정도로 놀기 좋아하는 젊은 여자들이었다. 우리는 그 모든 것을 넋을 잃고 바라보았다. 아름다움과 현란한 클럽 조명을 위해 맛과 포만감을 희생해야 한다는 것을 깨달으면서 말이다. 우리는 쾌락에 이르고 손을 뻗어

---

* 1970년에 시작된 영국 최대 규모의 음악 페스티벌.
** 영국 가수 밥 겔도프의 딸로, 모델이자 영국 패션계의 스타였으나 2014년 25세에 헤로인 과다 복용으로 사망했다.
*** 영국 십 대들의 삶과 우정을 그린 드라마 〈스킨스〉에서 캐시는 마른 체형에 음식을 잘 먹지 않는 인물로 그려진다.

그것을 움켜잡을 수 있도록 우리의 욕구를 참는 법을 배웠다.

우리가 아는 여자들은 모두 다이어트 중이었다. 황제 다이어트, 양배추 수프, 2·4·6·8 다이어트,* 영국 심장 재단이 수술을 앞둔 환자들을 위해 처방한 것으로 추정되는 빠르고 극단적인 식이요법 등등. 연예 전문지들은 해변에서 비키니를 입고 있는 리얼리티 쇼 스타들의 복부를 수치심이라는 둥근 형광색 조명을 비추고 선회하며 그들을 갈가리 찢어버렸다.

"제이드**의 흐물흐물한 군살!" 그 표지는 우리가 과자 몇 봉지를 사려고 신문 가판대에 줄을 서 있는 내내, 그렇게 소리쳤다. "케리***의 충격적인 뱃살!"

아름다움이란, 긴 형광등이 켜진 유혹적인 케밥 가게, 슈퍼마켓의 원 플러스 원 행사, 욕구에 따라 허겁지겁 뒤적거리는 긴 인조 손톱과는 동떨어진 초월적인 것이었다. 우리는 잭윌스****의 패션 화보를 탐독하면서, 비싸 보이는 햇살을 받아 반짝반짝 빛나며 건초 더미 위로 긴 다리를 늘어뜨린 상류층 여자들에게 얼굴을 바짝 들이댔다. 마른 몸매가 멋지고 세련되며 부유해 보였다. 그들은 언제든 허기를 충족시킬 수 있기 때문에 배고픔을 통제하는 여성들이었다. 우리는 극단적으로 마른 몸을 지지하는

---

* 매일 섭취하는 칼로리를 200, 400, 600, 800으로 정하고 이 주기를 반복하는 다이어트.
** 영국의 리얼리티 쇼 〈빅 브라더〉에 출연해 유명세를 얻었던 일반인 출연자.
*** 2000년 데뷔한 영국의 3인조 걸그룹 아토믹 키튼의 멤버였던 케리 카토나.
**** 영국의 캐주얼 의류 브랜드.

게시판에 올라온 사진들을 입을 쩍 벌리고 바라보며 조금씩 위험에 빠져들었고, 다음과 같은 말로 서로에게 보내는 메시지를 끝맺었다.

"열심히 살 빼자♡"

우리는 서로를 격려하며 함께 점심을 거르고, 캔에 든 다이어트 콜라를 마시며 허기를 면하고, 점심값을 모아 술값으로 썼다. 나는 인스턴트커피를 보온병에 담아 학교에 가져가서, 그 묽은 커피를 하루 종일 몇 모금씩 아까운 듯 천천히 마셨다. 부글거리는 배를 부여잡고, 눈 안쪽의 흐릿하고 답답한 느낌을 무시하면서 말이다. 때때로 우리는 샐러드 한 통이나 과자 한 봉지를 나눠 먹으며, 부러움에 몸을 움츠리는 서로를 지켜보았다. 각자 우리가 우리 자신이 아닌 다른 어떤 사람이었으면 좋겠다고 생각하면서 말이다.

어느 겨울날, 타라와 나는 둘 다 감염성 단핵구증*에 걸렸다.

"오럴섹스 때문에 걸린 게 분명해." 타라가 똑똑한 척하며 말했다. 하지만 우리가 레드불 캔과 끈적끈적한 립글로스 튜브를 공유하면서 서로에게 전염시켰을 가능성이 더 컸다. 나는 목이 붓고 아픈 채로 열에 들떠 꿈을 꾸다 깨다를 반복하며 일주일을 앓아누웠다. 타라는 더 심하게 아파서 병원에 입원했고 6주 동

---

* 바이러스에 의한 급성 감염 질환.

안 학교를 쉬어야 했다.

타라가 다시 등교한 첫날, 교실에 들어왔을 때, 학급 전체가 조용해졌다. 여학생들이 타라의 주위에 몰려들어, 부럽다는 듯 그 애의 손목을 만져보았다.

"너 진짜 가냘프다." 그들은 바짝 붙어 서서, 그 애의 줄어든 허벅지와 날카로운 광대뼈에 놀라며 감탄했다. 그 애의 작은 얼굴이 나를 건너다보는 것을 보았을 때, 마치 우리가 절벽 끝에 서 있는데 처음으로 우리 발밑의 휑뎅그렁한 낭떠러지를 알아차리기라도 한 것처럼 불안감이 들었다.

31

당신은 내게 당신의 연구, 빨간색 새 자전거, 당신이 만난 예술가와 사회운동가들, 빛으로 가득 찬 도서관에 대한 긴 이메일을 보내곤 한다. 카탈루냐의 독립, 노란 리본*이 매달린 거리, 따끔거리는 파열의 아픔, 분열을 자초하는 세상에 대해 적는다.

"출구가 너무 많아." 영국이 유럽의 외피에 상처를 냈을 때 당신은 이렇게 썼다.** "난 언제 입구를 찾을 수 있을까?" 당신은 신념과

---

* 카탈루냐 독립운동의 상징물.
** 영국의 유럽연합 탈퇴를 뜻하는 브렉시트는 영국 'britain'과 출구, 탈퇴를 의미하는 'exit'를 합친 말이다.

의견을 잔뜩 가지고 있어서, 낡은 것들을 뒤로하고 앞으로 돌진한다.

나는 당신의 이메일을 출력해서 공책 속에 접어 넣어둔다. 그 결과 내게도 무언가 매달릴 것이 생겼다. 당신은 우리 몸이 서로 밀착되는 것, 당신의 스웨터에 달라붙은 내 머리카락을 자꾸 발견하게 되는 것에 대해 쓴다. 차갑고 푸른 바다에서 발가벗고 헤엄칠 때마다 내 생각이 난다고 말한다. 나는 당신이 손으로 입력한 글자들을 손가락으로 더듬으며 당신의 피붓결을 상상해보지만, 느껴지는 것이라고는 생생하게 아리는 당신의 부재뿐이다.

내 내면에 분필 가루 같은 허연 버캐가 나날이 쌓여간다. 고층 건물들이 기를 쓰고 버티는 하늘을 날카롭게 찌르고 있다. 나는 뷰티 잡지에 기사를 쓰고, 어린아이들을 돌봐주고, 극장 매표소에서 입장권을 판매한다. 갤러리에서 인턴으로 일하고 싶다고 지원하지만 아무 소식도 듣지 못한다. 카페에서 사람들이 내게 라테를 도로 주며 "더 뜨겁게 해줘요"라고 말하면, 우유는 까다로워서 아주 금방 눌어붙는다는 설명 따위는 굳이 하지 않고 새로 만들어준다.

내가 가르치는 학생들의 부모들은 피아노 교습, 프랑스어 수업, 사립학교 입학시험 때문에 스트레스를 받는다.

"우리 애가 입학 허가를 받지 못하면 어떻게 해야 할지 모르겠어요." 걱정이 많은 어머니가 열한 살 난 딸의 머리 위로 속삭인다. "우리 동네 학교는 악몽 같은 곳이에요."

"입학하게 될 거예요." 나는 가방에 책을 챙겨 넣으며 그녀에게 말한다.

아이의 어머니가 주방 아일랜드 식탁에 쇼핑백을 내려놓고 한숨을 쉬며 말한다. "이런, 젠장." 그녀가 지갑의 지퍼를 열어본다. "현금 인출기에 들르는 걸 깜박했네요. 다음 주에 드려도 될까요?"

"네, 괜찮아요." 이미 방세로 낼 돈조차 부족한데도, 나는 환하게 미소 짓는다.

자전거의 잠금장치를 풀면서 휴대전화를 확인해보니, 당신이 보낸 새 메시지가 있다.

"도시가 내려다보이는 언덕 꼭대기에 앉아 있어. 여기 있으니 마치 거리가 다 불타고 있는 것처럼 느껴져. 방금 막 비가 내렸고 하늘은 캔털루프 멜론 색깔이야. 구름은 멍든 레몬 같고, 나는 오렌지 나무 아래에 앉아 있어. 일기를 쓰면서, 오렌지가 나무에서 떨어지면 누가 거둬 가고, 그 후에는 또 어떻게 되는지 궁금해하고 있어. 당신이 물어볼 만한 질문이고, 그 덕분에 내가 실제로는 당신에게 편지를 쓰는 중이라는 것을 깨닫게 되었어. 여기 와서 한 달 정도 나와 함께 지내지 않을래? 우리는 올리브와 값싼 맥주를 먹으며 지낼 수 있어. 야자나무 아래를 걷고 바다에서 헤엄을 칠 수도 있지. 당신은 수업을 맡을 수도 있어. 우린 잘 해낼 수 있을 거야. 어떻게 생각해?"

나는 자전거를 타고 점점 흐릿해져가는 햇살을 헤치며 집으로 돌아간다. 차량 매연과 뒤엉킨 머리카락을 등 뒤로 흩날리며, 버스 정류장과 구멍가게들을 나는 듯이 지나친다. 가방을 싸서 곧장 당신에게 가고 싶지만, 우리가 너무 빨리 이런 상황에 빠져들었고, 내가 내 감정을 거의 통제할 수 없다는 것이 겁이 난다. 이번에는 다른 방식으로 살아보고, 올바른 선택을 하고, 내가 원하는 것이 무엇인지 알아내기 위해 노력하고 있다.

당신이 사이프러스 나무, 푸른 물에 닿은 햇빛, 가능성의 색깔인 하늘빛을 담은 사진들을 보낸다. 나는 우리가 보랏빛 하늘 아래 오렌지를 먹으며 오래된 거리를 걷는 모습을 상상한다. 낮이 흐르고 흘러 진한 와인 빛깔 같은 밤이 되고, 모페드*가 펑 하는 소리를 내며 부릉거리고, 태양이 우리의 피부에 갇혀 있는 것을 그려본다. 하이게이트의 집에서는 모든 것이 너무나 쉬워 보였던 것에 대해 생각한다. 그 기억에는 부드러운 빛이 넘쳐흐른다. 당신을 잊으려고 노력해야 한다는 것을 알지만, 당신을 생각하면 아름다움과 천둥처럼 얻을 수 없는 것을 원하는 내 마음 한구석에 불이 붙어, 내가 설명할 수 없는 어떤 감각을 향해 돌진한다.

사람들이 조깅을 하거나 일터로 걸어가는 것을 지켜보면서, 떠나는 기분이 어떤지 기억해낸다. 내가 가볍고 자유롭게 빠져나가려는 참이라는 사실에 모든 것이 씻겨나가고, 도시를 뒤로하고 나아갈수록 도시가 점점 더 작아지며 온 하늘이 비행기 창문을

---

* 모터와 페달을 갖춘 자전거의 일종.

통해 쏟아져 들어오던 것을 말이다.

어쩌면 나는 당신과 함께 새로운 곳에서 더 좋은 버전의 나, 그러니까 더 쾌활하고, 더 분방하고, 덜 감정적인 사람이 될 수 있을지도 모른다. 어쩌면 나의 모든 날카롭고 들쭉날쭉한 부분을 모조리 매끄럽게 가다듬어서, 당신은 그런 면을 전혀 알 필요가 없을지도 모른다. 나는 항상 빛나고 반짝이며 눈부실 테고, 모든 허브와 향신료의 이름을 알고, 쾌락을 두려워하지 않고, 치아가 다 들여다보일 만큼 목청껏 웃는 그런 여자가 될 것이다.

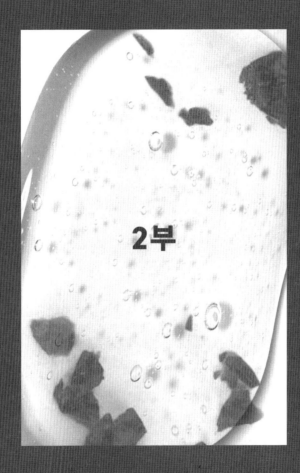

2부

32

비행기가 착륙에 앞서 바다 위를 선회한다. 하늘은 연어 빛깔이고 공기에서는 뜨거운 버터 냄새가 난다. 나는 뜨거운 손가락으로 엉킨 머리카락을 풀며 야자나무 사이로 바퀴 달린 여행 가방을 밀고 간다. 이 도시는 당신의 도시고, 이 안에 내 흔적은 없다. 더듬더듬 당신에게 보낼 메시지를 입력한다.

"이제 우린 같은 시간대에 있어."

당신이 재빨리 답장을 보낸다. "정말 끝내준다."

나는 열차에서 내려 어두워져가는 구불구불한 거리를 지나 대학 측이 집세를 내주는 당신의 아파트로 향한다. 고무줄 같은 넝쿨들이 곳곳의 발코니에서 늘어져 있다. 열기 속에 빨래가 장식용 깃발처럼 매달려 있다. 땀에 절어 겨드랑이가 변색된 티셔츠다. 남자들은 환한 바의 높은 스툴에 앉아, 문어를 씹으며 대형 스크린으로 축구를 보면서, 담뱃재를 창밖으로 휙 털어버린다. 여자들은 드라이기로 크게 부풀려 말린 머리에 꽉 끼는 청바지를 입고, 길가 테이블에서 시원한 레드 와인을 마시며, 웃음을 터뜨리고 잔에 손톱을 부딪치기도 한다. 불량한 십 대들은 반짝이는 에스트렐라* 캔을 들고 공원에 앉아 있고, 그 옆에는 그들의 개가 목줄에 묶인 채 몸을 뻗고 누워 있다. 두꺼운 검은색 스타킹 속 내 피부는 끈적거리고, 드르륵대는 바퀴 달린 여행 가방 때문에 사람들의 시선이 신경 쓰인다. 당신이 보낸 메시지에 내 휴대전화가 진동한다.

"어디야? 기다리기 힘들어." 모퉁이를 돌자 포블레섹**의 허름한 구석에 자리 잡은 당신의 아파트가 보인다. 가로등 기둥에 이중으로 자물쇠를 채운 자전거들이 묶여 있고, 벽에는 그래피티가 그려져 있다. 손가락으로 초인종을 누르자 인터폰이 지직거린다.

"빨리 올라와." 당신이 속삭이듯 말한다. "4층이야. 엘리베이터는 없어. 내가 내려가서 짐 좀 들어줄까?" 나는 잠시 생각에 잠겨, 당신이 이렇게 가까이 있다는 사실을 음미하고, 서로의 거리와 따뜻한 황금빛 공기로 인해 우리가 서로에게 얼마나 달라 보일지 초조해진다. 당신의 기분 좋은 듯한 목소리가 금속 상자에서 울려 나온다. "올라오고 있어?"

"걱정 마. 알아서 할 수 있어."

---

* 스페인에서 가장 오래된 맥주 브랜드.
** 스페인 바르셀로나의 몬주익 언덕과 가까운 지역으로, 편의 시설이 가깝고 주거 환경도 안전한 곳으로 알려져 있다.

당신의 아파트 문이 살짝 열려 있어서, 문을 밀어서 연다. 당신이 여기에 있다. 햇빛에 그을리고, 조끼 차림으로 흐트러지고, 검은 데님 반바지 아래에 종아리가 자전거 기름에 얼룩진 모습으로 말이다. 잠시 서로를 가만히 바라보자, 우리가 떨어져서 지낸 몇 달의 시간이 우리 사이에 안개처럼 펼쳐진다. 내가 예전과 달라 보일까 궁금해하고, 비행기에서 내렸을 때 옷을 갈아입었다면 좋았을 것이라고 생각하며, 눈가의 머리카락을 조심스레 빗어 넘긴다.

"당신이 여기 있다는 게 믿어지지가 않아." 당신이 수줍은 듯 말하며 나를 끌어당기고, 당신의 손길에 내 의심이 사라진다. 당신에게서 땀내와 바다 내음이 나고, 내 피부가 따끔거린다. 나는 당신의 어깨에 머리를 파묻고 숨을 들이마신다.

"맙소사." 당신이 내 여행 가방을 발견한다. "그걸 들고 계단을 다 올라온 거야? 말하지 그랬어? 내가 도와줬을 텐데!" 나는 손가락을 당신의 입술에 가져다 대고, 당신에게 힘껏 키스한다.

"세상에." 당신이 중얼거린다. "너무 보고 싶었어." 벽이 내 시야를 스치고, 나는 주위를 둘러본다. 이 아파트는 천장이 높고 거무스름한 가구와 자줏빛 그늘로 가득 차 있다. 당신이 낡은 올리브 병들에 샛노란 미모사 꽃다발을 꽂아 놓아서, 미모사 이파리들이 천장에 무늬를 만든다. 사방에 촛불이 어른거리고, 두 개의 스튜 그릇에서 모락모락 김이 피어오른다.

"배고파?" 당신이 물어본다.

나는 당신을 부드럽게 바라본다. "날 위해 이렇게 차린 거야?"

당신은 엄지손가락 거스러미를 물어뜯는다. "응. 마음에 들어?" 당신이 두 팔 가득 꽃을 안고 집으로 걸어와서 줄기를 다듬고 올리브 병들을 소금으로 헹구는 모습을 상상해본다.

"응." 나는 기뻐서 얼굴을 분홍빛으로 물들이며 조용히 대답한다.

나는 발코니로 가서 거리를 내려다본다. 모페드가 돌연 털털거리고, 스케이트보드가 덜거덕거리며 콘크리트 포장도로를 가로지른다. 창문 아래에는 오렌지 나무가 줄지어 늘어서 있고, 보도를 따라 개를 산책시키는 사람들이 오가고, 오래된 건물 사이로 개 짖는 소리가 울려 퍼진다. 당신 아파트의 맞은편 아파트가 훤히 들여다보인다. 한 노인이 열린 창문 옆 하얀 침대에 앉아 침대 머리맡 램프의 불빛을 받으며 담배를 피우고 있다. 나는 작은 싱크대에 쌓여 있는 솥과 냄비, 말리려고 발코니에 내건 줄무늬 타월 등등 당신의 새로운 삶의 방식을 눈에 담는다. 내 거동이 부산스럽고 어색한 데다 창백한 피부는 거의 반투명에 가까워서, 이곳에 있는 당신에게 어울리지 않는 듯 보일까 봐 걱정이 된다.

"여기 나와서 먹을까?" 당신이 그릇과 기다란 물병을 가지고 온다.

나는 고개를 끄덕인다. "여기는 냄새가 너무 달라. 비행기에서 내리자마자 그 냄새를 맡을 수가 있었어."

"그런 것 같아?" 당신은 나무 스툴 위에 음식이 쓰러지지 않게 잘 내려놓고, 나에게 깔고 앉을 쿠션을 던져준다. "그게 무슨 냄새인데?"

"타는 냄새 같아. 아니면 녹는 냄새거나. 마치 모든 것이 불타고 있는 것처럼 말이야." 나는 팬티스타킹을 벗어 난간에 걸친다. 공기가 진통제처럼 내 뜨거운 다리에 닿으며 긴장이 풀린다.

"아." 당신은 바닥에 무릎을 꿇고 내 종아리에 키스한다. "당신 다리가 그리웠어." 나는 웃음을 터뜨리지만, 당신이 내 치마를 들추고 무릎과 허벅다리 안쪽에 키스를 하자 몸이 떨린다. 당신이 내 안에 혀를 밀어 넣자, 나는 눈을 감는다. 그을린 공기, 배기가스, 뜨거운 양초의 밀랍 냄새를 들이마신다. 당신의 새로운 삶 속에서, 어떤 모습인지 내가 모르는 장소에서 당신을 보는 것이 줄곧 두려웠다. 우리 사이의 모든 교감이 먼 거리 때문에 소멸되었을지 모른다고 걱정했지만, 열기가 내 복부를 타고 흐르자 우리에게 더 이상 선택의 여지가 없다는 것을 깨닫는다. 우리는 무언가 축축하고 격렬하고 위험한 것, 거의 냄새가 느껴질 정도로 너무나 원초적인 사랑 속으로 더 깊이 빠져들고 있다. 도시가 우리 아래서 무더위에 시달리는 동안, 내 손톱이 당신의 두피를 파고든다. 당신은 내게 혀로 질문하고, 나는 온몸으로 대답한다.

당신의 싱글 침대에서, 우리는 배를 척추에 밀착하고 무릎을 포갠 채 바짝 붙어 잠을 잔다. 덧문 틈으로 햇빛이 흘러든다. 당신은 몸을 뒤척거리다가, 입을 쩍 벌리고 고양이처럼 하품을 하며 눈을 뜬다.

"안녕." 내가 그렇게 속삭이자, 당신이 손가락으로 내 엉덩이를 어루만진다.

"정말로 여기 있구나." 당신이 중얼거린다. "꿈인 줄 알았어."

"진짜라서 기뻐?" 내가 당신의 새로운 삶을 침범한 것은 아닌지 걱정하며 물어본다. 당신은 얼굴을 내 얼굴에 바짝 들이밀며, 이로 내 입술을 부드럽게 물어 당긴다.

"무척 기뻐." 당신이 내 입에 대고 말한다. 나는 얼굴을 당신의 목덜미에 파묻고 당신에게서 나는 씁쓰레한 잠의 냄새를 들이마신다. 당신의 몸을 더듬을 때 가슴털에 내 혀가 따끔거린다. 내가 여기서 무엇을 하고 있는지 정확히 모르겠지만, 당신의 허벅지의 시큼한 충격 사이에서 길을 잃는다. 내 욕구를 당신 안에 담으면 안 된다는 것을 알고 있지만, 내 입술에서 쏟아져 나온 욕구가 당신의 몸 위에서 터지며, 당신을 욕망에 흠뻑 젖게 한다. 당신은 내 손목을 자줏빛으로 물들이는 정맥에 당신의 입술을 맞붙인다. 나는 당신의 외피를 벗기고 심장을 덮고 있는 피부를 떼어내고 당신의 반짝반짝 빛나는 중심을 찾아내고 싶다.

33

처음 런던으로 이사했을 때, 내가 어설프고 꼴사나운 것 같은 기분이 들었다. 마치 파티나 바에서 만난 사람들, 그러니까 나는 가질 형편이 안 되는 무언가로 피부에서 빛이 나는 그 사람들과는 영 다른 존재인 것처럼 말이다. 교양 있고 매혹적인 사람들은 식욕을 잘 다스릴 줄 알 것이라고 생각했는데, 새 친구들이 항상 음식 얘기를 하는 것을 보고 깜짝 놀랐다. 그들은 신문과 광택지를 쓴 요리책에 실린 요리법을 공유했다. 특별히 좋아하는 요리사와 레스토랑이 있었고 사워도우 피자를 포장해서 가져가기도 했다. 나는 그들의 언어를 이해하지 못했다. 그것은 여자들이 슬리밍월드*에 가입하여 연대감을 다지고, 보정 속옷을 입고 체중을 재며 이야기를 나누던, 내가 자란 세상과는 너무나도 달랐다. 새로운 친구들은 서로 경쟁하듯, 자신이 다른 친구들보다 더 배가 고프다고 주장했다. 나는 그들의 배고픔이 진짜인지, 아니면 내가 이해하지 못하는 또 다른 종류의 연기인지 판단할 수가 없었다. 고향에서 알고 지내던 여자들은 그들이 스스로에게 허락한 음식이 얼마나 적은지에 대해 자랑스러워했다. 그들은 서로의 절제력과 사이즈를 줄이는 능력을 칭찬했다.

처음에는 배고픔을 밀어내니 내 안에 다른 모든 것을 느낄 수

---

* 영국의 다이어트 전문 기업.

있는 더 많은 공간이 생겼다. 나는 색깔, 위험, 아름다움, 그러니까 먹고, 자고, 새로 출근하기 시작한 펍에서 일하는 것같이 판에 박힌 일상에서 벗어났다고 느껴지는 것들을 원했다. 시와 마법을 추구하면서, 음식, 안전, 안락함에 대한 욕구를 줄였다. 내 손으로 움켜잡을 수 없을 듯 보이는 화려한 번갯불처럼 살고 싶었다.

퇴근 후 거의 매일 밤 말보로와 머스크향을 풍기는 여자들과 팔짱을 끼고 외출해서, 보도 위에서 춤을 추고, 어둠 속에서 낯선 사람과 키스를 했다. 나의 낮은 빽빽했으며 엄격하게 통제되었다. 하지만 밤이면 모든 것이 흐트러지게 내버려두고, 한데 뒤엉킨 소리와 빛과 꿈에 투항했다. 우리는 모퉁이 상점에서 진과 레몬을 사서 누군가의 아파트로 돌아가, 플리트우드 맥*의 음악에 맞춰 소파 위에서 춤을 추고 담뱃재를 카펫에 대고 비볐다. 우리는 공원의 축축한 잔디밭에 누워 속눈썹 끝에 별을 담았다. 나는 새 친구들이 하는 "이 공원은 심장이 나쁜가 봐" 혹은 "하늘이 무너져 내리는 중이야" 같은 말을 알아들었고, 그들과 손깍지를 끼고 다 함께 롱코트를 등 뒤로 휘날리면서, 라벤더빛 새벽을 헤치며 질주했다.

몇몇 미대생을 만나서 그들을 따라 슈퍼마켓 주차장으로 갔고, 알몸에 모피 코트만 걸치고 한밤중에 자동차 헤드라이트 불

---

* 1967년 결성된 영국의 록 밴드.

빛에 비친 담배 연기가 소용돌이치는 가운데 그들의 작품집을 위해 포즈를 취하기도 했다. 바에서 얼굴에 문신을 새긴 한 무리의 여자들을 만나기도 했는데, 그들은 나를 택시에 마구 밀어 넣고는, 미러볼이 온 방에 은빛 조명을 흩뿌리는 창고 주방에서 내게 와인을 따라주었다. 점심시간에 블러디메리를 몇 잔 마시고 자전거를 타고 일터로 가다가, 어떤 자동차의 사이드미러에 부딪혀 무릎이 찢어지는 바람에, 남은 근무 시간 내내 끈적끈적한 붉은 상처에 원피스가 달라붙어 있기도 했다. 블랙커피, 토스트, 보드카가 내 주식이었지만, 숙취는 전혀 없었다. 겨울에 맨다리로 다녀도 추운 줄 몰랐다. 나는 혼돈을 향해 달렸지만, 특정 조건에서는 기분이 좋았다. 그러니까 그 혼돈이 내 비밀 규칙들, 튼튼한 척추처럼 강력한 통제, 나름의 논리가 있는 무질서에서 비롯된 것이라면 말이다.

흡연 구역에서 한 남자에게 멘톨 담배 한 개비를 얻어낸 적이 있다. 그의 얼굴 위에서 붉은 불빛이 깜박거리고 있었다. 나는 천하무적인 것 같았다. 마치 다른 사람들에 비해 필요한 것이 적은 것 같았다. 먹거나 자거나 텔레비전을 보면서 밤을 보낼 필요가 없었다. 나는 깜박이는 네온사인이었고, 머리카락은 광섬유였으며, 치아 사이에서는 정전기가 지직거렸다. 내 행동 중 결과를 초래하는 것은 아무것도 없는 것 같았다.

"긴 터널 끝에 있는 기분이에요." 내가 그 남자에게 말했다. "그리고 현실은 반대편에 있죠. 무슨 말인지 알겠어요?"

그가 내 얼굴로 라이터를 들이밀며 웃음을 터뜨렸다. "글쎄요, 모르겠네요. 멋진 아가씨. 그렇지만 괜찮은 생각 같은데요. 당신이 뭐에 취했든 나도 그거 좀 해보고 싶네요."

34

당신이 구겨진 셔츠를 걸치고 거리를 따라 빵집으로 달려간다. 나는 발코니에서 당신을 지켜본다. 헝클어진 머리에 긴 다리가 드러나는 데님 반바지를 입은 당신이, 과일 가게 밖에 서서 너무 익어버린 자두가 든 상자들을 걱정스럽게 바라보는 가게 주인에게 고개를 끄덕여 인사한다. 나는 당신의 작은 스토브로 커피를 끓이며 당신의 아파트를 둘러본다. 낯선 머그잔과 숟가락을 만지고 있자니 생판 남인 듯한, 인형의 집에 들어간 엄청나게 큰 여자아이 같은 느낌이 든다. 베란다에서 말라가는 당신의 수영복과 벽에 걸려 있는 액자의 낯선 사진들을 보니, 마치 당신을 거의 모르는 것처럼 불안해진다. 당신이 한쪽 구석에 벗어 던진 낡은 부츠, 주방 테이블 위에 무더기로 쌓여 있는 책들, 그 표지에 적혀 있는 낯익은 제목들을 보자 마음이 놓인다. 아주 오랫동안 당신의 부재를 느꼈던 내 피부에는 이제 당신의 흔적들이 가득하고, 나는 그 흔적들이 내 온몸으로 퍼져나가도록 내버려둔다.

당신이 기름으로 번들거리는 종이봉투를 움켜쥐고 계단을 쿵 쾅거리며 올라와 문을 벌컥 열고 들어온다.

"크루아상을 샀어." 당신이 기대감을 내비치며 미소 짓자, 내 위가 죄어든다. 크루아상 부스러기를 무릎에 흩뿌리며 당신이 내 게 주는 소소한 기쁨을 아무 생각 없이 만끽하고 싶지만, 따가운 햇볕 아래 너무 무방비 상태인 것같이 느껴지고, 목구멍이 뻐근 하다.

"훌륭해." 나는 거짓말을 하며 접시 두 개를 들고 발코니로 간 다. 우리는 따뜻한 타일 위에 앉아 맨발을 난간으로 뻗는다. 나 는 아침 햇살에 눈을 감는다. 눈을 뜨자 당신은 벌써 크루아상 을 다 먹고 입술에는 부스러기가 달라붙어 있다.

"당신은 안 먹을 거야?" 당신이 그렇게 물어보자 나는 얼굴이 화끈 달아오른다. 당신은 내게 소박한 기쁨을 안겨주고 있는데 나는 그것을 받아들이지 못하기 때문이다.

"배가 별로 안 고파." 내가 중얼거린다. "틀림없이 비행기 여행 때문일 거야."

"정말이야?" 당신이 눈살을 찌푸린다. "뭐 다른 거 먹을래?"

"괜찮아." 나는 커피를 홀짝인다.

"그거 내가 먹어도 될까?" 당신이 손을 뻗는다. 당신은 잠시 어 린아이처럼 보이고, 나는 미소를 지으며 당신에게 내 접시를 내 민다. 당신이 씹고 삼키는 것을 지켜보며, 고양이처럼 태양 아래 서 기지개를 켠다. 배가 꼬르륵거리고 나는 그 소리를 멈추기 위해 두 손으로 배를 누른다. 당신이 담배에 불을 붙이고, 나는 당신 손가락 사이에 낀 그 담배에서 한 모금 빨아들여 내 안의 빈 공간을 연기와 타르로 채운다.

35

십 대 시절, 나는 비 오는 주말이면 달링턴에 있는 한 서점 지하에서 여행 안내서를 훑어보곤 했다. 꺼끌꺼끌한 카펫 위에 책상다리를 하고 앉아, 되는대로 페이지를 펼치고는, 테라코타 지붕과 터무니없을 만큼 푸른 하늘을 손가락으로 더듬으면서, 갖가지 언어로 적힌 말들을 읽으며 내 혀로 테스트해보았다.

나는 왕관과 날개 달린 생물들, 돌로 만든 서로 뒤엉킨 나뭇가지들, 햇빛에 시달리는 창문들에 둘러싸인 건물들로 빼곡한 책 한 권을 발견했다. 그 책에 따르면 그 건물들은 안토니오 가우디라는 카탈루냐인 건축가가 지은 것이었다. 나는 그에 대해 게걸스럽게 탐독했고, 눅눅한 번화가로 나가 셔터가 내려진 생활용품 잡화점을 지나 비에 젖은 회색 보도를 따라가는 내내 그의 형태와 색채를 내 안에 담고 있었다.

이십 대 초반 런던에서 살던 시절, 딜런을 만났다. 그는 깔끔한 직선과 무늬 없는 검은색 티셔츠를 좋아하는 그래픽 디자이

너였다. 그는 작은 병에 든 오일을 문질러서 턱수염을 부드럽게 만들었고, 가죽 부츠 안에 구두 골을 넣어 부츠의 형태를 유지했다. 나보다 일곱 살 연상이었고, 내 삶은 형태조차 거의 잡히지 않은 대강의 스케치였던 데 반해, 그의 삶은 현실적이고 견고해 보였다.

사귄 지 1년이 되었을 때 그가 우리 둘의 바르셀로나행 비행기 표를 샀다. 우리는 작은 바 야외에서 시원한 레드 와인을 마시며 잉꼬를 구경하고, 덥고 복잡한 거리를 팔짱을 끼고 걸으며 일회용 카메라로 서로의 사진을 찍어주었다. 나는 우리가 빌린 방의 작은 발코니에 앉아 티비다보 언덕*에서 금빛으로 빛나는 성당을 바라보았고, 그 모든 것이 마치 열에 들떠 꾸는 꿈처럼 느껴졌다.

함께 사그라다 파밀리아 성당에 갔지만 딜런은 입장료를 내지 않으려 했다.

"여긴 관광객들에게 바가지나 씌우는 데야." 그가 선글라스를 고쳐 썼다. "다른 데 가서 진짜로 뭔가를 해보는 게 어때?"

"하지만 이건 진짜야." 나는 반쯤 지어진 탑들과 구불구불한 첨탑들, 하늘을 향해 몸을 뻗은 천사들을 올려다보았다.

"어쨌든 이건 좀 흉물스러워." 딜런이 그렇게 말했고, 그가 나보다 세상에 대해 훨씬 더 많이 알고 있다는 것을 생각해보니, 그

---

* 바르셀로나에서 가장 높은 언덕으로 정상에는 사그랏코르 성당이 자리해 있다.

것이 아름답다고 생각한 것이 부끄러웠다. "게다가 난 전에도 봤어." 나는 빛이 스테인드글라스 창문을 가르는 것을 빤히 쳐다보다, 짙고 선명한 초록색 야자나무를 넋을 잃고 바라보며 꾸물거렸다.

"자, 어서." 그가 나를 한 갤러리로 끌고 갔다. 그 갤러리의 삭막한 벽면을 배경으로 맵시 있는 검은색 옷차림의 그를 지켜보자니, 내가 너저분하고 볼품없이 느껴졌다. 마치 내가 꿈꾸던 것들이 천사와 너무 과한 장식, 이파리, 꽃으로 조잡해진 것처럼 말이다. 매끄러운 점토 조각상에 대해 이야기하는 그의 말에 귀를 기울이며, 내 취향을 세련되게 만들고, 무질서를 끊어내고, 나 자신을 구석구석 말끔히 가다듬을 필요가 있다고 생각했다.

36

열차가 도시에서 멀어지면서, 황금빛 띠가 당신 얼굴을 스치며 반짝거린다. 나는 차창에 머리를 기대고 햇볕에 바랜 고층 건물들이 하얀 돌의 눈부신 광채로 바뀌는 것을 지켜본다. 당신은 내 다리에 손을 얹고 책을 읽고, 당신의 팔에 난 털들은 에어컨 바람에 곤두서 있다.

우리는 빌라노바 이 라 헬트루에서 하차해서, 길가 카페와 환한 휴대전화 가게, 즉석 복권을 함께 파는 담배 가게, 햇볕에 껍질이 따뜻하게 데워진 채 과일 가게 밖에 무더기로 쌓여 있는 오렌지와 바나나를 지나쳐 걸어간다.

"베르무트 마실래?" 함께 알록달록한 광장을 걸어가던 중에 당신이 물어본다. 금속 의자가 빛바랜 차일 아래 보도를 긁는다. 우리는 햇빛을 가려 눈을 보호하며 자리에 앉는다. 당신이 메뉴판을 훑어본다.

"이거 봐, 꿀 바른 가지튀김이 있어. 정말 맛있는 거야. 전에 먹어본 적 있어?" 나는 고개를 가로젓는다. "좀 시켜볼까?" 나는 원피스 자락 끝에 선글라스를 닦는다. 새로운 음식을 시도하기가 어려운 데다, 여기서는 더 밝은 하늘 아래서 내가 누구인지 확신도 없고, 실수나 저지르는 부족한 존재가 될까 봐 겁이 난다.

"그래." 나는 억지웃음을 짓는다. "좋은 생각 같아."

당신은 메뉴판 너머로 나를 흘끗 쳐다본다. "확실하지 않구나." 실망스러운 표정이 당신 얼굴을 순식간에 스치고, 당신이 그 표정을 미처 털어내기도 전에 내 눈에 띈다.

"확실해." 나는 내 것이 아닌 목소리로 말한다. "그렇게 하자."

튀김옷을 얇게 입힌 따뜻한 가지튀김이 나온다. 당신이 내 잔에 당신 잔을 맞부딪쳐 건배하고, 짙은 색 와인이 내 혀를 휘감는다.

"어떤 것 같아?" 당신이 초조하게 물어본다. 내 목구멍이 조여들고 허벅지는 꼼짝 없이 의자에 달라붙어 있다. 나는 포크로 가지를 찍는다. 그것은 부드럽고 바삭바삭하고, 나는 이의를 제기하는 내 마음 한구석을 억누른다. 이미 너무 많은 시간을 낭비했다.

"정말 맛있어." 나는 입술에 묻은 기름을 무시하고, 단맛, 얇은 튀김옷, 부드럽고 따뜻한 가지에 집중한다. 당신이 소금 통을 톡톡 두드려 손바닥에 소금을 던 다음, 손가락으로 집어 흩뿌린다. 나는 내 술에서 올리브를 건져 먹으며, 억지로 당신의 긴 팔, 하얀 종이 냅킨, 탁 트인 하늘에 집중한다.

"여기서 사는 건 정말 좋아." 당신이 의자에 등을 기대며 그렇게 말하자, 나는 당신을 자신 없게 지켜보며, 이 도시가 당신을 위해 문을 연 듯 보이는 것과 당신이 이곳에 매끄럽게 발을 들여놓은 것을 부러워한다.

"무슨 생각해?" 당신이 걱정스러운 마음에 눈가에 주름을 잡으며 내게 물어본다.

"아무 생각도 안 해." 나는 재빨리 현재로 돌아와 미소를 지어 보인다.

"해변에 가볼까?" 당신이 잔돈을 찾기 위해 주머니를 뒤지며 묻는다.

항구에 도착해보니, 발밑의 바다가 은박지처럼 주름져 굽이친다. 바닷물에서 소금기가 날아와 내 머리카락과 피부를 뒤덮는다. 나는 잠시 걸음을 멈추고 숨을 들이마신다.

"바다가 보고 싶었어." 내가 조용히 말한다.

당신이 내 어깨에 지그시 입을 맞춘다. "난 당신이 보고 싶었어." 우리는 바위를 기어 올라가 구불구불한 해안 길에 이른다. 함께 기찻길을 따라 걸으며 야생 로즈메리 덤불로 몸을 숙일 때, 기차가 아른거리며 휙 스쳐 지나간다. 햇볕에 달아오른 대지에서 레몬과 유칼립투스 향이 피어오른다. 머리 위로 비행기 한 대가 지나가자, 멀리 떨어져 있는데도, 런던의 음산한 하늘과 비숍 오클랜드의 작고 환한 주방에 있을 어머니가 생각난다. 눈앞에서 당신의 부츠에 먼지가 피어오르는 것을 지켜보며, 커져가는 하늘 아래 크루아상과 꿀 바른 가지튀김을 먹는 그런 사람, 다시 말해 다른 사람이 되는 것이 정말로 가능할지, 아니면 나는 그냥 항상 나일 뿐인지가 궁금해진다.

우리는 작은 만을 발견하고, 바위투성이 길을 기어 내려가, 모래사장에 배낭을 내던진다. 파도가 거대하게 밀려와 해안에 부딪치며 크림 같은 포말이 인다. 아직 봄도 아닌데 주름에 땀이 송골송골 맺히자, 나는 차가운 물속에 들어가기를 갈망하며 무심코 옷을 벗는다. 사방에 아무도 없고, 당신도 내 알몸을 보자 반바지를 스르륵 벗어 내린다. 우리가 바다로 뛰어들자 물거품이 일며 우리를 에워싼다. 얼음처럼 찬 파도가 내 피부를 구원한다. 그 파도가 우리를 감싸며, 너울에서 건져낸다. 우리는 파도 밑으로 끌려 내려갔다가 이내 웃음을 터뜨리며 올라온다. 기쁨이 빛나는 단단한 보석처럼 내 안에서 솟아오른다.

우리는 잠시 수면에 떠서 흔들리다가, 해변으로 다시 헤엄쳐 간다. 당신이 내 손을 잡고 나를 바위 위로 끌어올린다. 내 피부에 맞닿은 당신의 피부가 미끈거린다. 느닷없이 욕구가 나를 헤집자 나는 그에 굴복하며, 음식과 당신의 낯선 아파트에 대한 걱정, 당신의 새로운 삶 속에서 나의 불확실한 위치에 대한 걱정을 다 놓아버린다. 당신은 고운 모래와 바닷물을 맛보고, 나는 당신에게 나를 허락한다. 내 허기가 온 세상을 집어삼킬 수 있을 것처럼 느껴진다.

나중에 당신 아파트에서 우리는 머리가 바닷물에 젖어 구불거리는 채로, 무딘 식칼로 아보카도를 썰고 나무 도마 위에 그 딱딱한 껍질을 쌓아 올린다. 나는 망고를 두툼하게 자르고 손가락에 묻은 오렌지 과육을 빨아 먹는다. 당신은 머그잔에 레몬과 화이트 와인과 식초를 넣고 휘저은 다음, 그것을 루콜라 잎사귀 위에 똑똑 떨어뜨린다. 내가 해바라기씨를 한 줌 던져 넣자, 유리그릇에 비처럼 후드득 떨어진다. 나는 안전하다고 느끼며, 당신 집의 발코니에 앉아 굶주린 듯 먹는다. 그사이 복숭아색 저녁노을이 우리 주위로 내려앉고, 유리잔 속의 얼음이 빠르게 녹는다.

당신이 내 맨어깨에 키스하고 이렇게 말한다. "짭짤해." 비행기들이 우리 머리 위 하늘에 불붙은 것 같은 긴 흔적을 남긴다.

"저 비행기들이 실제로 바로 우리 머리 위를 날고 있는 것 같아?" 내가 물어본다. "아니면 더 멀리 떨어진 다른 곳에 있는 것 같아?"

"스페인 북부 상공 어디엔가 있겠지." 그가 말한다. "단지 우리 바로 위에 있는 것처럼 보일 뿐이야. 빛과 관련이 있는 것 같아."

우리는 온몸이 소금과 설탕에 절여진 채 조용히 앉아 있다. 내가 네모난 다크 초콜릿을 한입 베어 물자, 혀에 씁쓸한 자국이 한 줄 남는다.

우리가 달빛이 우리에게 스며들도록 덧문을 열어둔 채 당신의 침대로 무너지자, 시트에 모래가 끼고, 내 피부는 태양이 남긴 흔적 때문에 따끔거린다.

"오늘 하루 즐거웠어?" 당신이 졸음에 겨운 발음으로 중얼거린다.

"응." 내 몸을 당신 쪽으로 수그린다. "당신은?" 눈을 감으니 파도의 움직임이 내 몸을 휘감는다. 나는 분홍색 하늘, 꿀 바른 가지튀김, 우리 위로 비행기가 지나간다는 착각, 사물들이 실제보다 더 가까워 보인다는 것을 생각한다.

우리의 벌거벗은 몸이 차가운 물속에서 물보라에 허우적거리다가, 내 안에 덮여 있던 오래되고 딱딱한 껍질이 갈라지기 시작하는 모습을 그려본다. 그것은 아주 가느다란 금, 빛의 파편, 또 다른 존재 방식의 희미한 표시이다.

37

열여섯 살의 여름이 시작될 무렵, 나는 미용실 안쪽의 텅 빈 욕조에 서서 일회용 종이 팬티를 입은 채 덜덜 떨고 있었다.

"손을 머리 위로 올려요." 미용사가 미소 지으며, 주황색 액체를 분사하는 노즐을 휘둘렀다. "가슴도 해야 해요. 아니면 자연스러워 보이지 않을 거예요."

어머니의 새 남자친구인 스티브가 우리를 데리고 그리스로 휴가를 갔다. 그곳은 내가 처음 가본 더운 곳이었는데, 태양으로 인해 세상이 내가 그때껏 한 번도 본 적 없는 모양으로 휘어져 있었다. 환한 빛 때문에 하얗게 칠한 집들과 에메랄드빛 바닷물이 너무나도 깨끗해 보였다. 마치 내가 그때까지는 이 세상의 싸구려 모조품만 보았던 것처럼 말이다.

강렬하고 설익은 욕망이 내 내면에 뿌리내리는 중이었다. 그것은 노란 열기 속에서 펼쳐지면서, 내 위벽을 압박하고 척추를 휘감으며 경련을 일으켰다. 어머니는 다리에 선크림을 듬뿍 발랐고, 나는 호피무늬 비키니 차림으로 타월 위에 몸을 죽 뻗고 누워, 손가락으로 갈비뼈를 세며 드러난 복부와 펑퍼짐해 보일 허벅지에 신경을 곤두세우고 있었다. 나는 하트 모양의 선글라스를 쓰고 반쯤 감은 가늘게 뜬 눈으로 가없는 하늘을 보고 있었다. 까무룩 잠이 들었다가, 내 위로 불쑥 나타난 그림자에 깨어났다.

"가슴 참 크네." 남자의 목소리가 웃음을 터뜨렸고, 내 몸은 반사적으로 긴장하여 굳어졌다.

"어이, 뭐야?" 스티브가 특유의 부드러운 발음으로 주의를 끌며 경고했다. 내가 눈을 떠보니, 키가 크고 햇볕에 그을린 십 대 소년이 내 위에 서 있었다. 그의 맨가슴에는 물이 반짝였고, 하늘을 등지고 있어서 거무스름한 고수머리는 실루엣만 보였다. 그의 눈이 뻔뻔스럽게 내 몸을 위아래로 죽 훑자, 나는 배를 쏙 당겨 넣었다. "어이, 꺼져." 스티브가 으르렁거리듯 말하자 소년은 어깨를 으쓱하고는 떠나버렸다.

내 가슴속은 말로 정확히 표현할 수 없는 위험한 무언가에 흠뻑 젖어 요동쳤다. 나는 그 소년이 원하는 바를 표출하는 경솔한 방식이 두려우면서도, 나 자신도 그런 여유로운 태도를 가졌으면 했다. 스티브가 나를 보호하기 위해 그 소년을 쫓아버렸다는 것을 알고 있었지만, 나는 보호받고 싶지 않았다. 기쁨에 대해 알고 싶었고, 햇살 아래 내 피부에 마음 편히 깃들고 싶었다. 내 몸은 거북하게 느껴졌지만, 섹슈얼리티는 그렇게 느껴지지 않았다. 그 둘은 서로 연결되어 있지만 별개인 것처럼 느껴졌다. 나는 눈길을 끌고 싶었고, 또 돌려주고 싶었다.

우리가 임대한 아파트는 벽이 얇았다. 나는 시트 한 장을 덮고 땀에 젖어 따끔따끔한 몸으로 뒤척였다. 어둠 속에서 어머니의 침대가 삐걱거렸고, 헉헉대고 끙끙대는 소리가 내 방 구석구석으로 모여들었다. 나는 베개에 얼굴을 파묻고 양과 별과 맥주병을 세었지만, 해변의 그 소년이 내 꿈속으로 밀고 들어왔다.

아침에 플라스틱 간이의자에 앉아 오렌지 주스를 마시는데, 내 허벅지에서 갑자기 튀어나온 검은 벌레가 손가락에 살짝 닿았다. 손톱으로 튕겨내려 해봤지만 계속 달라붙었다.

"어머, 얘야." 어머니가 나의 공포를 눈치채고 선글라스를 벗었다. "그건 진드기야. 틀림없이 풀밭에서 들러붙었을 거야. 잠깐만 기다려. 핀셋을 좀 가져올게." 어머니가 붉고 검으며 내 피로 살찐 그 부푼 몸을 집는 것을 지켜보며 나는 구역질이 났다.

우리는 다시 해변으로 갔다. 나는 맨발로 뜨거운 자갈을 밟으며 놀라 움찔거렸고, 더위에 머리가 지끈거렸다. 어머니는 바닷물을 헤치며 걸어 들어갔고, 나는 어머니의 비키니 아랫도리 위로 비어져 나온 엉덩이와 스티브의 등을 휘감은 뻣뻣한 털들을 보았다.

"들어와!" 어머니는 하늘 아래서 물보라를 일으키며 웃음을 터뜨렸다. "우리는 지금 지중해에 있어. 믿어지니?" 나는 그들이 바다 가운데 검은 바위로 헤엄쳐 가는 것을 지켜보다가, 그들이 멀리 떨어져 있는 동안 검은 고수머리 소년이 다시 오기를 바라며, 눈부신 햇빛을 가려 눈을 보호하고 그 소년을 찾아보았다. 물속에서 더위를 식히고 싶었지만, 그러면 몸에 뿌린 태닝 제품이 씻겨 나가서, 사람들이 내가 겉보기에만 그럴싸하다는 것, 내 몸을 편하게 느끼지 않는다는 것, 추운 곳에서 왔다는 것, 햇살에 무화과가 쪼개지는 것을 본 적이 없으며 내 욕망이 아주 기분 좋게 느껴지지 않는다는 것을 알게 될까 봐 걱정스러웠다. 그들은 내가 너무 많은 것을 원하고 그것을 정확하게 설명할 수조차 없다는 것, 눈길을 끌고 싶지만 너무 무서워서 눈길을 돌려주지는 못했다는 것을 알게 될 터였다.

38

주말이 예상외로 따뜻해서, 우리는 모래 위에 담요를 깔고 누워 책을 읽으며 레몬 맥주를 마셨다. 당신이 시럽에 절인 복숭아 통조림을 꺼내 고리를 비틀고 뚜껑을 딴다.

"어렸을 때 이후로 이런 걸 먹어본 적이 없어." 나는 미소를 지으며 미끈거리는 복숭아 한 조각을 꺼낸다. 달콤한 과즙이 내 팔꿈치를 타고 흘러내린다.

"이건 해변에서 먹기 좋아." 당신은 깡통에 손을 통째로 집어넣는다. "뙤약볕에도 상하지 않거든." 나는 부드러운 복숭아 조각을 혀에 대고, 먹고 싶은 것은 무엇이든 아무 생각 없이 먹었던 어린 시절에는 그것이 어떤 느낌이었는지를 기억해내려 노력한다.

우리는 모래사장 위에 몸을 쭉 뻗고 누워 주변 사람들을 구경한다. 한 무리의 남자들이 몸에 딱 붙는 검은색 수영복을 입고 배구를 하고 있다. 허리 밴드에 둘러싸인 그들의 배는 부드럽고, 공을 향해 손을 뻗으면 근육이 팽팽해진다. 한 여자가 머리카락에서 물을 짜내자 작은 물방울들이 유리구슬처럼 햇빛에 반짝인다. 대여섯 살쯤 된 어린 여자아이가 맨가슴에 비키니 아랫도리만 입고 해변을 달려간다.

"여기에서는 내 몸에 훨씬 더 많은 것이 느껴져." 무릎을 구부려 발뒤꿈치를 좌우로 벌리고 일어나 앉으며 내가 말한다.

"무슨 말이야?"

"글쎄. 내가 해변에 너무 자주 와 있나 봐." 나는 빙긋 웃으며 말한다. "아무튼 여기서는 사람들이 몸을 더 잘 받아들이는 것 같은 기분이 드는 것뿐이야. 점잖은 체하는 것도 덜하고."

"더운 날씨 때문일까?"

"아마도. 그냥 내 몸에 더 많이 집중하게 되는 것 같아. 나 자신이 더 만족스럽게 느껴지고." 나는 당신의 사내아이 같은 가슴과 좁은 엉덩이, 피부 밑에 잎사귀와 꽃잎 모양으로 웅크리고 있는 문신용 잉크를 바라본다.

"난 당신 몸이 좋아." 선글라스를 쓰고 내가 말한다. 당신이 내 등에 한 손을 얹는다.

"나도 당신 몸이 좋아." 내 허벅지를 파고드는 신축성 있는 수영복 밑단, 다리에 달라붙은 모래알들, 가슴을 감싸며 꼭 조이는 천이 신경 쓰인다. 바다에서 나올 때 물에 젖어 주름진 라이크라 천이 내 둥그런 엉덩이와 볼록한 배를 강조하는 것이 거슬리고, 해변을 오르는 동안 내 가슴에 머무는 눈길들이 의식된다. 나는 내 피부가 뼈를 잡아당기는 힘을 의식하며, 항상 내 몸에서 너무 많은 것을 느꼈다. 자유란 몸을 잊어버릴 수 있는 특권이라고 생각했지만, 어쩌면 그것은 사실이 아닐지도 모른다.

"전에는 당신 몸이 편하지 않았어?" 내가 복숭아 조각을 모래사장에 떨어뜨리며 물어본다.

당신은 잠시 생각에 잠긴다. "그다지. 내 몸속에서 내가 느껴지지 않았어. 뭐랄까, 아예 거기 없는 것 같았어. 마치 내 몸에서 내가 사라지고 없는 것 같았지."

"나쁘지 않은 것 같은데."

"그렇지 않았어." 당신은 햇빛을 가려 눈을 보호한다. "뭐랄까, 내가 반만 존재하는 것 같았어."

"왜 그렇게 느낀 거야?"

"정말 모르겠어. 내 몸을 미워하지는 않았어. 사랑하지도 않았지만. 그건 내게는 아무것도 아니었어. 마치 그릇 같았어." 나는 손을 뻗어 당신의 팔을 만진다. 작은 움직임 하나에도 자신의 몸을 의식하는 것과 자신의 몸이 아예 존재하지 않는다고 느끼는 것 중 어느 쪽이 더 안 좋을까 궁금해진다.

"상상이 안 돼." 나는 그렇게 말하고 맥주병 주둥이에 모래알이 붙은 것을 느끼며 맥주를 한 모금 마신다.

당신은 쑥스러운 듯 손가락을 모래 속으로 집어넣는다. "어쩌면 여자들은 다를지도 몰라."

나는 내 몸이 억지로 쑤셔 넣어졌던 너무 작은 그 모든 공간들, 내가 원하지도 않았는데 나를 더듬던 손길과 내게 머물던 눈길들을 떠올리며 침묵한다. 구슬 목걸이의 알처럼 진부하고 특별할 것 없는 이 조그마한 폭력의 파편들이 쌓여서, 내 목구멍에 단단히 감겨 있다는 것이 무엇을 의미하는지 궁금해진다.

작은 여자아이가 물을 향해 돌진하다가 모래사장에서 곱드러진다. 아이가 울음을 터뜨리자, 아이 어머니가 급히 달려와 아이를 재빨리 안아 든다. 그녀의 배는 부드럽고 임신선 때문에 생긴

튼 살이 있다. 내 몸 안에 다른 몸을 담고 다니는 것이 어떤 느낌일지, 그러면 나 자신을 더 잘 돌볼 수 있을지 상상해본다. 내 어머니와 어머니가 잃은 아이들을 떠올리자, 다른 사람의 일부이기도 한 자신의 일부를 잃는 것이 어떤 느낌인지 궁금해진다. 당신이 설명한 것처럼 내 몸에서 사라지고 없는 것이 어떤 느낌일지 상상해본다. 바로 그것이 내가 음주, 단식, 달리기, 수영 따위로 나 자신에게서 벗어나려 하면서 도달하려 안간힘을 썼던 상태인 것 같다. 하지만 나는 결코 벗어날 수 없었다. 항상 내 살의 윤곽, 그 모든 살 아래 내 골격이 있다는 피할 수 없는 사실에 의해 다시 현실로 끌려왔다.

아이 어머니는 딸의 무릎에 묻은 모래를 털어주고 거기에 입을 맞춘다. 내 어머니가 나에게 똑같이 해주며 내 아픔을 털어주었던 기억이 떠오르고, 그 이후로 내가 나 자신을 돌보지 않았던 모든 일들을 생각하니 가슴이 아프다. 여자아이의 아버지가 탄산음료와 은박지에 싼 바게트가 한가득 들어 있는 아이스박스를 여는 것을 지켜본다. 아이는 그에게서 샌드위치를 받아 가고, 그는 아이를 보며 미소 짓는다. 그는 타월을 펼쳐 아이를 단단히 감싸서, 계속 안전하고 따뜻하게 해준다.

39

졸업을 앞두고, 졸업 파티가 열렸다. 모두들 몇 년 전부터 미리 조바심을 치면서, 우리보다 먼저 졸업 파티에 참석했던 여자 선배들의 사진을 자세히 살펴보며 그들의 헤어스타일을 평가하고 드레스에 감탄했다. 우리는 스프레이 제품으로 인공 선탠을 하고 파스텔 색상으로 치장하는 꿈을 꾸며, 헤어스타일, 매니큐어, 뒤풀이 파티를 계획하고, 누가 우리에게 데이트를 신청할지 촉각을 곤두세우고 궁금해했다. 다들 리무진을 대절해 파티장까지 가면서, 플라스틱 샴페인 잔으로 슐로어*를 마시고 선루프 밖에서 붙임 머리를 헝클어뜨리는 고운 모래 섞인 바람을 맞으며 비명을 질렀다.

부모님의 이혼이 졸업 파티 몇 주 전에 최종적으로 성립되었고, 어머니는 사과의 의미로 나를 데리고 드레스를 사러 갔다. 우리가 구름 같은 튈 레이스와 인조 다이아몬드 머리핀을 만져볼 때 어머니는 피곤해 보였다.

"웨딩드레스 같아." 어머니는 무의식적으로 결혼반지를 뺀 약손가락을 비틀며 고개를 가로저었다. 나는 결국 톱숍**에서 검은색 미니드레스를 고르게 되었다.

"괜찮은 것 같아요?" 나는 탈의실에서 배를 안으로 쏙 집어넣

---

* 영국과 아일랜드에서 주로 판매되는 포도 과즙이 포함된 청량음료.
** 영국의 대표적인 중저가 패스트패션 브랜드.

었다.

"마음에 드니?" 어머니는 가격표를 확인했다.

나는 거울에 비친 상기된 내 얼굴을 보고 눈살을 찌푸리며, 머리를 부풀리듯 헝클어뜨렸다. "그런 것 같아요."

어머니는 찬성한다는 듯 미소를 지으며 말했다. "그래. 그게 제일 중요한 거야."

졸업 파티 당일, 나는 신경이 곤두서서 토할 것만 같았다. 조심스럽게 다리를 면도하고 검은색 아이라인을 그렸다. 하이힐의 스트랩을 채우고, 사진을 찍기 위해 비틀거리며 정원으로 갔다. 작은 검은색 드레스를 입은 내 몸은, 다리는 노출되고 가슴은 어깨끈 없는 새 브래지어 안에서 짓눌려 있어서 품위가 없는 것처럼 느껴졌다.

"예뻐 보여." 내가 장미 덤불 옆에 어색하게 서 있는 동안, 어머니가 디지털 카메라로 사진을 찍어주었다.

"정말요?" 나는 드레스 밑단을 만지작거렸다. 전화벨이 울리기 시작했고 어머니는 내가 잔디밭에 주저앉게 내버려둔 채 전화를 받으러 안으로 들어갔다.

"네 아빠야." 어머니는 마음 상한 표정으로 그렇게 말하며, 마치 전화기가 위험하기라도 한 것처럼 조심스럽게 전화기를 건네주었다.

"오늘 밤 좋은 시간 보내거라." 아버지의 목소리는 쉬어 있었다.

"엄마한테 사진 많이 찍어달라고 해. 몸조심하고. 알았지?"

어머니는 나를 타라의 집으로 태워다주는 내내 말이 없었다. 나는 카시트 때문에 다리 뒤쪽이 간지러웠고, 학교에서 모두가 나를 빤히 쳐다보고 그 눈길이 내 피부에 가시처럼 박히는 것을 상상하니 마음이 싱숭생숭했다.

어머니가 기어를 바꾸며 나를 힐끗 쳐다보았다. "이따가 파티에서 조심해. 집에 오고 싶으면 전화하고."

"괜찮을 거예요." 내가 날카롭게 말했다. 우리는 한동안 말없이 차를 타고 갔고, 나는 입술을 깨물었다.

"드레스가 너무 짧은 것 같아요?" 타라네 집이 있는 거리로 접어들었을 때 내가 걱정스럽게 물어보았다.

어머니가 내 다리를 힐끗 쳐다보았다. "글쎄, 이제는 좀 늦었어."

"그럼 너무 짧은 것 같다는 거예요?" 나는 극도로 당황했다.

어머니가 고개를 가로저었다. "얘야, 그 드레스는 비싼 거였어. 확신이 없으면 사지 말았어야지."

위가 딱딱해지는 것 같았다. "끔찍해 보여요?"

어머니의 앙다문 입술이 얇아졌다. "그만 좀 해. 예뻐. 대체 뭐가 문제니?"

우리는 타라의 집 밖에 차를 세웠고, 차 안의 분위기는 격앙되어 있었다. 나는 앞마당의 분홍색과 노란색 새틴 같은 잔물결과 대낮의 희미한 카메라 플래시에 속이 메스꺼웠다.

"그럼 좋은 시간 보내라." 엄마는 나를 쳐다보지도 않고 말했다. 내가 침을 꿀꺽 삼키고 차 문으로 돌아앉았을 때, 타라의 어머니가 긴 여름 원피스 차림으로 프로세코* 잔을 들고 우리에게 경쾌하게 다가왔다.

"세라." 그녀가 우리 어머니를 향해 명랑하게 말했다. "들어와서 한잔하고 가요." 어머니가 자신의 청바지와 낡은 티셔츠를 내려다보았다.

"아." 어머니가 나를 바라보았다. "아니요. 난 그냥 가는 게 좋겠어요. 내 꼴을 좀 봐요."

타라의 어머니가 우리를 내려다보며 환하게 웃었다. "바보같이 굴지 마요. 보기 좋기만 한데. 어서 들어와요. 한 잔 갖다줄게요."

내 친구들의 부모님은 반팔 셔츠와 꽃무늬 원피스 차림으로 앞마당에 서서, 선글라스를 낀 얼굴에 미소를 머금은 채, 미지근해진 와인 잔을 움켜쥐고 있었다.

"너희들 다 참 아름답구나." 술에 취한 한 아빠가 카메라를 흔들며 윙크했다. 몸에 착 붙는 드레스를 입은 내 친구들은 아름다워 보였다. 입술은 매끄럽게 빛나고, 스모키 화장을 한 눈은 반짝거렸다. 나는 드레스 자락을 세게 잡아당기고, 어깨를 뒤로 젖히며, 숨을 들이마셨다. 타라를 찾으려고 주위를 둘러보았지만

---

* 이탈리아의 대표적인 스파클링 와인.

립글로스를 바른 미소 띤 얼굴들, 몰아치는 향수 냄새, 산들바람에 펄럭이는 긴 장식용 비닐 깃발 사이에서 그 애를 찾을 수가 없었다.

어머니는 혼자 테이블에 서서 그릇에 든 감자칩을 깨작깨작 먹고 있었다. 누군가가 어머니에게 사진을 찍어달라고 부탁했고, 나는 체크무늬 셔츠를 입은 한 쾌활한 아빠가 재빨리 아내의 허리에 팔을 감고 바닥까지 내려오는 빨간 드레스를 입은 딸을 둘 사이에 세운 채 자랑스러워하는 모습을 지켜보았다. 어머니의 뺨이 씰룩거렸고, 나는 어머니와 눈이 마주쳤다.

"나랑 여기 같이 있는 게 창피하니?" 내가 물집이 잡힌 발로 하이힐을 신고 잔디밭을 가로질러 다가갔을 때 어머니가 물었다.

"뭐라고요?" 나는 깜짝 놀랐다. 창피하지 않았기 때문이다. 내 몸이 이상하다는 느낌에 지나치게 집중하고 있었고, 벌써부터 이튿날 페이스북에 올라올 사진들을 예상하며, 신경이 곤두서서 불안에 시달리고 있었을 뿐이었다.

어머니가 차 열쇠를 쨍그랑거렸다. "난 집에 갈게."

"뭐라고요? 왜요?"

어머니의 얼굴은 굳어 있었다. "넌 분명히 내가 여기 있는 것을 원하지 않아. 이런 일이 있을 거란 말도 안 해줬잖아."

나는 다른 사람들이 듣고 있을까 봐 걱정하면서 주위를 둘러보았다. "난 몰랐어요." 어머니가 그 자리에 있기를 바랐지만, 술에 취해 환하게 웃고 있는 가족들과 대조적으로 어머니가 얼마나 상처받고 기가 죽었는지를 알 수 있었다.

어머니가 술잔을 내려놓았다. "갈게. 즐거운 밤 보내라."

나는 플라스틱 의자 끝에 걸터앉아, 아름다운 드레스를 입은 친구들을 지켜보며 눈을 깜박거려 눈물을 참았다. 내가 무엇을 잘못했는지 이해할 수 없었고, 단지 어머니가 상처받았다는 것과 좋지 않은 기분이 내 몸에 달라붙은 채, 허벅지가 드러나는 내 드레스의 밑단에서 뚝뚝 떨어져 내리고 있다는 것만 알 뿐이었다. 내가 충분히 똑똑하거나 예쁘지 않아서 어머니가 가버렸다는 생각, 우리 둘 다 아버지에게 충분히 만족스럽지 못하다는 생각, 슬픔이 우리에게 달라붙어 있어서 우리 피부에 병적인 광채가 돈다는 생각을 하지 않을 수가 없었다. 반 친구들의 전도유망한 미래가 내게는 아주 멀게만 느껴졌다. 마치 그들이 어딘가 빛이 가득한 곳으로, 내가 따라갈 수 없는 장소로 나아가는 중인 것처럼 말이다.

나중에 인터넷에 올라온 사진들을 보니, 어색한 포즈와 고통스러운 표정 속에 내 실패가 고스란히 담겨 있었다. 나는 그 후 일주일 내내 토스트와 물만 먹고 지내며, 나와 어머니를 실망시킨 내 몸에 벌을 내렸다.

40

당신이 일찍 일어나 내 어깨에 입을 맞추고는 침대에서 슬며시 빠져나간다. 당신이 주방에서 달그락거리는 소리, 출근길에 쿵쾅거리며 계단을 내려가는 소리, 등 뒤로 문을 쾅 닫는 소리가 들린다. 나는 어둠 속에 홀로 누워, 덧문 틈새로 새어 드는 노란 햇살을 가만히 바라보며, 아래쪽 거리에서 울려 퍼지는 이해할 수 없는 목소리들, 부탄가스 파는 사람들이 높은 건물 사이에서 가스통을 수레에 실어 밀고 다니며 땡그랑거리는 소리에 귀를 기울인다.

당신의 스토브로 커피를 끓여 나무 의자에 앉아 마시다가, 내 여행 가방이 방 한구석에 밀쳐져 있는 것을 발견한다. 당신의 책과 종이 더미, 문에 걸려 있는 재킷들, 싱크대에 쌓여 있는 접시들을 바라본다. 당신이 어질러놓은 광경, 생활의 흔적에 위로를 받지만, 그 모든 것이 당신의 것이라는 사실을 너무나 잘 알고 있다. 런던에서 낯선 사람이 내 셋방을 재임대해 쓰는 동안, 상자 가득 채워져 내 침대 밑으로 밀쳐져 있는 옹색한 내 물건들이 떠오른다. 넓은 공간에 어지럽게 늘어놓고 싶지만, 아담하고 휴대하기 쉬운 여행 가방 두어 개에 다 담을 수 있는 것보다 더 많은 짐을 가지고 있기가 두렵다. 내 마음 한구석에서는 까탈스럽게도 이 모든 일이 런던에서 무언가 현실적인 것을 쌓아가는 데 그저 방해만 되는 것은 아닌지, 여기서 재미 삼아 당신과 함께 살고 있는 것은 아닌지 걱정스럽다.

가벼운 원피스를 입고 대낮에 밖으로 나가 과일 가게에 들러 비닐봉지를 체리로 채우면서, 과일 장수가 내가 대답할 수 없는 질문을 하지 않기를 바라며 그에게 미소를 지어 보인다. 외국인인 것이 부끄러워서 필요한 것을 요청하지 못하며 내게 실체가 없는 듯한 기분을 느낀다. 산트 안토니 거리를 지나 엘 라발 지구*로 걸어가며, 발코니에서 늘어져 내린 구불구불한 덩굴, 거리 위 높은 곳에 빨래가 널려 있는 무너져가는 좁은 건물들을 올려다본다. 몇몇 거리는 너무 좁은 데다, 마주 보는 아파트들이 서로 고작 몇 미터 떨어진 채 마치 쓰러지기라도 할 듯 앞으로 기울어져 있어, 발코니에서 다른 발코니로 점프하여 아파트 사이를 넘나드는 것이 무척 쉬울 것처럼 보인다. 하지만 하나의 삶을 떠나 또 하나의 삶으로 스며드는 것이 정말이지 얼마나 어려운 일인지를 생각해본다.

무늬가 있는 자갈길과 모자이크 타일, 금빛 향신료가 반짝거리는 식료품점, 윤기 있는 페이스트리로 뒤덮인 가게 진열창, 빛으로 가득 찬 광장이 있는 거리들은 혼란스러우면서도 아름답다. 여기서 내 삶을 꾸려나갈 수 있을지, 더 오래 머물 수 있을지, 제대로 적응해서 당신과 함께 산다는 것이 어떤 의미일지 알고 싶다가도, 우리가 기껏해야 이제 막 만났을 뿐이라는 사실이 기

---

* 바르셀로나의 번화한 지역으로 다양한 인종의 이민자들이 많이 거주한다.

억나면, 민망한 기분에 그런 생각들을 훌훌 털어버린다.

플라스틱 줄 조명이 걸려 있고 출입구에는 얼기설기 뒤엉킨 식물들이 매달려 있는, 빨간 조명의 바와 어수선한 상점가를 지나친다. 구불구불한 길을 누비자, 배수로에서 코를 찌르는 지린내와 썩은 과일 냄새가 흘러나온다. 예전에는 새로운 장소에 있다는 설렘, 내 외피가 찢어지고 피부가 벗겨지는 느낌, 다른 삶의 방식의 리듬을 익히는 것을 몹시 좋아했지만, 냉장고 자석과 축구 셔츠로 가득 찬 가게 진열창을 자세히 들여다보고 한낮의 태양 아래 맥주를 마시는 사람들을 구경하며, 내가 그 모든 것으로부터 괴리되어 있다는 느낌이 든다. 콜센터에서 하루 종일 전화를 받으며 일하는 어머니를 생각하니 그 부담감에 짓눌려, 눈부시게 푸른 하늘 아래, 뜨거운 햇볕에 시달리는 도시에 있다는 것이 배은망덕하게 느껴지고, 그 속에 선뜻 뛰어들 수가 없다.

"올라, 세뇨리타(안녕하세요, 아가씨)." 사람들이 집적거리는 듯한 걸걸한 목소리로 외친다. 그들의 눈꺼풀은 무겁고 얼굴에는 미소가 번져 있다. 나는 그들의 말을 못 들은 체하고 광장을 가로지르며, 내 피부에 닿는 그들의 따가운 눈길을 느낀다. 내가 모퉁이를 돌자마자 그들이 나를 잊어버릴 것이라는 사실을 알기에 안심이 되지만, 내 안에는 하루하루 날이 갈수록 커져가는 견고한 무언가에 대한 갈망이 있다. 불안정한 삶을 영위하며 가장자리만 맴도는 것에, 사진의 주변부에 찍힌 낯선 사람, 스쳐 지나가는 이름 모를 정체불명의 여자라는 것에 넌더리가 난다.

41

어느 주말, 딜런이 일을 하러 나가면서 나에게 그의 깨끗하고 하얀 아파트의 열쇠를 맡겼다. 나는 맨발로 돌아다니며, 휑한 조리대를 만져보았다. 그는 아무 장식 없는 벽과 군더더기 없는 가구를 좋아했고, 흐트러져 있는 것은 아무것도 없었다. 내 여행 가방만 복도에 너저분하고 무질서하게 옷을 게워낸 상태였다. 딜런의 삶은 매끄럽고 체계적이었고, 나는 그 안에서 어색한 기분을 느꼈다. 마치 내게는 아무 취향도 없고 싸구려 소지품만 너무 많은 것처럼, 또 마치 그의 깔끔하고 잘 정돈된 공간을 내가 너무 많이 차지하고 있기라도 한 것처럼 말이다.

그의 침실 거울 앞에 서서 내 엉덩이의 곡선, 둥근 젖가슴, 창백한 배, 허벅지를 가로지르는 대리석 무늬의 튼 살을 바라보았다. 내 몸은 겉보기에는 너무 평온해 보였다. 내가 한 짓의 흔적은 하나도 없었다. 흉터도, 베인 상처도, 타박상도, 내 몸 곳곳에서 자라난 그 어떤 뜨겁고 붉은 고통의 흔적들도 전혀 없었다. 어떻게 그렇게 존재할 수 있는지, 어떻게 그토록 평범해 보이는데도 표면 아래에는 그런 소용돌이가 가득할 수 있는지 궁금했다.

창문이 열려 있었고, 길 건너편 집에서는 건축업자들이 임시 가설물 위에 서서 햇볕에 맨가슴을 그을리며 일을 하는 중이었다. 따뜻한 공기에 실려 온 고함이 들렸지만, 그 소리를 무시한 채, 두 팔을 머리 위로 들어 올리며 젖꼭지가 치솟는 것을 지켜보았다. 몸집이 더 작으면 내가 어떻게 보일지, 주위에 빈 공간이 더 많으면 내 몸이 나에게 더 잘 맞을지 궁금해하며 숨을 들이마셨다.

"어이, 예쁜 아가씨!" 어떤 목소리에 창문이 쿵쿵 울렸다. 나는 눈부신 햇살을 응시하며, 그 소리를 낸 얼굴을 찾아보았다. "섹시한데!" 그 목소리가 다시 들려왔다. "섹시한 아가씨!" 창밖을 내다보니, 건축업자들이 나무 대 위에 한 줄로 늘어서서 창문을 통해 나를 빤히 쳐다보고 있는 것이 보였다.

"제기랄." 나는 나직이 말하며, 무릎을 털썩 꿇고 기어서 침실 밖으로 나갔다. 하마터면 웃음을 터뜨릴 뻔했다. 출근을 해야 했기에 깨끗한 원피스를 입으면서도, 아파트 밖으로 걸어 나가 외벽의 보호 없이 그 건축업자들과 대면해야 할 순간을 예상하며 고민했지만, 달리 방도가 없었다. 심호흡을 하고 선글라스를 쓴 다음 문을 열고 햇빛 속으로 걸어 나갔다. 그들이 나를 알아채지 못하기를 바라며, 손톱이 손바닥을 파고들도록 주먹을 꽉 쥐고 고개도 들지 않은 채, 재빨리 거리를 따라 걸어갔다.

거리를 반쯤 걸어갔을 때, 등 뒤에서 보도를 쿵쾅거리는 묵직한 발소리가 들렸다. 누군가가 나를 향해 달려오고 있었고, 나는 순간적으로 몹시 당황한 나머지 속도를 높였다. 발소리가 더 가까워질수록 화끈거리고 어지러웠다. 짤랑거리는 열쇠 소리가 들렸다. 한 남자가 손을 뻗어 내 어깨를 잡았고, 돌아서서 그를 마주 보았다. 그는 그 건축업자들 중 한 사람으로, 목둘레가 찢어진 티셔츠를 입고 노란 먼지를 한 겹 뒤집어쓴 상태였다. 반소매 아래 불룩 튀어나온 근육, 그 이두박근을 빙 둘러싼 검은 문신이 눈에 띄었다. 그에게서는 퀴퀴한 땀내와 햇빛 냄새가 났다.

"난 그쪽 집 건너편 집에서 일하고 있어요." 내가 분노에 물든 눈으로 그에게서 뒷걸음질 칠 때, 그가 미소를 지으며 말했다.

"네." 내가 말했다. "알아요."

잠시 당황한 듯 보였지만, 이내 다시 미소를 지으며 그가 말했다. "그냥 그쪽 전화번호를 물어보고 싶었을 뿐이에요."

"뭐라고요?" 나는 입을 떡 벌리고 그를 바라보았다.

"그쪽 전화번호요. 데이트 신청을 하고 싶어요."

"됐어요." 나는 고개를 가로젓고, 적절한 말을 찾으며, 그를 외면하고 돌아섰다. 나는 심박수가 치솟는 날것의 분노를 느꼈다. "됐어요." 나는 또다시 그렇게 말했다. 내 입안의 혀는 둔하고 아무 쓸모가 없었다. 그는 내가 길을 따라 걸어가는 것을 지켜보았다. 나는 손을 덜덜 떨고 있었다. 마치 그가 창문 너머에서 곧장 손을 뻗어 비바람에 시달린 강한 손으로 내 알몸을 만지기라도 한 것처럼 유린당한 느낌이었다. 하지만 내 마음 한구석에는 그의 행동에 대한 찬성, 그러니까 어쩌면 내 몸이 전혀 혐오스러운 것이 아닐지도 모른다는 불쾌하고 성가신 생각도 있었다. 내 자기감이 남자에 의해 정해지는 것을 원하지 않았기 때문에 그런 생각이 싫었지만, 이미 여러모로 그러했다. 나는 마치 누군가를 실망시키기라도 한 것처럼 나 자신을 한심하고 부끄럽게 여기며 버스에 올라탔다.

나중에 내가 딜런에게 얘기해주었을 때, 그는 이렇게 말했다.

"참 묘하지 않아? 당신에게 항상 이런 일들이 일어나는 거 말이야."

42

나는 슈퍼마켓에 가서 우리에게 일주일간 필요한 모든 것을 구입한다. 병아리콩과 렌틸콩 통조림을 찬장에 조심스럽게 채워 넣고, 쌀과 파스타를 담은 병을 일렬로 늘어놓고, 채소를 헹구고, 과일을 그릇에 담는다. 뒤로 물러서서 내가 한 일을 만족스럽게 바라보지만, 이내 성가신 두려움이 스멀스멀 밀려들어, 선반을 다시 정리하기 시작한다. 너무 많이 사서 우리가 다 먹지 못할까 봐, 내 안의 허기지고 결핍된 무언가를 드러냈을까 봐 걱정스럽다. 이런 느낌과 싸워야 한다는 것을 알고, 생존에 필요한 것을 사도 괜찮다는 것, 때로는 필요 이상으로 많이 사도 괜찮다는 것을 알고 있지만, 깨닫고 보면 어느새 여전히 불룩한 쿠스쿠스 봉지와 짭짤한 크래커 봉지를 내 눈에 띄지 않는 찬장 안쪽으로 밀어 넣고 있다.

당신이 퇴근하기 전에 산트 안토니 시장에 다녀오기로 결정한다. 플라스틱 기계에서 작은 파란색 표를 뽑고, 흰 모자와 장갑을 낀 남자가 대구의 내장을 제거하고 새우 몇 줌을 저울접시 위에 떨어뜨려서 그 껍질이 금속에 닿으며 덜그럭대는 동안 참을성 있게 기다린다. 군청색 껍데기에 해조류와 바닷물이 엉겨 붙은 커다란 홍합들을 고른다. 남자가 비닐봉지에 담아 건네주면 당신의 아파트로 가지고 간다. 그 공간을 무언가 내가 만든 것으로 가득 채우고 싶고, 내가 선택할 수 있다는 것, 내 안에 오랫동안 똬리를 틀고 있던 두려움에 더 이상은 사로잡혀 있지 않다는 것을 증명하고 싶다.

홍합을 잘못 요리해서 우리 둘 다 독을 섭취하게 될까 봐 걱정하며, 인터넷에서 조리법을 찾아본다. 녹슨 냄비에 물을 채우고 보글보글 끓을 때까지 기다린 다음, 소금, 마늘, 파슬리, 레몬, 값싼 화이트 와인 한 팩을 넣는다. 빌리 홀리데이*의 노래를 틀자, 따뜻한 공기가 발코니 문을 통해 불어오는 가운데, 그녀의 딱딱대는 듯한 목소리가 아파트 가득 울려 퍼진다. 홍합 한 움큼을 냄비에 풍당 집어넣고, 초조하게 불 옆을 서성이며, 김에 입이 비틀려 열린 홍합들이 소금물에 절어 숨을 헐떡이는 모습을 지켜본다. 두툼하게 긁어낸 버터 한 덩이를 겉껍질이 딱딱한 바게트에 바른 다음, 오븐에서 따뜻하게 데운다.

집에 도착한 당신의 눈은 피곤에 절어 게슴츠레하다. 당신은

---

* 미국의 재즈 가수로 재즈의 역사에서 중요한 여성 보컬리스트.

부츠를 벗어 던지고 마치 만화에 등장하는 개처럼 허공에 대고 코를 킁킁거린다. 내가 홍합을 테이블로 옮기는 동안, 술을 넣은 국물 속에서 홍합이 철벅거린다.

"세상에." 당신이 내 붉어진 뺨, 싱크대의 냄비들, 테이블 위의 와인 한 병을 눈에 담는다. "당신이 나를 위해 요리를 해주는 걸 기대하지 않았는데." 당신은 걱정스러운 듯 보이고 나는 쑥스럽다.

"알아." 내가 말끄러미 쳐다본다. "그냥 뭔가 해보고 싶었어."

"음, 고마워." 당신이 테이블에 앉는다. "영광이야." 나는 숟가락으로 국물을 떠서 그릇으로 옮긴 다음 다시 입으로 가져간다. 뜨겁고 진하고 쌉싸름하다. 당신은 시장한 듯 껍데기를 떼어내서 테이블에 아무 데나 늘어놓는다.

"나 때문에 우리가 독을 섭취하게 될까 봐 걱정스러웠어." 딱딱한 빵 한 조각을 그릇에 담그며 내가 털어놓는다.

"그럴 리가." 당신은 빈 껍데기로 국물을 떠서 후루룩 마신다. "홍합은 제대로 익지 않으면 쉽게 열리지 않아. 잘 열리지 않는 건 먹지 마."

나는 홍합을 쑤석거려보지만, 어떤 껍데기가 열기 쉽고 어떤 것이 더 어려운지 구분할 수가 없다. 점점 겁에 질려 어찌할 바를 모르고, 내 그릇 속에서 식어가는 별미를 무시한 채 국물만 후루룩거린다. 당신이 손을 뻗더니 내 홍합을 쉽게 깐다.

"이건 괜찮아. 자, 봐. 쉽게 까지잖아."

"난 잘 모르겠어." 내가 흥분해서 말한다. "실수로 안 좋은 것을 먹으면 어떡해?"

당신은 크게 웃기 시작하지만, 내 심각한 얼굴을 보고 멈칫한다. "그냥 당신 자신을 믿어. 당신은 너무 생각이 많아." 나는 숟가락을 내려놓고 눈을 문지른다. 이 무게를 짊어지고 다니고, 그 검은 모양이 나와 다른 사람들 사이에 끼어들게 내버려두고, 내 목구멍 안쪽에 걸려 있는 검은 손가락이 내 잇몸을 긁어대는 데 너무 진저리가 난다.

"괜찮아?" 램프 불빛 아래서 당신이 나를 유심히 본다.

"미안." 나는 또다시 눈을 문지른다. 당신의 걱정스러운 얼굴을 흘끗 보자, 말이 툭 튀어나온다. "난 가끔 음식에 대해 이상하게 굴 때가 있어."

"무슨 뜻이야?"

"글쎄." 나는 잔을 만지작거린다. "별로 많이 먹지 않던 때가 있었어. 그리고 때때로 슬금슬금 다시 시작되곤 해."

"그래." 당신의 목소리는 상냥하다. "조금은 눈치채고 있었어."

나는 발가벗겨진 기분이 들어서, 숟가락을 만지작거리며 적당한 말을 찾으려고 안간힘을 쓴다. "미안해. 여기서는 그러지 않으려고 지금껏 무진장 애썼어."

"무슨 뜻이야?"

"그런 문제로 우리 사이를 방해받고 싶지 않아."

"왜 우리 사이가 방해받지?"

"예전에 그런 적이 있어."

"별일 아니잖아." 당신은 물 잔을 잡으려고 손을 뻗는다. 그것은 별일이지만, 어떻게 설명해야 할지 모르겠다. 그 일이 내가 세상을 살아가는 방식에 얼마나 큰 영향을 미쳤는지, 수치심과 분노를 내 몸 깊숙이 밀어 넣는 법을 배웠는데도, 그 일에 대해 이야기하면 그저 그 일을 잊고 싶을 뿐인 현재에도 그것이 영향을 미친다는 사실을 당신이 알았으면 좋겠다.

"고마워." 내가 조용히 말한다. 당신이 양초에 불을 붙이고 우리는 그것이 녹아 테이블 위로 촛농이 흐르는 것을 지켜본다.

"그렇지만 홍합은 정말 괜찮아." 당신이 내 접시에서 홍합을 하나 가져가며 말한다. 나는 잠시 주저하다가, 그릇을 입까지 들어올려 머리가 띵할 때까지 국물을 죽 마신다. 더 이상 아무 생각도 나지 않을 때까지, 손톱으로 껍데기를 비틀어 열고 홍합을 입에 넣는다.

43

딜런과 나는 영화 상영회와 미술 전시회 오프닝 행사에 가서, 삭막한 흰색 갤러리에서 와인 잔을 움켜쥐고 있다가, 집으로 가는 마지막 열차를 타기 위해 뛰어가곤 했다. 우리는 북적거리는 펍에서 밴드가 연주하는 것을 보고, 일요일에는 공원에서 신발을 벗고 긴 잔디밭에 누워 종이컵에 든 미지근한 커피를 홀짝이며 시간을 보냈다.

그는 금요일 밤이면 친구들을 집으로 초대해서 같이 저녁을 먹으며, 잘 알려지지 않은 레코드를 틀고 테이블에서 담배를 말았고, 나는 내 접시 가장자리로 음식을 밀어냈다.

"배고프지 않아요?" 딜런의 친구 가운데 은색 터틀넥을 입은 친구가 눈썹까지 내려오는 가지런한 일자 앞머리 아래로 눈을 휘둥그렇게 뜨며 물어보았다.

"그녀는 배고픈 적이 없어." 딜런이 레코드를 교체하기 위해 일어서면서 웃음을 터뜨렸다. 그의 친구가 눈썹을 치켜세웠고, 나는 대수롭지 않다는 듯 무시했지만, 그의 말에 위가 조여드는 것 같았다.

딜런의 친구들은 광택이 도는 옷을 입고 고개를 홱 치켜들며 내가 들어본 적 없는 예술가들에 대해 농담을 했다. 그들은 사진작가나 디자이너였고, 마치 잔잔한 호수 위를 미끄러지듯 활주하는 것처럼 매끄럽게 이 세상을 살아가는 듯 보였다. 내 욕구는 내가 적절한 말을 찾는 동안, 악취가 날아가듯 내게서 날아가버렸다. 그들은 침착하고 아주 차분했으며, 손가락에는 하트와 초승달 문신이 새겨져 있었고, 나는 늘 근무 중이라 결코 갈 수 없었던, 이탈리아에서의 주말이나 어두운 지하실에서의 파티를 계획하곤 했다. 그들에게는 아무것도 필요 없어 보였고, 나는 그것을 부러워하며, 파스타를 옆으로 밀쳐내고 내 안의 구멍을 메우기 위해 물 1파인트를 마시며 나의 동물적 자아를 달랬다.

딜런은 그의 엄지손가락과 새끼손가락으로 내 손목을 잡는 것을 좋아했다. 우리가 펍에 앉아 있거나 침대에 누워 있을 때, 마치 내가 여전히 적합한지 확인하는 것처럼, 무심코 그렇게 하곤 했다. 그는 체형과 사이즈, 직선과 매끄러운 형태에 대해 잘 알고 있었기 때문에 고급 상점의 여성복 코너에서 그의 청바지를 구입했다. 그는 뭐든 지워 없앴다가 다시 짜맞추는 방법을 알고 있었고, 나는 그가 세상을 보는 방식을 믿었다. 그는 나보다 나이도 아는 것도 더 많았으며 키가 더 크고 까다롭지 않은 체형이었기 때문이다.

몇 달 후 그가 내게 그의 집에 들어와서 함께 살자고 했다. 나는 커피 테이블 위의 그의 미술 서적들, 플로어 램프, 나무 액자에 넣어 걸어놓은 품위 있는 복제화를 바라보면서, 이렇게 말했다.

"그러면 좋을 것 같아."

딜런은 아침이면 마늘과 허브를 넣어 소시지를 볶았다. 나는 주방 테이블에서 바나나 껍질을 벗기며 블랙커피를 마셨고, 내 피부는 달리기로 인해 분홍빛으로 빛났다. 우리는 창문을 열어놓고, 얼굴에 눈부신 햇볕을 쬐며 레코드에 귀를 기울였고, 나는 맨발로 마룻바닥을 밟았다. 그가 출근하면, 나는 그의 작은 발코니에 빨래를 널어 말렸고, 내 원피스와 그의 티셔츠는 햇볕에 말라 쪼글쪼글해졌다. 펍에서 근무를 마치고 집에 돌아오면, 한밤중에 팔이 쑤시고 다리에 맥주를 흘린 자국이 묻은 채로 살그머니 침대에 들어갔다. 시원한 시트 아래로 기어들어가며, 고요한 침묵과 내 옆에서 숨 쉬는 딜런의 따뜻한 몸에 감사했다.

그는 일찍 일어나 주방에서 필립 글래스*의 음악을 들으며 커피를 끓였다. 그가 김이 모락모락 나는 머그잔을 들고 노트북 충전기를 찾으러 침실로 들어왔을 때, 나는 눈을 비비며 잠을 쫓았다.

"좋은 아침이야." 내가 내팽개친 속옷을 넘어가며 그가 말했다. 그는 내게 키스하기 위해 몸을 숙이더니 코를 찡그렸다. "퇴근하고 집에 오면 샤워 좀 해줄래? 침대에서 양조장 냄새가 나." 나는 홉이 굳어가는 악취를 맡고 당혹감에 혀가 굳은 채 이불로 몸을 단단히 여몄다.

"아." 내가 중얼거렸다. "알았어. 미안해."

"좋아." 그가 재킷을 입은 채 어깨를 으쓱했다. "나중에 봐." 나는 그가 거리를 걸어가다가, 일찍 일어나 빳빳한 흰색 셔츠를 입고 에어컨이 설치된 사무실로 가는 인파에 합류하는 동안, 창문을 통해 그의 가볍고 보폭이 큰 걸음걸이를 지켜보았다.

---

* 미국의 현대음악 작곡가로 단조롭고 반복적인 구조의 미니멀리즘적인 음악이 특징이다.

44

우리는 구레나룻을 텁수룩하게 기르고 링 귀걸이를 한 남자들이 빼곡히 들어찬 작은 바에서 당신의 친구들을 만난다. 벽마다 오래된 펑크 록 밴드의 전단지가 더덕더덕 붙어 있고, 양초가 꽂힌 와인 병 주둥이에는 여러 해 동안 쌓인 촛농이 두둑이 눌어붙어 있다. 유리 진열장에는 올리브와 새조개, 오일에 절인 은빛 안초비가 한가득 들어 있다. 노인들은 작은 잔으로 짙은 색 리큐어를 아까운 듯 천천히 마시고, 바깥 보도에서 굵은 담배를 피운다.

당신의 친구들이 손을 흔들며, 소음보다 더 큰 소리로 우리의 이름을 부른다. 우리는 그들과 합류하기 위해 인파를 헤치며 굽이굽이 나아가고, 곧 부서질 것 같은 의자를 그들의 테이블로 끌어당긴다.

"부에나스(안녕하세요)." 우리에게 인사로 볼 키스를 하기 위해 일어서며, 미소 띤 얼굴로 그들이 말한다.

"이쪽은 니코야." 당신이 더위에도 불구하고 검은색 터틀넥을 입은 창백한 남자를 가리킨다. "이 친구는 대학에서 영화를 가르치고 있어." 나는 그에게 볼 키스를 한다. "라이아는 작가야. 그리고 미겔은 우리 학과에서 일하고 있어."

"이쪽은 내 파트너인 주제프예요." 미겔이 그렇게 말하자, 짧은 곱슬머리에 귀갑테 안경을 쓴 남자가 인사의 의미로 손가락을 들어 올린다.

"엔칸타도(만나서 반가워요)." 나는 카탈루냐어나 스페인어를 잘 못하는 것이 부끄러워 웅얼거리며 인사한다. 학창 시절에 두어 달 정도 스페인어를 배웠지만 이내 그만둔 적이 있다. 그 당시에는 살면서 스페인어가 필요할 것이라고 상상도 못 했지만 지금은 여기 와 있다.

"마실 것 좀 가져올게." 나는 당신에게 그렇게 말한 다음, 카운터로 가서 시원한 맥주 두 잔을 주문한다.

돌아가보니, 당신은 외국인 티가 나는 억양의 스페인어로 떠들고 웃음을 터뜨리며 대화에 깊이 빠져 있다. 당신이 무언가 이야기하자, 미젤이 눈을 휘둥그레 뜨고 당신의 등을 손바닥으로 세게 두드리며 숨죽인 어조로 이야기하고, 곧 테이블이 웃음바다가 된다. 나는 눈치껏 따라 웃으며, 내가 거의 이해하지 못했다는 것을 들키지 않으려고 노력한다. 니코가 나를 빤히 쳐다보고 있는 것을 알아차리고 재빨리 대화에 다시 집중한다.

"미안해요. 뭐라고 했죠?"

니코가 빙긋 웃으며 말한다. "여기에 얼마나 오래 있을 거냐고 물어봤어요."

"아." 당신을 힐끗 보니, 당신은 나를 쳐다보지도 않고 맥주만 홀짝인다. "두어 주 정도 더 있을 것 같아요."

"그다음에는요?"

"무슨 뜻이에요?"

라이아가 절레절레 고개를 흔든다. "그냥 못 들은 체해요." 그녀의 목소리는 그윽하고 거칠다. "그는 무척 직설적일 때가 있어요."

"괜찮아요." 나는 그녀에게 미소를 지어 보인다. 니코는 당신을 바라보고 당신은 화장실에 가려고 일어선다. 내가 당신의 눈길을 끌려 해보지만 당신은 너무 빨리 움직인다. 우리는 다음에 어떤 일이 일어날지에 대해 실제로 이야기한 적이 없다. 그저 펼쳐진 상황 안에 있을 뿐이다. 나는 이달 말에 런던으로 돌아가는 비행기 표를 가지고 있지만 그것에 대해 생각하지 않으려 노력하고 있다.

주제프가 카탈루냐어로 빠르게 말하자 라이아가 나를 위해 통역해준다.

"자신이 쓴 책에 대해 이야기하고 있어요." 그녀가 친절하게 말한다. "카탈루냐의 무정부주의 역사와 연관된 유럽 극우의 부상에 관한 책이에요."

"흥미로울 것 같네요."

"네." 그녀가 고개를 끄덕인다. "꼭 읽어봐요. 아직 번역이 안 된 것 같기는 하지만요."

"내 책은 영어로 번역되지 않을 거예요." 주제프가 혀를 끌끌 찬다. "번역이 되려면 크게 성공해야 해요." 내 모국어의 지배력에 당황스러워서 어색하게 고개를 끄덕이지만, 주제프는 세 가지 언어를 자유자재로 넘나드는 데 반해 나는 무지하게 한 가지 언어에만 갇혀 있다.

당신이 화장실에서 돌아오자, 모두가 카탈루냐의 독립운동과 정치범의 처우에 대해 토론하면서, 대화가 스페인어와 카탈루냐어 사이를 오간다. 나는 개별적인 단어를 듣고 이해하려고 노력해보지만, 대화가 열기를 띠고 모두가 너무 빨리 말하는 바람에, 그냥 가만히 앉아서 밀려오는 흐름에 몸을 맡긴다. 당신은 다른 언어로 말할 때 더 크게 말하고, 더 크게 움직이고, 더 크게 손짓하고, 발음을 더 많이 굴린다. 당신의 도톰한 입술, 말랐지만 강인하고 앳된 미모, 눈가의 긴 다갈색 속눈썹을 가만히 바라본다. 테이블이 다시 한번 웃음바다가 되자, 당신의 팔꿈치를 꼭 쥔다.

"방금 뭐라고 한 거야?" 내가 그렇게 물어보지만, 당신은 내 말은 무시해버리고 미겔에게 이야기하기 시작한다. 라이아가 알아차리고 나를 대화에 끌어들이려 해보지만, 나는 줄에 매여 있지 않은 듯 느껴진다. 마치 바깥 어딘가를 떠도는 것처럼 말이다.

당신의 대학 동료들 근처에 있으니 초라한 기분이 들고 다른 사람의 시선을 의식하게 된다. 고등학교를 졸업하고, 마을 카페에서 2년 정도 일하면서, 점심시간에 소설을 읽으며 내가 하고 싶은 일을 알아내려 노력했다. 런던으로 이사했을 때 언젠가는 학위를 받겠다는 생각으로 영문학 야간 과정을 수강했지만, 세미나 수업 시간이면 너무 긴장해서 말을 할 용기를 내지 못했다. 내 아이디어들은 비평 이론이나 양식적 흐름에 뿌리를 두지 않고, 감정에 기반하여 나 자신의 경험과 연관되어 있었으며, 항상 정확하게 표현할 수는 없는 사랑과 분노에 느닷없이 빠져들어 근거 없고 혼란스러우며, 거칠 뿐이었다.

"맥주 한 잔 더 할래요?" 라이아의 말에 나는 불현듯 상념에서 벗어난다.

"좋아요." 나는 빙긋 웃으며 대답한다. "고마워요." 그녀는 카운터에 가고 나는 당신의 관심을 끌려 해보지만 당신은 나를 무시하고 있다. 우리가 다른 사람들과 어울려 시간을 보낸 적이 별로 없다는 것을 깨달으며, 마치 당신을 거의 알지 못하는 것처럼 쓸쓸해진다.

우리는 둘 다 술에 취해, 오래되고 어두운 거리를 함께 걸어 집으로 간다. 골목에서 오줌과 뜨거운 콘크리트 냄새가 난다. 당신이 내 손을 잡지만 나는 손을 빼낸다.

"왜 그래?" 당신이 눈살을 찌푸리며 나를 본다.

"아무것도 아니야." 우리는 잠시 말없이 걷는다.

"정말이야?" 우리가 파랄렐 거리에 도달하자 당신은 담배에 불을 붙인다. 키가 큰 당신이 느긋하게 신호등에 기대고 선 편안한 모습에 분이 치민다.

"왜 그렇게 행동했어?" 내가 당신에게 묻는다. "바에서 말이야."

"내가 뭘?"

"날 무시했잖아." 파란불이 깜박이고 우리는 길을 건넌다.

"무시하지 않았어."

"그럼, 뭘 하고 있었는데?"

당신이 어금니를 악물자, 당신의 목 근육이 씰룩거린다. "그냥 친구들과 어울리고 있었을 뿐이야. 그러면 안 돼?" 당신이 우리 사이를 손으로 가리킨다. "우리는 매일 같이 있잖아." 나는 믿기지 않는다는 듯 당신을 바라본다. 당신이 친구들과 함께 있거나 나 없이 뭔가를 하는 데는 반대하지 않는다. 당신은 이 밤을 왜곡하며, 내가 마치 침입자인 양, 당신이 돌봐줘야 하는, 의존적이고 자신감 없는 사람인 양 느끼게 만들고 있다.

당신의 집이 있는 거리로 접어들자, 나는 갑작스레 진이 다 빠져버린다. 낯선 곳에서 혼자 있는 데는 익숙하지만, 이곳은 당신의 공간처럼 느껴지기 때문에 상황이 다르다. 당신이라는 황홀경에 취해 있었지만, 이제는 내게 어떤 계획도, 미래에 대한 아무런 감각도 없다는 것을 깨닫는다. 런던으로 돌아가면 무엇을 할지, 어떤 삶을 꾸리고 싶은지 모르겠다. 좀 더 명확한 방식으로 살아야 하지만, 그러기는커녕 당신의 새로운 삶과 나의 예전 삶 사이에서 비틀거리며 회색 지대를 떠돌고 있다. 바에서 내 의견을 어느 언어로도 분명히 표현할 수 없었다는 사실이 실망스럽고, 내 취약성을 노출한 것이 걱정스럽다. 우리는 묵묵히 계단을 올라 당신의 아파트로 간다. 당신은 마실 물을 한 잔 따르고, 약간 휘청하며 눈을 문지른다.

"자야겠어." 당신이 재킷을 소파에 던진다.

"알았어." 나는 발코니 문을 연다. "난 잠시 여기 나가 앉아 있을게." 당신은 나를 쳐다보지도 않고 셔츠를 벗으며 침실로 들어간다.

　차 한 잔을 끓여서 손가락 사이로 김이 모락모락 피어오르는 잔을 들고 발코니에 앉아 당신의 침대 스프링이 삐거덕거리는 소리에 귀를 기울인다. 보랏빛 하늘을 올려다보지만 스모그가 짙어 별은 하나도 보이지 않는다. 바에서 내 눈을 피하며 영 딴판인 목소리로 말하던 당신이 떠오르자, 내가 실수를 한 것은 아닌지 모르겠다는 생각이 든다. 당신은 자신의 삶을 선택하고 싶어서 이곳에 왔는데, 나는 그저 당신을 어두운 골목길에서만 따라다니고 있는 것인지도 모르겠다는 생각이 든다. 수박 겉핥기식 삶을 그만두고 한곳에 뿌리내려, 과거보다 더 깊이 있는 삶을 살고 싶다. 이곳에서 그렇게 할 수 있을지, 아니면 내 방식대로 내 삶을 꾸려가는 것이 나을지 궁금하다. 나는 길 건너편에 자기 집 창가에 있는 남자를 발견한다. 그가 나를 똑바로 쳐다보자, 팔을 들어 인사해보지만, 그는 마치 내가 여기 없는 것처럼 아무 반응 없이 덧문을 닫아버릴 뿐이다.

45

여름방학 동안 아르바이트로 런던의 관객 몰입형 연극 제작 현장에서 관객 대응 업무를 한 적이 있다. 그 공연은 어느 창고의 다섯 개 층에 걸쳐 진행되었고, 디자인팀은 진짜 나무가 있는 실내 숲과 몇 톤이나 되는 모래를 쌓아 올려 관객들이 기어오를 수 있는 모래 언덕이 있는 사막을 만들었다. 감미로운 재즈 바에서는 밴드가 직접 연주하고, 관객들은 예스러운 샴페인 잔으로 샴페인을 홀짝이며 배우들과 어우러졌다. 관객은 공연자와 구별되도록 가면을 썼는데, 내 임무는 지하층에서 검은색 옷차림에 나만의 가면을 쓰고, 그늘진 곳에 서 있는 것이었다.

"당신은 투명인간이 돼야 해요." 무대감독이 내게 말했다. "비상사태가 아니라면, 아무에게도 말을 걸지 마요. 설사 누군가가 질문을 하더라도 말이죠."

"어떤 비상사태요?"

"화재. 아니면 의학적 응급 상황이요. 꽤 많은 사람들이 공황 발작을 겪어요."

"정말요?"

"네. 당신이 가장 가까운 출구로 안내하면, 우리가 응급처치를 받게 해줄 거예요."

"알겠어요."

그 건물은 미로 같아서, 나는 나무둥치들과 가짜 수술실, 반짝이는 얼음 궁전과 휘황한 수영장 사이를 누비면서 평면도를 익히며 이리저리 왔다 갔다 했다.

"섹스하는 사람들을 조심해요." 동료 중 한 남자가 담배를 피우러 나가는 길에 윙크하며 말했다. "생각보다 더 자주 있는 일이에요."

"그렇군요." 나는 머뭇머뭇 소리 내 웃었다.

"가면을 쓰는 건 사람들에게 이상한 영향을 줘요. 아무도 자기들을 볼 수 없는 줄 알죠."

"귀띔해줘서 고마워요."

나는 가면을 쓰고 땀을 뻘뻘 흘리며 하루에 여섯 시간씩 지하층에 서 있었다. 이따금 사람들이 나를 발견하고 길을 물어보기도 했지만, 나는 그들의 혼란스러운 속삭임과 내 면전에서 미친 듯 흔들어대는 손을 무시하고 무표정하게 가만히 서 있기만 했다. 가끔씩 배우가 얼떨떨한 구경꾼들을 길게 거느리고 스쳐 지나가며, 내 귀에 대고 화난 어조로 행방불명된 소품의 이름을 속삭이면 그것을 찾기 위해 무대 뒤로 달려가곤 했다.

대부분의 경우 나는 투명인간이었다. 나는 무용수들이 어깨를 뒤로 젖힌 채 당당하게 어둠을 누비며 도약하고 회전하는 것을 가만히 지켜보았다. 그들의 탄탄한 종아리와 의상 밑단으로 슬쩍 보이는 문신, 쇄골의 각도, 목둘레의 아치형 힘줄을 눈여겨보았다.

나는 관객들이 방 안을 머뭇거리며 돌아다니는 것을 지켜보았다. 어떤 사람들은 서로를 꼭 붙잡고 발을 질질 끌며 천천히 걷다가 느닷없이 난 소리에 펄쩍 뛰기도 했다. 또 어떤 사람들은 고개를 빳빳이 들고 혼자 걸으며, 배우들에게 너무 가까이 서 있거나 무대 장치를 만지거나 소품을 집어 들기도 했다. 가면으로 인해 모든 사람이 익명의 존재가 되었지만, 그들 모두는 각기 다르게 행동했다. 그들은 각자의 모든 경험을 그 어둡고 강렬한 공간으로 가져왔으며, 그 경험과 분리될 수 없었다. 어떤 사람들은 얼굴을 가렸을 때 더 대담해졌고, 대체로는 그들이 이 세상을 순조롭게 살아가게 해주는 표지를 빼앗기면 두려워했다.

그때껏 나는 종종 투명인간이 되어, 낯선 이의 스치는 시선이나 차창에서 들려오는 외침에 내 몸매를 상기하지 않고 거리를 활보하는 꿈을 꾸곤 했다. 종종 내가 젊은 여성이 아니라면 세상을 헤쳐 나가는 인생 항로가 달랐을지, 또는 더 진지하게 받아들여졌을지, 또는 더 많은 힘을 가졌을지 궁금해지곤 했다. 덜 의식하고, 거의 생각하지도 않고, 단지 내 일부일 뿐인 육체의 주인으로 산다는 것은 어떤 느낌일지 상상해보려 노력했다. 언젠가 어머니에게 이 이야기를 꺼냈더니, 어머니는 이렇게 말했다.

"난 사람들이 나를 봐줬으면 좋겠어. 더 나이 들면 그게 그리워질 거야. 지금 난 투명인간이 된 기분이야."

그 당시에는 그것이 자유인 줄 알았지만, 투명인간이 된 지하층에서 나는 전혀 자유롭지 않았다. 마지막 공연이 끝난 후 밤에 자전거를 타고 집으로 돌아갈 때면, 이따금 나도 모르게 질주하는 차의 앞길을 막았다가, 운전자가 어쩔 수 없이 나를 피하려고 방향을 틀며, 빵빵 경적을 울리고 차창 너머로 욕을 하는 일도 있었다. 그 자리에 존재하지 않는 척하면서 너무 오랜 시간을 보내다 보니, 내가 근육, 치아, 뼈, 다시 말해 부서질 수도 있는 단단한 무언가로 이루어진 존재라는 사실을 잊어버렸던 것이다.

46

당신이 일하는 동안 몬주익 언덕까지 걸어가, 옥외 수영장에서 수영을 한다. 이 수영장은 1990년대에 올림픽을 위해 지어진 곳으로, 탈의실은 속이 빈 콘크리트 블록이 곰팡이로 뒤덮여 있고 금속 파이프가 드러나 휑뎅그렁하다. 샤워기의 찬물을 맞으면서, 선수들이 넓은 어깨와 단단한 이두박근을 풀며 준비운동을 하고, 자신의 체력과 힘을 자신하며 고개를 높이 쳐들고 서늘한 타일을 가로질러 걸어가는 모습을 상상해본다.

이곳은 아래쪽에 펼쳐진 테라코타 지붕들, 저 멀리 아련한 언덕들, 열기와 스모그를 뚫고 용처럼 솟아오른 사그라다 파밀리아 성당이 보이는 엷은 청록색의 직사각형 수영장이다. 내 왼편으로 나뭇잎과 죽은 벌레들이 가득한 방치된 다이빙장이 있는데, 물이 차고 거무스름해 보인다. 그것 때문에 기분이 이상해지자, 등을 돌리고 눈부신 수영장으로 뛰어든다. 급히 발차기를 하며 내 근육에 도사리고 있던 긴장감, 햇볕이 쨍쨍 내리쬐는 이곳에서 내가 당신에게 부족한 사람일지도 모른다는 두려움, 우리 사이의 이 검붉고 낯선 열정이 마치 피처럼 흘러서 사라져버릴지도 모른다는 걱정을 밀어낸다.

물은 얼어붙을 듯 차갑지만, 햇빛에 얼굴이 달아올라 뺨에서 주근깨가 올라온다. 팔이 무거워질 때까지 몇 바퀴나 헤엄친다. 나는 언제나 내가 부족한 사람일지도 모른다는 두려움을 내 몸속에 저장해두고, 내 실패와 불안을 온 조직과 세포 속 깊숙이 넣어둔 채, 경련을 일으키며 불태우다가 마침내 툭툭 두드려서 다 털어내곤 했다. 몸에 힘이 다 빠져서 물을 헤치고 나아갈 수 없을 때까지 헤엄을 친 다음, 수영장 밖으로 기어 올라간다. 나는 수영장과 하늘을 구분 짓는 유리 울타리 옆의 축축한 콘크리트 위에 앉아, 낙하하는 느낌이 어떨지 상상해본다. 도시를 건너다보며 내가 이곳에서 삶을 영위할 수 있을지 궁금해한다. 야자나무와 무너져가는 노란 건물들, 알록달록한 그래피티, 바다의 초록빛 섬광을 바라본다. 햇볕이 쨍쨍 내리쬐고 눈부시게 빛나면서 그 모든 것이 너무나도 아름답고, 나는 빛을 향해 나아가려 몸부림치는, 은빛의 더 어둡고 날카로운 무언가인 것 같은 기분을 느낀다.

점점 어두워지는 하늘 아래 당신의 아파트로 걸어 돌아간다. 내 피는 시럽처럼 진하고 찐득찐득하다. 카페 밖에서 맥주를 마시고 뜨거운 파타타스 브라바스*를 먹으며, 아무것도 겁내지 않는 듯 보이는 사람들을 바라본다. 그들처럼 나도 수영하고 굶고 내 안에서 무언가를 몰아낼 필요가 없었으면 좋겠다. 내 내면에 간혀 있는 긴장성 에너지로 신경이 곤두서는 대신, 이 모든 아름다움을 그냥 즐기고만 싶다.

내가 집에 도착한 직후 당신이 바게트를 들고 돌아온다. 당신의 친구들과 바에서 보낸 그 밤에 대해서는 서로 이야기한 적이 없고, 우리 사이에는 너무 팽팽하게 당겨진 무언가 같은 응어리가 있다.

"오늘 뭐 했어?" 당신은 나를 쳐다보지도 않고 냉장고를 연다.

"주로 책을 읽었어." 나는 거짓말을 한다. "나가서 산책도 했고." 나 자신을 지우기 위해 뜨거운 태양 아래 수영을 했다는 것도, 그 바에서 당신의 무관심한 태도가 내 폐에 물처럼 가득 차서 숨쉬기 힘들어졌다는 것도 당신에게 말하지 않는다.

"저녁으로 뭘 먹을까?" 당신이 물어보자 나는 대수롭지 않다는 듯 어깨를 으쓱한다. "타프나드** 좋아해?" 당신이 작은 병을 꺼내 나에게 건넨다. 나는 빵 끝에서 빵 껍질을 조금 찢고, 그 병에서 짙은 색 페이스트를 퍼낸다. "내가 이걸 정말로 좋아하는 건지 마음을 못 정하겠어." 당신이 말한다. "맛이 너무 강해."

"난 좋아." 내가 도전적으로 말한다. 나는 라임을 덥석 베어 물

* 구운 감자에 고소한 알리올리 소스와 매콤한 브라바 소스를 뿌려 먹는 요리.
** 블랙 올리브, 케이퍼, 안초비 혹은 참치에 올리브 오일을 넣고 갈아 만든 페이스트.

거나, 바닷물을 꿀꺽꿀꺽 삼키는 것을 좋아한다. 흑포도주, 아니스씨, 와사비, 펜넬을 좋아한다. 내 몸은 단지에서 꺼낸 꿀과 소금 몇 티스푼같이 농도가 진한 것을 갈망한다. 한번은 혀에 닿는 쓴맛을 간직하려고 건조 커피 알갱이를 한 스푼이나 먹기도 했다. "역겹기 일보 직전인 것들이 좋아. 생선 같은 거."

당신이 눈썹을 치켜세운다. "생선은 역겹지 않아."

"거의 그래. 온통 질척질척하고 짜. 그건 아슬아슬하게 균형 잡힌 맛이라서, 맛이 좋은 거야."

"그래서 날 좋아하는 거야?" 당신이 내 눈길을 피하며 말한다. "내가 역겹기 일보 직전이라서?"

"그런가 보지." 우리 사이의 거리를 없애고 싶지만 어떻게 시작해야 할지 모르겠다. 내가 부족한 사람일까 봐 너무 두렵다. 당신이 멀어지고 있는 것을 이미 감지할 수 있기 때문에, 내가 런던으로 돌아가면 일어날 일에 대해 이야기하고 싶지 않다.

"문어 먹어본 적 있어?" 당신이 물어본다.

"아니. 없어."

"지금 먹어볼래?"

"지금 당장?" 내 위가 조여든다.

"응. 내가 매일 지나는 길 끝에 적당한 곳이 있어. 저렴해 보여. 거무스름한 목재며 비닐 테이블보를 보면."

"좋아." 나는 마른침을 삼킨다. 문어를 먹고 싶지는 않지만, 먹을 줄 아는 사람은 되고 싶다. "가자."

우리는 기포가 올라오는 싸구려 카바* 잔을 사이에 두고 텅 빈 식당에 앉아 있다. 당신의 눈은 촛불 빛을 받아 번들거리고 가장자리가 거무스름하다. 뭐가 문제인지 당신에게 물어보고 싶지만 대답이 두렵다. 문어가 꽃처럼 돌돌 말린 채 접시에 담겨 나온다. 당신이 걱정스러운 표정을 짓는다.

"삶은 거잖아."

"그게 나쁜 거야?"

"아니. 그냥 삶은 건 먹어본 적이 없을 뿐이야. 전에 먹어봤을 때는 튀긴 거였던 것 같아." 나는 돌돌 말린 자줏빛 다리와 국물이 배어나는 빨판을 바라본다.

"문어는 아주 영리하다던데. 그렇지?" 내가 입술을 깨물며 물어본다. 당신의 얼굴은 창백하다.

"그럴걸." 당신이 말한다. "하지만 지금 생각해볼 일은 아닌 것 같아." 우리는 눈앞의 테이블 위에 문어를 놓아둔 채, 얇게 썬 구운 빵 조각 위에 각자 마늘 한 쪽을 문지른다. 침묵이 흐르고, 당신은 주머니에서 휴대전화를 꺼내 얼굴을 찌푸리며 바라본 다음, 테이블 위에 화면이 밑으로 가게 내려놓는다. 당신은 피곤하고 심란해 보이는 얼굴로, 비어져 나온 담배 필터를 만지작거리며 내 시선을 피한다.

"별일 없는 거지?" 내가 당신에게 물어본다.

---

* 스페인산 스파클링 와인.

"응. 왜?"

"좀 멍해 보여서."

"난 괜찮아."

"정말이야?"

"그렇다니까." 당신이 톡 쏘붙인다. "그만 좀 물어봐. 편집증에 걸린 것 같은 기분이야." 당신의 휴대전화가 진동하고, 당신은 그것을 집어 들고 메시지를 입력하기 시작한다. 나는 포크로 문어를 찌른다.

"우리 엄마가 그러는데, 나를 처음 봤을 때는, 문어를 낳은 줄 알았대."

당신이 전화기를 내려놓는다. "뭐? 왜?"

"탯줄이 목에 감겨 있는 데다, 온통 푸르뎅뎅하고 긴 팔다리가 뒤엉켜 있었대."

"어마어마한 모습인걸."

"그렇지만, 난 건강했어." 나는 다리를 한 조각 잘라 포크로 찍는다. "상당히 흔한 일인가 봐." 문어를 입에 넣는다. 잘 씹히지 않고 식감이 고무 같아서 마음에 드는지는 잘 모르겠지만, 당신과 나 자신에게 증명하고 싶다. 내가 지금 여기 존재하고 힘을 발휘할 수 있다는 것, 세상을 내 입에 넣어 혀로 받칠 수 있다는 것을 말이다.

"어때?"

"맛있어." 나는 당신의 텅 빈 접시를 가리킨다. "좀 먹어보지 않을래?" 당신은 작은 조각을 잘라 인상을 찌푸리며 씹는다. "당신이 문어를 좋아하는 줄 알았어."

"튀긴 건 좋아해." 당신은 술을 한 모금 마신다. "이건 좀 그래." 나는 어깨를 으쓱하고 접시를 내 쪽으로 당긴다. 당신의 멍한 얼굴을 보면서 온몸에 힘이 솟구치는 것을 느끼며, 한 조각 더 입으로 가져다 대자, 당신의 눈이 휘둥그레진다.

"그럼, 내가 런던으로 돌아가면 우리 어떻게 할까?" 대담해진 기분으로 당신을 똑바로 바라보며 물어본다. 당신은 잠시 눈을 크게 뜨더니, 손목과 만나는 손바닥의 불룩한 부분으로 두 눈을 문지른다.

"글쎄."

"어떻게 하고 싶어?"

당신은 손가락으로 머리칼을 쓸어 넘긴다. "당신은 어떻게 하고 싶은데?" 나는 잔을 입에 가져다 대고, 혀로 은빛 거품을 머금는다. 당신과 함께 있고 싶고 당신이 원하는 사람이 되고 싶지만, 그 말을 하기가 두렵다. 이제 막, 내가 원하는 것들을 분명히 말하고 내 욕망을 삼키는 대신 밖으로 꺼내기 시작했기 때문이다. 나는 소유하는 것이 두렵지만, 소유하지 못하는 것, 무언가를 요구했다가 거부당하는 것, 결코 충분히 소유하지 못하는 것도 두렵다.

"잘 모르겠어." 내가 당신에게 말한다.

당신은 테이블보를 바라본다. "나도 잘 모르겠어."

"그렇구나." 내 눈시울이 뜨거워진다. 웨이터가 브라바스 한 접시를 가져오고, 당신이 손가락으로 한 조각을 집어 간다.

"지금 꼭 그 얘기를 해야 해?" 당신이 말한다. "그냥 즐거운 시간을 보내면 안 될까?" 모든 것이 무너지고 있는 것처럼 느껴질 때 어떻게 즐거운 시간을 보내야 할지 나는 모르겠다.

"좋아. 알았어."

우리는 말없이 당신의 아파트로 걸어 돌아간다. 계단을 올라가서 잠긴 문을 연다. 곧이어 당신이 나를 안으로 끌어당기더니 벽으로 밀어붙인다. 당신은 내 눈을 똑바로 쳐다본다.

"이건 바보 같은 짓이야." 당신이 내 얼굴에 당신 얼굴을 들이댄다.

"그래?" 내가 그렇게 물어보자 당신이 대답으로 내게 키스한다. 당신이 내 원피스를 머리 위로 당겨 벗기자 나는 가쁜 숨을 몰아쉬며 당신에게 손을 뻗어 벨트를 푼다. 내 몸에는 서로를 덩굴처럼 휘감은 욕망과 분노가 매달려 있다. 당신의 머리에서는 식용유 냄새가 나고, 입에서는 시큼한 와인 맛이 난다. 당신이 내 입술을 세게 깨물자 나는 참을 수 없는 갈망에 흠뻑 젖어 당신 품을 파고든다.

"당신을 원해." 당신은 내 입에 대고 그렇게 말하고, 나는 당신을 더 꼭 움켜잡는다. 이곳과 런던 사이의 드넓은 하늘을 떠올린다. 당신이 내 안에 당신을 밀어 넣자, 신호등 아래 선 키 크고 느긋한 당신의 아름다운 모습, 내가 아직 알아듣지 못하는 언어가 당신의 혀를 휘감던 것이 기억난다. 당신의 얼굴은 땀으로 번들거리고, 나는 느닷없이 당신을 상처 입히고 싶어진다. 잔인해서가 아니라 내게 주체성이 있다는 것을 증명하고 나의 존재를 주장하기 위해서다. 내 손톱을 당신의 등에 박아 넣고, 당신이 손가락으로 내 삶을 파헤치고 모든 것을 죽 찢어버린 방식을 생각한다. 당신은 쾌감에 숨을 헐떡이고 나는 더 세게 움켜쥔다. 당신이 그 얼얼한 감각을 느끼기를 바라고, 당신의 허기를 결코 채울 수 없을 때, 부족한 자신에 대한 부담감이 당신의 뼛속 깊이 파고들 때, 그것이 어떤 것인지 깨닫기를 바란다.

"제기랄." 내 손톱이 당신의 피부를 찢어 피가 흐르자 당신이 나직이 말한다. 내 조그맣고 파란 몸이 갑자기 세상으로 튀어 나와, 목이 졸려 숨이 막힌 듯 캑캑거리는 모습을 그려본다.

47

숀은 내 첫 남자친구였다. 우리는 더러운 펍에서 레드 디젤 맥주를 마시고, 평일 밤이면 들썩거리는 공연장에서 땀에 젖은 낯선 사람들 틈에 끼어 시간을 보내며, 우리의 윤곽의 형태를 함께 익혔다. 우리는 주말 내내 그의 곰팡내 나는 시트 아래 파묻혀서 서로를 자유분방하게 탐색하며 시간을 보냈다.

숀이 열여덟 살이 되었을 때, 리버풀에 사는 그의 삼촌 조이의 집에 함께 머문 적이 있다. 조이는 이십 대 후반의 건축업자였다. 그는 운동복 하의에 폴로셔츠를 받쳐 입고, 우리를 택시에 태워 자기가 제일 좋아하는 펍으로 순식간에 데려가더니, 아른아른 빛나는 블라우스 차림으로 맥주를 따르며 카운터에서 일하던 여주인에게 으스대며 우리를 소개했다.

"여기는 내 조카." 조이가 불붙이지 않은 담배를 입에 물고 손의 머리를 헝클어뜨렸다. "그리고 이쪽은 조카의 여자친구." 그가 나에게 윙크했다. "네가 마시고 싶은 걸 이분에게 얘기해." 그가 바를 가리키며 내게 말했다.

"화이트 와인 한 잔 주세요."

여주인이 나를 쳐다보았다. "신분증 있어?"

조이가 그녀에게 손사래를 쳤다. "에이, 왜 그래, 리즈. 나랑 함께 왔잖아."

조이와 함께 외출하니 우리가 유명인이 된 느낌이 들었다. 그는 바에서 바로 우리를 끌고 다니며, 모든 단골손님들에게 잽싸게 함박웃음을 날리고 테킬라를 석 잔씩 주문했다. 그는 주머니에서 지폐 뭉치를 꺼내며, 우리의 반대에 손사래를 쳤다.

"난 네 삼촌 조이야, 알겠니?" 그가 말했다. "오늘 밤은 내가 책임진다." 우리는 개 경주에 돈을 걸기 위해 사설 마권 판매소에 잠시 들렀다. '컬링 카오스'나 '버터플라이 존'같이 최고의 명성을 가진 개들을 골랐다. 내가 50파운드를 따자, 조이가 나를 들어 올려 자기 어깨에 태우더니 거리를 누비고 다녔고, 그러는 내내 나는 비명을 지르며 짧은 원피스를 끌어내려 팬티를 가리려고 안간힘을 썼다.

그는 노래방 기계에 맞춰 노래를 부르기 위해 우리를 드래그 바로 데려갔다. 반짝이는 스틸레토힐을 신은 여장 남자들이 문 앞에서 우리를 보고 미소 지었다. 그들은 조이를 알고 있었고 그가 새 담뱃갑에서 담배 두어 개비를 꺼내 슬쩍 쥐여주자, 우리에게 그냥 공짜로 들어가라는 손짓을 했다. 사방 벽이 요란한 분홍색 반짝이로 뒤덮여 있었다. 우리는 안쪽에 있는, 하트 모양의 미러볼 바로 밑 부스로 슬그머니 들어갔다. 숀이 테이블 아래에서 내 허벅지에 손을 얹은 채 점점 더 술에 취해 시끄럽게 구는 동안, 나는 그 조명에 머리가 어질어질했다.

조이가 버브*의 노래를 부르기 위해 무대로 뛰어오르자, 숀의 손이 내 치마 속으로 서서히 움직였다. 그가 내 몸을 파고들며 목에 키스했다. 신물이 넘어와 내 목구멍 안쪽이 화끈거렸고, 조이가 마이크에 대고 중얼거리듯 낮은 목소리로 노래를 부르자 마음이 싱숭생숭했다.

"하지 마." 숀에게서 조금씩 몸을 떼며 내가 말했다.

"왜 그래?" 그의 말이 왱왱 울렸다. "불감증처럼 그러지 마." 미러볼의 불빛이 경고하듯 내 몸을 붉은색 줄무늬로 물들였다. 웃음소리가 테이블 사이로 잔물결처럼 번져나갔고, 조이의 쉰 듯한

* 1989년 결성된 영국의 록 밴드.

목소리가 그 작은 공간을 가득 채웠다. 손이 내 가랑이에 손을 밀어 넣자 나는 그를 허락했다. 그의 입김에서는 보드카 냄새가 풀풀 났고, 나는 눈을 감았다.

"이거 마음에 들어?" 손이 손톱으로 내 몸을 파고들며 내 귀에 대고 나직이 말했다. 나는 마음에 드는 척 고개를 끄덕였다. 불감증이 있거나 따분한 사람, 늘 "싫다"라고만 하는 그런 여자가 되고 싶지 않았다. 조이 삼촌처럼 세상에 "좋다"라고 말하고, 자유분방하며 무엇이든 기꺼이 할 수 있는 발이 넓은 사람이 되고, 쾌락과 감각이 내 피부 밑에 오래도록 머물게 하고 싶었다.

"이 노래는 저 구석에 있는 사이좋은 연인들을 위한 거예요." 조이가 무대에서 우리를 보고 활짝 웃으며 부드럽게 말하자, 나는 그를 마주 보고 미소 지으며, 말없이 잔을 들어 건배했다.

48

불안감이 우리 내면에 똬리를 틀고 들끓으며 고조된다. 예정대로 내가 떠나기 전 주말인데도, 우리 사이에는 여전히 날이 서 있고, 내 머리카락과 피부에 그 날카로움이 느껴질 정도다. 당신은 평소보다 더 빨리 움직이며, 너무 많은 계획을 세우고 출근길에는 서둘러 문을 나서고, 침묵과 정적을 피하고, 우리가 생각할 틈을 남겨두지 않는다. 나는 좌절감에 흔들리고 있고, 당신이 내게 와서 머물라고 청한 후로 당신의 마음속에 가닿을 수 없는 곳이 있다는 데 화가 난다.

"우리가 뭘 해야 하는지 알아." 당신이 붉은 베르무트를 잔에 붓자, 얼음이 정전기가 일듯 탁탁거리며 금이 간다.

"뭔데?"

"춤을 추러 가야 해." 당신의 눈에 위험한 기색이 번득이고 나는 그 눈빛에 마음이 끌린다.

"그럴까?"

"응. 기분이 나아질 거야." 나는 눈두덩에 검은색 아이섀도를 칠하고 입술에 어두운색 립스틱을 바른 후, 반짝이는 원피스를 입는다.

"아름다워." 내가 초커를 목에 걸 때 당신이 말한다. 당신의 말이 자석처럼 나를 끌어당기지만, 나는 그 매력에서 벗어나며, 우리 사이의 마찰을 남겨둔다. 당신은 블랙 진과 뉴욕 돌스* 티셔츠를 입고 양쪽 귀에 은색 링 귀걸이를 낀다. 나는 몸을 앞으로 숙여 키스하며 당신의 입술을 세게 깨문다.

"아." 당신이 손을 입에 대고 피가 나는지 확인한다. "아파."

"미안." 나는 그렇게 말하지만, 미안하지 않다.

우리는 지하철을 타고 그라시아 거리**로 가며, 열차 안에서 플라스틱 병에 가득 든 진토닉을 나눠 마신다. 우리는 은색 페인

---

* 1971년 결성된 미국의 펑크 록 밴드.
** 바르셀로나의 쇼핑 명소로 불리는 번화한 거리.

트로 쏟아져 내릴 듯한 별자리를 가득 그려놓은 금속 셔터가 내려진 창고 밖에서 초인종을 누르고, 나는 이 사이에 낀 레몬 가닥들을 빼낸다.

"부에나스." 구레나룻이 텁수룩한 키 큰 남자가 인적 없는 거리를 이쪽저쪽 훑어보더니 우리를 안으로 안내한다. 그 공간은 작고 어두우며, 형형색색의 영상이 뒷벽에 투사되어 파문이 번지듯 흔들리고 있다. 아직 이른 시간이다. 보통 근처의 바들이 문을 닫기 시작하는 새벽 2시나 3시가 지나서야 비로소 사람들이 온다고 당신이 말해준다. 긴 코트를 입은 한 무리의 마른 남자들이 구석에서 음침하게 담배를 피운다. 빨간 비닐 바지를 입은 여자가 눈을 감은 채 혼자 춤을 춘다. 음악은 무겁고 음울하고, 득득 긁히는 소리와 덜거덕거리는 소리가 나며, 아무 생각도 할 수 없을 만큼 소리가 크다. 당신이 바에서 럼 두 잔을 주문하고, 우리는 라임을 곁들여 스트레이트로 마신다.

"이제 기분이 좀 좋아졌어?" 내가 당신에게 물어본다.

"아니." 당신이 내 귀에 대고 그렇게 말하자 목덜미에 당신의 뜨거운 입김이 느껴진다.

나는 당신을 방 한가운데로 끌어당겨 엉덩이를 움직이기 시작한다. 당신은 조명을 받아 오닉스처럼 까맣게 빛나는 눈에, 날카롭고 진지한 얼굴로 원을 그리며 빙빙 돈다. 나는 배 속의 하얀 소음을 팔다리로 밀어낸다. 우리가 더 빨리 움직이자 우리를 에워싼 공기의 질감이 끈적끈적하고 부드럽게 변한다. 당신이 내 쪽으로 다가오고, 우리는 잠시 머뭇거리지만, 이내 내가 뒷걸음질 친다. 음악이 마치 내 치아 사이에서 금속이 갈리듯 삐걱삐걱 연주되며 내 머릿속을 가득 채운다. 당신은 열기와 연기 속에, 한껏 들떠 은빛으로 반짝이는 위험인물이다. 붉은 조명이 당신의 얼굴로 떨어진다. 나는 당신을 떠나고 싶지 않다는 것을 깨닫는다. 곧이어 당신이 내 양 어깨를 움켜쥐고 뭐라 말하지만 내게는 들리지 않는다.

"뭐라고?" 내가 음악 소리보다 더 큰 소리로 외친다.

"미안해!"

"왜?"

당신은 아무 대답 없이 빙글빙글 돌며 바닥을 가로지른다. 나는 눈을 감고 이 밤이 나를 집어삼키게 내버려둔다. 발을 쾅쾅 구르며 팔꿈치에 충격을 느낀다. 우리는 관절을 꺾는 펑크 댄스를 추며, 음악에 몸을 맡긴다.

우리는 바에서 시원한 캔 맥주를 사서 담배를 피우러 밖으로 나간다. 그 거리 끝에 있는 교회의 돌계단을 올라가, 오래된 나무문에 등을 기댄다. 술에 취한 것같이 느껴지고, 나를 둘러싼 공기가 흔들린다. 당신에게서 땀내와 오래된 가죽 냄새가 나고, 나는 그 냄새에 아찔해진다. 당신은 캔 맥주를 따서 목이 마른 듯 들이켠다. 당신은 꿀꺽꿀꺽 삼키고, 나는 당신의 목이 수축하는 것을 지켜본다.

"이건 잘한 결정이었어." 당신이 손등으로 이마를 닦는다. 달이

171

가로등처럼 주황색으로 빛난다. 곧 우리 사이에 벌어질 그 머나 먼 거리를 생각하니, 별안간 피곤해지고, 만일 내가 계속 머문다 면 어떤 의미가 있을지 궁금해진다.

"왜 미안하다고 했어?" 내가 물어본다. "우리가 춤출 때 말이 야." 당신은 손거스러미를 물어뜯는다. 까칠까칠하고 아파 보인 다. 당신의 손을 잡아 손가락을 입에 넣고 피를 빨아 먹는다. 당 신의 얼굴에 어떤 표정이 깃들고, 당신이 몸을 뺀다. "왜 그래?" 당신이 담배 주머니를 꺼내 담배를 말기 시작한다.

"잘 모르겠어." 당신은 입을 꽉 다물고 어색하게 움직인다.

"잘 모르겠다고?"

"응." 우리는 말없이 앉아 있고 내 분노는 타르처럼 엉겨서 응 어리가 진다. 당신이 나를 내 삶에서 끌어냈는데, 내가 지금 여기 에 와 있으니, 마치 내가 당신에게 부족한 것처럼, 마치 당신이 나 를 밀봉하고 물러나서 내가 가기만 기다리고 있는 것 같은 기분 이 든다. 당신은 담배에 불을 붙이고는, 눈을 감은 채 문에 등을 기대고 있다. 당신은 검은 곱슬머리에, 입술에는 물어뜯은 자국, 턱에는 까칠하게 자란 수염이 있는, 무척 가무잡잡하고 잘생긴 사람이고, 나는 그래서 당신이 밉다. 당신은 밤의 어둠 속으로 연 기를 내뿜고 나서 눈을 뜬다.

"가끔 겁이 나." 당신이 조용히 말한다. "이게 지속되지 않을 것 같아서." 내 위가 조여든다. 이 모든 것이 지나치게 좋아서 너무 두렵고, 당신이 나를 한 꺼풀 벗겨서 내 비뚤어진 마음을 발견하고 모든 것이 부서져버릴까 봐 너무 두렵다.

"무슨 뜻이야?"

"아버지가 돌아가셨을 때부터 계속 그랬던 것 같아. 모든 것이 늘 슬금슬금 사라져가고 있는 것 같은 기분이 들어. 평생 줄곧 사랑을 잃어버리고 있는 것같이 느껴져." 나는 묵묵히 당신의 입에서 연기가 피어오르는 것을 지켜보고 있다. "가끔은, 뭐랄까, 시간이 손가락 사이로 빠져나가고 있는 것이 느껴져. 그리고 우리가 여기 함께 있고 모든 것이 빌어먹게 기분 좋은데도, 그저 다 무너져 내리기만 기다리고 있지." 나는 우리의 팔이 맞닿을 때까지 당신에게 더 가까이 다가간다.

"하지만 난 바로 여기 있잖아."

"당신이 돌아가면 어떻게 될까? 너무 외로워. 그러니까, 우리가 이렇게 연결되어 있지만, 당신은 당신의 삶이니 뭐 그런 데로 돌아갈 테니까 말이야." 당신이 담배를 비벼 끈다. "결론적으로. 우리는 정말이지 모두 혼자야."

"우울한 얘기야."

"그래." 내 팔에 난 털이 슬픔으로 따끔거리지만, 당신이 줄곧 품고 있던 것이 이런 두려움이고, 그저 내게 지치기만 한 것은 아니라는 사실에 안도한다. 어쩌면 우리는 우리 사이의 묘한 끌림에 저항하기를 멈추고, 비록 그것이 실용적이지는 않더라도, 그냥 그것에 굴복하여 우리의 삶을 단단히 끌어모아서, 모든 것이 다 사라져버리지 않게 해야 할지도 모른다.

"하지만 당신은 상황을 통제할 수 있어." 내가 말한다. "아버지의 죽음에 대해서는 아니지. 하지만 다른 것들에 대해서는 가능해. 이렇게 말이야."

"그렇지만 정말 그럴까? 우리에게 일어나는 일을 정말 통제할 수 있을까? 아니면 우리는 그저 상황에 끌려다니기만 하는 걸까?" 우리가 일어나고 있는 일을 통제할 수 있다고 너무나도 간절히 믿고 싶지만, 내 평생은 통제력과의 싸움이었고, 내가 주체성을 가지기를 원하지 않는 세상에서 주체성을 확고히 주장하기 위한 시도였다. "시간이 충분하지 않은 것 같아." 희미한 가로등 불빛에 비친 당신은 젊어 보인다. "그렇게 느껴본 적 없어?"

나는 잠자코 있다. 무슨 말을 해야 할지 모르겠다. 당신은 내가 처음으로 꼭 붙잡고 싶어진 사람이다. 보통은 나는 그냥 떠나며 모든 것을 내던진다.

"우린 잘해낼 방법을 찾을 수 있을 거야." 내가 상냥하게 말한다. "당신이 원한다면."

당신이 내 손을 잡고 손목 안쪽에 키스한다. "피곤해. 우리 집에 갈까?"

나는 어두운 거리, 주황색 달, 벽에 그림자를 드리우는 나무들을 바라본다. 당신의 아파트의 어둠 속에서 서늘한 시트를 덮고 서로의 몸을 밀착하고 싶다. "좋아."

당신이 내 손에 손깍지를 낀다. "뛰어갈까?"

"뭐?"

"자, 어서."

당신은 나를 계단 아래로 끌어당겨, 술집 밖에서 삼삼오오 모여 담배를 피우는 사람들과 빛줄기로 흐릿해져가는 네온등을 날쌔게 피하면서, 숨이 막힐 듯한 거리들을 누비며 나아간다. 우리는 엔진 출력을 높이는 중인 스쿠터, 심야 영업 중인 약국의 초록색 불빛, 문을 닫은 길모퉁이 가판대, 빛이 넘실거리는 레스토랑을 지나 달려간다. 폐가 타들어가고, 다리가 아플 때까지 달린다. 당신의 부츠는 보도를 쿵쾅거리고, 내 원피스는 자동차 헤드라이트 불빛에, 각도에 따라 다채롭게 반짝인다. 우리는 무언가 어두운 것을 피해 도망치고 있거나, 혹은 그것이 우리의 발뒤꿈치를 덥석 물기에 미끄러지듯 골목길을 따라가고 있거나, 혹은 어쩌면 무언가 새로운 것, 아른아른 반짝이는 엄청난 미래, 끝을 알 수 없는 광활한 하늘을 향해 달려가고 있는지도 모른다. 당신은 그저 내가 나 자신을 넘어서는 또 하나의 수단에 불과할지도 모르겠지만, 이번에는 다른 느낌이 든다. 시공간에 뿌리내리고 현재에 충실하고 싶은 듯 느껴진다. 우리가 당신의 아파트에 도착하자 당신이 헐떡이며 열쇠를 찾기 위해 더듬거린다. 나는 피곤하고 근육이 쑤신다. 내가 한곳에서 계속 지내는 것을 견딜 수 있을지, 여기 머무는 법을 배울 수 있을지 궁금하다.

49

딜런에게는 패션 잡지에서 일하는 지인이 있었는데, 그들이 나에게 인턴사원 자리를 제안했다. 나는 특별히 패션업계에서 일하고 싶었던 것은 아니지만, 무언가를 하고 싶었고, 무작정 돌아다니는 대신 목적의식이 느껴지는 방식으로 도시를 누비고 싶었다. 무급이었기에 나는 매일 아침 출근 시간대의 교통 체증을 뚫고 소호의 사무실까지 자전거를 타고 갔고, 중고품 가게에서 산 내 긴 코트의 밑단은 흙먼지와 비로 범벅이었다.

첫날 초조하게 내 책상에 앉아 있을 때, 샤넬 치마 정장을 입고 구찌 로퍼를 신은 내 또래의 여성이 나를 내려다보며 빙긋 웃었다.

"자기, 노트북 가져왔어?"

"이런." 나는 다리를 꼬았다가 다시 풀었다. "노트북이 없는데요." 그 여자가 얼굴을 찡그렸다. "그렇지만 내 남자친구한테는 있어요. 아마 그걸 빌릴 수 있을 거예요."

그녀가 활짝 웃었다. "그러면 완벽하겠네. 오늘은 걱정하지 마. 같이 기자단 초청 행사에 갈 거니까. 제품 사진을 좀 찍어서 인스타그램에 올리기만 하면 돼. 지금 로그인 정보를 알려줄게."

"아." 긴장해서 부츠 안쪽 발가락에 힘이 잔뜩 들어갔다. "인스타그램을 안 하는데요."

"음, 다운로드 받으면 되지."

"내 말은, 스마트폰이 없다는 거예요." 내가 싸구려 플라스틱 휴대전화를 꺼내자 여자가 웃음을 터뜨렸다.

"농담하는 거야?"

"아니요." 나는 자신 없이 미소를 지었다. "구닥다리죠. 나도 알아요. 하지만 가짜 전화 수신 기능이 있어요."

"가짜 뭐?"

"어색한 대화 중일 때 버튼을 누르면 벨이 울려서 핑계를 대고 자리를 뜰 수가 있어요."

그 여자가 나를 빤히 쳐다보았다. "그렇군. 좀 특이하네."

몇 달 동안 하루 종일 사무실에서 일하면서, 내가 예금 잔고로 가져본 액수보다도 더 큰 돈이 드는 신발과 핸드백의 이미지를 찾아내고, 웹사이트 콘텐츠의 교정을 보고, 드라이클리닝한 세탁물을 찾아 왔다. 그 후에는, 저녁 근무를 하기 위해 자전거를 타고 곧장 펍으로 가서, 맥주를 따르며 카운터에서 일하고, 밤이 끝날 때쯤 변기를 빡빡 문질러 닦고, 새벽 2시쯤 달빛을 받으며 자전거를 타고 귀가했다. 한번은, 신호등이 슬그머니 빨간불에서 파란불로 바뀐 것을 알아채지 못하고 게슴츠레한 눈으로 신호등만 바라보다가 지나가던 승합차에 치여 자전거에서 떨어진 적도 있다. 밤마다 욕조에 몸을 담그고 낮의 일들을 씻어내며 고요 속에 빠져들어보려 했지만, 술 취한 목소리들이 나를 크게 부르는 소리가 들렸다.

나는 잡지사에서 일하는 몇몇 프리랜서들과 친구가 되었다. 그들은 머리를 파스텔 색으로 염색하고, 귀에는 가느다란 금색 링 귀걸이를 하고, 손목 안쪽에는 검은색 잉크로 문신을 새겨 넣었다. 그들은 테이크아웃 커피 잔과 잡지 더미를 들고 사무실에 들러서, 눈을 동그랗게 뜨며 내 추레한 코트와 눈 밑에 드리워진 자줏빛 그림자를 쳐다보았다.

"한잔하러 갈래?" 햇볕이 내리쬐는 어느 오후, 그들이 그렇게 물어보았다. 나는 책상을 뒤로하고, 그들과 함께 펍으로 가서 아페롤 스프리츠*를 주문하고는, 창문을 통해 쏟아져 내리는 금빛 햇살을 쬐며 웃음을 터뜨리고, 내가 그들 가운데 하나이며 만사가 다 쉬운 척했다.

나는 몬스테라가 즐비하고 사방 벽이 분홍색인 카페에서 그들과 만났는데, 그들이 펼쳐놓은 맥북 옆에는 립스틱이 묻은 머그 잔에 담긴 채 식어가는 플랫화이트, 아메리칸 스피릿 담뱃갑, 테이블 위에 아무렇게나 널려 있는 담배꽁초들이 있었다.

"프리랜서로 일하는 건 악몽이야." 그들은 두툼한 커피 맛 호두 케이크 한 조각을 주문하면서 고개를 절레절레 흔들었다. "아무도 제때에 돈을 주는 법이 없어." 나는 커피 잔 받침에 아몬드 한 줌을 쏟아놓고, 야금야금 천천히 깨물어 먹었다. 그 여자들

---

* 이탈리아에서 전통적으로 식전주로 마시는 와인의 일종.

중 한 명이 라일락색 배낭을 열더니 그 안에서 뒤엉킨 채 반짝이는 루비와 사파이어를 보여주었다.

"토요일 촬영에 쓸 것들이야." 그녀가 웃음을 터뜨리며 가방의 지퍼를 단단히 잠갔다. "디자이너가 오늘 아침에 나한테 건네줬지. 난 겁이 나서 하루 종일 제정신이 아니었어." 그녀의 목걸이의 자그마한 펜던트가 따뜻한 햇살에 반짝거렸다.

"우리 뭐 좀 먹을까?" 다른 사람들 중 한 명이 노트북을 닫으며 물어보았다. "배고파 죽겠어. 이 근처에 맛있는 햄버거 가게가 있어." 모두가 동의의 표시로 고개를 끄덕이자, 나는 핑계를 대고 자리를 떴다.

내 새 친구들의 삶은 영화와 연극과 장거리 여행, 와인에 흠뻑 취하는 저녁 식사와 쌉싸름한 칵테일, 키치한 쿠션과 재생 가구가 빼곡히 들어찬 세련된 아파트, 파스텔 톤 액자에 넣어놓은 아트 포스터로 가득 차 있어서, 화려해 보였다.

"《뉴요커》의 그 기사 봤어?" 그들이 나에게 묻곤 했다. "그 영화제 갈 거야? 새로 생긴 스시 가게 가봤어? 같이 우리 집에 가서 저녁 먹을까?"

그들은 신용카드로 비용을 계산하고, 아침에는 신선한 원두커피를 내리고 페이스트리를 야금야금 먹고, 향초를 태우고, 별 고민 없이 세련된 옷을 구입해서, 나무 옷걸이에 걸어 착실히 옷장 안에 보관하는 성인 여성처럼 보였다. 그들의 남의 이목을 신경 쓰지 않는 태도, 원하는 것을 숨기지 않고 대놓고 원하는 방식이 부러웠다. 그들은 자기 욕구를 충족시킬 수단이 있어서, 그 욕구를 억누를 필요가 없었기 때문에 별생각 없이 행동했다.

나도 그들처럼 되고 싶고, 도시를 내 어깨에 느슨하게 걸치고 모든 좋은 것을 손에 쥐고 싶었지만, 내 안에는 그들을 괘씸하게 생각하는 완고한 무언가가 있었다. 그들의 삶은 피와 연골이 제거된 채 겉만 번드르르한 플라스틱으로 덮여 있으며 고군분투하는 내 삶의 방식이 더 현실적이라고 나 자신을 타일렀지만, 결코 확신할 수는 없었다. 나는 늘 걸림돌에 걸려 넘어져, 무릎은 까만 멍투성이였고, 머리카락은 잔가지와 나뭇잎 범벅이었다.

나는 방세, 지하철 요금, 식료품비, 혹은 망가진 물건을 교체할 돈 등등 기본적인 욕구를 충족할 만큼의 돈이 없었다. 내가 원하는 것들은 내가 태어난 곳보다 더 크고, 내 생각에 내가 마땅히 누릴 만한 것보다 더 큰 것이었다. 나는 끼니를 거르고 절약한 돈으로, 어둡고 끈적끈적한 바에서 일렉트릭 피플*과 와인 잔을 기울이거나, 특별한 목적지도 없이 밤에 버스를 타고 위층에 앉아 휘황찬란하게 약동하는 건물들을 구경하며 도시를 돌아다녔다. 마치 그 눈부신 광채가 모두 내 것인 양 말이다. 처음에는 그런 절충이 그만한 가치가 있었지만, 새 친구들이 원하는 것을 즐기는 모습을 지켜보면서, 불공평해 보이기 시작했다. 그들은 허기를 느끼며 손가락을 빨다가도 곧 그 허기를 질릴 만큼 실컷 채운

---

* 신시사이저 사운드를 즐기는 런던의 젊은이들을 칭하는 말.

반면, 나는 항상 그저 원하기만 했을 뿐이다.

가장자리의 가시 돋친 공간이 나의 안식처가 되었고, 그로 인해 내가 스스로에게 가지고 있던, 다른 사람들만큼 많이 누릴 자격이 없고 가능한 한 적게 차지해야 한다는 믿음이 입증되었다. 나는 어떻게 해야 맞은편으로 갈 수 있는지, 언제나 모든 것을 충분히 누릴 수 있는지, 안전하고 따뜻하며 배부르게 살 수 있는지 알지 못했다.

50

내가 런던으로 돌아가기 전날 저녁, 우리는 해가 저무는 해변에 앉아 맨발을 차가운 모래사장에 파묻는다. 마지막 햇살이 마치 엎질러진 잉크처럼 모든 것을 보라색으로 적신다. 나는 매끄러운 조약돌을 잡고 손가락으로 초조하게 문지른다. 당신이 담배에 불을 붙이자 당신의 얼굴이 어둠 속에서 눈부시게 빛난다.

"어젯밤 우리가 나눈 대화에 대해 줄곧 생각해봤어." 내가 망설이며 말을 꺼낸다. 당신을 바라보지만 표정은 읽을 수가 없다.

"나도." 당신 입에서 은빛 기둥 같은 연기가 새어 나온다.

"한번 제대로 시도해볼래?" 내가 물어본다.

당신이 손가락으로 모래사장을 더듬는다. "그러고 싶어. 당신은?"

"나도 그래."

"여기 다시 올 거야?"

"완전히 살러 오는 것 말이야?"

당신이 내 시선을 피하며 눈을 가늘게 뜨고 하늘을 올려다본다. "아마도." 당신과 함께 있고 싶지만 두렵기도 하다. 모든 것이 너무 급하게 진전돼서 따라갈 수 없다. 당신이 나를 바라보며 미소 짓는다. "그건 그렇고 런던에는 뭐 하러 돌아가는 거야?"

"돌아가서 할 일이 있어." 내가 톡 쏴붙인다. 내 일이 당신의 일보다 덜 중요해 보인다는 것을 잘 알고 있기에, 내가 보잘것없고 어리석게 느껴진다. 당신이 내게 손을 뻗지만 나는 어금니를 악물고 몸을 뺀다. 런던에서의 내 삶이 보잘것없고 초라하기는 하지만, 그것이 내 삶이다.

"알아." 당신이 얼굴을 찡그린다. "그런 뜻이 아니었어."

"그럼 무슨 뜻이었는데?"

"아무 뜻 없었어." 당신이 한숨을 쉬며 말한다.

나는 검은 안개처럼 우리를 향해 밀려오는 파도를 잠자코 바라본다. 당신이 다리에 묻은 모래를 털어내며 일어선다.

"우리 맥주라도 한잔할까? 당신의 마지막 밤이잖아. 이러지 말자."

내가 자리에서 일어서고, 함께 모래사장을 가로질러 근처 바로 걸어가지만, 나에게 이 밤은 이미 광채를 잃었고, 갯바람을 맞으니 뭐라 말로 표현하기 힘든 날카로운 것에 찔리는 느낌이 든다.

나는 이튿날 저녁 비행기를 탄다. 하늘은 수박 속살 같은 색깔이다. 비행기는 검은 물 위에서 선회하여, 금빛으로 물든 항구의 배 위를 지나간다. 창문에 얼굴을 바짝 붙이고, 당신이 더위에 타일이 달아오른 작은 발코니에서 담배를 피우고 있는 모습을 상상한다.

주머니에서 그 해변의 매끄러운 조약돌을 발견하고는 손가락으로 문지르며 우리가 어둠 속에서 나눴던 대화를 떠올린다. 이제 내가 당신에게서 멀리 떨어져서 당신이 내 몸에 발휘하는 자석 같은 힘이 약해지고 보니, 우리의 계획이 어처구니없을 정도로 모호해 보인다. 우리는 내가 언제 돌아올지, 아니면 당신이 런던에 있는 나를 찾아올지에 대해 이야기하지 않았다. 우리 관계의 범위에 대해, 또 상황이 여전히 열려 있고 모호하고 막연하게 느껴지는지에 대해서도 논의하지 않았다. 당신이 마치 내 삶은 덜 중요하고, 내 선택은 당신 자신의 선택보다 의미가 적은 것처럼, 내게 당신을 위해 큰 걸음을 내디디라고 요구하고 있기에, 내 안에서 분노가 치밀어 오른다.

비행기가 바람에 요동치자, 내 손이 차갑고 끈끈해진다. 신경을 딴 데 돌리려고 책을 펼친다. 내가 숨을 깊게 들이마시자, 옆자리의 남자가 꽉 쥔 내 주먹을 발견하고는 빙긋 웃으며 말한다.

"비행기 여행 안 좋아해요?" 그가 물어본다.

"별로예요." 나는 책을 덮는다. "전에는 신경 쓰지 않았어요. 뭐가 변한 건지 모르겠네요."

남자가 안경을 고쳐 쓴다. "나도 마찬가지예요. 아이들이 생기기 전까지는 주저한 적이 없죠. 그런데 지금은 너무 싫어요. 챙겨야 할 내 사람들이 너무 많아요." 그가 레드 와인이 담긴 플라스틱 컵을 들어 올린다. "그래도 이게 도움이 되네요. 이걸 추천하겠어요."

그에게 미소를 지어 보이고 책에 집중하려고 해보지만, 집이 어디인지, 내가 누구에게 돌아가는지, 잃을 것이 너무 많아서 비행기 여행이 두려워진 것인지 생각하느라, 글에 집중할 수가 없다. 잃을 것은 항상 많았지만, 전에는 그 사실을 알지 못했던 것뿐인 듯하다. 더 어린 시절의 나는 밤과 소용돌이치는 별들을 쫓으며 위험한 곳에 몸을 던졌고, 살아 돌아올지에 대해서는 전혀 신경 쓰지 않았다. 때로는 그녀가 모든 것을 다르게 할 수 있었을지, 다른 결정을 내리고 더 좋은 사람으로 성장할 수 있었을지 궁금하다. 지금 내가 올려다보며 그 꿈들을 기억할 수 있도록, 그녀의 손목에 줄로 묶어놓았던 풍선들처럼 그녀의 꿈들을 꼭 붙잡아두었다면 좋았을 텐데.

내가 생각에 잠겨 있을 때 빛의 구슬들이 땅 위에 널려 있는 부서진 목걸이처럼 반짝반짝 빛나는 런던이 어둠 속에서 모습을 드러낸다. 당신의 몸이 다른 세상의 산속에 자리 잡고 내 몸에서 너무 멀리 떨어져 있는 것처럼 느껴진다. 이 모든 것이 내게 좋은 일인지, 하늘을 가로지르며 당신을 뒤쫓는 대신 여기서 무언가를 쌓아가며 나 자신의 삶에 집중하는 것이 더 좋을지 궁금하다.

"우리가 해냈어요." 우리가 활주로에 들어서자 옆자리 사람이 말한다.

"그랬네요." 휴대전화의 시계가 업데이트되어, 내게 한 시간을 더해주었는지 확인한다.

51

어렸을 때 나는 항상 조끼를 팬티 속에 꼭꼭 밀어 넣었다. 코트의 지퍼를 목까지 잠그고 어머니에게 운동화 끈을 최대한 꽉 묶어달라고 졸랐다.

"얘야, 더 꽉 묶을 수는 없어." 어머니는 내 발치에 무릎을 꿇고서 몹시 화를 내고는 나를 차에 아무렇게나 밀어 넣었고, 나는 뒷좌석에서 잔뜩 토라진 채로 안전벨트가 내 배를 파고들 때까지 벨트를 잡아당겼다.

"그러다 다쳐." 어머니가 내 벨트를 조정해주려고 손을 뻗었지만, 나는 안전하고 안정적으로 벨트에 바짝 밀착되고 싶어서 어머니를 밀어냈다.

이십 대 초반에 나는 자극적인 일들을 쫓아다녔다. 잘 알지도 못하는 사람들과 파티에 가서, 스팽글 달린 옷을 입고 잔뜩 흥분해서 밤새도록 춤을 추며 미러볼을 향해 손가락을 한껏 뻗어 빛의 파편들을 움켜쥐다가, 결국 기억에 뻥뻥 구멍이 나고 무릎에는 피가 말라붙은 채 내 침대에서 눈을 뜨곤 했다.

어느 날 아침, 파티를 마치고 집으로 걸어가고 있을 때, 출근을 위해 기상할 시간임을 알리는 휴대전화 알람이 울렸다. 가방속을 더듬어 알람을 끈 다음 잠시 벽에 기대어 두 눈을 감고 세상이 그만 빙빙 돌았으면 좋겠다고 생각했다. 다시 두 눈을 떴을때, 길 건너편에 따스한 불빛이 넘실거리는 빨래방이 보였다. 그모습에 솔깃해서 안으로 들어갔다.

한 남자가 벤치에 앉아 세탁기 안에서 자기 옷이 빙빙 도는 모습을 지켜보고 있었다. 그는 반짝이가 두 뺨에 착 달라붙어 있는, 멍한 표정의 내 얼굴을 유심히 살펴보았다.

"괜찮아요?" 그가 나에게 물어보았다.

"괜찮아요." 나는 그를 보며 눈을 깜박였다. 우리는 조용히 앉아 물이 철썩대는 소리와 금속 드럼통이 쿵쾅대는 소리에 귀를 기울였다. 비누 냄새를 맡자 가루 세제 상자와 풀 먹인 하얗고 깨끗한 면직물을 들고 있던 어머니가 생각났다. 나는 그 남자의 세탁물 가방, 눈부신 운동화, 그의 옆에 접혀 있는 신문을 바라보았다.

"여기 왜 왔어요?" 내가 그에게 물어보았다.

"뭐라고요?"

"토요일 아침 6시 반에 왜 빨래를 하고 있는 거예요?"

남자가 벤치에서 자세를 바꿔 앉고는 느릿느릿 소리 내 웃었다. "당신에게도 똑같이 물어볼 수 있겠군요."

"난 빨래를 안 하잖아요."

그가 눈썹을 치켜세웠다. "알고 있어요."

그를 제대로 살펴보았다. 그의 옷차림은 깔끔하고 맵시 있었지만, 그의 눈두덩은 부어 있고 눈 밑은 거무스름하게 그늘져 보였다.

"난 잠을 못 자요." 그가 털어놓았다. "세탁기 소리를 들으면 마음이 평온해지죠." 내가 눈을 비비자 그가 나를 빤히 쳐다보았다. "그럼 당신은요?"

"그냥 좀 쉬고 있는 거예요. 40분 후에 일을 시작하죠."

그 남자는 한 번 더 느릿느릿 길게 소리 내 웃었다. "농담이죠?"

"아니요." 내 머리가 지끈거리기 시작했다. 건조기의 규칙적인 리듬과 더러운 상태로 들어왔다가 깨끗해져서 나갈 수 있다는 구원의 약속에 마음을 빼앗겼기 때문에 그 빨래방에 계속 있고 싶었다.

"괜찮겠어요?" 내가 나가려고 일어섰을 때 그 남자가 그렇게 물어보자, 나는 미소를 지으며 손사래를 쳤다.

나는 근무 교대 시간에 30분 지각해서, 블랙커피와 다이제스티브 비스킷을 먹으며 근무 시간을 버텼고, 빨래방에 있던 그 남자를 떠올리며 그 밤의 터무니없는 행동에 혼자 웃음을 터뜨렸다. 자기 절제와 자기 파괴 사이의 경계선은 너무나 흐릿했다. 나는 망각이 자중하기 위한 또 하나의 방법일 뿐이라는 것, 매달려 있기 위한 필사적인 시도라는 것을 알지 못했다.

52

나는 일종의 분노를 품고 런던으로 다시 뛰어든다. 로사가 카페로 들어와 내가 일하는 동안 바에 앉아 있다. 나는 그녀에게 공짜 커피, 엄청 큰 당근 케이크 조각, 네그로니를 잔뜩 섞은 많은 양의 진토닉을 준다. 근무가 끝나면, 우리는 밖으로 나가 내가 일할 때 입었던 옷에 데오드란트를 뿌리고, 화장실에서 같은 립스틱으로 입술을 칠한 다음, 길 아래 당구장에서 데킬라를 마신다. 평일 밤에는 김이 모락모락 나는 쌀국수를 후루룩거리며 먹은 다음, 쿵쾅거리며 클럽으로 달려가서, DJ 부스 앞까지 몸을 들이밀고, 우리의 목은 다른 사람들의 땀으로 축축해진다. 나는 쉬는 날 오후에는 어둠 속에서 눈물을 자아내는 영화를 보고 무료 전시회에 들렀다가, 미술관 카페에 앉아 노트에 끄적거리면서, 형형색색의 옷을 입고 와인을 마시는 사람들을 구경한다. 눈부시게 화창한 아침에는 원피스를 허벅지 높이에서 매듭지어 묶고, 바람에 헝클어진 머리카락을 휘날리며, 운하를 따라 자전거를 타면서 강한 힘과 해방감을 느낀다.

당신은 간간이 나에게 문자를 보낸다. 발코니에서 바라본 자줏빛으로 지는 해, 분홍빛 보름달, 햇살이 들쭉날쭉 비치는 야자

나무 사진 따위다. 당신이 누구와 함께 있는지, 무엇을 하고 있는지에 대해 생각하고 싶지 않다. 나 자신을 분리해내고, 강하고 단단하며 쉽게 상처받지 않는 사람이 되기 위해 노력한다.

당신이 이렇게 적는다. "뭐 해?"

"별거 안 해." 나는 그렇게 대답하며, 마치 우리의 말이 서로의 감정을 가로막고 정말로 하고 싶은 모든 말은 한마디도 못 하게 짓누르는 벽돌인 것처럼, 공허하고 무의미한 느낌을 받는다. 이곳에서 행복해지기 위해, 당신이 내 삶에 구멍을 내기 전에 내 삶이 어떻게 느껴졌는지를 기억해내고, 뿌리내린 느낌이 무엇을 의미하는지 이해하고, 스스로 충만해지는 법을 깨우치기 위해 노력하고 있다.

"다음 달에 다시 오면 어떨까?" 당신은 그렇게 입력하고, 나는 입술을 깨문다. 당신과 가까이 있고 싶지만 당신이 이런 식으로 계속 내 삶에서 나를 끌어내는 것이 옳은 일인지 잘 모르겠다.

"생각해볼게." 그렇게 적어 보내지만, 당신은 대답하지 않는다.

로사의 생일 파티가 있어서, 함께 그녀의 집을 튤립과 수선화로 가득 채우고 관목이 우거진 정원의 나무 사이에 색색의 장식용 줄 조명을 매단다. 우리는 촛불을 켜고 싸구려 스파클링 와인을 사고는, 그녀의 비좁은 침실에서 눈꺼풀에 반짝이를 붙인다. 우리는 손님이 도착하기도 전에 술에 취해, 로사의 하우스메이트들이 저녁 식사를 치우는 동안 그녀의 여자친구인 에밀리와 함께 주방에서 슈프림스*의 노래에 맞춰 춤을 춘다.

　손님들이 도착하기 시작하고, 로사가 분홍색 플랫폼 부츠를 신고 테이블 위에서 춤을 춘다. 검은 후드티를 입은 남자들이 정원에서 마리화나 담배에 불을 붙이고, 우리는 캔들홀더에 보드카를 마신다. 낯모르는 사람이 화분에 걸려 넘어져 깨진 유리에 손을 벤다. 집이 사람들로 들썩거리고, 로사가 두 팔로 나를 끌어안는다. 그녀의 손가락 사이에는 불붙은 담배가 끼워져 있고, 뺨에는 빨간 립스틱 자국이 묻어 있다.

　"네가 여기 있어서 정말 기뻐." 그녀의 입에서 담배 연기와 달콤한 와인 냄새가 난다. "그 빌어먹을 스페인에 있는 게 아니라."

　"나도 그래." 그녀의 냄새를 들이마시며 그렇게 말하지만, 스페인이 언급되자 어떤 뜨겁고 어두운 바에서 친구들과 함께 있는 당신이 떠오르며 속이 쑤시듯 아프고, 당신이 여기 있었으면 좋겠다는 생각이 든다. 나는 누군가가 로사에게 구워준 생일 케이크를 손가락에 묻은 크림을 핥아가며 한 조각 크게 먹는다.

　"배고픈가 봐요." 누군가의 남자친구가 내 종이 접시를 가리키며 말한다.

　"그래요." 내가 입을 벌리고 씹으며 도전적으로 말하자, 그는 신경질적으로 웃으며 돌아선다.

　로사의 하우스메이트가 그의 침실에서 레코드를 틀고, 우리는

　＊　1960년대와 1970년대를 휩쓴 미국의 여성 보컬 그룹.

모두 그 방에 우르르 몰려들어 와인을 병째 마시며 흐트러진 침대 위에서 춤을 춘다. 나는 은색 점프슈트를 입고, 물 찬 제비같이 민첩해진 기분으로 엉덩이를 흔들고 빙글빙글 돌면서 당신의 이름을 망각하려 노력한다.

 "우리 병 돌리기 게임할까?" 에밀리가 로사에게 윙크하며 물어보고, 우리는 그녀의 주위에 원을 그리며 모여든다. 입술과 혀와 웃음소리가 넘쳐나고, 우리는 술에 취해 대담해진다. 나는 갤러리에서 로사와 함께 일하는 맥스에게 키스한다. 그가 두 팔로 내 허리를 감싸 나를 바짝 끌어당기자, 그것이 마음에 들어서 그의 손이 당신을 문질러 지워버리게 내버려둔다. 맥스와 내가 그 원을 떠나 춤까지 추기 시작하자, 로사의 눈이 휘둥그레진다. 우리가 서로의 눈을 마주 보다가, 이내 손을 맞잡고 입을 맞추자, 그 방이 서서히 사라져간다.

 "줄곧 당신을 좋아했어." 맥스가 내 귀에 그렇게 속삭이자, 나도 그에게 그를 줄곧 좋아했다고 말한다. 그 말이 사실은 아니지만, 지금 이 순간만큼은 당신에게 끌리는 마음을 감추며 그를 좋아한다.

 우리는 결국 화장실에서 서로 몸을 밀착시킨 채, 맥스는 내 점프슈트를 벗기고, 그의 셔츠는 돌돌 말려 바닥에 내팽개쳐진다. 그의 손은 당신의 손에 비해 크고 거칠어 보이고, 그의 가슴은 넓으며 머리카락은 굵고 두꺼워 보인다. 그는 서투르게 자신을 내게 밀어 넣고 나는 그의 입술에 내 손가락을 대고 누른다.

"사람들한테 우리 소리가 들릴 거야." 내가 변기 좌석에 한 발을 올려놓고 중얼거린다.

"그게 뭐 어때서?" 맥스가 그렇게 말하고 나는 웃음을 터뜨린다. 눈을 감자, 당신의 얼굴이 눈앞에 스쳐 지나간다. 당신의 몸은 푸른 물속을 헤엄치고 있고, 당신의 머리카락에는 소금기가 배어 있다. 맥스에게 얼굴을 파묻어 당신의 모습을 가리려 해보지만, 통증이 내 배 속에서 당신의 모습과 함께 뒤틀리며 퍼져간다. 맥스가 내게서 몸을 떼고 욕조에 앉아 몸을 가눈다.

"맙소사." 그가 그렇게 말하고, 우리는 웃음을 터뜨리고 속삭이며 옷을 입은 다음, 친구들을 찾으러 간다.

나는 아래층으로 내려가 병에 남은 얼마 안 되는 위스키를 머그잔에 따른다. 뒷문을 통해 정원으로 빠져나가, 가랑이가 끈적거리는 채로 점프슈트를 입고 덜덜 떤다. 로사의 친구 중 한 명의 담배를 슬쩍해서, 문 앞 계단에 앉아, 위층에서 진동하는 테크노 음악 소리에 귀를 기울인다. 정원이 빙빙 도는 듯 보이고, 당신이 내 눈꺼풀 안쪽에 있다. 당신의 작은 주방에서 버섯을 볶으며 어둠을 뚫고 나를 보면서 미소 짓는다. 휴대전화를 꺼내 메시지를 확인해보지만 당신이 보낸 메시지는 없다. 당신의 이름 옆에 접속 중임을 의미하는 기호가 빛나고 있다. 잠시 당신의 사진을 바라보며, 당신이 여기 내 옆에 있다면 어떤 기분일지 상상해보지만, 그것은 있을 수 없는 일이다. 나는 휴대전화를 꺼버린다.

53

딜런과 나 사이의 상황이 껄끄러워졌다. 그는 자신의 깔끔한 아파트 곳곳에 널려 있는 내 옷과 그의 집 바닥을 어지럽히는 맥주 얼룩이 묻은 내 부츠를 참지 못했다. 나는 단정하지도 차분하지도 못해서, 그의 조밀하고 정돈된 공간에 나를 욱여넣지 못하고, 사방으로 흘러넘쳤다. 나 자신의 취향을 뿌리 뽑아야만 취향을 발전시키는 법을 배울 수 있다는 것을 깨달았다. 나는 식욕을 억제하는 데 너무 많은 에너지를 쏟는 바람에 식욕이 완전히 사라지기 시작했다. 밤이면 그의 갈망하는 손길이 나를 다시 내 몸속으로, 그리고 그로 인해 느끼게 된 협소한 틀 속으로 나를 끌어당길까 봐 두려워하며 침대에서 그를 외면했다.

"무슨 일 있어?" 내가 침대에서 몸을 굴려 그에게서 떨어지며 벽에 무릎을 밀착시켰을 때 그가 물어보았다.

"그냥 좀 피곤한 것뿐이야." 어둠 속에서 나는 그의 한숨을 못 들은 체하고 깊고 뒤숭숭한 꿈속으로 스르륵 빠져들었다.

어느 주말, 우리는 축제에 갔다. 사람들이 깃털 망토와 금색 핫팬츠를 차려입고 있었고, 디스코 조명에 그들의 얼굴에 붙은 보석이 번쩍이며 풀밭에 프리즘을 흩뿌렸다. 날이 어두워졌을 때 나는 덤불 속에서 반딧불이의 희미한 빛을 보았다.

"당신 상상일 뿐이야." 내가 손가락으로 가리키려고 하자, 그가 웃음을 터뜨리며 그렇게 말했지만, 그것은 내 상상이 아니었다.

우리는 술에 취해 텐트 밖에서 스파클링 와인 한 병을 주거니 받거니 나눠 마셨고, 우리의 입안에서는 거품이 보글거렸다.

"당신이 나한테 넌더리가 났다는 걸 알고 있어." 딜런이 뜻밖의 말을 했다. 단어들이 서로를 밀쳐대며 별안간 튀어나왔다.

"뭐라고?" 나는 와인 병을 똑바로 세우기 위해 벗어놓은 부츠 속에 비틀어 끼워 넣었다. "무슨 뜻이야?"

"나를 만지고 싶어 하지 않잖아. 그래서 끔찍한 기분이 들어."

나는 무슨 말을 해야 할지 몰랐다. 나 때문에 달갑지 않은 존재라는 느낌을 받게 된 딜런 때문에 마음이 아팠다. 그가 겉모습을 유지하기 위해 공을 들인다는 것, 말쑥한 옷을 입고 멋진 안경을 쓴 그의 내면은 자신감이 없다는 것을 알고 있었다. 하지만 이 일에서 문제는 그가 아니었다. 나 자신에게 넌더리가 난 거였다. 내 몸은 그의 엄지손가락과 집게손가락 사이, 혹은 그의 깨끗하고 하얀 벽의 틈새같이 질서 정연한 공간에 어울리지 않았다.

"미안해." 나는 조용히 말했다.

"왜 이러는 건데?"

"잘 모르겠어." 나는 스웨터의 소매를 손이 덮이도록 끌어내렸다. 딜런은 병을 들고 와인을 한 모금 꿀꺽 마셨다. 그가 나를 가까이 끌어당기려고 하자 나는 꿈틀거리며 몸을 뺐다.

"가서 춤출까?" 내가 그에게 물어보았다.

그는 거절이 괴로운 듯, 나를 뜨겁게 바라보았다. "그래." 그는 남은 와인을 재빨리 해치웠다. "그러자."

우리는 서커스 공연용인 빨간 대형 천막에서 몇 시간 동안 춤을 췄다. 나는 고개를 뒤로 젖히고 팔을 격렬하게 휘두르며 모든 것이 괜찮은 척하려 애썼다. 딜런이 두 손으로 내 허리를 잡고 키스하려 몸을 기울였지만 나는 술에 취한 척하며 꿈틀꿈틀 그를 피했다. 그는 티가 나게 씁쓸해하며 나를 몹시 불안하게 만들고는, 맥주를 한 잔 더 사러 갔다.

우리는 자정이 막 지난 한밤중에 진흙과 맥주를 줄줄이 묻힌 채 비틀거리며 우리 텐트로 돌아왔다. 딜런이 내게 손을 뻗었고 나는 미동도 하지 않고 아주 가만히 있었다. 그가 내 목과 맨어깨에 키스하자, 비록 원하지는 않았지만 돌아누워 그를 받아들였다. 문제의 근원은 내 안에 있는데도, 나로 인해 그가 자신이 달갑지 않은 존재라는 느낌을 받게 되었기 때문에, 마치 그에게 무언가를 빚진 것 같은 기분이었다. 나는 취한 것 같았고 텐트가 사방으로 요동쳤다. 엉덩이가 들판을 가로지를 만큼 흔들렸고, 사람들이 멀리서 웃음을 터뜨리는 소리가 들렸다. 나는 몸을 축 늘어뜨리고 일이 끝나기를 기다렸다. 눈물에 눈꺼풀이 따끔거리고, 뺨이 쓰라렸다.

"당신 괜찮아?" 그 후에 그가 나에게 물어보았다. 나는 눈을 감고 아무 말도 하지 않았다. 어둠 속에서 머리가 어질어질했다.

"당신이 나한테 무슨 짓을 하는지 모르겠어." 그가 자기 침낭에 몸을 묻으며 속삭였다. 내 몸의 형태와 그로 인해 그가 받는 느낌에 대해 책임감이 느껴졌다. 그것이 마치 내 잘못인 것처럼 말이다.

우리는 동틀 녘에 뜨겁고 끈적끈적한 상태로 잠이 깼다. 딜런은 텐트에서 기어나가, 자몽 빛깔 새벽에 실루엣만 보이는 채로 시원한 바람을 쐬며 오줌을 눴다. 웃음가스* 통에서 나는 날카로운 소리가 아침을 가르며 울려 퍼졌다. 나는 침낭을 끌어당겨 몸을 감싸며, 팔다리가 포근하고 안전하게 감싸이는 것을 느꼈다. 다리 사이의 연약한 피부가 부어올라 따가웠다.

"샤워하러 갈게." 딜런이 외쳤다.

"뭐, 지금?" 나는 눈부신 햇살에 눈을 가늘게 떴다.

"지금이 가장 좋은 때야. 대기 줄이 없을 거니까." 그가 텐트 안으로 머리를 쑥 들이밀었다. "갈 거야?" 차고 끈적끈적한 내 피부에서 땀과 분비물로 시큼한 그의 냄새를 씻어내고 싶었지만, 피곤하고 욱신거리는 몸으로 그의 앞에서 옷을 벗고 싶지는 않았다. 그가 내게 한 짓을 그에게 보여주고 싶지 않았다. 비록 그가 내게 어떤 짓을 했는지 정확히 알지는 못했지만 말이다.

"고맙지만 됐어."

---

* 들이마시면 얼굴 근육에 경련이 일어나 웃는 표정이 되는 기체.

196

딜런은 어깨를 으쓱하고는 멀리 가버렸다. 나는 텐트에 누워, 그가 하늘을 등지고 실루엣만 보이며 소란스러웠던 파티의 현장을 지나가는 모습을 지켜보았다. 점점 더 작아지다가 마침내 끝없이 펼쳐진 푸른 하늘에 가려, 하찮아 보일 때까지 말이다.

54

로사의 파티 다음 날 나는 수업에 지각한다. 자전거를 타기에는 너무 피곤하고 눈이 침침해서, 지하철을 타고, 서둘러 개찰구를 통과해 밸럼으로 올라가서 예스러운 카페들과 파스텔 색상의 꽃집들을 반쯤 지난 다음, 길모퉁이에 멈춰 서서 숨을 고른다. 눈이 따끔거리고, 피부는 만져보니 뜨겁다. 목구멍 안쪽에서 치밀어 오르는 토사물을 꿀꺽 삼킨 다음, 원피스를 매만지고, 흘러내려 발목 주위에서 주름이 잡힌 팬티스타킹을 끌어올린다.

학생의 어머니가 정신이 딴 데 팔린 채 현관문을 열어준다.

"들어오세요." 그녀가 나를 따뜻한 주방으로 이끈다. "내가 근처에서 좀 왔다 갔다 해도 개의치 않았으면 좋겠어요. 이따가 친구들이 몇 명 올 거라서, 이것저것 준비하는 중이거든요."

"괜찮아요." 나는 마음속으로 긴장한다. 내 학생은 열 살이고 그 애는 내가 숙취에 시달리고 있다는 것을 눈치챌 수 있다. 아이는 내가 질문을 할 때마다 부루퉁한 표정으로 눈을 부라리며 퉁

명스럽게 단음절로 대답한다.

"어서, 아이작." 아이의 어머니가 어깨 너머로 보며 말한다. "선생님을 위해 노력해봐. 더 잘 대답할 수 있잖아." 어머니가 고개를 돌리자 아이작은 혀를 쏙 내밀고 나는 못 본 척한다. 그 애가 나에게 말할 필요가 없도록 글쓰기 연습을 시키는데, 아이가 종이 위에 펜 끝으로 눌러 쓰는 것을 보고 있자니 내 뇌가 마치 마분지처럼 느껴진다.

나는 세련된 주방 곳곳의 청록색 타일, 나무 조리대, 반짝이는 가전제품, 긴 유리 꽃병에 꽂힌 백합 꽃다발 따위를 둘러본다. 값비싼 테이블 아래 구겨져 있는, 하찮고 더럽게 느껴지는 내 몸, 담배 냄새가 잔뜩 밴 감지 않은 머리, 마룻바닥을 더럽히고 있는 꾀죄죄한 내 배낭이 몹시 신경 쓰인다. 냉장고는 아이들이 그린 그림으로 뒤덮여 있고 고리버들 바구니마다 장난감이 가득 들어 있다. 달력에는 업무 회의와 현장 학습 일정을 휘갈겨 써놓았는데, 이미 지나간 날짜들은 줄을 그어 지워둔 상태다. 신발장에는 다양한 사이즈의 장화와 운동화가 빼곡히 들어차 있고, 문에는 '집'이라고 적힌 나무 팻말이 걸려 있다. 집이란 이런 모습일지도 모르겠다는 생각이 든다. 뽀얗게 김이 서린 창문, 꿀을 발라 오븐에서 굽고 있는 당근, 모든 것이 반짝반짝 윤이 나고 깨끗한 집 말이다.

학비가 비싼 학교의 단정한 교복을 입고, 주위에 가족이 있고, 현관 앞이 바로 런던 시내고, 냉장고에는 음식이 가득한 아이작이 부럽다. 커피머신으로 커피를 내리고 큰 잔으로 와인을 마시며, 이곳에서 사는 내 모습을 상상해보지만, 마치 미리 정해지고 결정되어서 숨 막히게 답답하고 경직되고 꽉 막힌 삶의 한계에 갇혀버린 듯 폐소공포증이 느껴진다.

하지만 나 자신의 초라한 세상, 그러니까 다른 사람의 셋방을 재임대한 내 침실 벽의 곰팡이와 복도의 고양이 오줌 냄새 따위를 생각하면 마음이 무겁다. 내가 밤의 소용돌이 속에 뛰어들어 쫓고 있는 것이 정확히 무엇인지 모르겠다는 생각이 든다. 나와 함께 어린 시절을 보낸 사람들이 집을 사고 결혼을 하고 배 속에 품은 아이가 자라는 것을 지켜본다. 하지만 내 안에는 정착할 수 없는 무언가, 그런 일들의 좋은 면은 보이지만 그 좋은 면이 나 자신의 것이 될 수 있다고는 상상하지 못하는 무언가가 있다. 당신이 추위를 막으려고 코트 깃을 세우고 문간에서 담배를 피우고 있는 모습을 그려보며, 그리움에 속이 뒤틀린다. 내가 당신과 함께하는 미래를 상상할 수 있을지 알고 싶다. 다른 사람과의 미래는 지금껏 감히 상상조차 해본 적 없는 일인데도 말이다.

"다 했어요." 아이작이 그렇게 말하고, 나는 그 애의 연습장을 내 쪽으로 끌어당긴다. 특히 좋아하는 취미에 대해 서술하라고 시켰더니, 그 애는 피자를 먹는 것에 대해 썼다.

"나는 치즈 맛과 토마토 맛이 나기 때문에 피자를 좋아한다." 아이가 소리 내 읽는다. "그것은 쫄깃하고 실처럼 늘어나고 부드럽다."

"직유법을 사용할 수 있겠니?" 내가 아이에게 물어본다. "만약 피자를 다른 것에 비유해야 한다면, 무엇에 비유하겠니?"

아이가 펜의 끝부분을 잘근잘근 씹으며 잠시 생각에 잠긴다. "피자는 푹신하고 따뜻한 침대 같다." 아이는 그렇게 적고, 나는 미소를 짓는다.

"피자 좋아해요?" 아이가 나에게 물어본다.

"무척 좋아해." 나는 거짓말을 한다. 아이작은 종이에 주황색 원을 그리며 행복하게 미소 짓고, 나는 제대로 영양을 섭취할 수조차 없는데, 대체 어떻게 내 집을 꾸릴 수 있을지 모르겠다는 생각을 한다.

아이작이 나를 올려다본다. "선생님, 왜 슬퍼해요?"

"슬프지 않아." 나는 밝은 표정을 짓는다. "그냥 배가 고파서 그래. 온통 피자 얘기만 하니까."

"엄마, 선생님 저녁 먹고 가도 돼요?" 아이작이 물어본다.

아이의 어머니가 소리 내 웃고 말한다. "선생님도 집에 가셔야지." 그녀는 나에게 윙크하고 나는 억지웃음을 짓는다.

55

딜런과 나는 헤어졌다. 그리고 나는 운하 옆의 예전 토피 사탕 공장에서 창고로 쓰던 건물의 중이층*에 있는 방을 찾아냈다. 불법이었기 때문에, 정부에서 알아채고 조사에 들어갈까 봐 빨래를 밖에 널어놓으면 안 되는 곳이었다. 임차료는 내가 펍에서 받는 임금의 절반이 넘는 금액이었다. 임대인은 값싼 합판으로 된 벽과 나무 계단을 설치해서 각각의 공간에 가능한 한 많은 사람들을 밀어 넣었다. 공장일 때부터 달려 있던 가장자리가 썩어가는 창문들을 그대로 둔 탓에, 틈새로 바람이 새어 들어오고 밤이면 바람에 창문이 열리기도 했다. 난방 시설이 없었고, 임대인이 천장에 배선 공사를 하지 않아서 스탠드와 꼬마전구로 불을 밝힌 각각의 공간들은 어두침침했다. 각 층마다 있는 공용 샤워실에서는 좀벌레들이 막대 형광등 불빛을 받으며 움직거렸다. 복도에는 녹슬어 날카롭게 뼈대만 남은 오래된 기계들이 있었다.

처음에는 그 공장이 향과 음악으로 가득 차고, 내가 추구하던 삶에 가까우며, 불안정하긴 해도 매력적인 후광이 비치는 낭만적인 곳처럼 보였다. 나보다 먼저 중이층에 살았던 사람이 그 방 벽을 분홍색으로 칠하고 천장에 야광 별자리를 붙여놓은 상태였

* 보통의 2층보다는 낮고 단층보다는 좀 높게 지은 2층.

다. 피아노가 한 대 있어서, 하우스메이트들 중 한 명이 아침마다 클래식 음악을 연주했는데, 그럴 때면 그의 풍성한 셔츠 소매가 가느다란 손목 위로 흘러내리고, 스토브에 얹힌 은색 냄비에서는 커피가 보글보글 끓고 있었다. 우리는 모든 가구를 길거리에서 찾아냈고 냄비는 싱크대 위쪽의 나무 들보에 못을 박아 걸어놓았다. 화장실 벽에는 누군가가 비늘과 물거품을 뚝뚝 흘리는 인어를 그려놓은 상태였다. 빨래가 들보마다 펄럭이고 끈으로 묶은 말린 안개꽃이 천장에 여기저기 매달려 있었다. 딜런의 오밀조밀한 아파트에 살아본 후라, 이곳은 거칠고 광활한 느낌이 들었다. 이따금 밴드가 누군가의 부엌에서 즉석 연주를 했고, 그러고 나면 우리는 비상계단을 통해 지붕 위로 올라가, 여명에 구름이 노랗게 물들고 새벽빛에 고층 건물들이 반짝이는 것을 지켜보았다.

침대 받침대의 부러진 널빤지가 한밤중에 무너져 내리는 일이 반복되면서, 그 광채가 사라지기 시작했다. 현관문의 잠금장치가 고장나서, 퇴근했을 때 몇 안 되는 내 소지품이 여전히 그대로 있을지 의문이었다. 아침에 일어나면 솜이불에 은빛 성에가 끼어 있었다. 우리는 전기 라디에이터를 사서 방을 데웠는데, 그로 인해 창문은 호박색으로 빛났고 전기 요금은 치솟았다. 임대인이 문을 쾅쾅 두드렸다. 휴양 시설 겸 요가원을 짓느라 발리에 한 달간 머물면서 구릿빛으로 그을린 모습이었다.

"이런 난방기는 더 이상 사용하면 안 돼요." 그가 말했다. "요금을 감당하려면 임차료를 올려야 할 거예요."

"샤워기가 또 안 돼요." 내가 그에게 말했다.

"오늘 사람을 불러서 고쳐드리죠, 공주님." 그가 그렇게 대답했지만 아무도 오지 않았다.

내 하우스메이트가 강아지를 키웠는데, 그 녀석은 밤새도록 짖어댔다. 마리화나 부스러기와 젖은 개의 솜털이 내 머리카락과 옷의 섬유 조직 사이에 감겨들었다. 나는 카페나 버스에서 다른 사람들과 함께 앉아 있을 때 그 냄새가 내게서 스며 나오는 것을 의식하게 되었다. 마치 그들이 나의 이상한 면, 내 삶의 탐욕스럽고 추잡하지만 피할 수 없는 현실의 냄새를 맡을 수 있는 것처럼 말이다. 나는 밤에 도시를 걸어 다니면서, 네모난 황금빛 창문 너머로 다른 사람들의 삶을 바라보며, 책이 가득 꽂힌 책장, 플로어 램프, 테이블 위에 와인 잔이 놓인 반짝반짝 빛나는 주방을 음미했다. 그 창문들은 깜박거리며 빛을 발하는 작은 텔레비전 화면 같았다. 그 안으로 들어가, 신발을 벗은 다음 푹신한 카펫을 소리 없이 가로질러, 안에서 문을 잠그고 그 공간을 내 것이라고 주장하는 상상을 했다. 때로는 호텔에 하룻밤 투숙하면서, 고요한 어둠 속으로 몸을 뻗어 풀을 먹인 깨끗한 시트를 느끼고, 피부가 벗겨질 때까지 욕조에 몸을 담근 채 나의 모든 나쁜 것들을 땀으로 배출하는 공상을 하기도 했다.

56

"당신 괜찮아?" 내가 밤늦게 침대에 누워 있을 때 당신이 문자를 보낸다.

"괜찮아." 나는 전화기 눈부신 불빛에 눈을 가늘게 뜨고 답장을 보낸다. "왜?"

"당신이 멀리 있는 것처럼 느껴져."

"난 멀리 있어."

"감정적으로 말이야."

나는 눈을 질끈 감았다가 다시 뜬다. "나도 당신이 멀리 있는 것처럼 느껴져."

"당신이 보고 싶어."

"나도 보고 싶어."

"당신이 여기 있었으면 좋겠어."

"정말?"

"응. 내 옆에 있는 당신 몸이 그리워."

"나도 당신 몸이 그리워." 나는 그렇게 입력했다가, 곧 지워버린다. 당신의 몸이 그립다고 말하는 것은 너무 노골적이고, 너무 애정에 굶주리고, 너무 외설적인 것같이 느껴지지만, 당신의 시큼한 땀내와 목덜미의 곱슬머리가 정말 그립다. 함께 있는 우리의 몸, 통증과 우리 몸의 광택, 내 배를 쓰다듬던 당신의 손길, 당신의 피가 어둡게 울리던 소리가 그립다.

"돌아와줘." 당신이 그렇게 적어 보낸다. "그리고 이번엔 여기 남아 줄래?" 나는 휴대전화 화면을 끄고 얼굴을 베개에 파묻는다. 혼자서도 안전하고 온전해지기 위해, 다시 한번 나 자신을 봉인하려 노력 중이다. 아무것도 필요하다고 느끼지 않으려고 몇 년 동안 노력한 후에 당신이 필요해질까 봐 두렵지만, 당신의 이름이 내 폐와 목구멍에 가득 차고, 그 이름의 날카로운 자음에 내 잇몸이 베인다. 나는 일어나 앉아, 열린 커튼 사이로 바깥의 어두운 거리, 축축한 회색 지붕, 깜박이는 가로등을 바라본다. 태양과 바닷물, 하늘을 쫙 가르며 내리쬐던 햇빛, 맨어깨에 얹힌 당신의 손, 달콤한 시럽에 잠긴 복숭아 통조림이 기억난다. 휴대전화가 깜박이자, 그것을 집어 든다.

"와줄 거야? 곧?"

나는 로사에게 우리 대화의 스크린숏을 보낸다. "어떻게 해야 할까?" 그녀에게 물어본다.

"어머나, 세상에. 그냥 가."

"정말?"

"넌 항상 무언가 원하는 마음을 스스로 억눌러."

"내가 뭘 원하는데?"

"제발 좀."

"뭐?"

"가서 알아내봐."

"알았어."

205

"알았지?"

"갈게."

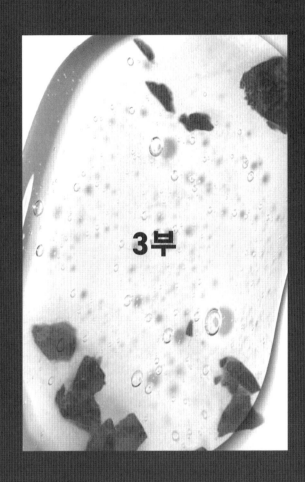

3부

57

나는 바르셀로나행 편도 항공편을 예약하고, 내 방에 세 들 사람을 찾아낸다. 나는 이사하는 데 지쳐 있고 짐을 풀고 제대로 몸을 뻗을 수 있는 어느 한 곳에 뿌리내리기를 꿈꾸고 있다. 스페인으로 돌아온 후 처음 며칠 동안은 나 자신이 몇 꺼풀 벗겨진 듯 자신감이 없지만, 당신이 맥주 한 캔을 두 잔에 나눠 따르고 밤에 해변을 따라 걸으며 슬그머니 내 팔짱을 낄 때, 당신 안에는 불꽃이 있다. 당신은 침대에서 당신의 몸을 밀착시키고, 담배에 물든 당신의 손끝과 햇볕이 나를 가르는 동안 당신에게 얼굴을 묻는다. 당신의 혀가 나를 마치 과일처럼 쪼개어 여는 내내 나 자신을 부여잡으려 애쓴다.

"당신 괜찮아?" 내가 눈을 비벼 졸음을 없애며 주방 테이블에서 커피를 마실 때, 당신이 그릴에 빵을 집어넣으며 물어본다.

"응." 나는 머그잔을 손가락으로 감싼다. "그냥 적응 중이라 그래." 당신의 토스트에서 연기가 나기 시작하자, 당신이 창문을 조금 연다.

"우리 이번 주말에는 어디 다른 데 가볼까?" 당신이 물어본다.

"그거 좋겠다." 나는 커피를 한 모금 마신다. "산에 한번 가보면 어떨까?"

"좋은 생각이야." 당신은 검게 탄 토스트 한 조각을 쓰레기통에 던져 넣고 내 어깨에 살며시 입을 맞춘다. "도시를 벗어난다는 건 멋진 일이지."

우리는 미겔의 차를 빌려 프리피레네산맥을 향해 몰고 간다. 사이프러스 나무들이 푸른 하늘을 가로지르며 마구 늘어서 있고, 우리는 차창을 내리고 CD플레이어에서 지직대는 폴 사이먼* 노래를 따라 부르며 갈색 종이봉투에서 시나몬 롤빵을 꺼내 먹는다. 나는 손가락에 묻은 설탕 알갱이를 핥아 먹고, 샌들을 벗어 던진 다음, 맨발을 계기반에 걸친다. 우리는 덧문이 굳게 닫히고 바짝 말라버린 건물들이 즐비한, 판자로 봉쇄된 마을들을 지나간다. 담배 가게에서 구입한 도로 지도를 보며 내가 길을 알려준다. 나는 다양한 색깔의 선들이 뒤엉킨 것을 보고 눈살을 찌푸린다.

"여기서 우회전해야 해."

---

* 미국의 싱어송라이터로 1960년대에 결성한 듀오 '사이먼 앤드 가펑클'로도 잘 알려져 있다.

"어디?" 당신이 사이드미러를 힐끗 들여다본다.

"여기. 아, 잠깐, 아니다. 아까 거기야."

"정말?" 당신이 한숨을 쉰다.

"미안해."

당신은 문을 닫은 식당 밖의 텅 빈 주차장으로 들어간다. 내가 차문을 열고 깨끗한 공기를 깊이 들이쉬는 동안, 당신은 지도를 잡고 자세히 살펴본다.

"지도가 별로 정확하지가 않아, 그렇지?" 당신이 눈살을 찌푸린다.

"응." 나는 눈을 말똥거린다. "정확하지가 않네."

"걱정 마." 당신이 몸을 숙이고 손으로 내 머리카락을 헤집는다. "당신은 훌륭한 부기장이야. 난 다른 사람과는 산에서 함께 길을 잃고 싶지 않아." 나는 코를 찡그린다. "저기 봐." 당신이 길 건너편을 가리킨다. "저거 슈퍼마켓 아니야? 가서 장을 잔뜩 봐두자."

우리는 유리병에 담긴 병아리콩과 잘게 썬 토마토 통조림 여러 개, 빵 껍질이 딱딱한 빵 한 덩어리, 은박지에 싸인 다크 초콜릿을 구입한다. 짙은 초록색 시금치 한 단과 에메랄드빛 잎사귀가 달린 오렌지 몇 개, 색이 진한 카탈루냐산 와인 두 병을 찾아낸다.

"육수나 향신료 같은 것도 필요할까?" 내가 당신에게 물어본다.

"내가 집에서 좀 챙겨 왔어. 내 가방 속을 봐." 나는 당신의 배낭에 손을 넣어, 각각 파프리카, 세이지, 쿠민, 강황이라고 라벨을 붙여놓은 지퍼백들, 고무줄로 함께 동여맨 월계수잎과 로즈메리 뭉치들을 꺼낸다.

"어머." 내가 말한다. "대단한데."

당신은 얼굴이 빨개져서 진열되어 있는 주황색 버섯을 바라본다. "우리 엄마는 항상 그렇게 해. 그 덕분에 우리는 전혀 낭비하지 않았어. 이미 가지고 있는 걸 또 살 필요 없잖아." 나는 차를 타고 가는 내내 풍요로움에 대해, 또 당신의 자그마하고 꼼꼼한 글씨, 당신 손끝에 묻은 금색과 적갈색의 얇은 향신료 조각들에 대해 생각한다.

그 계곡은 맹금들이 위풍당당한 붉은 바위 상공에서 급강하하기 때문에 '독수리 계곡'으로 알려져 있다. 오래된 돌담 안에는 제단이 있고, 채색된 작은 조각상이 그늘 아래 서늘하게 식어간다. 하늘은 주황색이고 나무는 샛노란 색이다. 미겔의 말에 따르면, 예전에는 이곳에 작은 마을이 있었는데, 나이 든 세대는 죽고 자녀들은 생계를 꾸리기 위해 도시로 나가면서 황폐해졌다고 한다. 노란색 건물들이 폐허가 되고 도마뱀과 잡초가 갈라진 틈에 자리를 잡았다가, 마침내 염소를 키우는 한 무리의 농부들이 이주해 우유와 치즈를 팔기 시작하면서, 새로운 사람들이 이 지역으로 모여들게 되었다. 지금은 유럽 전역에서 온 소수의 사람들이 인근에 거주하며 일하고 있다. 그의 말에 따르면, 사람들은 낡은 집을 수리하는 동안 이동식 주택에 살면서 직접 채소를 재배하고 배관 공사를 한다. 밤이면 그들은 별빛 아래 모닥불을 중심으로 빙 둘러앉고, 염소 방울 소리가 들판을 가로지르며 울려 퍼진다.

우리는 비포장도로를 따라 달리다가 올리브 나무가 무성한 나무 오두막 밖에서 차를 멈춘다.

"여기 맞아?" 내가 당신에게 물어본다.

"그런 것 같아." 포도덩굴이 나무 포치 위로 자줏빛 포도송이를 내리쏟는다. 정원에는 이끼와 먼지에 뒤덮인 실물 크기의 인물 목상(木像)이 있다. 색색의 장식용 줄 조명이 어스름 속에 은은하게 빛난다.

"올라." 데님 멜빵바지를 입은 여자가 손에 살담배 한 갑을 들고 풀밭을 가로질러 우리를 향해 걸어온다. "소이 마리아(난 마리아예요). 어서 오세요."

"올라." 나는 손을 내민다. "그라시아스 포르 아코헤르노스(환영해주셔서 감사합니다)."

"클라로(당연하죠)." 그녀가 미소를 짓는다. "미겔의 친구는 누구든 환영이에요."

"아름다워요." 나는 서서히 짙어지는 어둠 속에서 자줏빛으로 희미해져가는 산을 올려다본다.

"시, 로 에스(네, 그래요)." 마리아가 포치에 앉아 담배를 만다.

"여기 오래 사셨나요?"

그녀가 혀를 죽 움직여 종이에 침을 바른다. "마스 오 메노스(대

략), 15년이요. 직접 이 집을 지었죠." 그녀가 들판 건너편을 향해 손짓한다. "그리고 지금은 저쪽에 있는 집을 고치는 중이에요. 여기서 아들들을 키웠죠. 그 애들은 이제 십 대예요. 곧 떠나서 도시로 가고 싶어 하겠죠. 나이트클럽 같은 데 말이에요." 그녀가 갈색 담배 연기를 자욱하게 내뿜고 나는 그것을 들이마신다.

"이건 직접 조각한 작품인가요?" 풀밭에 있는 조각상들을 가리키며 내가 그녀에게 물어본다.

"시." 그녀가 일어선다. "이건 내 군대예요. 그들이 나를 안전하게 지켜주죠." 내가 이해한다는 것을 알려주기 위해 그녀의 눈을 마주 본다. "자." 그녀가 열쇠 꾸러미를 짤랑거린다. "필요한 건 다 있을 거예요. 밤에는 추워지기 때문에 두 사람을 위해 장작 화덕에 불을 지펴놨어요. 잘 때는 꼭 환기구를 열어둬요. 안 그러면 유독 가스가 차니까요."

"알았어요." 당신이 나를 보며 윙크한다.

"불쏘시개를 마련해두는 걸 깜빡했어요. 오늘 밤에 쓸 건 충분해요. 조만간 마을에 가서 좀 더 사 올 거예요."

"우리가 알아서 할게요." 나는 미소를 지으며 말한다. "그라시아스."

"난 바로 저기 있을 테니까 뭐든 필요한 게 있으면 말해요."

당신이 스페인어로 내가 알아듣지 못하는 말을 하고, 마리아가 웃음을 터뜨린다.

"뭐라고 했어?" 그녀가 떠나자 내가 당신에게 물어본다. 당신은

214

대답 없이 고개를 가로저으며 안으로 들어간다. 들은 말을 다 이해하거나 하고 싶은 말을 다 표현할 수 없을 때, 때때로 내가 여기서 얼마나 보잘것없게 느껴지는지가 기억나면서, 내 근육이 긴장한다. 나 자신의 언어로 나 자신을 분명히 표현하려 몸부림쳤지만, 그러기는커녕 내 말을 몸속으로 꾹꾹 밀어 넣어야 했던 그 모든 세월이 떠오른다.

"당신이 그럴 때마다 정말 싫어." 나는 당신을 따라 안으로 들어가며, 그렇게 중얼거린다.

"그러다니 뭘?" 당신이 싱크대 앞에 서서 들떠서 반짝이는 눈으로, 창밖으로 어두워지는 산을 바라보며 말한다.

"신경 쓰지 마."

우리는 목조 덱*에 앉아, 나무에 달라붙은 매미들이 맴맴 우는 소리에 귀를 기울인다. 주황빛 노을이 야트막한 산등성이로 내려앉는다. 나는 와인 한 병을 따서 먼지 묻은 텀블러 두 개에 와인을 따른다. 내 잔을 당신 잔에 부딪쳐 건배하자 당신이 수줍은 듯 나를 바라본다.

"당신이 돌아와서 기뻐." 그렇게 말하는 당신의 얼굴에 찌르르한 죄책감이 스쳐지나간다. 나는 햇볕에 그을린 풀, 노란 프리지어, 빨랫줄 위로 쏟아져 내린 재스민을 바라본다. 지금 이 순간 이곳에 있는 것이 기쁘지만, 스페인에서의 내 삶이 어떤 의미가

---

* 집 후면에 마루처럼 달아내어 쉴 수 있게 만들어놓은 곳.

있는지 잘 모르겠다. 당신과 함께 있고 싶지만, 또한 나다운 모습을 유지하고 싶고, 내가 선택한 방식으로 살고 싶다.

"돌아와서 기뻐?" 당신이 머뭇머뭇 물어본다. 밤공기와 야생 로즈메리의 향기를 들이마시며 런던에 있는 맥스에 대해 말해야 할지 모르겠다고 생각하다가, 곧 당신의 걱정스러운 얼굴을 보고 마음을 바꾼다.

"여기에 오게 돼서 행복해." 내가 조심스럽게 말한다. 과거에는 내 삶을 뿌리째 뽑아 다른 도시로 이사하는 것을 예사로 여겼지만, 무언가가 바뀌고 있고, 한때는 그토록 간절히 버리고 싶었던 내 모습들을 완전히 놓아버릴 수가 없다.

"무슨 생각해?" 당신이 내게 물어본다.

"아무 생각 안 해. 정말."

"아무 생각도?"

"음." 나는 잠시 멈칫한다. "그냥 여기서 뭘 해야 할까 생각하는 중이야. 스페인에서 말이야."

당신이 한숨을 쉬며 타오르는 듯한 귤빛 하늘과 낮은 언덕을 가리킨다. "지금 꼭 그 얘기를 시작해야 해? 그냥 여기 있는 이 순간을 즐기면 안 될까?" 나는 당신의 세상이라고 할 수 있는 이곳에서 내가 상처받기 쉬워진 상태로, 당신을 위해 위험을 감수하고 있다는 것을 당신이 알아주기를 바란다.

"알았어." 내가 조용히 말한다. 우리 사이에 긴장이 감돌자, 나는 그것을 털어내려고 노력한다. 내 나무 의자를 만져보니 따뜻하고, 여기 당신의 몸과 지독히 황홀한 당신의 피부에 이토록 가까이 있으면서 런던의 떠들썩함을 마음속에 그려보기는 어렵다. 페컴에 있는 내 눅눅한 방, 축축한 거리, 열차의 고무 냄새를 떠올린다. 내가 지난번에 여기 있었을 때 당신이 런던에서의 내 삶을 하찮게 보았던 기억이 떠오르자, 당신이 스페인을 선택한 것과 마찬가지로, 내가 런던을 선택했기 때문에 런던이 내 것인지가 궁금해진다.

"배고파?" 당신이 나에게 물어본다. "저녁 먹을까?"

"응, 좋아." 나는 일어서서 안으로 들어가며 그렇게 말한다.

당신이 속내를 감춘 내 얼굴을 흘끗 쳐다본다. "그 얘긴 다른 날 하자."

"알았어." 나는 무뚝뚝하게 말한 다음, 안으로 향한다.

냄비에서 향신료가 뭉근히 끓는 동안, 자그마한 샤워실에서, 내 피부에 묻은 긴 자동차 여행의 흔적을 씻어낸다. 바깥 기온이 떨어져서, 모직 셔츠를 입고 두꺼운 양말을 신으니, 혈액이 잘 순환되는 느낌이 든다. 촛불이 벽에 그림자를 드리울 때, 당신은 레인지 불 앞에 서 있고, 강황은 황금빛으로 보글보글 끓고 있다. 당신이 틀어놓은 작은 스피커에서는 에타 제임스*의 음악이 흘러나오고, 당신은 얼룩진 마른행주를 어깨에 걸치고 있고, 창가

* 미국의 블루스 가수로 블루스의 여왕으로 불렸다.

에는 별 없는 밤이 내려앉아 있다. 나는 테이블 밑에서 나무 의
자를 끌어내고 당신은 흑포도주가 담긴 잔을 내게 건넨다. 당신
의 피부는 후추와 땀으로 반지르르하고, 가스레인지의 푸른 불
빛에 에워싸여 있다. 당신은 내 어깨에 입술을 누르고, 나는 당신
쪽으로 몸을 기울여 위험에 빠져들며 당신의 살갗을 혀로 휘감
는다. 당신은 손가락으로 내 셔츠 밑단을 스치고, 손으로 내 엉덩
이를 누른다. 바닥은 차갑고, 나는 밤에 굴복하여, 내 피부에 마
치 이빨처럼 박혀 있는 의문들을 일축하며 현재에 머물려고 안
간힘을 쓴다. 내 골반은 당신을 감싸고 머리카락은 타일 위로 치
렁치렁 흘러내린다. 공기는 코코넛 우유로 만든 크림 같고, 나는
당신을 더 가까이 끌어당겨서 당신의 황금빛 피부를 맛보며, 끝
없는 노란색에 숨이 막힐 지경이다.

　우리는 테이블 위에 스튜가 흘러넘친 그릇을 내버려둔다. 촛농
은 종유석 모양으로 흘러내려 있다. 화덕에서는 달콤한 송진 냄
새가 풍긴다.

"잘 들어봐." 당신이 속삭인다.

"뭘?"

"정적. 정적이 이렇게 오래 이어지는 건 경험해본 적이 없어." 내
가 묵직한 커튼을 젖히자 은빛 바다가 테이블 위로 떨어져 내린다.

"달이야." 나는 숨이 턱 막힐 듯 놀라, 김이 잔뜩 서린 유리창
너머를 바라본다. 당신은 문을 열고 추위에 움찔하지만 맨발로

나간다.

"이리 와." 당신의 목소리는 숨죽인 듯 나직하다. "어서." 나는 당신을 따라 밖으로 나가 하늘을 올려다본다. 달은 거대한 보름달이고, 전등 불빛처럼 환하다. 당신은 포치를 가로질러 축축한 풀밭에 눕는다.

"뭐 하는 거야?" 나는 웃음을 터뜨린다.

"월광욕. 이리 와서 나랑 같이 해." 내가 몸을 단단한 땅에 밀착시키자, 땅에 사로잡힌 느낌이 든다. 달빛에 우리의 팔다리가 뼈처럼 보인다.

"여태 본 것 중 가장 밝은 달이야." 내가 말한다.

"저건 징조야." 당신이 불길한 목소리로 대꾸한다.

"무슨 징조?"

"두고 봐야 알겠지."

58

내가 십 대였을 때 어머니는 내가 전보다 적게 먹는 것을 알아차리고 그 일로 나를 타이르려 했다.

"네 몸을 생각해야지." 어머니가 말했다. "건강을 해치게 될 거야." 어머니는 내 방을 도배하다시피 한 케이트 모스와 알렉사 청의 포스터들을 보더니 몹시 당황한 표정으로 나를 자리에 앉혔다.

"왜 저렇게 보이고 싶어 하니? 넌 지금 이대로도 완벽해." 나는 설명할 말이 없어서, 눈을 감고 대화를 거부하며, 마음의 문을 닫고 어머니를 밀쳐냈다. 내가 욕구와 욕망을 넘어서서, 강인하고 빈틈없는 몸 안에서 더 강해지고 있는 것 같았다. 내가 커졌는지, 작아졌는지를 정말로 분간할 수는 없었다. 내 몸의 형태를 전혀 판단할 수가 없었다. 자제력을 실천함으로써 뭔가를 제대로 해내고 있고, 여성으로 성장하고 있다는 기분을 느꼈다. 배고프고 힘들기는 했지만 말이다.

우리는 내가 접시에 남긴 음식 때문에 다투기 시작해, 타라와 내가 방과 후에 어디에 갔는지 거짓말을 했다는 이유로 크게 다투었다. 내가 솔직하게 털어놓기를 거부하자 어머니의 걱정은 분노로 바뀌었다. 우리는 한 지붕 아래 각기 다른 방에서 속을 부글부글 끓였고, 나는 후회로 가득 차 무거운 마음으로 살금살금 주방으로 들어갔다.

"못되게 굴어서 죄송해요." 나는 그렇게 말했고, 어머니는 내 충혈된 눈을 보고는 마음이 풀렸다.

"너한텐 못된 구석이라고는 없어." 어머니가 나를 품에 안았다. 어머니의 생각이 틀렸기 때문에 나는 울고 싶었다. 나는 내 안에 못된 구석이 있다는 것을 알고 있었다. 검게 썩어가며 내 배를 파고들고 썩은 내를 풍기는 그것을 느낄 수 있었다. 그것을 숨겨야 한다는 것, 완전히 가려서 아무도 볼 수 없는 깊은 곳에 파묻어야 한다는 것을 알고 있었다.

어머니가 냉장고를 열며 물어보았다. "우리 무슨 차 마실까?"

"글쎄요." 나는 어머니를 외면하고 돌아섰다. 그 못된 구석이 내 안에서 부풀어 올라, 모든 공간을 차지하며, 나를 속여서 배고픔을 잊게 하고, 두려움과 수치심으로 가득 채웠다.

59

우리는 담요를 뚫고 피부를 찌르는 맑은 공기에 잠이 깬다. 나는 당신이 사각팬티 차림으로 커피를 끓이며 구겨진 지도를 유심히 살피는 모습을 지켜본다. 바닥에 뒤엉켜 있는 우리의 옷가지와 창문으로 스며드는 햇살을 바라본다. 반신반의하면서도 모든 것이 너무 좋아 보여서, 잠시 두려움에 떨며 무언가 나쁜 일이 닥쳐와 별안간 우리를 곤란한 상황으로 내몰기를 기다려본다. 당신이 김이 모락모락 피어오르는 잔을 들고 맨발로 서늘한 타일을 밟으며 침실로 들어오고, 나는 내 상념을 밀어내며 커튼을 젖히고 방을 햇빛으로 가득 채운다.

나는 사포로 문질러 반질반질한 나무판 위에서 무화과를 잘게 썬다. 우리는 정원에서 요거트와 꿀을 먹는다. 커피는 작은 흰색 잔에 담겨 있다. 풀밭이 곤충들 때문에 한들거리고, 플라멩코 음악 소리가 마리아의 집 쪽에서 들판을 가로질러 우리 쪽으로 우렁우렁 들려온다. 나는 당신이 그릇 가장자리를 손가락으로 훑어서 핥아 먹는 것을 지켜본다. 나는 무화과를 초조하게 깨작거리며 끈적끈적한 가운데 부분은 건드리지 않고 남겨둔다.

"마리아의 사연이 뭐라고 생각해?" 당신이 의자에 느긋하게 기대며 물어본다. "어쩌다가 여기까지 오게 된 것 같아?"

"글쎄." 나는 숟가락을 만지작거린다. "멋진 삶을 누리고 있는 것 같은데."

당신이 주위를 둘러본다. "고립감을 느낄 거라는 생각은 안 들어? 모든 것에서 너무 멀리 떨어져 있잖아."

"어쩌면 그걸 좋아하는지도 모르지."

당신이 코를 찡그린다. "하지만 그녀는 세상과 너무 단절되어 있어."

"난 그래도 괜찮은데."

"당신이라면 그렇겠지." 당신이 눈을 말똥거린다.

"그게 무슨 뜻이야?"

당신이 자리에서 일어나 테이블을 치우기 시작한다. "아무것도 아니야. 신경 쓰지 마."

아침 식사 후, 우리는 언덕으로 걸어 올라간다. 흙길을 기어오르며, 옷에 노란 흙먼지를 뒤집어쓴다. 염소 방울 소리에 귀를 기울이며 붉은 바위를 빤히 올려다본다. 기온이 따뜻한 언덕 능선을 따라가며, 껴입은 겉옷을 벗고 햇볕에 몸을 맡겨 맨살을 태운다. 폐허가 된 성당 밖의 오래된 돌담에 앉아 점심을 먹기 위해 멈춘다. 당신은 내게 귤 하나를 건네고, 나는 엄지손가락을 써서 반으로 쪼갠다.

"당신이 내가 돌아오기를 원하는 건지 자신이 없었어." 감귤이 터지며 내 혀를 스칠 때 내가 말한다.

"무슨 말이야? 서로 노력해서 잘해보기로 이야기했잖아."

"응. 하지만 그게 어떤 모양새일지 실제로 이야기한 적은 없잖 아."

당신은 손가락 사이로 작은 돌멩이를 굴리며 잠시 말이 없다. "당신이 돌아올지 확신이 없었어."

"왜 안 오겠어?"

"글쎄. 그냥 우리가 뭔가를 잃어버렸다는 기분이 들었어. 당신이 떠나고 나서 말이야."

내 목구멍이 조여든다. "아직도 그런 기분이 들어?"

당신은 돌담 틈에 난 잡초를 잡아당긴다. "아니. 지금은 당신이 여기 있잖아." 당신은 긴장한 듯 나를 바라본다. "돌아와서 기뻐?" 나는 당신의 지저분한 운동화, 물어뜯은 손톱, 걱정으로 일그러진 눈을 바라본다.

"당신과 함께 있어서 기뻐." 나는 머뭇거리며 그렇게 말하고, 내 말들은 우리 사이에 위태롭게 걸려 있다. 당신과 함께 여기 있어서 행복하지만, 왠지 긴장이 풀리지 않는다. 내 방식대로 살고 싶은데, 감정이 당신에게 얽혀 있으면 내 방식이 무엇인지 알기 어렵다.

"당신은 모험을 해볼 필요가 있어." 당신이 내게서 멀어지며 그렇게 말하자, 내 속에서 분노가 확 타오른다. 내가 정말 모험을 해볼 필요는 있겠지만, 그것은 당신이 결정할 일이 아니다. "서둘러." 내가 미처 대답하기도 전에 당신이 배낭을 집어 들며 말한다. "가자."

나는 하려던 말을 삼킨다. 우리는 이름 모를 식물과 새들을 구별해보려 애쓰며 노란 꽃들 사이로 손가락을 밀어 넣는다. 나무 사이로 붉은 햇살이 비껴들며 먼 행성의 잔해처럼 보이는 구릿빛 바위투성이 벌판을 걸어간다. 발아래 지면에서 우두둑거리는 소리가 나서 내 발밑을 살펴보니 뼈가 흩어져 있다. 나는 자그마한 골반뼈를 집어 든다.

"이게 뭐지?" 내가 당신에게 물어본다.

"양이야." 당신이 그것을 세밀히 살펴본다. "아니면 염소일 수도 있고."

"그들에게 무슨 일이 생긴 것 같아? 잡아먹혔을까?"

당신이 그 더러운 고관절을 손가락으로 훑는다. "모르겠어. 어쩌면. 아마 그냥 늙어서 죽은 걸 수도 있고."

"조금 가져가볼까?" 내가 흙을 샅샅이 뒤지며 말한다.

당신이 얼굴을 찡그린다. "병에 걸린 걸지도 몰라."

"정말?"

"왜 그렇게 관심이 많아?" 당신이 웃음을 터뜨린다. "전에는 뼈를 본 적이 없어?"

"설마. 이런 건 아니었지만. 당신은?"

"나도 본 것 같아."

"어디서?"

"아버지랑 캠핑을 자주 갔어." 나는 아빠가 텐트를 치고, 불을 피우고, 캠핑용 버너로 저녁 식사를 준비하고, 내 레인코트를 단단히 여며주고, 나에게 식물과 뼈의 이름을 가르쳐주는 모습을 상상해보지만, 그럴 가능성은 눈곱만큼도 없기에 그 이미지를 밀어낸다.

우리는 바짝 말라붙은 강바닥에 다다른다. 몇 세기 동안 흘러내린 급류로 인해 바위들이 매끈매끈하다. 내가 계곡 한가운데 서니 땅을 가르고 지나간 거대한 에너지의 흔적이 느껴지는 듯하다. 잠시 눈을 감고 토사를 바다로 끌어당기는 물살을 생각한다.

"바위에게도 기억이 있을까?" 내가 당신에게 물어본다. "바위들도 자기들이 한때는 물속에 있었다는 사실을 알고 있을 것 같아?" 당신이 강바닥에 무릎을 꿇고 바위에 귀를 댄다.

"기억하고 있대." 당신이 눈을 휘둥그레 뜨고 말하자 나는 웃음을 터뜨린다.

우리는 오두막으로 돌아가, 정원에서 야생 로즈메리를 따서 토마토, 피망, 얇게 썬 감자와 함께 굽고, 금속 촛대에 꽂혀 있는 긴 만찬용 초를 켠다. 나는 신문지를 비틀어 말고 휘발유에 흠뻑 적신 다음, 살살 불을 살려보려 노력한다. 벽에 비치는 빛의 잔물결을, 어둠 속에서 금빛 반점이 점점이 박혀 있는 당신의 얼굴을 바라본다. 우리의 먼지투성이 신발과 스웨터 더미가 눈에 띄자, 내 집에 대한 갈망이 경련처럼 온몸으로 번진다. 모든 것이 부서져 버릴까 봐 두렵다는 것도 잊고, 우리가 이 순간에 가만히 머물며 호박색으로 빛나는 우리의 삶을 지켜내고 다른 곳에 대해서는 다 잊을 수 있기를 바란다.

"괜찮아?" 당신이 나를 보며 얼굴을 찌푸린다.

"응." 나는 서랍에서 포크와 나이프를 꺼내 테이블을 차리기 시작한다. "그냥 배가 고플 뿐이야."

"저녁 거의 다 됐어."

"정말 잘됐다."

우리는 추위에 털끝이 쭈뼛해질 때까지 포치에 앉아 있다가 안으로 들어가 밤에 대비해 커튼을 친다. 작은 나뭇가지들이 창문을 손가락처럼 긁어대는 동안 잠자리에 들고, 온기를 찾아 서로의 몸을 바짝 밀착시킨다. 나는 당신의 피부를 손가락으로 훑으면서, 바위에 갇혀 있는 기억들, 숲 바닥에 흩어져 있는 부서진 뼈들, 당신이 꼼꼼한 글씨로 적은 라벨이 붙어 있는 향신료들, 이름 모를 모든 것을 떠올린다. 돌아가신 당신 아버지와 행방을 모르는 내 아빠, 그 어려운 사랑의 꼬여버린 매듭을 생각하면서, 내가 지금 당장 만질 수 있는 당신의 엉덩이를 움켜쥐자 욕망에 속이 울렁거린다. 당신의 가슴 한복판에 있는 뜨겁고 축축한 것의 존재를 감지하고, 당신의 고동치는 심장을 향해 다가간다.

우리는 다음 날 저녁, 차를 몰아 바르셀로나로 돌아간다. 나는 조수석에 조용히 앉아, 우리 발밑에서 도로가 굽이치는 것을 지켜본다. 어스름해지는 하늘에 달이 창백하게 떠오르며, 나무들 사이로 빛이 반짝인다. 열린 차창을 통해 휘발유 냄새가 점점 더 퍼져 든다. 여기에서 모험을 해보는 것에 대한 당신의 말이 기억나자, 모험을 해보는 것이 내가 전부터 줄곧 두려워한 일인지 궁금해진다.

"당신도 알다시피, 난 모험을 하는 중이야." 내가 중얼중얼 말한다. 당신을 힐끗 쳐다보지만, 당신은 도로에서 눈을 떼지 않는다.

"잘됐군." 당신이 어깨 너머를 살피며 조심스럽게 차선을 바꾼다. "당신은 항상 다른 곳에 가 있을 생각을 하잖아. 당신은 여유를 좀 가져야 해." 나는 마른침을 삼키며 손톱이 손바닥을 파고들도록 주먹을 꽉 쥔다. 당신은 자신은 이미 원하던 일을 하고 있는 반면, 나는 당신을 위해 위험을 무릅쓰고 내 모든 삶을 뒤흔드는 중이라는 것을 깨닫지 못하는 것 같다. 우리가 불타오르는 하늘을 향해 차를 타고 가는 동안, 나는 침묵에 빠진다.

"왜 그래?" 당신이 얼굴을 찡그린다.

"아무것도 아니야."

"뭔데 그래?"

나는 당신을 외면하고 창밖을 내다본다. "설명을 못 하겠어."

"어쩌면 달 때문인지도 몰라." 당신은 분위기를 풀어보려고 농담을 하고, 나는 불안감을 감추려고 눈을 말똥거린다. 그 징조가 이 모든 일이 나 같은 사람에게는 지나치게 쉽고 좋은 일이라는 내 두려움을 확인해주며 내 피부에 스며드는 것을 상상해본다. 나는 이 모든 기쁨, 내 주위에서 마치 플랑크톤처럼 희미하게 반짝이는 모든 좋은 것에 대한 대가를 치르기를, 위험이 우리를 따라잡기를 기다리고 있다.

60

내가 열일곱 살이던 어느 여름날 저녁, 파티에 가는 길에 버스 정류장에서 버스를 기다리고 있었다. 검은색 캔버스화를 신은 발로 발돋움을 하자, 내 맨다리에 향긋한 산들바람이 스쳐 지나갔고, 손목에서는 비닐봉지가 달랑거리며 살짝 부스럭거렸다. 파티에 대한 기대감과 문제가 생길 것 같다는 어렴풋한 예감이 내 안에서 번득였다. 나는 계획이 망가지는 것을 항상 경계하고 있었다.

흰색 혼다 시빅이 내 옆에 서고, 운전자가 차창을 내렸다. 잔디 깎는 기계의 윙윙거리는 소리가 황혼을 가르며 울려 퍼질 때, 꽤 젊어 보이는 얼굴의 한 남자가 나를 올려다보며 미소 지었다. 나는 다가가서, 그가 길을 물어보기를 기다렸다. 내가 차를 유심히 들여다보는 순간, 그가 청바지 지퍼를 내리더니 딱딱한 분홍색 성기를 꺼냈다. 나는 반신반의하며 뒷걸음질 치려 했지만 발이 얼어붙어버렸다. 그는 내 눈을 똑바로 쳐다보며 손을 위아래로 움직였다. 그를 제지할 말을 찾아 우물거렸지만, 입안에서 혀가 제대로 움직이지 않았다. 그의 손이 더 빠르게 움직였다. 내 입에서 헉하는 소리가 새어 나가자 그 남자가 웃음을 터뜨렸다.

"꺼져버려." 나는 그렇게 내뱉었지만, 이를 악물고 말하는 바람에, 내 목소리는 일부러 숨죽여 말한 듯 작게 들렸다. 내가 탈 버스가 도착하자 그 남자는 윙크를 하며 차를 몰고 가버렸다.

파티에 도착했을 때, 무슨 일이 있었는지 숀에게 말해주었다.

"추잡한 자식." 그가 내 팔을 꽉 잡았다. "너 괜찮아? 그 자식 자동차 번호는 봤어?" 나는 보드카를 한 잔 따랐다.

"괜찮아." 나는 그가 한 말을 일축했다. "아니, 번호판은 못 봤어. 난 멀쩡해. 걱정 마."

정원에서 맨발로 축축한 잔디를 밟으며 춤을 추는 내내 나는 멀쩡했다. 새벽빛이 온실을 가르고 눈이 담배 연기에 화끈거릴 때까지, 흐릿한 손과 얼굴들 사이를 누비면서, 엉덩이를 흔들며 웃고 소리를 질렀다. 빙글빙글 돌면서, 이가 빠진 머그잔으로 와인을 마시고 이미 제멋대로이고 통제 불가능한 듯 느껴지는 완전히 새로운 몸에 짧은 치마를 입은 채 웃음을 터뜨렸다. 벌 받을 만한 짓을 한 동물이 된 기분이었다.

61

어느 날 오후 나 혼자 고딕 지구*를 걷고 있다. 당신은 직장에서 일하고 있고, 나는 무거운 담요 같은 더위에 짓눌리고 있다. 미모사 나무 아래 그늘진 광장에 멈춰 서니, 길게 갈라진 초록색 잎사귀들이 내 피부에 그림자를 드리운다. 어느 바 밖에 놓인 테이블에 앉아 아페롤 스프리츠를 주문한다. 웨이터가 색이 짙은 올리브 한 그릇과 함께 술을 가져다주고, 나는 손바닥에 씨를 뱉는다. 낮에 혼자 술을 마시는 것은 호사스러운 일처럼 느껴진다. 도시는 점점 따뜻해지고 태양은 시간을 낯설게 비튼다. 바르셀로나에서 어떻게 해야 잘해나갈 수 있을지 생각하려 애써보지만, 술 때문에 머리가 복잡해지고 눈이 쑤시기 시작한다. 런던으로 돌아가더라도 무엇을 하고, 어디에서 일하고, 어떻게 살게 될지 나도 모르겠지만, 나 자신의 삶을 선택하기 위해서 지금껏 너무나 많은 것을 포기해왔고, 당신을 위해 나 자신의 삶을 양보할 수는 없다.

로사의 메시지로 내 휴대전화에 불이 켜진다. 그녀가 주말에 찍은 사진들이 전송된다. 맥주 캔 하나와 반짝이는 스카이라인, 피크닉 벤치에 앉아 담배를 피우는 한 무리의 우리 친구들, 그녀가 발목에 새로 새긴 레몬 문신, 테두리에 짙은 색 립스틱이 얼

* 바르셀로나 구시가 중앙에 위치한 지역으로 오래된 건축물과 관공서 등이 있다.

룩진 머그잔 등등. 그 이미지들은 나를 끌어당기고, 아플 때까지 내 머리카락 끝을 잡아당긴다. 답례로 로사에게 내 사진 몇 장을 보낸다. 푸른 산을 배경으로 실루엣만 보이는 당신, 은빛 달, 붉은 바위에 걸린 내 그림자 따위다.

"너무 아름다워 보여." 로사가 그렇게 적어 보낸다. "질투가 나."

"응." 나는 자신 없게 대답한다. "그런 것 같아."

"그런 것 같다니?"

"몰라. 기분이 이상해."

로사가 눈알을 굴리는 모양의 이모티콘을 보낸다. "한 번쯤은 시도해봐야지."

햇빛을 받아 빛나는 아페롤 스프리츠의 사진을 찍는다. "그러고 있어." 로사가 버스에서 앞좌석의 더러운 등받이에 바짝 밀착된 그녀의 무릎 사진을 보내자, 나는 웃음을 터뜨리고는 휴대전화를 집어넣는다. 눈부신 하늘을 올려다본 후, 화려하게 장식된 포석들 위에 쌓인 꽃잎들을 세어본다. 내가 다른 곳에 있었으면 좋겠다고 생각하는 대신, 내 주변의 좋은 것들에 관심을 가지려 노력한다.

"일자리를 구해볼 생각이야." 그날 밤 당신의 주방 테이블에서 구운 가지를 먹으며 당신에게 말한다.

"좋은 생각인 것 같아." 당신이 기대감에 밝아진 얼굴로 재빨리 말한다.

내 뒤통수에서 윙윙거리면서 울리는 미래에 나쁜 일이 기다리고 있다는 경고음을 무시하며, 숟가락으로 조심스럽게 밥을 퍼서 내 접시에 옮겨 담는다. "현재에 충실하려고 노력 중이야."

"현재에 충실한 건 좋은 일이지." 당신이 머뭇머뭇 미소 짓는다. 나는 잠시 당신의 눈을 마주 보다가, 눈길을 돌린다.

62

부모님이 헤어진 후, 아빠를 보는 횟수가 줄어들었다. 우리는 이따금 카페에서 만났는데, 대화는 부자연스러웠고, 나는 커피를 너무 많이 마셔서 손바닥에 땀이 날 정도였다. 열여덟 살 생일에 나는 이탈리아 레스토랑에 테이블을 예약하기로 결심했다.

"아빠는 너를 보고 싶어 할 거야." 어머니가 내 팔을 꼭 잡았다. "잘한 일이야."

나는 그 식사를 위해 짧고 반짝거리는 원피스와 하이힐로 한껏 차려입었다. 아빠가 나를 자랑스러워하고, 나를 바라보며 내가 내 나름의 삶이 있는 어른이고 우리 사이의 거리를 조절할 수 있다는 것을 이해해주기를 바랐다. 나는 일찍 도착해서, 로제 와인 한 잔을 시키고 테이블에 앉아, 내 주변에 앉은 헤어스프레이와 향수로 뒤덮인 가족과 커플들, 그들의 접시에 잔뜩 쌓여 있는 김이 모락모락 나는 파스타를 지켜보았다.

15분이 지나고 내 휴대전화를 확인했다.

"아빠가 아직 안 왔어요." 내가 어머니에게 문자를 보냈다.

"걱정하지 마." 어머니가 답장을 보냈다. "네 아빠는 항상 늦어." 화장실에 가서 아이라인을 다시 그린 다음, 거울을 보고 머리를 부풀리며 걱정스러운 얼굴을 활짝 펴려고 노력했다. 테이블로 돌아갔을 때 아빠는 여전히 도착하지 않은 상태였다.

"주문하시겠습니까?" 웨이터가 물어보았다. 먹을 것을 주문할까 생각해보았지만, 피자나 파스타를 생각하니 가슴이 답답하고 숨이 막히는 것 같았다.

"아직은 안 돼요." 나는 그를 올려다보며 미소를 지었다. "누굴 좀 기다리는 중이에요."

웨이터가 동정 어린 눈빛으로 나를 바라보았고, 나는 그가 미웠다. "알았습니다. 준비가 되면 알려주세요."

30분이 지나고 아빠에게 전화를 걸어보았지만 아빠의 휴대전화는 음성 사서함으로 넘어갔다. 웨이터가 빵 한 바구니를 가져다주었지만 나는 그것을 밀어냈다. 와인이 너무 달아서 속이 메슥거렸다. 나는 귀걸이를 만지작거리며 걱정스럽게 입구를 확인하면서, 청바지를 입고 한쪽 어깨에 해링턴 재킷을 걸친 아빠의 키 큰 형체를 찾았다.

45분 후에 웨이터가 테이블로 다시 왔다.

"정말 죄송하지만 이제는 주문하셔야 합니다. 뒤에 다른 예약이 있어서요. 혹시 친구분이 안 오시나요?" 그가 내 맞은편의 빈

자리를 비난하듯 쳐다보았다.

"5분만 더 주세요." 내가 그에게 말했다. "부탁드려요." 아빠에게 다시 전화를 걸었지만, 여전히 받지 않았다. 기름과 치즈 냄새가 몸에 달라붙어 피부가 근질거렸다. 옆 테이블의 커플이 계속 나를 쳐다보았고, 나는 얼굴이 화끈거리고 당황한 나머지 어쩔 줄을 몰랐다. 내가 너무 다급하게 일어서다가 테이블에 부딪치는 바람에 포크며 나이프가 덜거덕거렸다. 웨이터에게 해명을 하기가 너무 부끄러워서 와인 값으로 약간의 돈을 남기고는, 밤거리로 나갔다.

나는 인조가죽 재킷을 입고 덜덜 떨면서 다리에 소름이 돋은 채 버스 정류장에 앉았다. 목적지가 있는 사람들을 태우고 어딘가 다른 곳으로 향하는 차들이 도로 위에서 반짝이는 것을 지켜보는 동안 쓰라린 기분이 내 안으로 파고들었다. 나는 아빠가 필요하다고 생각하지는 않았지만, 아빠가 거기 있었으면 좋겠다고 생각했다. 내가 아빠에게 충분하지 않은 자식인 것처럼 느껴졌다. 마치 아빠가 나와 함께 있기보다는 차라리 어딘가 다른 곳에 있고 싶어 하는 것처럼 말이다.

나중에, 아빠가 술을 마신 데다 휴대전화의 배터리까지 나가서 모든 시간 감각을 잃었었다는 것을 알게 되었다.

"정말 유감스럽구나, 얘야." 어머니가 나를 끌어안았다. "네 잘못이 아니야. 네 아빠는 항상 변명거리를 찾을 거야." 내 존재는 충분하지 않으며 아빠가 항상 나보다 자신의 문제들을 선택하리라는 것을 나는 깨달았다.

중독은 우리 집안 남자들을 마치 오래된 밧줄처럼 관통하며, 오랜 세월 동안 줄곧 묶어놓았다. 친할아버지와 외할아버지는 둘 다 알코올 중독자였고, 그전에는 증조부들도 마찬가지였다. 나 또한 중독의 매력을 잘 알고 있었다. 규칙이 주는 안정감, 기분을 좇는 것, 내 눈 안쪽에서 번쩍이는 허기 따위를 말이다. 우리 집안 남자들은 울고, 오줌을 싸고, 토하고, 길에서 비틀거리며 다른 사람들의 삶의 중심을 미어뜨린 반면, 나는 강박충동을 깔끔하게 내 안에 쑤셔 넣고 다른 사람들에게 모습을 드러내면서도, 내면에는 결핍이 있었다. 나는 단단히 자제력을 유지했다. 중독의 매력을 느꼈지만, 나는 다를 것이라는 기대를 받았기 때문에, 중독 대신 금욕에 몰두했다.

63

몇 주간 아무 성과 없이 찾아보기만 하다가 마침내 자격 조건을 살짝 부풀려서, 콜블랑역 근처의 한 어학원에서 영어를 가르치는 일을 제의받는다. 매일 아침 나는 넓은 도로를 따라 자전거를 타고, 에스파냐 광장의 차량들을 날쌔게 피하며 배기가스 냄새와 갓 구운 페이스트리의 달콤한 냄새를 헤치고 나아간다. 도로가 노면 살수차 때문에 젖어 있어서, 따뜻한 콘크리트 위를 질주할 때면 작은 물방울이 다리에 달라붙고 머리카락이 습기를 머금는다. 사과가 진열되어 반짝이는 과일 가게, 플라스틱 양동이에 담겨 있는 눈부신 미모사꽃, 카페 밖에서 맥주를 마시는 나이 든 남자들, 파스텔 색상의 잠옷과 햇빛을 받아 줄줄이 번쩍이는 선글라스가 걸려 있는 오스타프랑크스 시장을 지나쳐 간다.

저녁에는 문법 교재를 보며 정신없이 메모한다. 그 덕분에 이튿날 수업 시간에는 칠판에 명사, 형용사, 동사를 열거하고, 시제, 접두사, 접미사를 색깔로 구분하고, 절과 전치사를 설명할 수 있다. 내 학생들은 낯선 모음 소리를 혀를 구부려, 입 밖으로 밀어내면서 빠르게 학습한다. 고급반 학생들과 함께 소설을 읽고, 의자를 원형으로 배열하고 그들이 텍스트에 대해 토론하도록 격려하면서, 내가 쉽게 이 낯선 공간을 편안하게 받아들이는 것에 스스로도 깜짝 놀란다. 내 학생들 대부분은 스페인어와 카탈루냐어, 2개 국어를 구사하며, 그중 일부는 다른 언어도 구사한다. 그들에게 사물을 표현하는 그렇게 다양한 명칭들을 알고 있는 것은 어떤 느낌인지 물어보면, 그들은 코를 찡그리며 하고 싶은 말을 영어로 표현할 말을 찾으려고 노력한다.

"언어마다 맛이 다 달라요." 금요일 오전 수업 시간에 한 십 대 소녀가 말한다. "카탈루냐어는 가족 같은 맛이 있어요. 내게는 그렇게 느껴지거든요. 설명하기가 어려워요. 말하자면, 말 뒤에 숨어 있는 역사를 맛볼 수 있는 셈이죠."

"흥미로운 이야기네. 영어는 어떤 맛이야?"

그녀는 쑥스러운 듯 보였다. "실제로요? 딱딱한 맛이에요. 바위처럼요. 혹은 도로를 포장하는 그 검은 물질처럼요."

"타르?"

"네, 타르처럼요. 혹은 무언가 단단한 거요. 스페인어는 나한테 액체에 가깝지만, 영어는 확실히 딱딱해요."

내 수업은 하루하루에 형태와 목적을 부여하여, 울퉁불퉁 뒤엉켜 있던 내 생각들을 매끈하게 매만져준다. 퇴근 후 베르무트를 마시러 당신과 만나고, 우리는 와인 가게에 쌓여 있는 술통 주위의 높은 스툴에 앉아 쌉싸름한 올리브와 구운 옥수수를 나눠 먹는다. 밤이 깊어져서 광장에서 친구들을 만나 자전거를 벽에 기대 세우고, 아스팔트 위에 책상다리를 하고 앉아 마리화나 담배를 나눠 피우거나 노점상에서 에스트렐라 캔 맥주를 살 때면, 내 안의 무언가가 느슨하게 풀린다. 우리의 삶은 포개져 하나의 형태가 되고, 나는 그 형태에 몸을 맡긴 채, 어둠 속에서 오로지 당신의 피부에 남아 있는 열기와 내 등에 닿은 당신의 손만 생각한다.

우리는 함께 저렴한 바에 가서 해바라기씨유가 줄줄 흐르는 레몬 맛 안초비, 매콤한 살사를 뿌린 브라바스를 먹는다. 얼얼하게 매운 로켓을 곁들인 부라타 치즈, 마늘을 살짝 바른 얇은 코카 빵* 조각을 먹어보고, 싸구려 카바와 탄산수를 마셔서 입안에서 거품이 반짝거리기도 한다. 때로는 산츠**의 시리아 레스토랑에 가서 야외 테이블에 앉아, 매연 냄새를 맡으면서 차량을 구경하며 따뜻한 플랫브레드를 걸쭉한 후무스에 찍어 먹고, 포도잎 쌈을 손으로 집어 먹은 다음, 끈적끈적한 바클라바***를 먹으며 작은 잔에 설탕을 듬뿍 넣어 박하 차를 마신다. 우리는 간장으로 끈적거리는 일본 음식을 포장해서, 분홍색 회를 삼키고 꼬투리에 든 풋콩을 빨아 먹는다.

당신이 내게 무엇을 원하는지 물어보면, 나는 대담하게 손을 뻗어 그것을 집는다. 가능성이 소금처럼 내 피부에 달라붙어 있다. 나는 태양 아래 함께 빛나는 우리의 모습에 기분이 들떠, 당신과 이 변화무쌍한 도시의 빛깔을 탐닉한다. 이 도시에서 욕구는 시큼한 체리처럼 우리의 혀를 찌르고 우리는 서로를 실컷 만족시킨다. 공기는 열기와 연기로 탁하고, 구름은 굳어 더러운 비가 된다.

우리가 엘 포블레노우****에 있는 오래된 창고들을 지나칠 때 고층 건물들에서 네온사인의 불빛이 쏟아져 내린다. 우리는 보가텔 해변의 모래사장에 옷을 벗어 던지며 금속성 맛이 나는

---

* 카탈루냐 지방에서 주로 먹는 페이스트리 비슷한 빵.
** 바르셀로나 최대의 번화가인 산츠 거리와 에스파냐 산업 공원이 있는 곳.
*** 잘게 다진 견과류와 꿀 등을 넣은 중동 지방의 디저트용 파이.
**** 해변을 끼고 있는 옛 공장 지역으로 트렌디한 카페와 타파스 바가 많다.

물속으로 뛰어들고, 우리의 몸은 시원한 파도에 고마워하며, 흠뻑 젖은 담배꽁초와 주름진 해파리 같은 비닐봉지들을 지나 헤엄쳐 나아간다. 당신은 바다가 태양과 만나 깊고 차가워지는 먼 바다까지 곧장 헤엄쳐 간다.

"끌어당기는 힘을 느끼는 게 좋아." 당신이 불가사리처럼 둥둥 떠서 저물어가는 하늘을 올려다보며 내게 말한다. "저 멀리 알 수 없는 곳으로 쭉쭉 뻗어 나가는 거 말이야." 나는 내 몸이 나를 지탱해주리라 믿고 당신과 함께 부표 너머로 헤엄쳐 나간다. 우리가 뒤돌아서 멀리 있는 작은 해변을 바라볼 때, 나는 두려운 마음이 든다. 마치 내가 너무 멀리 왔고, 결코 육지로 헤엄쳐 돌아갈 만큼 강해지지 못할 것처럼 말이다.

64

나는 공장에서 살 때, 인기 있는 펍에서 일했다. 전형적인 도시 남자들이 퇴근 후 우리 펍으로 몰려와서는, 바깥 보도로 쏟아져 나가 큰 소리로 떠들어댔다. 내가 그들 사이를 잽싸게 지나다니며 잔들을 모을 때, 그들은 담배꽁초를 바닥에 휙 내던지고는 내가 쓸어 담는 모습을 지켜보았다. 우리 매니저는 항상 문제를 일으켰다. 그는 교대 없이 연속 근무를 해내기 위해 지하 저장고에서 혼자 코카인을 흡입하곤 했다. 계속 싸움에 휘말렸고, 종종

막판에 나에게 전화를 걸어 자기 대신 일을 해달라고 부탁하곤 했다.

"턱뼈가 부러졌어." 그가 탁한 목소리로 말했다. "자전거를 타다가 사고가 났어. 제발, 자기야, 나 좀 봐줘."

그는 우리가 함께 저녁 근무를 할 때마다, 레드 와인 한 병을 따서 다양한 폭탄주를 만들어 작은 유리잔에 옮겨 따르며, 천박한 눈빛으로 나를 지켜보았다.

"자기야, 왜 아무것도 안 먹어?" 어느 날 내가 직원 식사로 나온 음식을 접시 가장자리로 밀어내는 것을 지켜보다가 그가 물어보았다. "무슨 문제라도 있어?" 그가 너바나가 프린트 된 지나치게 큰 티셔츠에 팬티스타킹을 신고 맥주를 따르며 카운터에서 일하고 있던 내 동료를 가리켰다. "자기가 케이트처럼 비쩍 말랐다면 이해하겠어. 하지만 자긴 아니잖아."

그는 유부남이었지만 평일 밤에 바에 와서 한잔하는 한 변호사와 몰래 잠자리를 가졌다. 그녀의 윤기 있는 머리카락은 따뜻한 조명 아래 반짝반짝 빛났고 값비싼 핸드백은 카운터 안쪽에 세워져 있었다. 그녀는 시원한 픽풀* 와인을 병째 주문해 마시고, 나를 못 본 척, 10파운드짜리 지폐를 대충 내가 있는 방향으로 흔들며 거스름돈은 가지라고 말했다.

---

* 프랑스의 랑그독 루시옹에서 주로 재배되는 화이트 와인용 포도 품종.

무더운 여름이었고, 근무를 할 때면 내 얼굴에는 주름진 곳마다 땀방울이 송골송골 맺히고 입술에서는 짠맛이 났다. 나는 데님 반바지와 배꼽티를 입고, 드러난 허벅지 때문에 다른 사람들의 시선을 의식했다. 펍으로 다가가며 보도를 가득 메우고 들썩이는 인파, 맥주잔을 뚫고 쏟아져 내리는 햇살, 뜨거운 목에서 머리카락을 비틀어 치우는 여자들을 보고 어금니를 악물었다. 축축한 몸들을 물리치고 카운터에 이르렀고, 피부가 까져서 따끔거리는 기분을 느끼며 거울과 반사면을 피했다. 손을 뻗어 진을 잡기 위해 까치발을 했을 때 충혈된 눈들이 줄줄이 내 종아리 근육을 더듬자 나는 움찔했다. 끊임없이 맥주잔에 맥주를 따랐고, 냉장고에 유리로 된 술병을 다시 채워 넣을 시간도 없이, 골판지 상자에서 술병을 꺼내 곧바로 제공했다. 나는 반바지 허리 밴드 안쪽이 축축하고, 배꼽티 밑 피부가 부드럽게 팽창한 것을 알아차렸다.

나는 잠시 계산대에 기대어 쉬며, 찬물을 한 잔 마시고, 눈 밑으로 흐르는 땀을 닦았다. 매니저가 꽃무늬 셔츠를 입고 레이밴 선글라스를 가슴 주머니에 꽂은 채 카운터 뒤에서 나타났다.

"자기야?" 그가 조용히 불렀다. 그 변호사가 세련된 리넨 원피스를 입고 카운터에 앉아 있다가, 나와 눈이 마주치자 재빨리 눈길을 돌렸다. 그가 상냥하게 말했다. "미안하지만, 일을 할 때는 옷을 갖춰 입어야 해." 반바지 아래로 드러난 내 창백한 다리가 실룩거렸다.

"농담해요? 연중 가장 더운 날이에요."

그가 어색하게 웃었다. "그래. 하지만 사람들이 자기를 쳐다보고 있어." 그가 변호사를 가리켰다. "그녀가 보기에 그게 적절하지 않은 것 같대." 그가 자기가 마실 진토닉을 만들기 위해 내 쪽으로 몸을 기울였다. "자긴 잘 대처할 수 있어. 알았지?" 나는 돌아서서 활활 타오르는 불길 같은 몸을 이끌고 줄지어 서 있는 손님들을 응대하러 가며, 더위와 유리 파편처럼 내 피부를 찌르는 눈길들을 피해 내 방의 어둠 속에서 몸을 쭉 뻗고 누울 수 있도록 근무가 끝나기만을 간절히 바랐다.

65

어학원 동료인 카를라가 그녀가 사는 지역에서 열리는 파티에 나를 초대한다. 거리에는 긴 테이블들이 놓여 있고, 가로등 기둥 사이에는 색색의 장식용 리본들이 걸려 있으며, 가설무대에서는 한 남자가 기타를 연주한다. 카를라의 친구들은 테이블 한쪽 끝에 옹기종기 모여 병에 든 와인을 플라스틱 컵에 담아 나눠 마시면서, 술기운에 부드러워진 발음으로 언어를 넘나들며 큰 소리로 웃고 있다. 그들이 내 뺨에 키스하기 위해 일어서며 나를 따뜻하게 맞이한다.

"칼숏 먹어본 적 있어요?" 카를라의 친구로, 은색 귀걸이를 하고 손목에는 포도 넝쿨 문신을 새긴 엘레나가 내게 물어본다. 나는 고개를 가로젓는다. "운이 좋네요." 그녀가 진지하게 말한다. "이제 끝물이에요." 그녀가 나를 보며 미소 짓는다. "나도 칼솟을 처음 먹어보는 거라면 좋겠어요."

대파같이 생긴 양파인 칼솟이 거대한 바비큐용 그릴 위에 검게 그을려 있다. 우리는 종이접시를 들고 그 주위에 모여들고, 누군가가 추가로 정어리를 그 불길에 넣고 껍질째 구워 숯불과 바다 냄새를 풍긴다. 카를라의 친구 중 한 명이 우리 테이블로 신문지에 싼 칼솟을 한 아름 들고 오자, 일행이 칼솟에 달려들어 고개를 뒤로 젖히고 입안에 넣으며, 입술에 진한 주황색 소스를 마구 묻힌다. 엘레나가 내 팔을 잡고 나를 칼솟 앞으로 이끈다.

"빨리 먹어야 해요. 안 그러면 다 사라져버릴 거예요." 나는 신문지를 풀어 한 움큼의 칼솟을 내 접시에 담는다. 숯검정이 잔뜩 묻어 있어서, 내 손도 숯검정 칠이 되고 손톱 밑에도 숯검정이 낀다.

"로메스코에 찍어 먹어요." 엘레나가 주황색 소스를 가리킨다. "그렇게 먹는 게 제일 맛있어요." 카를라가 포론*에 와인을 가득 채워 사람들에게 돌린다. 모두가 긴 주둥이에서 호를 그리며 주황색 띠처럼 흘러나오는 액체를 흘리지 않으려 애쓰며 번갈아 마신다. 카탈루냐 사람들은 훈련이 잘되어 있고, 다른 사람들이 턱

* 유리로 만든 일종의 와인 주전자.

에 쏟은 와인에 옷을 흠뻑 적실 때면 웃음을 터뜨린다.

긴장이 되기는 하지만, 나도 다른 사람들처럼 고개를 뒤로 젖히고 아주 조심스럽게 칼슛을 먹는다. 아주 맛있고, 톡 쏘는 듯하면서도 달콤하며, 겉은 아삭아삭하고 속은 연하다. 다른 사람들은 온 얼굴에 기름과 흙먼지를 묻혀가며, 입을 벌린 채로 씹으면서 정신없이 먹는다. 나는 잠시 망설이다가 적극적으로 동참하여, 그 긴 양파를 움켜잡고 후루룩 들이마시듯 먹어치운다. 내 손가락에는 숯검정과 기름 자국이 길게 나 있다. 누군가가 테이블에 정어리 한 접시를 내려놓자, 나는 정어리 하나를 집어 곧장 베어 문다. 여기서는 아무도 내 비밀을 모르기 때문에, 거리낌 없이 탐욕스럽게 먹으며, 매사를 쉽게 받아들이는 사람, 배고플 때마다, 심지어 때로는 배고프지 않을 때에도 음식을 먹는 사람인 척한다.

"넌 참 꾸밈없는 사람이야." 카를라가 검게 변한 내 치아와 손가락 사이의 생선뼈를 보고 고개를 끄덕이며 웃음을 터뜨린다.

"아니야." 나는 고개를 가로저으며 그녀에게 솔직하게 말한다. "그렇지 않아."

66

펍에서 주간 근무를 마치고 집으로 걸어가고 있을 때 갑자기 목이 조여들기 시작했다. 폐가 으스러진 느낌이었다. 마치 날카로운 손가락이 내 가슴 속을 헤집고 있기라도 한 것처럼 말이다. 손이 덜덜 떨리기 시작했고, 다리는 마치 물속을 헤치며 걷고 있는 듯 천천히 움직였다. 그것은 순식간에 일어난 일이었고, 나는 겁이 났다. 느닷없이 현실이 마치 분리된 것처럼, 저 멀리서 희미하게 어른거리는 무엇인가처럼 보였다. 버스 정류장을 지나쳐, 플라스틱 벤치에 앉아 호흡을 가다듬으려 안간힘을 썼다. 주위의 아파트와 식료품점들이 휘어지고, 공기가 마치 활주로에서 열기가 솟아오르듯 일렁거리기 시작했다. 내가 나 자신으로부터 유리되어서, 마치 저 멀리서, 내 몸의 속과 겉을 동시에 지켜보고 있는 것 같았다. 주위에 사람은 많지 않았고, 나는 땀이 흥건한 손바닥으로 벤치를 꽉 누르고, 발로 보도를 꽉 디디며, 정신을 차리려고 노력했다. 두려움이 검은 물결처럼 밀려와 나를 덮쳤고, 심장이 갈비뼈를 밀어대며 요동쳤다. 휴대전화를 꺼내 누군가에게 전화를 걸려고 해봤지만, 눈앞의 화면이 흐릿해지는 바람에 그냥 치워버렸다.

두 눈을 감고 심호흡을 하려 노력하자, 그 느낌이 가라앉기 시작했다. 주위의 건물들이 평소의 모습을 되찾았다. 부들부들 떨리고 팔다리에 무게가 느껴지지 않았으며 두개골 바닥에 둔통이

느껴졌다. 한 발을 다른 발 앞으로 내딛는 데 집중하며, 길 건너
편의 신문 가판대까지 천천히 걸어갔다. 나는 지나가는 차들의
소음, 금속 차체, 보닛을 때리는 햇볕에 몸서리를 쳤다. 충분히 먹
지 않아서 저혈당 상태일까 봐 걱정하며, 초콜릿 바 하나를 골라,
계산대 너머로 약간의 잔돈을 밀어주었다. 나는 낯모르는 사람
의 문 앞 계단에 앉아, 쇼크로 어질어질한 상태로 상황을 이해하
려 애썼다.

며칠 후 로사와 함께 어느 펍의 정원에 앉아 있었는데 똑같은
일이 다시 일어나기 시작했다. 짙고 강한 공포가 나를 덮쳤고, 피
크닉 벤치에서 내려와 콘크리트 바닥에 앉아 다리 사이에 머리
를 파묻었다.

"무슨 일이야?" 로사가 옆에 무릎을 꿇으며 내 등에 손을 얹고
는, 걱정스레 입을 오므리며 물어보았다.

"나도 모르겠어. 요전번에도 이런 일이 있었어." 나는 눈을 질
끈 감았다. "그냥 잠깐만 기다려줘." 머리 위에서 하늘이 산산조
각이 나는 동안 나는 숨을 고르게 쉬려고 안간힘을 썼다. 마치
로사가 아주 멀리 떨어져 있는 것 같고, 내가 닿을 수 없는 빛인
것처럼 느껴졌다. 그녀가 나에게 물 한 잔과 감자칩 한 봉지를 가
져다주었고 나는 두려운 마음에 순식간에 먹어치웠다. 내게 어
떤 일이 일어나고 있든 어쩌면 그 일을 당해도 싼 것인지도 모른
다는 생각이 들었다. 내 몸이 내가 자기를 벌준 모든 방법, 그 모

든 세월 동안 방치한 것에 대해 앙갚음하고 있다고 말이다.

상태가 나아졌을 때, 무슨 일이 일어난 것인지 로사에게 설명하려고 했지만, 얘기를 시작하자 그 감각이 돌아왔다. 그것이 내 시야의 가장자리에서 눈 안쪽을 누르며, 나를 로사의 부드러운 손과 투박한 나무 테이블, 유리잔이 쨍그랑거리는 눈부신 정원에서 끌어내는 것이 느껴졌다.

"나한테 무슨 일이 일어나고 있는 건지 모르겠어." 눈을 감은 채로 내가 말했다. 로사가 차가운 손으로 내 등을 받쳐주었다. 나는 얼굴에서 머리카락을 떼어냈다. 이마가 식은땀으로 축축하게 젖어 있었다.

"아마 공황 발작을 겪고 있는 것 같아." 로사가 상냥하게 말했다.

"정말? 너도 전에 공황 발작을 겪어본 적이 있어?"

"한 번." 그녀가 내 등을 문질러주었다. "끔찍했지. 그냥 숨 쉬는 것만 잊지 않으면 돼."

"하지만 내가 뭣 때문에 공황 상태에 빠지는 걸까?"

그녀가 나를 다정하게 쳐다보았다. "아드레날린 때문이야. 불안감을 안에 잔뜩 쌓아두기만 하고 배출구가 없으면, 그렇게 한꺼번에 들이닥치는 거야." 나는 잔디밭에 앉아 숨을 고르게 쉬려고 애쓰며, 내 감정들을 내 몸의 어둠 속에 파묻고 살았던 그 모든 세월을 떠올렸다. 그 감정들을 하나의 문장이라는 밧줄로 엮는 방법을 배워서, 내 목구멍 속으로 손을 뻗어 뽑아낼 수 있을지 알고 싶었다.

67

미모사 꽃망울이 불꽃을 터뜨린다. 진한 분홍색 부겐빌레아가 발진이 돋듯 건물들 위로 자라난다. 선인장이 주황색과 노란색으로 꽃을 피우자, 사람들이 흩날리는 꽃잎처럼 한 꺼풀씩 벗어젖히고, 도시에는 꽃가루와 염분이 그득하다. 나는 블라우스와 데님을 당신의 낡은 배낭에 쑤셔 넣고, 도시에서 북쪽으로 몇 시간 거리에 있는 카다케스로 가는 버스에 함께 몸을 싣는다. 버스의 공기는 후텁지근하고, 언덕을 오르내리느라 휘청거리는 버스에 속이 메슥거리지만, 드디어 우리 발아래 진한 초록색으로 반짝반짝 빛나는 바다가 보인다. 우리는 가방을 메고 자갈길을 지나며, 하얀 벽, 색칠된 화분, 문간에 나뒹구는 붉은 히비스커스, 으스러진 무화과에 자줏빛으로 얼룩진 자갈길을 쳐다본다. 내 휴대전화의 지도를 따라, 깨끗한 타월과 침대 시트가 햇살 아래 나란히 널려 있는 어느 1층 아파트로 간다.

그 집은 작고 바다 내음이 물씬 풍기며, 벽에는 서핑 보드가 기대어 세워져 있다. 당신이 침대 밑에서 스노클 두 개를 발견하고, 우리는 밀짚 바구니 가득 우리의 책, 타월, 흑포도가 든 갈색 종이봉투를 담는다. 우리는 구불구불한 좁은 길을 지나, 하얀 리넨 옷을 입고 레이밴을 쓴 차림새로, 태양 아래서 스파클링 와인을 마시는 사람들로 가득 찬 광장으로 간다. 바닷가를 따라 곡선을 그리는 도로를 따라가니, 바와 레스토랑을 뒤로하고 은빛 절벽이 나타난다. 만에는 요트가 점점이 떠 있고, 우리는 바위를 타고 기어 올라가다가, 마침내 반들반들한 바위들에 둘러싸인 작은 모래사장을 발견한다. 아래로 기어 내려가 옷을 훌훌 벗어 던지고 커다란 고양이처럼 타월 위에 우리의 몸을 쭉 뻗는다. 은은하게 반짝이는 햇살 아래 우리 몸은 창백해 보인다. 나는 눈을 반쯤 감고, 속눈썹 너머로 햇빛이 물결 위에 모자이크 모양으로 아른거리는 것을 가만히 바라본다. 당신이 내 배에 손을 얹는다.

"우리 수영할까?" 머리카락 사이로 두피가 타들어가는 것을 느끼며 내가 물어본다.

"꼭 그래야 해?" 당신이 투덜거린다.

"어서." 내가 타월 위로 모래를 흩뿌리며 힘겹게 일어선다. "같이 가자."

물이 차갑다. 나는 길고 강하게 끌어당기는 힘을 느끼며 물속으로 뛰어들고, 내 몸은 주변 공간을 채우기 위해 열심히 팽창한다. 몸을 돌려, 해안가에서 당신의 몸이 물개처럼 물살을 타고 조금씩 흔들리는 것을 본다. 당신의 머리카락은 매끈하게 뒤로 넘겨져 있고 피부는 바닷물로 미끈거린다. 당신이 머리 위로 스노클을 흔들며 나를 향해 물보라를 일으키자 햇살이 내 속눈썹에서 보석처럼 눈부시게 반짝인다.

"시작해볼까?" 당신이 내게 물안경을 건넨다.

"어떻게 해야 해? 한 번도 해본 적이 없어."

"쉬워. 입으로 숨 쉬는 것만 기억하면 돼." 당신이 스노클을 입에 물고 고래처럼 숨을 내쉬며, 푸른 수면 아래로 사라지자, 플라스틱 튜브가 수면에 잔물결을 일으킨다. 나는 물안경을 쓴다. 물안경이 얼굴에 달라붙으며 머리카락이 고무 끈에 끼인다. 물속에 머리를 넣고 바닷물을 꿀꺽꿀꺽 삼킨다.

"잠깐만." 콜록거리며 수면 위로 올라와서 스노클을 다시 조정한다. 당신은 이미 저만치 가 있는데 나는 오도 가도 못하고 있다. 엉성한 플라스틱 조각이 믿음이 가지 않는다. 내가 아는 유일한 방법으로 숨을 쉬지 못할까 봐 겁이 난다. 신경이 바짝 곤두서지만 심호흡을 하고 파도 아래로 몸을 밀어 넣는다.

물속에서는 시간이 다르게 흘러간다. 햇빛이 넘실거리는 파도에 휩쓸리며, 물살에 쓸려 다니는 모래알들을 인광처럼 푸른빛으로 아롱거리게 한다. 해초와 해조류 조각들이 자유롭게 떠다닌다. 아주 작은 은빛 물고기 떼가 내 몸의 어두운 형체를 알아채지 못한 채 내 밑에서 쏜살같이 헤엄쳐 간다. 나는 입으로 숨을 쉬며, 우리가 함께 있을 때면 마치 물속에 있는 것처럼 시간이 다르게 흘러가는 것, 분과 시간이 펼쳐지는 방식에 대해 생각한다. 시간에 따라 느릿느릿 끌려가거나 그냥 피상적으로 흘려보내는 것이 아니라, 시간 속에 들어와 있는 것같이 느껴진다. 당신을 상실의 두려움을 느낄 염려가 없는 안전한 우리의 시간 속에 감싸두고 싶지만, 우리가 살아갈수록 그 시간이 사라져가고 있다는 것을 알고 있다. 무언가를 붙잡고 있는 것이 정말 가능하긴

한 일인지 궁금하다.

머릿속이 부풀어 오르는 것을 느끼며 물살에 몸을 맡기려 해 보지만, 물안경에 김이 서리며 세상이 흐릿한 초록빛으로 변한다. 내 가쁜 숨소리가 귓가에 울린다. 당신의 두 다리가 마치 춤을 추듯 슬로 모션으로 움직이며 내 눈앞에 나타난다. 당신의 몸은 햇빛에 은빛으로 물들어, 인조 다이아몬드 같은 우윳빛으로 빛난다. 당신의 진주 같은 발을 잡으려고 손을 뻗지만, 물안경에 물이 가득 차는 바람에 공포에 질려 코로 숨을 쉬며 물을 꿀꺽꿀꺽 들이켠다. 팔다리를 허우적거리며 몸을 위로 밀어 올린다. 나는 장비를 벗어 던지고 백주 대낮에 캑캑거린다. 당신이 내 옆에서 물살을 타고 조금씩 흔들리며 소리 내 웃는다.

"괜찮아?" 당신이 물어보자 나는 고개를 가로젓는다. "연습이 좀 필요한 것뿐이야." 당신은 내 상기된 얼굴을 보며 웃음을 터뜨리고, 나는 당신을 등지고 다시 해안을 향해 헤엄친다. "어디 가는 거야?" 당신이 뒤에서 나를 부르지만, 나는 발밑에 단단한 땅바닥이 느껴지기를 간절히 바라며 못 들은 체한다.

내가 젖은 몸으로 덜덜 떨며 타월 위에 주저앉아, 축축한 수영복 위에 스웨터를 입자 바닷물이 양모에 스며든다. 물속에서 아름답던 당신의 몸이, 해초 같은 머리카락과 긴 리본처럼 물결치던 다리가 떠오른다. 당신에게는 내가 결코 경험하지 못할 여유, 상처로 점철되지 않은 우아한 몸놀림이 배어 있다. 무엇보다도 그렇게 느긋하고 진주처럼 빛나는 존재가 되고 싶고, 날이면 날마다 힘겹게 끌고 다니는 내 몸의 형태를 잊고 싶다.

당신이 물에서 나와 뜨거운 모래에 움찔하며 나를 향해 걸어온다.

"어떻게 된 거야?" 당신이 물어본다. 당신의 피부가 작은 물방울들로 반짝반짝 빛난다. 당신이 너무 아름다워서 바라보기가 고통스러울 지경이다. 당신의 몸은 눈부신 하늘 아래 구릿빛으로 그을려 있고, 피부 밑에는 물음표처럼 둥그렇게 말린 모양의 문신이 있다.

"글쎄." 나는 햇빛을 가려 눈을 보호한다. "그냥 너무 당황했던 것뿐이야."

당신이 손을 뻗어 나를 만지려 하지만, 나는 몸을 비킨다. "왜 그래?" 당신은 눈살을 찌푸리고 나는 고개를 가로젓는다. 당신은 손을 뻗어 바구니에서 맥주를 꺼내고 나는 당신이 갈증이 나는 듯 들이켜는 모습을 무심하게 지켜본다.

68

창고에서 살던 시절, 어느 날 아침, 나는 중이층 내 방에서 가슴을 쥐어짜는 느낌에 잠에서 깨어났다. 고통스러운 경련에 휩싸인 심장이 펄떡거리고 있었다. 커피 한 잔을 끓여, 아침을 좀 먹어보려 했지만, 그 감각은 압도적인 데다 파도처럼 밀어닥쳤다.

불안한 마음에 휴대전화로 내 증상을 검색해보니 병원에 가보라는 내용이 있었다. 덜컥 겁이 나서, 몸이 아파서 결근하겠다고 펍에 전화를 했다. 매니저가 전화기 너머에서 한숨을 쉬었다.

"좋아." 그가 말했다. "하지만 다음 주에 충분한 시간을 주겠다는 장담은 못하겠어."

"알았어요." 나는 불안해서 주먹으로 원을 그리듯 가슴을 문지르며, 심란하게 대답했다.

나는 워크인 센터*에 가기로 결정했고, 부어오른 발목 때문에 얼굴이 벌게진 채 눈물을 흘리고, 얼굴이 고통으로 일그러진 채 배를 움켜쥔 사람들이 다급히 오고가는 내내 몇 시간 동안이나 대기실에 앉아 있었다. 가슴이 아파서, 마치 미용실에 있는 것처럼 잡지를 획획 넘겨 보며 무엇이든 다른 일에 집중하려고 안간힘을 썼다. 대기실은 그 병원의 일부였다. 나는 접수대 위쪽에 달린 작은 화면을 지켜보았다. 구급차가 병원으로 오는 중일 때 짧은 몇 마디로 구급차에 탄 사람들의 심각한 상태를 설명하며 의사들에게 미리 주의를 주는 것이었다. 한 침대 주위로 잽싸게 커튼이 드리워지면서 누군가가 울부짖는 소리가 들리자, 내 위가 조여들었다. 내게는 잠깐 이야기를 나눌 기회도, 구급차도, 심지어 처방전도 없었다. 내가 거기에 있어야 하는지도 아예 알지도 못했다. 중이층의 내 방으로 돌아가 심장이 쿵쾅거리는 채

* 경미한 증상의 환자들이 예약 없이 방문할 수 있는 영국의 응급 의료 센터.

로 무언가 나쁜 일이 일어날까 봐 걱정하면서 앉아 있고 싶지는 않았다.

나는 진찰실 침대 위에 드러누웠다. 종이 시트가 내 얇은 여름 원피스 아래 허벅지 뒤쪽에 달라붙었다. 간호사가 반짝이는 땀을 닦아내고, 내 가슴에 전극을 밀착시켰다.

"좋은 소식이에요." 의사가 화면을 응시하며 기분 좋게 말했다. "수치가 굉장히 좋아요."

나는 일어나 앉아, 피부에서 작은 흰색 스티커들을 떼어냈다. "그럼 그건 뭐죠? 그 쥐어짜는 느낌은요?" 간호사는 방을 나갔고 의사는 자기 손목시계를 힐끗 쳐다본 다음, 친절하게 나를 바라보았다.

"최근에 줄곧 불안감을 느꼈나요? 집이나 직장에서 뭔가 스트레스가 많은 일을 겪고 있어요?"

나는 고개를 가로저었다. "별로요. 특별한 건 없어요." 의사가 장갑을 벗고 양 손바닥을 비벼 소독용 알코올 젤을 바른다. "달리기를 많이 해요." 나는 침대에서 미끄러지듯 내려와 재킷을 집어 들었다. "달리기를 그만둬야 할까요?"

의사가 미소를 지으며 말했다. "아니, 아니에요. 달리기는 좋아요. 심장을 건강하게 해주죠." 그 방을 나올 때 나는 뺨이 화끈거렸다.

"죄송해요." 내가 그에게 말했다. "시간을 낭비하게 해서요."

나는 자동차 헤드라이트들이 더러운 루비처럼 깜빡거리는 것을 빤히 바라보며, 어두워져가는 거리를 지나 집으로 걸어갔다. 프라이드치킨과 뜨거운 콘크리트 냄새가 내 피부를 뒤덮었다. 병원에 간 것이 멍청한 짓처럼 느껴졌지만, 달리 어떻게 해야 할지 알지 못했다. 내가 느꼈던 것에 대한 설명이 필요했다. 진단, 기록, 어떤 증거 같은 것이 말이다. 내가 어떤 사람인지 설명해주는 단어, 내가 붙잡고 매달릴 수 있는 명칭이 필요했다.

69

우리는 머리카락에 묻은 소금기를 씻어내기 위해, 작고 하얀 집으로 되돌아간다. 내가 수영용품들을 빨랫줄에 걸자, 화분으로 물방울이 뚝뚝 떨어진다. 나는 뜨거운 물로 샤워를 하며, 생각이 느려지고 피가 진해지면서 진정이 된다. 내가 옷을 입을 때 거울에 비친 나를 당신이 빤히 바라본다. 당신의 눈은 유리 몽돌 같고, 주근깨가 코를 가로지르며 흩어져 있다. 당신이 내 목덜미에 입술을 밀어붙이자, 내 안에서 강렬한 열기가 솟구친다. 내 몸은 면 원피스 속에서 온기를 느낀다. 햇빛의 흔적 때문에 따끔거리기는 하지만 말이다.

우리는 따뜻한 밤으로 나아간다. 거리에서는 달아오른 돌과 담배 냄새가 풍긴다. 언덕 위의 집들은 촛불처럼 환히 빛나고 바다 위에서 짠내가 흩날린다. 레스토랑에서 웃음소리가 새어 나오지만 후텁지근한 공기에 숨이 죽고, 폭풍우의 위협에 만에 정박한 어선들이 덜커덩거리고 있다. 파도가 방파제를 때리고, 보도 위로 자욱한 연기처럼 솟구친다. 십 대 소년들이 서로를 물보라 속으로 밀어 넣으며, 헤어 젤이 그들의 얼굴을 타고 흘러내린다.

우리는 조용한 광장에 자리 잡은 작은 레스토랑 바깥에 앉는다. 거리에는 자갈이 깔려 있고, 차량에는 등나무꽃이 주렁주렁 매달려 있고, 연석 위에는 빨간색 베스파*가 세워져 있다.

나는 메뉴를 대강 훑어본다. "뭐 먹을 거야?"

"랑구스틴."** 당신은 신이 나서 메뉴를 읽는다. "맛조개도." 웨이터가 카바 잔을 들고 우리 테이블로 다가온다. 나는 다시 메뉴를 살펴보고 단숨에 연어를 주문한다.

"전에는 이런 적이 없어." 웨이터가 우리의 주문을 전달하러 안으로 들어가자, 내가 당신에게 말한다.

"뭘?"

"연어 주문한 거 말이야."

"음." 당신이 잔을 들어 올린다. "당신의 첫 주문을 위하여." 쌉싸름한 거품이 내 배 속에서 보글거린다. 우리 옆자리에 앉은 사람들은 끈적끈적한 흑미밥과 껍질을 깐 분홍색 참새우를 먹고 있다. 남자들은 수염이 거무스름하고 머리카락이 반지르르하며,

* 이탈리아의 대중적인 스쿠터 상표명.
** 생김새는 딱새우와 비슷하고 맛은 바닷가재와 비슷한 갑각류.

여자들은 가죽 같은 손목에 은색 뱅글을 차고 있다. 누군가가 시가에 불을 붙이자 동물 냄새에 공기가 탁해진다.

우리 음식이 나오자 나는 속이 뒤집힌다. 맛조개에서 버터와 마늘이 줄줄 흐른다. 버터로 윤을 낸 내 연어는 아스파라거스 끝부분을 깐 바닥에 얹혀 있다. 내 음식 위에 레몬을 짜서 뿌린다.

"조개 좀 먹어봐." 당신이 조개를 내 쪽으로 밀어준다.

"어떻게 먹어?"

"그냥 껍데기를 까서 빨아 먹으면 돼."

나는 눈썹을 치켜세운다. 조갯살은 연하고 혀에 닿는 마늘은 톡 쏘는 맛이다.

"어때?"

"정말 맛있어."

연어는 크림을 바른 벨벳 같다. 뜨거운 빗방울들이 하늘에서 떨어져 테이블 위에서 터진다. 폭풍우가 더 가까이 접근함에 따라 멀리서 배들이 덜컹거리고, 햇볕 때문에 따가운 피부, 보도의 축축한 냄새, 쌉싸름한 와인과 시가 연기, 테이블 밑 당신의 다리에서 느껴지는 짜릿함이 온몸 깊숙이 더할 나위 없게 느껴진다.

당신이 내가 먹는 모습을 빤히 바라보고, 나는 그 시선을 몹시 의식한다.

"왜?" 내가 나이프와 포크를 내려놓는다.

"아무것도 아니야." 당신이 눈길을 돌린다.

"뭔데 그래?" 위가 조여든다. 잠시 포크가 당신의 접시를 스치는 소리뿐, 당신은 말이 없다. 당신이 얼굴에 묘한 미소를 머금고 다시 고개를 든다. "왜 그렇게 쳐다보는 거야?" 내가 당신에게 물어본다.

당신이 내 손을 잡으려고 테이블 너머로 손을 뻗는다. "당신은 용감한 것 같아."

"뭐?"

"당신은 용감한 것 같아." 당신이 테이블 위의 음식을 가리키며 거듭 말한다. "이게 당신한테 힘든 일이라는 걸 알아."

당신의 손에서 내 손을 빼낸다. 물속에서 느긋하던 당신의 몸이 떠오르자 내 아랫배에서 열기가 확 타오른다.

"아니." 내 목구멍이 조여든다. "당신은 몰라." 당신이 친절하게 굴려고 노력하고 있다는 것은 알지만, 잘난 체하는 것처럼 느껴진다. 나는 용감해지고 싶지 않다. 그저 평범해지고 싶고, 들쭉날쭉한 가장자리에 걸려 찢어지지 않고 세상을 헤쳐 나가고 싶을 뿐이다. "당신은 그게 어떤 건지 몰라."

"무슨 뜻이야?" 내가 침묵하자 당신은 화가 나서 포크를 내려놓는다. "그렇게 굴지 마."

"어떻게?" 내가 당신에게서 멀어진다.

"그렇게 말이야."

내 몸이 긴장한다. "하지만 당신은 그게 어떤 건지 몰라. 난 용감하지 않아." 내 목소리가 너무 커서 턱수염을 기른 남자들이 우리를 건너다본다. 우리 머리 위에서 천둥이 치고, 당신의 얼굴

258

이 침울해진다. 당신은 접시를 밀어내고, 팔짱을 끼며 의자에 등을 기대고 앉는다.

"난 그냥 다정하게 말했을 뿐이야."

마치 빗물이 묻어 미끄러워서 내 손아귀에서 슬며시 빠져나가는, 내가 정확히 이름 붙일 수 없는 무언가에 당신이 구멍을 낸 것 같은 기분이 든다. 내가 지갑에서 구겨진 지폐 몇 장을 꺼내 테이블 위에 던지고, 그 지폐들은 비에 흠뻑 젖는다. 당신이 빈 유리잔으로 지폐를 덮는 순간, 나는 자리에서 일어선다.

"어디 가려고?" 당황스러워서 당신의 입이 일그러진다.

"미안." 비 때문에 원피스가 내 몸에 딱 들러붙는다. "그냥 내 공간이 조금 필요한 것뿐이야."

나는 번들거리는 검은 자갈길로 걸어 나간다. 굵은 빗줄기가 오래된 돌에 떨어져 튀어 오른다.

"네세시타스 운 파라과스?(우산 필요하세요?)" 웨이터가 내 뒤에서 외치지만 나는 고개를 가로저으며 바닷가로 걸어가고, 그 순간 빛의 파편이 하늘을 가른다. 레스토랑마다 차양을 치고, 사람들이 황급히 흩어진다. 바닷가에 서 있으니 모든 것에서 금속 냄새가 나고, 보트들은 파도에 휘말려 걷잡을 수 없이 덜거덕거린다. 가로등 불빛 사이로 반짝거리는 빗줄기가 떨어진다. 사람들이 나를 뚫어져라 쳐다보지만, 나는 공기가 바지직거리는 것을 느끼며 그들을 무시한다. 당신에게 화를 내서 속상하고 무언가 망가뜨렸을까 봐 불안하지만, 당신의 말은 내가 분명하게 설명할 수 없는 방식으로 나를 물어뜯었다. 그것은 물속에서 당신 몸을 휘감고 있던 평온함과 내 안에 항상 존재하는 허우적거리며 질식할 것 같은 느낌과 연결된 것이었다. 당신이 상냥하게 행동하려고 노력 중이었다는 것은 알지만, 당신은 결코 이해하지 못할 것이다. 그것은 우리 사이에 존재하는 결코 넘을 수 없는 거리이다. 다리도, 터널도, 반대편에 갈 수 있는 그 어떤 방법도 없다.

당신이 어둠 속에서 나타나, 쓸데없이 머리 위에 재킷을 펼쳐 들고 나를 향해 달려온다. 당신의 신발에서는 물이 새고, 이마에는 검은 곱슬머리가 착 달라붙어 있다. 당신이 손을 뻗어 내 손목을 움켜잡는다.

"뭐 하는 거야?" 당신이 내게 묻는다. 하늘이 하얗게 번쩍이고, 내 안에서 분노가 끓어오른다. 당신의 손아귀에서 내 팔을 빼낸다.

"이게 대체 뭐야?" 당신은 그렇게 말하고, 먹구름 아래 당신의 걱정스러운 얼굴, 흠뻑 젖은 당신의 셔츠를 보며, 내 분노는 죄책감으로 변해간다.

"미안해." 나는 마구 휘도는 바닷물을 바라본다. 천둥이 사방에서 울려 퍼지고 당신은 폭우 속에서 눈을 가늘게 뜨고 나를 쳐다본다.

"집에 갈까?" 당신이 물어보자 나는 고개를 끄덕인다. 우리는 철벅거리며 물웅덩이를 지나간다. 가로등 불빛에 비친 인적이 끊긴 거리는 으스스하고, 우리 머리 위에서는 하늘이 잔물결을 일으키고 있다.

우리는 작고 건조한 방으로 돌아와 촛불을 켜고 이불 밑에서 덜덜 떤다. 당신은 박하 차를 만들기 위해 스토브에 물 한 냄비를 끓인다.

"미안해." 나는 민망해하며 손가락으로 뒤엉킨 머리카락을 푼다. "식사를 망쳐서."

"어떻게 된 거야?" 당신의 목소리는 날카롭다가, 이내 부드러워진다. "정말 이해가 안 돼. 전에는 당신의 그런 모습을 본 적이 없어." 당신이 내게 머그잔을 건네자, 뜨거운 도자기에 손바닥이 익는 것 같고 현실감이 느껴진다. 창문이 세찬 비에 덜컹거리고, 촛불 빛을 따라 벽에 그림자가 일렁거린다.

"나도 모르겠어." 나는 베개를 베고 다시 눕고, 당신은 차를 내려놓고 옆에 누워 손가락으로 내 팔을 천천히 쓰다듬는다. 나는 두 눈을 감는다. 카바, 조개, 연어 때문에 머리가 어지럽고, 피부 밑에서 천둥이 우르릉거리는 것 같다.

"보여줄까?" 내가 당신에게 물어본다.

"뭘 보여줘?"

나는 일어나 앉아, 양손을 펴서 아래위로 포개고 손바닥으로 당신의 복부를 누른다.

"뭐 하는 거야?" 당신이 놀라 헉하고 숨을 들이쉬고, 나는 더 세게 누른다. 당신을 다치게 하고 싶지는 않지만, 자신이 느끼는 감정의 이름을 찾을 수 없을 때, 비로소 자신을 대변해 말하기 시작한다고는 해도 지금껏 너무 오랫동안 언어를 몸속에 파묻어 두었을 때, 어떤 느낌인지 당신이 꼭 알았으면 한다.

"그만." 당신이 두려운 눈빛으로 그렇게 말하고, 나는 손을 떼고 편히 앉는다.

"그게 그런 거야. 벗어날 수 없는 압박감 같은 거 말이야. 어떤 날은 더 강하고 또 어떤 날은 더 약하지만 항상 그 자리에 있지."

"너무 끔찍해." 당신이 속삭인다.

"그래."

폭풍우가 지나고, 우리는 조용히 누워 빗줄기가 약해지고 물이 홈통을 따라 흐르는 소리, 우리의 들숨과 날숨 소리에 귀를 기울인다. 당신이 후 불어 촛불을 끄고, 우리는 스르륵 꿈속으로 빠져들고, 아침이 되자 하늘은 다시 눈부시게 맑다.

70

나는 런던을 떠나고 싶었다. 사탕 공장의 부서진 침대와 펍의 숨 막히는 일에서도 말이다. 어린 시절의 버스 정류장과 전당포에서 멀리 떨어져서, 빛에 시달리는 도시를 누비고 다니며, 어떤 사람이라도 될 수 있는 곳에 살고 싶었다. 내 삶을 삶을 꾸려갈 곳으로 런던을 선택했다고 생각했지만, 그 가장자리는 날카롭고 잔인했으며, 나는 거기에 걸려 발목과 손목에서 피를 흘렸다.

나는 터덜터덜 굴러다니는 버스와 연립주택에서 멀리 떨어져 있고, 내가 아닌 다른 사람이 될 수 있는, 거무칙칙한 세피아색의 파리로 가기로 결정했다. 분홍색 벚꽃, 빨간색 립스틱, 값싼 담배를 마음속에 그려보기 시작했다. 저 멀리 있는 것 같았던 내가 되고 싶은 그 여자가 파리에 있다고 확신했다. 분명히 미래에서, 윤이 나는 모피 코트를 입고, 빗속에 붉은색 불이 켜진 카페에서 와인을 마시면서, 치아를 모두 드러내고 웃으며 기다리고 있을 것 같았다.

내 형편으로 감당할 수 있는 방은 14구에 있는 웅장한 아르누보 양식의 건물 꼭대기에 있는 옛 하인 숙소의 다락방뿐이었다. 나는 떠나기 전에 집주인에게 이메일을 세 번이나 보내서, 방이 아직 비어 있는지 확인했다. 항상 모든 것을 다른 사람에게 빼앗길 것만 같은 기분이었다.

"걱정하지 마세요." 집주인 남자가 그렇게 적어 보냈다. "그 방은 당신을 기다리고 있을 거예요."

대리석 계단으로 이어지는 광택이 도는 마호가니 문과 층수가 적힌 황동 버튼이 달리고 안이 금색으로 칠해진 엘리베이터가 있었다. 내 방은 천장이 비스듬히 기울고 침대 위쪽에 얇은 직사각형 창문이 있는 작고 어두운 방이었다. 그 방에는 작은 핫플레이트와 찬물만 나오는 싱크대, 부서진 책장과 금이 간 거울이 있었다.

나는 오래된 와인 병에 양초를 꽂고 벗겨진 벽에는 압정으로
엽서와 사진을 붙여놓았다. 길거리에서 과일 상자를 발견하고
그 안에 렌틸콩 한 봉지, 부스러져가는 고형 육수들과 함께 커
피 한 병과 티백들을 보관했다. 침대 위쪽에 압정으로 파리 지도
를 붙여놓고, 밤에는 굽이치는 거리들의 이름, 지하철 노선의 색
깔, 잇몸 아래 쌓이는 새로운 단어들을 외우다가 잠이 들었다.
아침에는 작은 창문 너머로 지붕을 바라보며, 그 모든 현란함, 시
작이 지닌 매력, 무언가 다른 것을 선택했다는 광채에 현기증을
느꼈다.

자기 방 앞을 지나갈 때 너무 시끄럽다며 내게 소리를 지르는
한 나이 든 여성과 함께 복도 끝에 있는 낡아빠진 화장실을 사
용했지만, 샤워할 곳은 없었다.

"이전 세입자들은 동네 수영장의 샤워 시설을 이용했어요." 집
주인이 나를 안심시켰다. "바로 길 아래쪽에 빨래방도 있고요."

그 수영장은 아침 7시에서 8시 사이에만 문을 열었다. 나는 반
짝거리는 성에 때문에 아침 일찍 눈을 뜨고, 아직 날이 어두울
때 그 도시의 변두리에서 조깅을 했다. 샴푸 병이 내 배낭 안에
서 이리저리 튀었다. 샤워실이 공용이어서, 나이 들어 가슴살이
주름지고 축 처진 노인들이 몸에 딱 붙는 남자 수영복만 입고 그
들의 성기에 비누를 문지르는 동안, 내 작은 파란색 수영복을 입
고 벽을 마주 보며 머리카락에서 거품을 헹궈냈다.

때때로 팔 근육이 발달한 친절한 여자들이 나를 대화에 끌어들이려 했고, 그러면 나는 서툰 프랑스어로 더듬거리며 대답했다. 언젠가 내가 프랑스어를 더 잘하게 되어서 그들에게 나의 곤란한 상황에 대해 설명해주면 그들은 나를 집으로 초대하고, 나는 대리석 욕실을 사용하며 다리에 비싼 크림을 바르고 라디에이터에서 따뜻하게 데워진 크고 푹신한 타월로 몸을 감싸게 될 것이라는 상상을 했다. 그때까지는 나이 든 남자들이 빤히 쳐다보는 시선을 피하며 재빨리 샤워를 해야 했다. 나는 눅눅한 러닝복을 입고 목덜미의 머리를 적신 채 다시 추운 거리로 나갔다.

71

여름이 우리 앞에 펼쳐지고 우리의 삶은 리듬을 찾아 자리를 잡는다. 우리는 더위 속에 일찍 일어나 발코니에서 커피를 마시고 나서, 자전거를 타고 각기 다른 지역에 있는 각자의 직장으로 간다. 당신은 퇴근 후 친구들을 만나고, 그사이 나는 카를라와 함께 자줏빛으로 빛나는 하늘 아래 해변을 걷거나 차가운 레드와인을 마신다. 우리의 삶은 풍족하며 열정적이고 빛으로 물들어 있다. 교직은 보수가 많지는 않지만, 필요한 만큼의 돈은 받고 있어서, 평생 처음으로 모든 것이 충분하다.

만족해야 한다는 것을 알지만, 슈퍼마켓에서 싱싱한 채소를 고르거나 푸른 물속에서 헤엄을 치거나 알록달록한 광장에서 시원한 맥주를 마시다 보면, 찝찝한 기분이 드는 뒤틀린 무언가가 내 안에 있고, 정착하기가 어렵고 불가능한 나 자신이 답답해진다.

토요일에 당신이 도서관에서 조사를 하는 동안 나는 혼자 시간을 어떻게 보내야 할지 모르겠다. 그 느낌이 내 눈 안쪽에서 부풀어 오르며, 시야가 흐려지고 무기력해진다. 커피를 한 잔 마시거나, 책을 읽거나, 영화를 보거나, 갤러리의 하얀 벽을 보고 싶지 않다. 친구를 만나거나, 벼룩시장에서 이동식 옷걸이에 걸린 원피스들을 손가락으로 훑으며 살펴보고 싶지 않다. 자리에 앉아 무언가를 먹고 싶지도 않다. 이제는 그렇게 할 수 있는데도 말이다. 나에게 무슨 문제가 있는지 모르겠어서, 몇 시간 동안 거리를 걸으며 자꾸 생각하고 또 생각하면서 답을 알아내려고 노력한다.

나는 엘 기나르도 공원의 꼭대기에 있는 스페인 내전 당시의 오래된 벙커까지 올라가, 마리화나 담배를 피우며 지직거리는 스피커로 레게톤*을 듣는 십 대 무리들을 피해, 도시를 내려다보며 수평선이 주황색으로 타오르다가 분홍색으로 희미해져가는 것을 지켜본다. 전등 불빛이 거리를 들쑤시는 동안 콘크리트 슬래브 위에 앉아, 내가 이제는 집세를 낼 수 있고 항상 먹을 것이

---

* 라틴아메리카, 미국의 여러 음악 장르와 자메이카의 레게가 혼합된 대중음악 장르.

충분하며 나를 사랑하는 사람이 있는 집으로 귀가하기 때문에 어떻게 해야 할지 모른다는 것을 깨닫는다. 이런 느낌이 두렵다. 부드럽고 포근하며 나를 단단히 감싸주는 느낌 말이다. 나는 밤 시간, 위험, 내 심장을 에워싸는 아드레날린의 자줏빛 쇼크에 익숙하다. 너무 오랫동안 텅 빈 채로 살아서, 포만감을 느끼는 법을 모른다. 나는 위험이 닥쳐오기를, 현실이 슬금슬금 다가와서 나를 곤경에 빠뜨리기를 변함없이 기다리고 있다.

밤에 우리가 당신의 아파트에서 김이 모락모락 나는 라비올리를 먹고 있을 때, 당신에게 그 느낌을 설명해보려 하지만, 적당한 말을 찾을 수가 없다.

"런던에서는 이런 느낌을 받았던 적이 없어." 내가 말한다. "거기서는 항상 살아 있다는 느낌이 들었어. 무언가 진짜인 것에 가까이 있는 것처럼 말이야."

램프 불빛에 비친 당신은 피곤해 보인다. "무슨 뜻이야?"

내가 느끼고 있는 기분을 어떻게 설명해야 할지 모르겠다. 현재의 내 생활이 안락하고 편안하지만, 그런 느낌에 익숙하지 않기 때문에 실감이 잘 나지 않는다는 것 말고는 말이다. 전에 내가 느꼈던, 도시의 가장자리로 밀려나 허우적거리는 것 같던 기분을 돌이켜보니, 이상하게도 그 기분이 그립다. 비록 그때는 지금보다도 힘이 더 적어서, 아예 힘이 없다시피 했는데도 말이다.

"설명을 못 하겠어."

당신이 짜증을 내며 손으로 머리카락을 빗어 넘긴다. "가끔은 이런 일이 언제까지나 반복될까 봐 걱정이 돼."

"무슨 일이?"

"영원히 도망만 다닐 거야?"

나는 쇠 맛이 날 때까지 입술을 꼭 깨문다. 당신이 결코 이해하지 못하리라는 것을 잘 안다. 당신은 런던에 있을 때 파묻어야 할 무거운 짐이 많았지만, 결코 자기 몸을 남겨둔 채 자기 자신으로부터 멀리 도망치려고 하지는 않았으니까. 나는 자리에서 일어나 테이블을 치우기 시작한다.

"그만둬." 당신이 손을 뻗지만 나는 뒷걸음질한다. 우리의 눈이 잠시 마주치자, 내가 달랐으면 좋겠다는, 좀 더 쉽고 좀 더 너그럽고 덜 감정적이고 내게 필요한 것을 취할 수 있는 사람이었으면 좋겠다는 생각이 든다.

"미안해." 나는 그렇게 말하며 자리를 뜬다. 작고 연약한 무언가가 당신의 얼굴에 번진다. 당신은 우리 사이에 셔터를 내리는 것처럼 눈을 깜박거려 그것을 없애버린다. 정착하지 못하는 사람은 나이기 때문에 나쁜 사람은 나라는 것, 내가 지금껏 나를 형성해 온 것들과 내가 마땅히 겪을 만하다고 생각하는 것들의 한계 안에 갇혀 있다는 것을 알고 있다. 사랑이 욕구나 욕망인지, 그렇다면 내가 사랑을 차지할 수 있다는 의미인지 궁금하다. 당신에게는 내가 없는 것이, 한곳에 머무르는 법을 아는 사람과 함께하는 것이 더 좋을지도 모르겠다는 생각이 든다.

72

    나는 파리에서 보모 일을 얻어서, 어떤 가족의 어린 자녀를 돌보게 되었다. 매일 오후 알렉은 놀이방에서, 레아는 어린이집에서, 에밀리는 학교에서 데려왔다. 우리는 다 함께 동네 공원까지 걸어갔다. 알렉은 유아차에 타고 있었고, 여자아이들은 유니콘처럼 우리 옆에서 뛰어다녔다. 그 애들의 분홍색 책가방은 유아차 손잡이에 달랑달랑 매달려 있었다. 집에 갈 시간이 될 때까지, 알렉의 누나들이 서로 맞춰 입은 파란색 원피스 차림으로 철봉에 매달려 있는 동안 나는 알렉이 탄 그네를 밀어주었다.

    아이들은 에펠탑 근처에 살았고, 나는 때때로 알렉의 어머니가 귀가할 때까지 발코니에 앉아 에펠탑이 황금빛으로 반짝이는 것을 가만히 바라보곤 했다. 싱크대에는 마시다 남은 와인의 흔적이 있는 와인 잔들이 잔뜩 쌓여 있었다. 나는 그녀가 아이들이 자는 동안, 남편과 함께 벨벳 같은 레드 와인 한 병을 사이에 두고 소파에 웅크리고 앉아 서로의 무릎에 손을 얹고 친구들을 대접하며, 단단한 치즈와 짭짤한 올리브를 조금씩 먹는 모습을 상상했다. 나는 내 부모님을 떠올렸다. 작고 동글동글한 글씨로 지불해야 할 청구서 목록을 작성하는 어머니와, 무아지경에 빠지기를 갈망하며 어딘가에서 밤을 뒤쫓으려 떠난 아버지를 말이다. 상실의 파편이 나를 깨물었지만, 그 상실감이 부모님을 위한 것인지, 아니면 나 자신을 위한 것인지는 알아내지 못했다.

수요일에는 에밀리의 학교 수업이 일찍 끝나서 음악 교습에 데려다주는 길에 아이에게 점심을 사 먹였다. 우리는 손을 맞잡고 아이가 사는 동네를 죽 걸어가며, 발코니에서 빨간 꽃들이 쏟아져 내리는 고층 건물들, 망고와 파인애플이 수북이 쌓여 있는 과일 가게들, 양쪽 집게발이 끈에 하나로 묶인 채 얼음 바닥 위에 비스듬히 놓여 있는 산호색 바닷가재들을 쳐다보았다. 15구는 파리를 그린 한 폭의 그림 같았다. 노부인들은 모피 코트와 금빛 장신구를 걸치고 에스프레소를 마셨고, 복슬복슬한 개들이 그들의 무릎 위에 앉아 있었다. 나무 기차와 봉제 인형을 파는 장난감 가게들, 빳빳한 흰색 앞치마를 입고 길가의 원형 테이블에서 손님들을 응대하는 웨이터들이 있었다. 햇살이 화이트 와인 잔을 뚫고 내리쬐고, 잔 테두리에 묻은 빨간 립스틱, 동그란 잔에 얼룩진 지문 자국이 훤히 눈에 띄었다.

에밀리가 벽이 통유리로 된 초밥 식당에 가는 것을 좋아해서, 그 애의 어머니는 아이의 식사비로 사용할 수 있는 바우처를 내게 맡겼다. 나는 아이가 두 언어를 넘나들며, 둘 중 어느 언어로도 들어본 적 없는 요리를 주문하는 소리를 들었다.

"왜 아무것도 안 먹어요?" 아이가 내게 물어보았다.

"돈이 부족해." 아이에게 그렇게 대답했고, 그 말은 사실이었지만, 또한 고작 절반뿐인 대답이기도 했다.

"언니네 엄마한테 돈 좀 달라고 하지 그래요?" 그 애가 입술에 간장을 묻힌 채 눈을 휘둥그레 떴다.

"그래." 나는 물을 한 모금 마셨다. "어쩌면."

때때로 아이들의 어머니가 늦게 퇴근할 때면, 나는 아이들의 숙제를 도와주고 아이들을 잠자리에 눕혔다. 알렉이 흐느껴 울면, 그 애 방의 달 모양 수면등을 켜고 아이의 머리를 쓰다듬어 주었다.

"엄마는 곧 집에 오실 거야." 내가 나직이 속삭였다. "잠을 좀 자보자."

"하지만 누나는요?" 그 애가 베개에 얼굴을 파묻고 코를 훌쩍거렸다.

"무슨 말이야?"

"누나네 엄마는요?"

"우리 엄마?"

"누나도 작아서, 엄마가 필요해요." 나는 담요로 그 애의 작은 몸을 꼭 감싸주었다. "누나 엄마는 어디 살아요? 멀리 있어요?"

"응." 나는 상냥하게 말했다. "하지만 너희 엄마는 곧 집에 오실 거야."

271

73

나는 포블레섹의 한 광장 벤치에 앉아 어머니에게 전화를 건
다. 어머니는 집안일을 하던 중이었는지 살짝 숨을 헐떡이며 대
답하고, 어머니의 익숙한 목소리가 세상을 가로질러 내 귀에 들
려온다.

"거기는 덥니?" 어머니가 물어본다.

"푹푹 쪄요." 나는 축축한 이마에 손을 댄다.

"운이 좋구나. 여긴 말도 못 하게 너무너무 추워. 일주일 내내
비가 왔어."

"그래요?"

"고약한 날씨야. 넌 어떻게 지내니?"

"잘 지내요."

"정말이야?"

"네." 내 기분을, 그러니까 집이 그립지만, 어디가 집인지 모르
겠고, 내게 필요한 것이 무엇인지 생각해낼 수 없다는 것을, 어떻
게 말로 표현해야 할지 모르겠다. 어머니가 내게 어떻게 해야 할
지 말해주기를 바라지만, 어머니가 그럴 수 없다는 것, 혹은 설사
그런다고 해도 내가 정말로 귀담아 듣지는 않으리라는 것을 잘
안다. "그냥 좀 그래요. 나도 모르겠어요."

"요즘 뭐하고 지냈어?"

"그냥 일하면서요. 해변에 가거나 뭐 그러기도 하고요."

"잠깐만." 어머니가 말한다. 휴대전화에서는 아무 소리도 들리지 않고, 나는 머리 위 오렌지 나무에서 잉꼬들이 파닥거리고 아이들이 분수식 식수대의 은빛 물줄기 아래 머리를 들이미는 모습을 지켜본다. 한 남자가 그림이 그려진 기타를 꺼내 플라멩코를 연주하기 시작한다.

"기다리게 해서 미안." 어머니의 목소리가 내 귀에 울린다. "집 전화로 일을 하고 있었어. 초과 근무를 좀 하는 중이야."

"정말요? 별일 없는 거예요?"

"아, 알잖니. 늘 그렇지 뭐. 네가 무슨 얘기를 하고 있었지? 어디 아픈 거니?"

"아니, 안 아파요. 그렇다기보다는……." 배경음으로 주전자 끓는 소리가 들리자, 어머니가 작은 부엌에서 페인트 얼룩이 묻은 값싼 청바지를 입은 모습, 테이블 위에 쌓여 있는 빨래 더미, 어머니에게 닥쳐올 일주일간의 긴 콜센터 근무가 머릿속에 그려진다.

"네 목소리가 잘 안 들려. 어디에 있는지 몰라도 거기 무척 시끄럽구나. 사람들이 스페인어로 말하는 소리가 들려."

"걱정하지 마요." 나는 마른침을 꿀꺽 삼킨다. "보고 싶어요."

"나도 네가 보고 싶어. 내가 일을 좀 쉴 수 있다면, 혹시 만나러 가도 될까?"

"그거 좋겠네요."

"그렇겠지? 나는 햇볕을 좀 쬘 필요가 있어."

작별 인사를 나누고, 눈부시게 푸른 하늘을 올려다본다. 금속 벤치에 갇힌 한낮의 열기가 내 다리 뒤쪽을 따뜻하게 데운다. 좋은 것에 감사하지 못하고, 손을 뻗어 내 것을 잡지 못하는 나 자신이 지긋지긋하다. 마치 어머니의 세상은 어머니의 마음의 상처와 잃어버린 아이들이 있어서 나에게 충분하지 않은 것처럼 다른 삶을 선택한 것에 대해 죄책감이 들지만, 내 삶이 단순히 생존만을 위한 것보다 풍요롭고 어머니만큼 열심히 일할 필요가 없는 이곳에서도, 나는 여전히 만족하지 못한다. 어머니가 제일 좋아하는 머그잔에 뜨거운 물을 붓고 티백을 꺼낸 다음 접시에 초콜릿 다이제스티브 비스킷 두어 개를 덜어놓는 모습을 머릿속에 그려본다. 집이 그립지만, 내 집은 어머니가 있는 그곳에 없고, 당신이 있는 이곳에도 없다.

74

나는 크리스마스에 파리에서 뉴캐슬로 가는 저렴한 비행기를 타고 어머니를 찾아갔다. 어머니의 티끌 하나 없는 집에서, 마치 무너져가는 파리의 건물들과 자갈길의 먼지가 내 머리카락과 피부에 달라붙어 있기라도 한 듯, 내가 더럽게 느껴졌다. 어머니의 대화면 텔레비전과 밝은 분홍색 토스터는 미래적인 것처럼 느껴진 반면, 파리의 내 다락방은 마치 과거에 머물러 있는 것 같았다.

크리스마스 다음 날에는 더럼에서 타라를 만나 술을 마셨다. 펍마다 반짝이는 원피스를 입거나, 과일 향이 강한 애프터셰이브 로션을 바르거나, 새 하이힐을 신어 인공 선탠을 한 발에 물집이 잡힌 사람들로 초만원이었다. 타라가 샴페인 바에 우리 테이블을 예약해두었다. 크림색 새틴 블라우스를 입고 반짝이는 인조 손톱을 붙인 그녀는 아름다워 보였다. 흠집 많은 부츠를 신고 큰 데님 재킷을 입은 나는 어린아이가 된 기분이었다. 나는 카운터에 가서 맥주를 주문했다.

"여긴 샴페인 바예요, 손님." 바텐더가 보송보송한 마른행주를 어깨에 걸치고 말했다. "우리는 프로세코나 샴페인을 취급해요." 프로세코 두 잔을 주문하고 카드 승인이 거부되지 않기를 기도하며 신용카드를 건넸을 때, 나는 속이 바짝바짝 타들어 갔다.

"너 더 아담해 보여." 내가 테이블에 앉자 타라가 얼굴을 찡그리며 말했다. 나는 뿌듯했고 그녀가 어떤 모습의 나를 가장 좋아하는지 궁금했다. 최근에 유방 확대 수술을 받은 그녀가 블라우스를 끌어 내려서 깊고 자랑스러운 새 가슴골을 보여주었다.

"정말 멋져 보여." 술을 한 모금 마시며 내가 말했다. "느낌이 어때?"

그녀가 어깨를 쫙 폈다. "원한다면 만져봐도 돼."

"아, 아니야. 괜찮아."

"만져보면 어때서?" 그녀가 입을 삐죽였다.

"글쎄. 내가 네 몸을 그런 식으로 만지는 건 이상한 것 같아."

타라가 눈을 말똥거렸다. "좋을 대로 해. 리암은 이 가슴을 몹시 좋아해."

"틀림없이 그렇겠지." 카운터에 있던 한 무리의 남자들이 우리 테이블을 응시하자 타라는 미소를 지으며 머리를 휙 젖혔다. 나는 섹슈얼리티를 갑옷처럼 입은 십 대 소녀와, 이미 그렇게 되어버렸을까 봐 걱정스러웠던 자신감 없고 어린애 같은 여자라는 나 자신의 두 가지 다른 모습 사이에 끼인 채 갈등을 느꼈다.

나는 타라에게 보모 일과 파리의 내 다락방에 대해 이야기하면서, 낭만적으로 보이게끔 세부적인 내용을 미화했다.

"멋진 것 같아." 그녀가 술을 한 모금 마시며 말했다. "샹젤리제에서 크루아상도 먹고 뭐 그러는 거야?"

"꼭 그렇지는 않아." 내가 웃음을 터뜨렸다.

그녀가 내 가느다란 손목을 노골적으로 쳐다보자, 나는 손목을 테이블 밑으로 집어넣었다. 그녀의 눈에 비친 내 삶이 어떨지 상상해보려 했지만, 수영장에서 도둑처럼 허겁지겁 샤워를 하고, 얼어붙을 듯 추운 어둠을 헤치며 자전거를 타고 귀가하는 삶은 시시하고 지저분해 보였다. 내가 무언가 다른 것, 그러니까 나에게 의미 있게 느껴지는 삶의 방식을 추구하고 있다고 나 자신을 타일러보았지만, 타라의 반짝이는 아이폰과 에나멜 가죽 핸드백을 보니 미심쩍은 기분이 들었다.

그녀는 남자친구와 함께 신축 주택의 계약금을 마련하기 위해 저축을 하고 있었고, 그녀의 휴대전화로 모델하우스의 사진들을 죽 자랑스럽게 내보였다.

"멋지다." 그녀가 스테인리스스틸 가전제품과 강화마루를 스크롤할 때 그렇게 말하기는 했지만, 속으로는 개성 없고 차가워 보인다고 생각했다.

우리의 대화는 부자연스러워졌다. 그녀가 학교 친구들의 출산이나 불륜에 대해 이야기해주었고, 나는 따라 웃으며 적절한 질문을 했지만, 그 모든 것이 아득하게만 느껴졌다. 나는 다른 종류의 사람이 되기 위해 자유를 추구하고 있다고 생각했지만, 대출 상담사라는 직업이 있고 머스크 향 향수를 뿌린 타라를 보니, 그녀가 매력적이고 힘 있는 어른 같았고, 우리 중 누가 더 자유로운지 모르겠다는 생각이 들었다.

"내 사진 좀 찍어줄래?" 타라가 술을 한 잔 더 마신 후, 립글로스를 다시 바르고, 내게 그녀의 휴대전화를 건네며 물어보았다. 나는 그녀가 완벽한 새 가슴으로 화려하고 멋지게 화면을 채우는 모습을 지켜보며, 우리 사이의 거리의 무게와 함께, 내가 줄곧 움츠러들고 있었다는 것을 느꼈다. 비록 나 자신은 내 세계의 한계를 넓히고 있다고 생각하고 있었지만 말이다.

내가 파리로 돌아갔을 때 우리는 더 이상 메시지를 보내지 않았다. 나는 우리의 비틀거리던 십 대 시절과 내가 변해가는 모습을 양립시키는 방법을 알지 못했다. 그 세계, 그 세계로 인해 나 자신에 대해 갈등하게 될 여러 가지 상황, 끌려 들어가면 다시는 빠져나올 수 없을 그 위험성이 두려웠다. 타라가 내 곁에서 어떤 기분인지를 궁금해할 겨를은 없었다. 나는 그저 우리가 다른 방향으로 나아가고 있다는 것을 알고 있을 뿐이었다. 그녀가 나에게 새집의 열쇠 사진을 보냈지만, 나는 그 메시지를 읽지 않은 채로 남겨두었다.

75

우리는 열차를 타고 티비다보에 별처럼 매달려 있는 금빛 교회와 가까운 발카르카 언덕의 과학 박물관으로 향한다. 햇볕에 파스텔 색상으로 바랜 대저택, 텅 빈 수영장, 더위에 갈라진 선인장들로 가득한 거리를 따라 걸어간다. 입장료를 내고 혜성과 별똥별의 행렬을 따라 플라네타륨으로 간다.

"로 시엔토(죄송합니다)." 안내원에게 표를 보여주자 그녀가 말한다. "예가스 무이 타르데. 에스 누에스트로 울티모 에스펙타쿨로 델 디아(너무 늦으셨어요. 오늘의 마지막 공연이었거든요)."

"우리가 너무 늦어서 별을 볼 수가 없대." 함께 수족관으로 걸어가며 당신이 말한다. "이게 말이 돼?"

나는 어깨를 으쓱하고 수족관으로 향한다. 우리 사이의 공기는 우리가 말하지 못한 것들로 가득 차 있다. 나는 해초 뒤에 숨은 에인절피시들을 슬픈 눈으로 바라본다. 해마들이 전등 불빛 밑에서 연약한 몸을 움직인다. 문어 한 마리가 팔다리를 마구 흔들고 나는 손으로 유리벽을 짚는다.

"당신이 저들 중 하나를 먹었다니 믿을 수가 없어." 당신이 말한다.

"그 일로 죄책감 느끼게 하지 마."

"농담한 거야." 당신의 말투가 딱딱하다.

"아니, 그렇지 않았어."

우리는 바위 사이에서 총총거리며 다른 생물의 껍데기에 집을 만드는 소라게들 앞에 잠시 멈춰 선다. 벽에 글이 하나 붙어 있고, 나는 그것을 소리 내어 읽는다.

"소라게는 골뱅이류의 빈 껍데기에 들어가 살면서 상상하기 힘들 만큼 극단적으로 몸을 구부릴 수밖에 없다. 이것은 집게발의 크기에 영향을 미친다." 내가 당신을 날카롭게 쳐다보자, 당신 뺨의 근육이 씰룩거린다. "소라게는 몸이 커지면 집을 떠날 수밖에 없기 때문에 1년에 한 번씩 껍데기를 바꾸거나 탈피를 한다. 소라게는 가장 취약한 순간에 은신처를 떠나며 재빠르지 못한 몸을 포식자에게 노출해야 한다. 바로 이때가 소라게에게 가장 큰 불확실성의 순간이다." 소라게가 우리를 향해 집게발을 흔든다.

"저 녀석은 화가 난 것처럼 보여." 당신이 말한다.

"당연히 화가 나겠지." 나는 눈살을 찌푸린다.

당신은 대답 없이 고개를 절레절레 흔들며 다음 방으로 이동한다. 나는 혀를 깨물고 당신을 따라 유리 케이스들이 한 줄로 죽 늘어서 있는 곳으로 간다. 액체에 보존된 뇌로 채워진 케이스들이 크기 순서대로 배열되어 있다. 가장 작은 것은 쥐이고, 그다음이 고양이, 개, 양, 뒤이어 원숭이이다.

"마지막은 인간이야." 당신이 얼굴을 찡그린다. "오늘은 그걸 감당하지 못할 것 같아." 나는 더 잘 보기 위해 무릎을 꿇는다. 온 세상이 이렇게 작은 것 속에 처박힐 수 있다고 생각하니 메스꺼운 기분이 든다. 박물관에 그들의 뇌를 기증한 사람이 누구인지 궁금하다. 그것이 너무 연약해 보여서, 내가 나 자신의 뇌를 돌보지 않으며, 음식과 영양분을 박탈하고, 고통에 대해 실험한 모든 방법을 떠올리니 불안해진다. 마치 이 세상에서 피부가 벗겨진 것처럼, 노출된 느낌이 든다.

우리는 박제된 새와 나비를 지나 마지막 방으로 이동한다. 유리벽 너머에 실물 그대로의 맹그로브 습지가 있다. 물뱀들이 탁한 물속의 뿌리에 숨어 있고, 곤충들이 부패물 사이를 잽싸게 누비고 다닌다. 주황색 불빛이 물을 비추며 우리 얼굴에 잔물결을 일으키자, 순간적으로 나는 화가 났다는 사실을 잊는다. 우리는 공기 중에 인위적으로 분사된 습기를 느끼며, 넋을 잃고 숲을 거닌다. 카피바라 한 마리가 우리를 구슬프게 바라본다.

"좀 슬프지 않아?" 당신이 말한다. "이 많은 생물이 여기 있는

모든 게 인간이 만든 거라는 사실을 모른 채, 도시의 가짜 습지
에 살고 있다는 게."

"슬퍼. 그렇지만 어쩌면 알고 있을지도 몰라."

"그들이 어떻게 알겠어?"

"호르몬. 직감. 뼛속 깊이 파고드는 느낌."

당신이 웃음을 터뜨린다. "곤충도 뼈가 있어?"

"그렇다면, 핏속에 흐르는 느낌."

나는 그 후 한참 동안, 도시의 밀폐된 공간의 별빛 아래 자라
는 그 맹그로브숲에 대해 생각한다. 팔다리를 휘두르는 문어, 해
골 같은 해마, 껍질이 벗겨진 세상을 생각한다. 제대로 된 집을
찾는 문제를 생각한다. 몸통과 분리되어 유리 케이스에 담겨 있
는 뇌들을 생각한다. 그들이 고통을 기억하는지 궁금하다. 생물
들이 자기들이 엉뚱한 곳에 살고 있다는 것을 알고 있는지, 바닷
물을 꿈꾸는지, 그것을 핏속에서 느끼는지 궁금하다.

76

파리에서, 나는 주말이면 어두운 강과 진창 같은 운하에 비친
내 모습을 피하고, 회색 슬레이트 지붕과 길모퉁이의 음악가들
을 바라보며, 내가 어울릴 만한 장소를 찾아 거리를 돌아다녔다.
내가 필요로 하고 원하는 것들은 안전한 거처, 따뜻한 겨울 코

트, 뜨거운 커피 한 잔, 비 오는 날의 와인 한 잔처럼 작고 평범했다. 하지만 그것들은 거대하고 눈부시게 느껴졌다. 왜냐하면 그것들은 내가 가지면 안 되는 세상, 내게 주어진 삶의 한계 바깥에 있는 세상이었고, 내게는 그 세상에 도달할 수단이 없었기 때문이다. 그것들은 황금빛으로 빛나는 꿈이자 아슬아슬한 위험 요소들이었고, 그 모든 것이 주는 설렘에 마음이 찢어졌다.

나는 혼자 춤을 추러 나갔다가, 루이라는 이름의 배우를 만났다. 그가 내게 사준 진토닉 몇 잔이 그때껏 내가 모아둔 새로 배운 말들에 윤활유가 되면서 그 말들이 긴 모음과 함께 내 오므린 입술 밖으로 슬그머니 빠져나오기 시작했다. 그는 어깨 밑까지 내려오는 부드럽고 거무스름한 머리카락에 꽉 끼는 청바지를 입고 큰 부츠를 신고 있었다. 그의 강인한 팔에는 찢어져 생긴 갈색 흉터가 있었다. 그는 맥주병을 입에 물고 나를 강렬하게 바라보았다. 나는 그의 매력, 시작점에 서 있다는 짜릿함, 기존의 내가 지워지고 새로운 사람이 될 수도 있다는 가능성을 느꼈다.

"산책하러 갈래요?" 조명이 켜지자 그가 물었다. 나는 비스듬히 기운 내 다락방과 복도를 함께 쓰는 노부인이 조용히 하라고 내게 소리치는 모습을 머릿속에 그려보았다. 매니큐어를 바른 손톱으로 샴페인을 마시던 타라, 그녀의 새로워진 가슴 사이에 매달려 있던 금빛 로켓이 떠올랐다.

"좋아요." 단숨에 술을 다 마시며 내가 대답했다.

루이는 해골 모양의 반지를 끼었고, 궐련인 푸에블로를 피웠으며, 광택을 유지하기 위해 부츠에 특수 스프레이를 뿌렸다. 그는 나를 자기 모페드에 태우고, 긴 머리를 내 얼굴 쪽으로 휘날리며 시내를 돌아다녔다. 나는 엔진에 맨살이 데지 않도록 다리로 그를 감싸는 법을 터득했다. 한번은 그가 헬멧 안에 흰 장미를 꽂고 내 아파트 밖에 나타나는 바람에 당황한 적이 있다. 우리가 처음 섹스를 했을 때 그가 이렇게 말했다.

"당신 내면 깊은 곳에는 슬픔이 있어. 그래서 당신이 아름다운 거야."

나는 돌아누워 벽을 바라보며 얼굴을 찡그렸다. 내 슬픔은 아름답지 않았다. 그것은 델 듯이 뜨겁고 파괴적이며 무거웠다. 그것은 매혹적이거나 신비스럽지 않았다. 내게 비밀스러운 깊이를 더해주지도 않았다. 바깥세상이 내 몸속으로 밀어 넣어 어쩔 수 없이 지니고 다니게 한 것이었다. 루이는 그것의 희미한 반짝임을 얼핏 보았을 때, 착각을 한 것이었다. 그는 들쭉날쭉한 가장자리와 깨진 유리 파편들을 느끼지 못했다.

"당신은 많이 먹지 않는군." 내가 또 한 번 저녁 식사 제안을 거절하자 그가 말했다.

"아니야." 나는 변명거리를 찾으며 시간을 끌었다. "아직 배가 별로 안 고파."

그가 눈썹을 치켜세웠다. "파리 여자들은 항상 배가 고파."

내 얼굴이 달아올랐다. 나는 운하를 따라 늘어선 식당에서 본 여자들처럼 되고 싶었다. 테이블 아래서 샌들을 벗은 채, 한참 동안 호화로운 점심을 먹으며, 수면에 비치는 햇살처럼 피부에 기쁨이 고여 있게 하는 여자들 말이다. 나는 테이블에 둘러앉은 사람들을 위해 와인을 주문하고 비용을 지불하는 사람, 햇볕이 잘 드는 아파트에서 시원하고 깨끗한 시트를 덮고 잠을 자는 사람이 되고 싶었다. 피곤하고 몸이 무겁고, 항상 찌꺼기로 연명하며 근근이 먹고사는 삶을 살고 싶지 않았다.

"파리의 여자들은 모두 다 배가 고프다고?" 내가 비꼬듯 그에게 물어보았다.

그가 몸을 숙이고 내 어깨를 깨물었다. "남자들도 그래."

77

우리는 발코니에서 감자칩 한 그릇을 사이에 두고 각자 맥주를 병째 마신다. 당신은 잠시도 가만히 있지 못하고 산만하다. 손톱을 물어뜯고 라이터를 만지작거리며, 나를 흘끗 쳐다보더니 곧 눈길을 돌린다.

"무슨 일이야?" 내가 물어본다.

당신이 맥주를 벌컥벌컥 마신다. "내가 신청한 보조금을 받았어." 당신은 세운 무릎을 두 팔로 감싸 안는다. 당신의 다리털은 햇볕을 쬐며 자전거를 타느라 하얗게 탈색되어 있다.

"뭐라고? 정말 굉장하다. 왜 말하지 않았어?"

당신은 병에 붙은 라벨을 자꾸 잡아당긴다. "모르겠어." 우리는 잠시 거북한 침묵 속에 앉아 있다. "이따금 소리 내서 말하면 다 부서져버릴지도 모른다는 생각이 들어."

"무슨 뜻이야?"

"마치 무언가가 저주를 하는 것 같아. 다 현실이 아니게 만들려고 말이야." 내가 당신을 바라본다. 나는 그런 식으로, 그러니까 다 부서져버릴까 봐 두려워하며 마음속에 담아두고 살 수는 없을 것 같다. 그런 것들에 짓눌리지 않도록 말로 표현하는 데 더 능숙해지려고 노력 중이다.

"그렇게 되지는 않을 것 같아." 나는 조용히 말한다.

"글쎄, 어쨌든. 적어도 1년은 더 여기서 지낼 수 있다는 뜻이야." 당신이 나를 곁눈질한다.

"아주 잘됐다." 나는 쾌활해 보이려고 노력한다.

당신이 나를 주의 깊게 관찰한다. "그래?"

"그게 당신이 원하는 거 아니야?"

"응. 그런 것 같아. 하지만 당신은 어때?" 나는 난간 너머로 맞은편 아파트를 바라본다. 당신이 있는 곳에 있고 싶기는 하지만, 나도 나 스스로 결정하고 싶다. 나는 욕구가 충족되는 데 익숙하지 않아서, 내가 당신을 필요로 한다는 것이 답답하고 두렵다.

"나도 모르겠어." 때때로 내가 올바른 선택을 하고 있지 않고, 돌이키지도 못하고 이미 작동 중인 삶의 톱니바퀴를 멈추지도 못한 채 세월이 흘러서, 결국 원치 않던 미래를 맞게 될까 봐 걱정스럽다.

당신이 내 시선을 피하며 거리를 내려다본다. "여기 계속 있고 싶어?"

"지금은. 하지만 1년은 긴 시간이야."

"아마 다른 아파트로 이사할 수도 있겠지." 당신은 가구를 둘러본다. "어디로 갈지 함께 정하자."

"아마." 맥주를 너무 빨리 다 들이켰더니, 거품이 가슴에 걸려 버린다. 목구멍이 답답하지만 이유를 모르겠다. 내가 너무 빨리 일어서는 바람에 유리병이 박살난다.

"제기랄. 미안." 나는 깨진 유리를 넘어가고, 당신은 자리에서 일어선다.

"걱정하지 마." 당신이 주방으로 향한다. "내가 치울게." 당신은 쓰레받기를 들고 돌아오고 나는 표면이 벗겨진 소파에 앉아 발가락에 박힌 아주 작은 유리 조각 하나를 뽑아낸다. "괜찮아?" 당신이 파편들을 쓰레기통에 버리며 물어본다.

"괜찮아."

"정말이야?"

"응."

당신은 마치 말을 꺼내려는 듯 나를 바라보다가, 마음을 바꾸어 주방 테이블에 앉아 노트북을 연다. "이메일 두어 개만 보내면 돼."

"알았어."

"그러고 나서 저녁 먹을까?"

"그래."

당신은 노트북 화면 너머로 나를 바라보고 나는 눈길을 돌린다.

당신이 일하는 동안 나는 휴대전화를 들고 소셜 미디어를 스크롤한다. 내가 몇 년 동안 보지 못한 사람들의 삶을 눈으로 훑어본다. 눈부시게 하얀 미소와 파스타가 수북한 접시, 타는 듯이 붉은 저녁노을, 해바라기 밭, 모양이 엉망인 빵 한 덩어리 따위다. 초록색 환자복을 배경으로, "타라"라고 적힌 플라스틱 손목 띠를 차고 찍은 가느다란 손목 사진에 내 시선이 멎는다. 분홍색 하트와 별똥별들이 반짝거리는, 길고 짜임새 없는 설명글이 달려 있다. 내가 마치 방 안에 없는 것처럼, 표류하는 듯 이상한 기분을 느끼며 그것을 재빨리 읽는다.

"오늘 첫 번째 항암 치료를 받았어요. 기운이 좀 없지만 괜찮아요. 모든 친구와 가족에게 무척 고마운 마음이에요. 특히 나의 버팀목인 리암에게. 여러분의 모든 응원에 감사드려요. 잠시 여기 없을지도 모르겠네요."

나는 귀울림을 느끼며 휴대전화를 내려놓는다. 당신이 노트북의 키보드를 두드리는 것을 바라보니 멀리 떨어져 있는 것처럼 보인다. 다시 휴대전화를 집어 들고 손가락으로 타라의 사진을 누른다. 우리는 2년 정도 이야기를 나누지 않았다. 나는 그녀를 멀리서 온라인으로 지켜본다. 우리가 마치 그 끈적끈적하고 제멋대로였던 밤을 함께한 적이 없는 것처럼, 마치 서로를 거의 알지 못하는 것처럼 말이다. 나는 그녀의 결혼식 사진들을 보았다. 그녀의 풍성한 흰색 드레스, 머리에 꽂은 인조 다이아몬드 티아라, 케이크 위의 분홍색 장미 꽃잎 등등. 나는 그녀가 주방에 아일랜드 식탁이 있는 신축 주택에 살고 있고, 그녀의 침실 거울 테두리에 전구들이 둘러 있으며, 금요일 밤이면 실크 드레싱 가운을 입고 그녀의 이름이 새겨진 길고 얇은 유리잔으로 프로세코를 마신다는 것을 알고 있다.

그녀의 프로필을 훑어보지만 더 이상의 정보는 찾지 못한다. 오로지 그녀가 항암 치료를 받고 있고 리암이 그녀에게 병원에 가져가라고 곰돌이가 프린트된 잠옷 한 벌을 사 주었다는 것만 알 수 있다. 그녀는 너무 말라 보인다. 우리가 우리의 몸을 아프게 하고 굶주리게 한 모든 방식, 우리의 몸을 얼마나 소중히 여기지 않았고, 우리의 몸이 사라져버리기를 얼마나 바랐는지를 생각하니 금방이라도 토할 것 같은 기분이다. 나는 다시 병원 손목띠 사진으로 돌아가 그녀의 작은 손목을 확대한다. 인조 손톱이 없는 그녀의 맨손은 내가 기억하는 모습과 똑같다. 오목조목한 손마디와 완벽한 반달 모양의 뭉툭한 손가락. 당신 아파트의 덥고 무거운 공기에도 불구하고 내 팔에는 추워서 소름이 돋는다. 목구멍을 휘감는 금속성 충격에 정전기가 느껴지며, 내 손가락이 그녀의 이름에 달라붙는다. 당신은 계속 키보드를 두드리고, 그 소음이 내 온몸을 관통한다.

"산책 좀 할게." 나는 샌들을 신으며 말한다.

"알았어." 당신은 고개를 드는 둥 마는 둥 한다. "좀 이따 봐."

　나는 열매가 주렁주렁 달린 석류나무들을 지나 몬주익 언덕을 걸어 올라간다. 밤은 오토바이와 매미 소리로 진동하고, 내 발밑의 도시는 주황색 불빛으로 덮여 있다. 광장에서는 한 밴드가 연습 중이다. 더블베이스를 연주하는 남자, 장발의 바이올리니스트, 트롬본을 불며 몸을 숙이는 여자. 그 음악은 기쁨으로 흠뻑 젖어서, 축축한 모래처럼 나를 짓누른다.

　언덕 꼭대기에 있는 국립 카탈루냐 미술관의 계단은 서로 다른 언어로 이야기를 하며 마리화나 담배를 나눠 피우고 맥주를 마시는 사람들로 가득 차 있다. 몬주익 마법의 분수*는 사람들의 발밑에서 황금빛으로 빛나고 만테로**들이 공중에 푸른 불빛을 비추면, 그 빛은 곧 부서진 별처럼 땅에 떨어진다. 나는 계단에 앉아 타라를 생각한다. 그녀가 너무 아파서 휴대전화도 보지 못하고 휘장을 둘러친 병원 침대에 혼자 있는 동안, 내가 하필 이곳에 있다는 것이 잘못된 일인 것만 같다. 그녀의 메시지에 답장하지 않고 그녀를 충분히 꼭 붙잡지 않은 것이 끔찍하게 느껴진다.

　나의 불안은 천박하고 사소하게 느껴진다. 내가 지금껏 내 몸

* 바르셀로나 카를레스 부이가스 광장에 위치한 음악 분수.
** 길거리에 모포를 펼쳐 놓고 가짜 명품 따위를 불법적으로 파는 사람.

을 돌보지 않은 모든 방식, 내 몸을 미워한 모든 방식, 내 몸을 끌고 돌아다닌 모든 위험한 곳을 떠올린다. 나는 항상 그녀가 더 좋은 선택을 했다고, 마땅히 누릴 만한 것 이상으로 너무 많은 것을 원하면서 모습을 감춘 내가 나쁘다고 생각했다. 타라는 자기 세계의 경계선 안에 머물렀고 나는 경솔한 모험을 수없이 감행하며 위험을 향해 나아갔다. 그녀의 삶은 위기에 빠졌는데, 나는 여기에서 질릴 정도의 더위 속에 있으면서 사랑과 풍요로 가득한 삶인데도 여전히 충분하지 않다고 느끼며 누리는 법을 모르는 무언가가 여전히 내 안에 존재한다는 것은 공평하지 않은 듯하다.

세월을 거슬러 올라가, 아주 작은 원피스를 입고 술에 취해 배고픔을 안고 추위에 떨며 어떤 문간에서 담배를 피우고 있는 우리를 찾아낼 수 있다면 좋겠다. 나는 그늘진 곳에서 걸어 나가, 우리의 담배를 비벼 끄고 손목을 움켜잡으며, 우리가 모르고 있을 뿐 우리의 몸이 여러모로 소중한 것이라고 말해줄 것이다. 한 십 대 소년이 쏜살같이 뛰어가다가 내게 부딪히는 바람에 내 생각이 끊긴다. 나는 손을 뻗어 몸을 가누고, 소년은 웃음을 터뜨리며 뒤도 돌아보지 않고 쏜살같이 사라져버린다.

78

우리가 십 대였을 때, 타라의 부모님은 엄격했고, 그녀는 부모님을 애태우려고 피어싱을 하고는 은빛 비밀들을 그녀의 옷 속에 숨겼다. 그녀는 귀에 스테인리스스틸을 끼우고, 혀를 뚫어 금속 막대를 밀어 넣었다. 어느 토요일 오후, 밤 외출을 하기 전, 시내 중심가에 있는 피어싱 가게에 갔고, 손마디마다 별 문신을 한 남자가 그녀의 젖꼭지에 고리를 끼우는 동안 나는 그녀의 손을 붙잡아주고 그녀가 상처 난 피부를 식염수로 세척하는 것을 도와주었다. 우리는 딱 달라붙는 원피스에 몸을 억지로 밀어 넣고 속이 느글거릴 만큼 달콤한 로제 와인을 한 잔씩 마시고는, 서로의 어깨에 즉석 태닝 로션을 발라주고, 칫솔로 머리카락을 거꾸로 빗질해 부풀리며, 허겁지겁 외출 준비를 했다.

"맙소사, 배가 너무 빵빵해서 터질 지경이야." 타라가 거울에 비친 자신의 배를 바라보며 말했다.

"바보같이 굴지 마. 넌 아주 멋져 보여."

타라가 코를 찡그렸다. "어차피 나도 언젠가는 죽겠지. 그러면 상관없을 거야."

우리는 기도에게 미소를 지어 보이고, 플랫폼 힐을 신고 비틀비틀 펍으로 들어가며, 사람들이 고개를 돌려 우리들이 지나가는 것을 지켜볼 때 우리의 팔다리에서 어른거리는 힘을 만끽했다. 젊음이 우리 몸에서 마치 값비싼 보석처럼 뚝뚝 흘러내리고 있었다. 우리는 가능한 한 잔뜩 취하기 위해 술을 벌컥벌컥 들이켰다. 우리의 몸을 한계까지 밀어붙이고, 아릿하고 짜릿한 밤을 느끼며, 벼랑 끝에 대롱대롱 매달려 있다가 눈부시게 살아 돌아가는 것을 좋아했다. 술에 취하면 아무것도 신경 쓰지 않았다. 우리의 욕구가 우리 밖으로 쏟아져 나와 흘러가는 길에 있는 모든 것을 흠뻑 적시게 내버려뒀다.

우리는 벽이 물결칠 때까지 데킬라를 마셨고, 사람들이 꽉 들어찬 댄스 플로어에서 흔들리며 낯선 사람들과 사진을 찍고 드레스에 맥주를 흘렸다. 미러볼이 우리 머리 위에서 행성처럼 빙글빙글 돌았고, 우리가 마치 영원히 춤을 출 수 있을 것처럼, 마치 우리 몸이 무한한 것처럼 느껴졌고, 우리의 황금빛 담뱃불은 어둠 속에서 혜성 같았다.

클럽이 문을 닫으면, 우리는 재빨리 피시앤칩스 가게로 갔다. 하루 종일 아무것도 먹지 않았기에 케첩과 기름으로 범벅된 일회용기를 간절히 원했다. 타라가 내 옆에서 줄을 서서 기다리다가 갑자기 주저앉았다. 그녀가 새끼 사슴처럼 휘청거려서, 내가 그녀의 몸을 지탱해주었다.

"타라?" 나는 숨을 헐떡거리며 그녀를 테이블로 이끌었다. 카운터 안쪽에 있던 남자가 우리에게 물 한 병을 건네주었다.

"그 여자분 괜찮은 거예요?"

타라는 팔꿈치로 몸을 지탱했다. "괜찮아요." 그녀가 인조 속눈썹을 떼며 웅얼거렸다. "그냥 집에 가야 하는 것뿐이에요."

나는 밖에 나가서 손을 흔들어 택시를 잡았다. "친구가 몸이 아주 안 좋아요." 내가 운전사에게 말했다. "친구를 태우는 걸 도와주실 수 있나요?"

운전사가 한숨을 쉬며 택시에서 내렸다. "친구가 내 차에서 토하지 않는 게 좋을 거예요. 조심해요. 토하면 벌금 50파운드예요." 그는 타라를 어린아이처럼 품에 안아 뒷좌석에 눕혔다. 나는 뒤이어 허둥지둥 올라타서, 가로등이 그녀의 얼굴에 불빛을 흩뿌리는 내내 머리를 쓰다듬어주었다.

"나 괜찮아." 그녀는 물병을 입으로 들어 올리며, 힘없이 웃었다. "정말이야." 그녀는 조바심치는 내 손을 물리쳤다. "아무렇지도 않아."

이튿날 우리는 그녀의 싱글 침대에 함께 처박힌 채 깨어났고, 우리 신발과 드레스는 방 안에 널브러져 있었다.

"내 휴대전화 봤어?" 타라가 온 얼굴에 마스카라를 묻힌 채 머리를 움켜잡았다. 나는 보드카와 땀으로 흐릿해진 눈을 가늘게 뜨고 대충 주위를 둘러보았다. "제기랄." 그녀가 말했다. "잃어버린 게 틀림없어."

"또!" 내가 신음하듯 말했다. 우리는 끊임없이 휴대전화, 은행 카드, 집 열쇠를 잃어버리고 있었다. 우리의 기억 속에는 블랙홀이 있었고, 그날 밤을 다시 짜맞추는 데 짜릿한 흥분을 맛봤다.

그날 오후 우리는 드레싱 가운을 입고 색이 선명한 루코제이드*를 병째 마시면서, 전날 밤 찍은 사진들을 업로드하기 위해, 타라 아빠의 컴퓨터로 페이스북에 로그인했다. 타라에게 알림이 깜박이며 우르르 쏟아지는 바람에, 우리는 머리가 지끈거렸다.

"맙소사." 그녀가 자신의 타임라인을 스크롤했다. 그것은 그녀의 새로운 젖꼭지 피어싱 사진들로 가득 차 있었다. 그녀의 휴대전화에서 그녀의 담벼락에 게시한 것이었다.

"이 창녀가 어젯밤 내 택시에 타고 있었어." 누군가가 그런 설명글을 달아놓았다. 50명이 '좋아요'를 누른 상태였다.

"그 택시 운전사다!" 타라가 절레절레 고개를 흔들었다. "그놈이 내 휴대전화를 가져간 게 틀림없어! 나는 로그인이 되어 있는 상태였던 거고. 비열한 자식!" 나는 그녀가 사진들을 삭제하기 전에 스크린샷을 저장했다.

"그 차 번호판을 기록해뒀어야 했는데." 내가 그렇게 말했지만, 우리는 그 차가 어떻게 생겼는지조차 기억나지 않았다.

우리는 디지털카메라에서 밤에 찍은 사진들을 다운로드하고, 그 사진들을 보며 웃음을 터뜨리고, 기억도 나지 않는 낯선 사람들을 보며 비명을 질렀다. 우리의 팔다리는 드라이아이스 구름 속에 이상한 각도로 찍혀 있었다. 우리는 그 사진들을 인터넷에 업로드하기 전에 편집하며, 마음에 들지 않는 부분들은 잘라내

* 영국의 스포츠 음료 상표명.

294

고 밝게 보정하여 우리의 이목구비를 지워버렸다.

79

우리는 로즈메리와 소나무 향이 가득한 콜세롤라 언덕을 걸어 올라간다. 우리의 몸은 먼지와 땀으로 뒤덮여 있다. 내 눈은 부어 있고, 머리는 쑤신다. 우리는 숨을 고르기 위해 울퉁불퉁한 바위 위에서 잠시 멈춰 선다. 나는 배낭을 벗어 던지고, 당신은 몸을 앞으로 숙여 나를 만지려 하지만 내가 뒷걸음질한다.

"미안." 내가 말한다. "너무 더워서."

당신이 나를 보며 눈살을 찌푸리지만, 나는 못 본 체하고 물병의 뚜껑을 열어 목이 타는 듯 물을 마신다. 나는 너무 깨끗해서 눈이 아플 정도로 맑게 갠 하늘을 올려다본다. 당신은 덤불에서 세이지 한 움큼을 뜯어 킁킁거리며 냄새를 맡고는 손가락 사이에 넣고 비빈다.

"무슨 일이야?" 당신이 초조해하며 나에게 물어본다.

"아무것도 아니야." 나는 머리카락을 비틀어 목에서 떼어내, 고무줄로 묶어 올린다.

"분명히 뭔가가 있어."

"미안. 그저…… 끔찍한 일을 알게 됐어. 학창 시절 친구에 대해서."

"이런." 당신은 누그러진다. "무슨 일인데?" 나는 그 최고조의 공포를, 또 내 머릿속에 아로새겨진 타라의 작은 손과 그녀의 손가락 사이에 비스듬히 꽂혀 있던 담배의 이미지를 어떻게 설명해야 할지 모르겠다. 아직도 내 핏속에 흐르는 십 대 시절 나 자신의 흔적을 당신은 이해하지 못할 것 같다.

"그 얘긴 정말 하고 싶지 않아."

"알았어." 당신은 은빛으로 빛나는 잎사귀 하나를 주머니에 집어넣는다. "계속 걸어가볼까?"

더 높이 올라가면서, 당신이 자신의 연구에 대해 이야기하며, 지금껏 인터뷰한 사람들에 대해, 또 그들의 이주 이야기를 수집한 다음 스페인어에서 영어로 번역하는 것에 대해 말해준다.

"번역이 어려워?" 타라를 마음 깊숙한 곳으로 밀어 넣으려 노력하며 내가 물어본다.

"가끔은. 내가 생각하는 상대의 말뜻이 아니라, 그 사람이 말하고자 하는 의미를 정확히 파악하기가 어려워."

"그럼, 당신이 제대로 이야기하고 있는지 어떻게 알아?"

"글쎄, 나도 모르지. 완전히는 몰라."

"그럼, 당신이 잘못 이야기하고 있다면 어떡해?"

당신은 배낭에서 물병을 꺼내 물을 마신다. "이야기를 아예 하지 않는 것보다는, 이야기를 하다가 약간 틀리는 게 낫다고 생각해." 당신은 햇빛을 가려 눈을 보호하며 말한다. 나는 당신의 말을 곰곰이 생각해본다.

"하지만 당신이 하고 있는 이야기가 사실이 아니면 어떡해?"

"대부분 사실이야. 틀린다고 해봐야 고작 몇 개뿐이지. 게다가 어차피 기억은 일종의 허구야."

"하지만 정확한 단어는 중요해." 그렇게 말하면서, 나의 어눌한 스페인어와 내가 필요한 것을 항상 요구하지 못한다는 사실을 떠올리며, 지금껏 내가 삼켰던 모든 말을 기억해내고, 그 말들을 자유롭게 표현해줄 수 있는 단어들을 생각해내려 노력한다. 당신이 이마의 땀을 닦으며 주의 깊게 나를 바라본다.

"응. 그렇지."

우리는 그늘을 감사하게 여기며, 말없이 숲속으로 걸어 들어간다. 내 생각은 다시 타라에게 흘러가고, 그녀가 어떻게 지내고 있는지, 죽을 수도 있는 것인지, 그녀에게 메시지를 보내야 할지, 어떤 말을 해야 할지 모르겠다. 우리는 공터를 찾아내, 햇볕에 그을린 풀밭에 앉는다.

"점심 먹을까?" 당신이 물어보자, 나는 고개를 끄덕이지만 배가 고프지는 않다. 당신이 우리가 먹을 포일에 싼 샌드위치를 가져왔다. 나는 속에서 치즈와 토마토를 꺼내고 빵을 버린 후, 샌드위치를 깨지락거린다.

"그거 안 먹을 거야?" 당신이 내게 물어본다.

"배가 별로 안 고파."

"먹으려고 해보는 게 좋을 것 같지 않아?"

"배고프지 않다고 했잖아." 풀밭에 등을 대고 누워 눈을 감으니, 나무들이 내 얼굴에 시원한 그림자를 드리운다. 지난 며칠 동안 속이 팽팽하게 긴장되어 있었고, 오래된 규칙들이 나를 옥죄며 내게서 빛을 몰아내는 것이 느껴지지만 너무 지쳐서 그것들을 밀어낼 수가 없다.

나는 타라가 계속 마음에 걸린다. 열일곱 살의 나 자신이 너무 가깝게 느껴진다. 마치 열일곱 살의 내가 몇 년 동안 입을 벌리고 있으면서 그때 이후로 나였던 모든 여자를 삼켜버리기라도 한 것처럼. 그 당시에는 우리가 이해하지 못했던 방식으로 우리가 얼마나 취약했는지 알 수 있기에, 우리가 왜 우리 자신을 돌보지 않았는지, 혹은 왜 보살핌을 받을 가치가 있다고 느끼지 않았는지 궁금하다. 타라에게 더 이상 선택의 여지가 없을 때, 나 자신의 결정에 얽매여 있는 것에 대해 죄책감이 느껴지고, 왜 그런지 몰라도 나 자신을 비우고 무언가 매달릴 것을 잡는 것이 옳다고 여겨진다.

당신이 내 옆에 누워 한쪽 손바닥을 내 배에 얹고 다른 쪽 손끝으로 내 어깨를 훑으며 더듬는다. 당신이 내게 천천히 키스하며, 당신의 검은 머리카락이 내 눈으로 떨어지고, 신선한 풀과 불에 탄 나무 냄새가 난다. 당신이 몸을 내 몸에 밀착시키고 나는 당신에게 내 몸을 맡기지만, 당신의 축축한 피부와 따뜻한 숨결이 멀게만 느껴진다. 눈을 감으니, 눈꺼풀 안쪽에 병원 특유의 녹색으로 적힌 타라의 이름, 스팽글 미니원피스를 입고 번쩍이는 십 대 시절 우리의 몸, 깜박거리는 어둠 속에서 그녀의 탈색한 머리가 보인다. 그녀에게 우리가 천하무적이던 시절, 우리의 몸무게가 거의 느껴지지 않고 밤이 우리 주위에 캄캄한 물처럼 펼쳐지던 시절, 미래가 너무 멀리 떨어져 있는 어른이나 꾸는 꿈이라서 우리의 행동이 어떤 결과도 초래하지 않던 시절의 기분을 기억하는지 물어보고 싶다. 우리가 어디에선가 나쁜 방향으로 나아갔고 결국 원치 않던 이야기로 끝을 맺었기에, 모든 것이 달라지도록 되돌아가서 다시 시작해야 할 것만 같다. 하늘을 배경으로 실루엣만 보이는 당신의 얼굴을 올려다보니, 그 모든 푸른색의 무게가 나를 짓누르며 내 목구멍을 가득 채운다.

"젠장." 당신은 숨을 헐떡거리며 풀밭에 등을 대고 눕지만, 내 몸은 감각을 잃었고 당신의 목소리는 너무 조용하다. 길을 잃은 단어 하나가 이제는 통용되지 않는 오래된 동전처럼 우리 사이의 허공을 맴돌고 있다.

80

루이는 나를 자기 친구들에게 소개했다. 그들은 하얀 벽에 마티스의 복제화가 걸려 있고, 가득 찬 재떨이와 모란 꽃병이 잔뜩 있고, 마룻바닥 위에는 레코드가 수북이 쌓여 있는 아파트에서 느긋하게 즐기는 파티를 열곤 했다. 나는 중고 원피스를 입고 어눌한 발음으로 그들과 어울리는 것이 어색했지만, 그들은 담배를 내 얼굴에 지나치게 바짝 들이밀고, 짙은 와인빛 입술로 내 의견을 물어보며, 나를 끌어들였다.

어느 토요일 밤, 우리는 누군가의 아파트에 저녁 초대를 받았다. 긴 검은색 양초의 촛농이 테이블 위로 뚝뚝 흘러내리는 동안 나는 향기로운 쌀밥을 접시 가장자리로 밀어내고 있었다. 긴 빨간 머리에 짙은 색 립스틱을 바른 여자가 내 옆에 앉아 있었는데, 물어보지도 않고 내 와인 잔을 가득 채워주었고, 내가 고맙다고 하자 너그러운 미소를 지었다.

"셰리(귀염둥이), 왜 안 먹어요?" 그녀가 내 접시를 가리켰다.

루이가 테이블 건너편에서 끼어들었다. "그녀는 별로 많이 먹지 않아." 나는 긴장해서 다리에 힘이 들어갔다.

"정말?" 그녀가 신기한 듯 나를 쳐다보았다. "왜요?"

"무슨 말이에요?"

"왜 많이 먹지 않아요?" 나는 와인 잔을 감아쥔 그녀의 우아한 손가락들, 분홍색 꽃잎을 흘리는 꽃들, 온 벽에 일렁거리는 손과 얼굴의 그림자들을 바라보았다. 그때껏 아무도 내게 그렇게 직접적으로 이유를 물어본 적이 없었다. 그 방에는 정향과 계피의 향이 짙게 차 있었다. 한쪽 구석에서 지직거리는 톰 웨이츠*

* 미국의 재즈 싱어송라이터 겸 배우.

의 레코드가 재생되고 있었다. 나는 아무렇게나 한쪽으로 밀쳐져 있는 지저분한 접시들, 리넨 테이블보에 피처럼 스며든 레드와인 자국들을 바라보았다. 뭐라고 답해야 할지 알 수가 없었다. 그 방 안에서는 걱정이나 두려움 없이 세상을 내 안에 받아들이고, 그것으로 나를 가득 채우고 싶어 하지 않을 이유가 없었다. 날카롭거나 위험한 것이 아무것도 없었고, 가장자리에 가까운 것도 아무것도 없었고, 내가 나 자신을 던질 수 있는 숨 막힐 듯 연기가 자욱한 구덩이도 없었다.

"모르겠어요." 나는 조용히 말했다.

"모른다고요?"

나는 고개를 끄덕였다. 그 여자는 어깨를 으쓱하고는 내 와인 잔을 가득 채워주었고, 나는 그 잔을 모두 비운 다음 더 달라고 요청했다.

81

도시가 지글지글 타고 있다. 배기가스가 건물 상공을 뒤덮어 잔뜩 데워진 공기를 콘크리트에 가둔다. 하늘이 무겁게 느껴지며, 우리의 등을 짓누르고 폐를 오그라뜨린다. 해변은 베이비오일을 발라 번들거리는 햇볕에 그을린 육체들, 작열하는 모래사장의 구깃구깃한 플라스틱 컵과 담배꽁초로 꽉 차 있다. 복숭아와 천도복숭아가 과일 가게 밖에서 썩어가고 망고가 껍질 속에서 녹아내린다.

색깔이 바래가고 과포화된다. 야자나무들은 무자비한 푸른 하늘을 찌른다. 우리는 오로지 에어컨에서 구원을 찾으며, 아무것도 사지 않고 슈퍼마켓을 어슬렁거린다. 속옷 차림으로 아파트 바닥에 누워 끈적끈적한 몸을 시원한 타일에 밀착시킨다. 나는 식욕이 별로 없고, 내 눈앞에서 거리가 끈적끈적하게 아른거리며 빙빙 도는 것처럼 보인다. 모두가 지치고 짜증이 나서, 낯모르는 사람끼리 길거리에서 서로 고함을 지르고, 사람들은 화가 난 듯 별안간 부르릉 모페드의 속도를 올리며, 밤이면 개들이 짖어댄다.

당신이 무더위에 일하기가 힘들어서 퉁명스럽고 민감해지자, 당신의 무거운 기분이 시큼한 냄새처럼 아파트 구석구석으로 스며든다.

"해변에 갈래?" 답답한 부엌을 서성이며 조심스럽게 당신을 쳐다보면서 내가 물어본다. "산책하러 가는 게 좋을 것 같아."

"이 일을 끝내야 해." 화면의 눈부신 흰 빛에 비친 당신의 얼굴이 지쳐 보인다.

"끝내고 나서는 어때? 술 마시러 갈래?"

"미안." 당신이 노트북을 탁 하고 닫더니 들고 침실로 간다. "생각할 공간이 좀 필요할 뿐이야."

나는 과일 가게에서 커다란 수박을 사서, 루비같이 붉은 과육을 두툼하게 조각조각 자르고는, 모차렐라를 꽃 모양으로 배열하고 오일을 조금씩 뿌린다. 당신은 휴대전화를 스크롤하며 잠자코 먹는다.

"괜찮아?" 내가 상냥하게 물어본다.

"괜찮아." 당신이 톡 쏴붙인다. "그만 물어봐."

"괜찮아 보이지가 않아."

"괜찮다고 했잖아."

"알았어."

우리는 너무 더워 잠을 자지 못하고 시원한 베르무트를 파는 심야 바를 발견할 때까지 거리를 걷는다. 우리는 배수로에 발을 넣고 연석에 앉아 축축한 얼굴에서 머리카락을 떼어낸다.

"다들 어떻게 견디는 걸까?" 광장 주위의 덧문이 굳게 닫힌 어두운 아파트들을 올려다보며, 사람들이 그 안에서 평화롭게 잠들어 있는 모습을 상상하면서, 내가 당신에게 물어본다.

"아마 에어컨이 있겠지." 당신은 먹구름이 잔뜩 낀 눈빛으로 주머니에 손을 찔러 넣으며 침울하게 말한다.

"우린 왜 에어컨이 없을까?" 내가 한숨을 쉬며 말한다.

"아파트가 당신의 기준에 미치지 못해서 미안하네."

"무슨 뜻으로 한 말이야?"

"모르겠어. 너무 피곤해. 미안."

우리는 말없이 앉아 있다. 사람들의 목소리가 오래된 돌벽에 부딪쳐 튕기며 건물들 사이에서 울려 퍼진다. 나는 가느다란 초승달을 바라보며 우주가 얼마나 추운지 생각해보지만 상상이 되지 않는다.

"뭐가 문제야?" 내가 물어본다.

"무슨 뜻이야?"

"당신 왜 이러는 거야?"

"이러다니 뭘?" 당신이 숨을 내쉬며 눈을 감는다. 나는 당신에게 무슨 문제가 있는지 모르겠고, 내 가슴속에서 느껴지는 두려움과 좌절감, 머릿속을 맴도는 타라와 우리가 한때 우리 몸이 없어지기를 얼마나 간절히 바랐는지에 대한 생각들을 설명하지도 못한다. 내 슬픔을, 또 우리가 세상에서 존재감을 가지려면 더 작아져야 한다고 믿었던 모든 방식을 어떻게 말로 표현해야 할지 모르겠다. 우리가 얼마나 잘못 판단했는지 지금은 알지만, 과거로 되돌아가서 바꾸거나 그녀를 호전시킬 수는 없다. 당신은 여전히 눈을 감고 있고, 나는 당신의 어깨를 만진다.

"무슨 생각해?"

"아무 생각 안 해." 당신이 나를 보며 눈을 껌벅거린다.

"그렇지 않잖아."

"그냥 좀 내버려둬." 당신의 목소리가 신경질적이다. 우리는 한 무리의 십 대들이 자전거를 타고 광장을 가로지르며 웃음을 터뜨리고 농담하는 모습을 지켜본다. 당신은 얼굴을 문지른 다음 담배를 찾기 위해 주머니를 뒤진다.

"우리에게 무슨 일이 일어나고 있는지 모르겠어." 내가 슬프게 말한다.

당신은 나를 쳐다보지도 않고 리즐라* 담배 종이를 핥는다. "어쩌면 우리는 좀 떨어져서 시간을 보내는 게 나을지도 몰라."

"뭐?" 내 가슴이 공포로 울렁거린다. 나 자신을 위해 더 많은 공간을 찾으려 노력하고 있지만, 그 과정에서 당신을 잃고 싶지는 않다.

"제대로 생각을 할 수가 없어." 당신이 보도를 바라보며 말한다. "이 무더위에 우리 둘 다 그 아파트에 있는 상태로는 생각을 할 수가 없어. 당신은 내게 항상 내가 뭔가 잘못한 것 같은 기분을 느끼게 해."

나는 마른침을 삼킨다. "무슨 뜻이야?"

당신의 말은 마치 당신이 줄곧 억누르고 있던 것처럼 빗발치듯 터져 나온다. "당신은 자신이 뭘 원하는지 모르지만, 난 여기 있고 싶어. 그건 나한테는 중요한 일이야." 당신이 우리 머리 위로 한 줄기 연기를 내뿜자 당신의 목 근육이 씰룩거린다. "우리가 두어 주 동안 시간을 좀 가지면 상황이 더 명확해질 수도 있어. 그럼 우리 둘 다 우리가 뭘 원하는지 생각해볼 수 있을 거야."

"그렇군." 공황이 발진처럼 내 몸을 휘덮는다. 런던에서의 나만

* 수제 담배 관련 용품을 제조, 판매하는 프랑스 브랜드.

의 삶을 포기하고 당신에게 마음을 열었더니, 이제 당신이 나를 밀어내고 있다. 마치 내가 당신의 아파트에서 불편을 끼치는 사람인 것처럼 거부당하는 느낌에, 짐을 싸서 떠나고 싶어진다. 우리는 긴장이 감도는 침묵 속에 앉아 있다. 이윽고 나를 돌아보며 당신의 표정이 누그러진다.

"헤어지자는 말은 아니야. 그냥 너무 덥고 난 할 일이 정말 많아. 당신은 분명 행복하지 않고, 우리는 제자리에서 뱅뱅 돌고 있는 것 같아." 당신의 옷장에 걸려 있는 내 옷과 당신 문에 걸려 있는 내 재킷이 생각난다. 내가 이곳에 있어도 괜찮다고, 나 자신을 더 작게 만들거나 정리할 필요가 없다고 생각했다.

"그럼 아침에 갈게." 나는 자리를 뜨기 위해 일어선다.

"그럴 필요는 없어. 급한 일이 아니잖아. 난 그저 약간의 공간이 필요할 뿐이야."

나는 말없이 이곳에서 당신에게 속한 모든 공간을 떠올리며 내가 어디에 머물 수 있을지 모르겠다는 생각을 한다. "알았어." 나는 그렇게 말한 다음 돌아서서 걸어간다.

당신이 뒤에서 나를 부르지만, 당신의 시야에서 벗어날 때까지 광장을 가로질러 가서 모퉁이를 돈 다음, 날카롭고 찌르는 듯한 두통을 느끼며 벤치에 주저앉는다. 나는 당신과 분리되어 거칠 것이 없어진 듯한 기분을 느낀다. 마치 그저 무슨 일이 일어나는지 한번 보려고 우리 사이의 모든 것을 깨부술 용기가 나며, 전부 다 짓뭉갤 수 있을 것처럼 말이다. 더위 속에, 생각이 복잡하고 무거워서, 당신이 나에게 요구하는 것을 파악할 수가 없다. 우리가 서로를 이해한다고 생각했지만 정말 그런지 궁금해지기 시작한다.

주머니에서 휴대전화를 꺼내 당신에게 메시지를 보낼까 생각하다가, 그러는 대신 또다시 타라의 인스타그램 사진들을 본다. 그녀는 "고마워 x"*라는 설명글과 함께 커다란 장미 꽃다발 사진을 업로드해놓았다. 나는 그녀에게 우리가 정말 꺾이지 않는 존재였던 적이 있는지, 아니면 모든 것이 환상이었는지, 우리의 몸이 줄곧 이렇게 연약했는지 물어보고 싶다. 그녀의 사진 아래 하트를 눌러 빨간색으로 빛나게 했다가, 재빨리 다시 누르니 그 색이 사라진다.

82

어느 날 아침 파리의 우리 집 건물 밖으로 나와보니, 누군가가 내 자전거를 훔쳐 가서 싸구려 잠금장치만 힌지에 매달려 흔들리고 있었다. 나는 중얼중얼 욕을 하고는 아이들의 어머니에게 늦을 것이라고 알리는 문자를 보냈다.

"데페세부(서둘러요)." 그녀가 답장을 보냈다. "9시에 회의가 있어요."

* 이메일, 문자메시지 등에서 'x'는 키스를 보낸다는 의미.

은빛 비가 거리에 몰아치는 동안, 나는 지하철로 달려가, 나를 향해 다급히 몰려오는 퀴퀴한 공기와 고무 타는 냄새를 맞닥뜨렸다. 지하철이 붐벼서, 내 바로 옆 여자의 숱 많고 윤기 있는 머리와 짙은 향수 냄새에 짓눌린 채, 머리 위의 금속 가로대를 꼭 붙잡고, 턱살이 축 처지고 더러운 레인코트를 입은 노인에게 기대지 않으려고 조심했다. 초조하게 정거장 수를 세고, 눈에서 졸음을 쫓아내려 노력하면서, 자전거를 교체할 방법에 대해 고민했다.

무언가가 내 등을 스치는 것을 느끼고, 노인의 발가락을 밟지 않도록 조심하면서 몸을 굽혀 그에게서 떨어졌다. 그 감각을 다시 느끼고 뒤돌아보는 순간, 열차가 모퉁이를 돌며 흔들리고 브레이크가 끼익 하는 소리를 냈다. 사람들은 움찔하며 귀를 막았고, 그 노인이 내 쪽으로 넘어지며 두 손을 뻗어 내 가슴을 움켜잡았다.

"대체 뭐야?" 내가 영어로 내뱉으며 그를 밀쳐냈지만, 그는 마치 아무 일도 없었다는 듯 언짢은 표정으로 나를 쳐다보기만 했다. 객차 안에서 더 멀리 이동하려 해봤지만, 열차는 초만원이었다. 윤기 있는 머리카락을 가진 여자가 한숨을 쉬며 핸드백을 고쳐 메고, 나를 힐끗 쳐다보면서, 가만히 있으라고 눈치를 주었다. 나는 그 남자를 쳐다보지 않으려고 노력했다. 그가 두렵지는 않았다. 그는 늙었고 노쇠해 보일 지경이었으니까. 하지만 낯선 사람들로 가득 찬 작은 공간에서 손을 뻗어 내 몸을 더듬은 그의 뻔뻔함과 어느 한 사람도 말 한마디 하지 않았다는 사실은 믿을 수가 없었다.

나는 아이들의 집에 늦게 도착했고, 그 애들의 어머니는 회의를 놓쳤다.

"괜찮아요." 그녀는 내가 사과하자 그렇게 말하며 하이힐 스트랩을 채우고는 차 열쇠를 짤랑거리며 나를 거들떠보지도 않고 현관문 밖으로 후다닥 튀어 나갔다.

"언니는 안 예뻐요." 레아가 내 축축한 신발과 비에 젖은 재킷을 빤히 쳐다보며, 부루퉁하게 말했다.

"난 신경 안 써, 레아." 나는 아침 식사 그릇을 치우기 시작했다.

"투 드부레." 그 애가 반짝이는 공주 드레스를 입고 빙글빙글 돌았다. 알렉이 소리 내 웃더니, 영어로 누나의 말을 되풀이했다.

"신경 써야 해요."

83

카를라와 함께 사는 친구가 두어 주 동안 바르셀로나 외곽에 사는 가족을 방문할 예정이니, 자신이 돌아오기 전까지 자기 방에서 지내라고 한다. 나는 지하철을 타고 산츠로 가서, 풀이 죽은 채로 배낭을 메고 계단을 올라 그들의 아파트로 간다. 갈 곳이 있다는 것은 감사한 일이지만, 더 이상 이렇게 이리저리 옮겨 다니며 항상 빌린 공간에서만 살고 싶지는 않다. 당신을 생각하면, 마치 끝없이 펼쳐진 모래사장에 무언가 작고 소중한 것을 떨어뜨려 잃어버린 듯 답답하고 속상하다.

내가 도착한 순간, 카를라는 나가는 길이다. 그녀가 나를 껴안아준다.

"괜찮을 거야, 프레시오사(귀염둥이)." 그녀가 열쇠 꾸러미를 집어 들자 열쇠들이 짤랑거린다. "뭐든지 마음껏 먹어. 냉장고에 음식이 있어."

현관문이 쾅 닫히는 소리가 들리자, 카를라의 아파트를 둘러보며 냉장고에 붙어 있는 엽서들, 테이블에 깔끔하게 덮어씌운 눈부신 면 테이블보, 색칠된 화분에 심은 식물들이 빽빽이 들어차 있는 창턱 등을 살핀다. 그녀의 물건들은 소박하고 친숙한 것들이지만, 내 것은 아니다. 당신의 집에 아무렇게나 놓여 있는 냄비들, 바닥 위에 널브러진 책과 문서를 머릿속에 그려보며 마음이 아프지만 그것들도 내 것은 아니다. 내가 얼룩처럼 당신의 아파트를 더럽힌 듯, 불쾌하고 언짢은 기분이 든다.

나는 이 건물에 있는 다른 사람들의 소리에 귀를 기울인다. 아기가 우는 소리, 쾅쾅 울리는 텔레비전 소리, 술잔이 쨍 부딪히는 소리, 무더위에 지친 웃음소리 등등. 여기서 혼자 생각에 잠겨 있고 싶지 않아서, 다른 사람의 옷이 빼곡한 옷장을 못 본 체하고 임시로 쓸 침실 한구석에 배낭을 밀쳐둔 후, 해변으로 걸어간다.

해변은 조용하다. 몇몇 십 대 무리가 담요 위에 옹기종기 모여 휴대전화로 로살리아*의 노래를 틀어놓고, 어둠 속에서 담배를 흔들고 있다. 술에 취한 커플들이 모래사장에서 키스를 한다. 나는 옷을 훌훌 벗어버리고 쏟아지는 달빛에 은빛으로 물든 검은 바다를 향해 걸어간다. 차가운 바다 물결이 내 복부의 맨살을 찰싹찰싹 때리며 나를 움찔하게 한다. 바다는 달빛에 비친 수은 같고, 눈에 보이지 않는 것들로 가득 차 있다. 내 몸이 나를 지탱해주리라 믿으며 해안에서 먼 곳까지 곧장 헤엄쳐 나간다. 하늘이 검은 비단 두루마리처럼 내 위로 굴러떨어지고, 나는 육지와 바다를 분간하지 못하고 어둠 속에 길을 잃는다. 도시의 불빛은 내 손이 닿지 않는 저 먼 별자리처럼 해변 너머에서 희미하게 빛나고 있다.

당신이 혼자 채소를 다듬고 있는 모습을 상상하니, 슬픔이 피어나며 힘이 빠진다. 내가 경솔한 사람이 된 기분이다. 마치 우리의 좋은 점을 몰라보고 충분히 꽉 붙잡지 않은 것처럼 말이다. 공간에 대한 당신의 욕구를 이해하지만, 당신에게는 몸을 쭉 뻗고 누울 수 있는 아파트가 있고, 내게는 여전히 나만의 공간이 없는 상황에서 그것은 불공평해 보인다. 당신은 내가 당신을 위해 내 모든 삶을 이곳으로 옮기기를 원하는 데다, 그 일을 두려워하거나 불안해하지 않고 당신에게 너무 무거운 부담도 주지 않으

---

* 카탈루냐 출신의 스페인 인기 가수.

며, 아주 매끄럽게 진행하기를 바란다. 예전에는 그것을 받아들였을지도 모르지만, 지금은 더 큰 목소리로 내 요구를 말하려고 노력하는 중이다.

헤엄을 멈추고 차가운 물속으로 미끄러져 들어가 해저로 가라앉는 것이 얼마나 쉬운 일인지 생각하니 겁이 난다. 나는 사라지고 싶지 않다. 내 욕망이나 욕구에 대해 죄책감을 느끼지 않으며 이 세상에서 살고 싶고, 그런 욕망이나 욕구의 동물적 열기가 내 온몸으로 퍼지게 하고 싶다. 왜 모든 좋은 것과 동시에 처벌을 재촉하려는 충동이 내 안에 있는지 모르겠지만, 더 이상은 그런 충동을 느끼고 싶지 않다. 벌을 받거나 거부당하거나 품위가 실추되고 싶지 않다. 기쁨과 쾌락, 아름다움과 감흥을 원한다. 죄책감을 느끼지 않으면서 말이다. 나는 세게 물장구를 쳐서 물보라를 일으키고 가쁜 숨을 몰아쉬며 해안으로 돌아간다.

84

나는 루이에게 열차에 타고 있던 남자에 대해 말했다.

"젠장!" 그가 프랑스어로 말했다. "파리는 그런 노인네들 천지야. 그렇게 붐빌 때는 열차를 타고 이동하면 안 돼."

"하지만 자전거를 도둑맞았단 말이야."

"나한테 전화했어야지. 내가 데리러 갔을 텐데." 나는 루이가 나를 데리러 와서 일터까지 태워주기를 바라지 않았다. 다른 사람에게 의존할 필요 없이, 혼자서 도시를 돌아다니며 가고 싶은 곳은 어디든 가고 싶었다.

아이들이 바이러스에 감염되어, 그 애들의 컵과 접시를 닦고 침대 시트를 갈아주다가 나도 바이러스에 걸렸다. 나는 사흘 동안 계속 침대에 누워 땀을 흘리고 덜덜 떨며 가슴이 아프도록 기침을 했다.

"아레트!(그만해!)" 복도를 같이 쓰는 노부인이 내 방문을 쾅쾅 쳤다. "당신 기침 때문에 잠을 잘 수가 없어. 운 푀 드 칼므 실 부 플레(제발 조용히 좀 해)." 나흘이 지나자 아이들의 어머니가 전화를 했다.

"우린 당신이 필요해요." 그녀가 말했다. "그런대로 출근할 만해요?" 입이 마르고 근육이 쑤셨다. 나는 침대 가장자리에 앉아 내 자그마한 방을 둘러보면서, 싱크대에 수북이 쌓인 접시, 바닥에 놓인 여행 가방에서 쏟아져 나온 옷가지를 쳐다보았다. 그 다락방은 처음에는 낭만적으로 보였다. 하지만 이제는 내가 무언가 더 많은 것을 누릴 자격이 있는지 알고 싶어졌다.

"저 쉬 데졸레(죄송해요)." 나는 눈가에서 머리카락을 뗐다. "이번 한 주는 통으로 쉬어야겠어요." 알렉이 우는 소리가 배경음으로 들렸고, 아이들의 어머니는 한숨을 쉬었다.

"알았어요." 그녀가 말했다. "하지만 이번 주 급료는 드릴 수가 없겠네요. 이해해주길 바라요."

화창한 날이어서, 햇빛이 작은 창문으로 흘러 들어와 허공의 먼지를 마치 작은 반짝이처럼 비춰주었다. 나는 스웨터를 입고 복도로 나갔다. 주변에는 아무도 없었다. 사다리를 벽에 기대고 지붕으로 통하는 뚜껑 문까지 올라갔다. 한 번도 올라가 본 적은 없지만 자주 궁금해하던 곳이었다. 파리의 일부 건물은 지붕이 평평해서 사람들이 거기에 앉아 와인을 마시며 발아래에 마구 뻗어 있는 도시를 바라보곤 했다. 나는 몸에 힘은 없었지만, 얼굴에 내리쬐는 따뜻한 햇볕을 느끼며, 그 들창을 통해 몸을 끌어올렸다.

평평한 타일 위를 조심스럽게 조금씩 가로질러 가서, 도시 위로 두 다리를 늘어뜨리며 지붕 가장자리에 앉았다. 자줏빛이 도는 회색 지붕들이 저 멀리까지 뻗어 있었고, 차량은 내 발밑에서 햇살을 받아 번쩍거렸다. 과일 가게, 카페, 보도에 자전거를 주차하는 사람들을 내려다보니, 그 모든 것에서 동떨어진 느낌이 들었다.

나는 루이와 함께 간 파티에서, 빨간 머리 여자와 이야기를 나누며 느꼈던 기분, 그녀가 아주 쉽게 내 잔을 채워주고 나는 그것을 마셨던 기분을 느끼고 싶었다. 나 자신에게서 벗어나기 위해서가 아니라, 우리를 둘러싼 세상이 안전하다고 느끼며 나도 그 일부가 되고 싶었기 때문에 느꼈던 그 기분을 말이다. 규칙과

314

비밀, 그 모든 도망과 거짓말에 신물이 났다. 그저 수박 겉핥기식이 아니라, 깊이 있게 살면서 온전한 삶을 누리고 싶었다. 나는 파리에서 보잘것없는 존재였지만, 더 이상은 하찮아지고 싶지 않았다.

주머니에서 휴대전화가 진동했다. 전화기를 꺼냈다. 로사가 한 친구가 런던에서 재임대하려는 셋방의 링크를 보내준 것이었다. 나는 그 방을 확대하여, 하얀 벽, 마룻바닥, 큰 창문을 쓰다듬어 보았다. 내가 그곳에서 다른 사람이 되는 것, 커튼 사이로 흘러드는 햇살을 받으며 기지개를 켜고 옷을 걸고 내 삶을 체계화하는 법을 익힐 수 있을지 궁금했다.

나는 태양이 도시를 보랏빛으로 물들일 때까지 지붕 위에 머물러 있으면서, 제멋대로 뻗어나간 도시를 바라보며 익숙한 갈망과 내가 어떤 종류의 사람이든 될 수 있을 것이라는 가능성을 느꼈다. 처음 런던으로 이사를 갔을 때, 마치 내 삶이 드디어 시작되는 것 같았던 느낌이 기억났다. 하지만 정말로 그런 가능성 같은 것이 존재하는지, 아니면 이 모든 것이 그저 이룰 수 없는 꿈에 불과한 것인지 모르겠다는 생각이 들기 시작하고 있었다.

내 삶을 선택하기 위해 파리에 왔지만, 내게는 선택안이 많지 않았기 때문에 진정으로 선택할 수는 없었다. 나는 충분한 돈이나, 제대로 된 거처나, 대학 학위가 없었다. 그때껏 나는 다른 사람이 되려고 줄곧 안간힘을 썼지만, 저 아래에서 나는 언제나 그저 나일 뿐이었다. 나는 그 여자와 함께 살고, 그녀에게 필요한 것을 제공할 방법을 찾아야 했다. 어떤 사람이라도 될 수 있는 가능성이 자유라고 생각했지만, 내가 틀렸다는 생각이 들기 시작하고 있었다. 내 안에 있는 여자를 움찔하지 않고 바라보는 법을 배우고, 그녀를 먹이고 보살피는 법, 그녀를 나로 인정하는 법을 배워야 했다.

85

카를라와 함께 지낸 지 일주일이 지났지만, 당신에게서 아무 소식도 듣지 못했다. 내 슬픔이 딱딱한 금속성의 분노로 변해 똬리를 튼다. 당신에게 공간을 주려 노력하고 있지만, 당신이 결정을 내리는 것은 불공평한 것 같다. 내가 여기 와 있는 것은 당신이 함께하자고 요청했기 때문인데, 지금 당신은 나를 밀어내고 있다.

"그는 두려운가 봐." 카를라가 그렇게 말하자, 나는 고개를 가로젓는다.

"두렵다니 뭐가?"

그녀가 어깨를 으쓱하며 나에게 맥주를 건네준다. "너에겐 그가 필요 없어, 과파(예쁜이). 넌 여기서 자립할 수 있어."

여름 내내 도시는 길거리 파티로 야단법석이다. 주말마다 각기 다른 지역의 주민들이 자신들의 발코니에 형형색색의 조명을 휘감고, 가로등 기둥 사이에는 장식용 종이 리본을 매달고, 플라스틱 병으로 만든 샹들리에를 높은 데서 늘어뜨린다. 아파트 건물들 사이에 무대가 설치되고, 수많은 사람들이 찌는 듯한 더위 속으로 쏟아져 나와, 레게톤과 팝펑크의 커버 곡에 맞춰 발을 구른다. 드래그 퀸들이 금발 가발에 호피 무늬 드레스 차림으로, 색소폰을 불고 야광 인조 손톱으로 건반을 누른다. 노래방 음향 기기의 스크린이 들어 올려지고, DJ들이 노트북을 연결하는 동안, 무정부주의자들은 등산화를 신고 춤을 추고, 노부인들은 스팽글이 반짝이는 티셔츠에 정치범들의 석방을 촉구하는 노란 리본을 달고 자기들 아파트 아래 놓인 접이식 의자에 앉아 있다. 어린아이들은 목말을 타고 인파 위로 치솟아 있고, 미러볼의 불빛은 그 플라스틱 볼에서 사방으로 튀어 나간다. 노점상들은 길가에서 시원한 맥주를 끈질기게 권하고, 사람들은 어둠 속에서 폭죽에 불을 붙이며, 배수로에서는 폭죽이 터진다.

산츠 축제가 열리는 날 오후, 무대가 제자리에 설치되면서 나는 땡강 하는 망치질 소리, 사람들이 길가의 바에 조금씩 찾아오기 시작하면서 들리는 웅성거리는 소리가 카를라의 아파트에 울려 퍼진다. 집 안 공기가 답답해서, 우리는 산들바람을 들여보려고 모든 문과 창문을 연다. 나는 춤을 추며, 내 안에 꼬여 있는 매듭을 풀기를 고대하고 있다. 슈퍼마켓에서 카바를 몇 병 사서

317

냉동실에 밀어 넣고, 네모난 얼음 틀을 채우다가 맨발에 물을 떨어뜨린다.

당신이 보낸 메시지에 내 휴대전화가 울린다.

"당신이 보고 싶어." 그렇게 적혀 있고, 당신이 나를 원한다는 것이 기쁘면서도, 좌절감에 속이 조여든다. 또다시 상처 입을까 봐 두려워하며 마음을 봉인해버린 나 자신이 느껴진다. 방금 나를 쫓아내고는, 곧 당신 마음을 바꿀 수는 없는 법이다. 나는 분노로 입이 말랐지만, 여전히 당신이 보고 싶고, 이 여름 당신의 피부를 손가락으로 죽 훑고 싶고, 당신의 아랫입술을 깨물어 느끼고 싶다.

"오늘 밤 산츠 축제에 갈 거야." 내가 그렇게 적는다. "당신도 올래?"

당신은 두어 시간 동안 답장이 없고, 나는 초조하게 몇 번이고 휴대전화를 확인한다.

"끝내야 할 일이 좀 있어." 마침내 당신이 답장을 보낸다. "나중에 알려줘도 될까?"

짜증이 나서 목구멍이 조여들지만 이렇게 대답한다. "좋아." 매섭게 날이 선 날카로운 에너지가 내 안에서 스멀거린다.

카를라와 나는 그녀의 자그마한 주방에서 스파클링 와인을 섞은 베르무트를 마시고 춤을 추면서 함께 준비를 한다. 나는 가벼운 미니원피스를 입고 뺨에 금빛 반짝이를 뿌리고 입술을 빨갛게 칠한다. 머리카락이 습기에 축 늘어져 있어서 머리카락을 얼굴에서 쓸어 넘겨 핀으로 고정하고는, 눈꺼풀에 검은 고양이의 눈을 그리고 샌들의 벨크로를 붙인다. 당신에게서는 아직도 소식을 듣지 못했다. 무슨 일이 터지기 일보 직전 같은 최고조에 이르러 문제가 터지기를 바라며, 거칠 것이 없는 듯한 기분을 느낀다. 밤이 마치 파도처럼 나를 만나러 밀려들어오고 있다.

　"그는 잊어버려." 카를라가 내 뺨에 키스해 그녀의 짙은 입술 자국을 남기며 말한다. "우린 오늘 밤 좋은 시간을 보낼 거니까." 그녀는 목에 향수를 뿌리고 브래지어 안에 20유로짜리 지폐를 밀어 넣는다. 시간을 확인하고는 내 팔을 움켜잡는다. "바모스(가자). 엘레나가 기다리고 있어. 우리는 이미 늦었어."

　거리는 열기와 오줌으로 끈적끈적하고, 마리화나의 역겨운 덩굴손에 휩싸인 사람들의 몸이 곳곳의 출입구에서 쏟아져 나온다. 우리는 팔짱을 끼고 인파를 헤치며 굽이굽이 나아가, 노란 불빛이 쏟아지는 어느 바 바깥의 플라스틱 상자 더미에 앉아 있는 엘레나를 발견한다. 그녀의 팔뚝에는 문신이 휘감겨 있고, 코걸이가 황혼 빛에 반짝이고 있다.

　"부에나스." 그녀가 내 뺨에 키스하며 굵은 목소리로 기분 좋게 말한다. 나는 코를 찌르는 그녀의 땀내와 그녀의 입에서 나는 퀴퀴한 홉 냄새를 맡을 수 있다. 그녀가 당신에게서 소식을 들었는지 물어보자 내가 휴대전화를 꺼내보지만 아무 소식도 없다.

　"나중에 오게 될 수 있다고 했어."

엘레나가 눈을 말똥거린다. "정말 그러겠다는 거야? 어쩌면 그럴지도 모르겠다는 거야?"

"어쩌면."

"엿이나 먹으라고 해." 그녀가 콧방귀를 뀐다. "맥주 마실래?"

우리는 바 밖에 앉아 밤이 반짝이는 것을 지켜본다. 베이스 소리가 보도를 강타하고, 거리는 사람들의 몸으로 들썩인다. 노출된 팔다리, 붉게 달아오른 축축한 얼굴, 우리 주위를 노래처럼 누비듯 지나가는 목소리들. 우리는 맥주를 다 마시고, 카바 한 병을 돌아가며 마신다. 우리의 립스틱이 플라스틱 병 주둥이에서 섞인다. 나는 하루 종일 별로 먹은 것이 없어서, 머릿속이 꽉 조여들고 찌릿찌릿한 느낌이 든다. 울화가 쌓여가는 것, 자포자기의 유혹, 위험의 오래된 매력이 내 머리카락을 세게 잡아당기는 것이 느껴진다.

엘레나가 알약 한 알을 네 조각으로 쪼개서 우리에게 한 조각씩 건네준다.

"살루드(건배)." 카를라가 윙크하며, 신이 나서 자기 몫을 받아가 혀 중앙에 놓는다. 나는 그녀의 축축한 혓바닥의 돌기를 바라보며, 당신이 여기 있었으면 좋겠다고 생각하다가, 이내 그 생각을 떨쳐낸다. 내 몸에 대한 결정을 내리고, 내 몸이 내 것이라는 것을 증명하고 싶다. 손을 내민 다음 재빨리 삼키며 카바를 한 모금 들이켜 분필 같은 맛을 씻어낸다.

"좋아." 엘레나가 담배를 비벼 끄며 일어선다. "바모스."

우리는 육체의 물결 속으로 들어간다. 음악은 우리를 인파의 한가운데로 끌어들이고, 젖은 입처럼 벙긋해지더니 우리를 통째로 집어삼킨다. 육체들이 곧 흘러넘칠 듯한 강물처럼 거리를 가득 메우고, 나는 낯선 사람들에 떠밀려 몸부림치며 그들의 발을 밟는다. 혀와 치아가 번득이고, 폭풍이 몰려든다. 눈을 감고 폭풍이 나를 휩쓸고 지나가게 내버려둔다. 잇몸이 바짝 마르고 손에는 땀이 흥건하고, 눈부신 색색의 불빛이 나를 감싸며 비처럼 쏟아진다.

나는 당신의 틀 안에 갇혀 있으면서 줄곧 너무 경직되어 있는 느낌이었지만, 이제는 터진 둑처럼 내 한계를 산산이 부수고 나 자신의 테두리를 넘어 흐른다. 기쁨이 입안에 고이고, 검은 바다에서 헤엄치고 있었을 때 느낌이 어땠는지, 손을 뻗어 쾌락을 만지고 싶은 마음이 얼마나 간절했는지 기억난다. 눈을 뜨니 카를라와 엘레나가 내 손을 잡고 나를 중심으로 빙글빙글 돌며 춤을 추고 있다. 인파에 흐름이 생기고, 우리는 등을 기대고 그 흐름에 몸을 맡긴 채, 더위에 부풀어 오른 보도 위에 오도 가도 못하고 떠 있다.

검은 눈에 사향 냄새가 나는 섹시한 남자가 내 옆에서 춤을 춘다. 금빛 가로등 불빛에 비친 그의 피부는 구릿빛이고, 맨 어깨에는 땀방울이 송알송알 맺혀 있고, 손목에서는 뱅글이 짤랑거린다. 그에게서 아픔의 냄새가 풍기자 그 속을 파고들어가 가득 들이마시고 싶어진다. 우리는 엉덩이와 눈과 입술에 불과한 존재가 될 때까지 더 바짝 다가붙는다. 나는 당신과 내 몸 사이에 다른 사람의 몸을 끼워 넣어 자유로운 내가 되는 법을 기억해내고 싶다. 당신에게 상처를 주고 싶지는 않지만, 밤이 위험으로 반짝거리고 내가 색채와 빛을 향해 돌진하며 밤으로 뛰어들 때, 내가 누구인지 기억하며 내 주장대로 하고 싶다.

그 남자가 내게 몸을 기대며 키스하자, 나는 키스를 되돌려주며 진하고 열렬한 느낌에 빠져서 그 느낌이 내 입속으로 쏟아져 들어오게 내버려둔다. 실체가 없고 반투명한 존재로 사는 데, 나 자신에게서 도망치는 데, 내 목소리를 내지 못하는 데 너무 신물이 난다. 뜨거운 밤과 변덕스럽고 열광적인 비트에 빈틈없이 둘러싸여, 지독한 열기로 가득 채워지기를 바라며, 그 열기 속으로 더 깊이 파고든다. 세상에서 내 존재감을 드러내고, 주위에 손을 뻗어 내 존재의 증거인 잔물결이 이는 것을 보고 싶다. 그 남자가 자신의 몸을 내 몸에 밀착시키자, 내가 당신을 만나기 전 느꼈던 세상의 매력과 아드레날린에 의지해 위험하고 원초적인 삶을 산다는 것이 어떤 느낌이었는지가 기억나며, 지금껏 우리가 함께 쌓아 올린 경계를 허무는 전율이 인다. 내 어깨에 닿는 손길을 느끼며 무시하지만, 이내 더 다급한 손길이 또다시 다가오고 카를라와 엘레나가 당신의 이름을 부르는 소리가 들린다.

나는 그 남자에게서 벗어나, 눈 아래가 짙게 그늘져 있기는 하지만 은색 귀걸이에 반짝이는 셔츠 차림으로 여전히 아름다운 당신이 나를 똑바로 쳐다보고 있는 모습을 목격한다. 상처 입은 당신의 입은 짓이겨진 꽃처럼 일그러져 있다. 나는 깜짝 놀라 당신을 마주 보고, 카를라와 엘레나는 두 팔을 허공으로 내던지며 춤을 추다 소스라치게 놀라 그대로 굳어버린 채 이맛살을 찌푸린다. 당신이 돌아서서 떠나버리자 나는 다급하게 당신을 뒤쫓는다.

"여기 있어." 음악 소리보다 더 큰 목소리로 내가 외친다. "돌아와서 너희를 찾을게."

나는 부츠와 운동화에 발이 걸려 비틀거리며 열기와 연기를 헤치고 나아가면서, 어둠 속에서 당신 몸의 번쩍이는 빛을 찾는다. 벌건 얼굴들이 불쑥불쑥 다가오고, 당신을 잡으려고 손을 뻗지만, 당신은 더 날쌔게 움직이며 내 손에서 벗어난다.

"잠깐만." 우리가 인파의 가장자리에 다다랐을 때 내가 헐떡이며 말하자 당신이 휙 돌아서서 나를 마주 본다. 당신의 눈에서는 내가 전에 본 적이 없는 부서진 무언가가 번득인다.

"대체 뭐야?" 당신이 두 손을 쳐든다. "대체 뭘 하고 있었던 거야?" 나는 집중하려 해보지만, 나를 둘러싼 세상이 빙글빙글 돌며, 소리와 네온 불빛이 흐릿해진다.

"답장하지 않았잖아." 내가 헐떡이며 말한다. "당신이 올지 몰랐어." 당신이 넋이 나간 듯 연약해 보여서, 손을 뻗어 당신을 만지려 해보지만, 당신은 나를 이 세상에 어지럽고 허기지고 흐트러진 채로 남겨두고 물러난다.

"미안해." 내가 나직이 말한다. "하지만 내게 떠나달라고 한 건 당신이었어."

"공간이 필요하다고 했잖아."

"그래서 공간을 주고 있잖아."

당신이 내게서 뒷걸음질 친다. "당신을 못 믿겠어."

"뭐?"

"지난 몇 달 동안 나는 줄곧 당신 주위에서는 발소리를 죽이고 다니고 당신이 하는 말에 귀를 기울이면서 당신을 지지해주기만 했어. 그런데 내가 당신을 만나러 오려고 아파트에 앉아서 서둘러 일을 하는 동안, 당신은……."

"그렇군. 결국 관건은 당신과 당신 일이기 때문이지. 아니야? 사람들을 위해 희생하고. 모두를 기다리게 하고."

"닥쳐. 당신은 다른 사람은 생각하지 않고 하고 싶은 대로 뭐든 그냥 다 하지." 눈을 감으니 세상이 더 빨리 움직인다. 나는 더위와 피부의 따가운 느낌, 내가 견디고 있는 압도적일 만큼 많은 규칙에 너무 신물이 난다. 배고픈 것, 배 속에 비밀을 품고 있는 것에 신물이 나고, 올바른 일을 하려고 노력하는 것에도 신물이 난다. 당신은 나를 빤히 쳐다보고, 나는 당신의 잿빛 얼굴을 바라보며 정나미가 떨어진다.

"당신한테 너무 버거운 사람이라 미안해." 내가 신랄하게 말한다. 당신은 못 믿겠다는 듯 고개를 절레절레 흔들고, 나는 당신이 정말로 내가 하고 싶은 것은 그냥 다 한다고 생각하는지 궁금하다. 그것은 지금껏 내가 살아온 방식과 정반대이고, 나는 당신이 그것을 이해하는 줄 알고 있었다. 우리가 정말로 서로를 잘 아는 건지, 아니면 그 생각은 그저 착각, 거짓, 오해였을 뿐인지 궁금하다. 나는 돌아서서 당신과 당신의 분노를 뒤로하고 밤을 향해 나아간다.

"잠깐만." 당신이 손을 뻗어 내 팔을 움켜잡는다. "혼자 가지 마." 당신의 목소리가 누그러진다. "나도 열은 받지만, 당신이 이렇게 가게 놔둘 수는 없어. 당신은 다른 사람과 함께 있어야 해."

"걱정하지 마." 내가 당신의 손에서 벗어나려고 버둥거리자 나를 둘러싼 세상이 휘청거린다. "나 하나쯤은 내가 돌볼 수 있어."

나는 술에 취한 십 대들, 가로등 기둥에 묶여 잠겨 있는 자전거들, 피자 가게 밖에 모여 있는 사람들을 날쌔게 피해 파티장을 빠져나간다. 머릿속이 아주 높은 소음으로 시끄럽고, 그것에서 벗어나야 한다. 아우성치는 내 생각들, 울려 퍼지는 당신 목소리, 더위와 소음과 사람들, 모든 것이 빨갛게 젖어 있다. 연석 옆에 대기 중인 택시가 있다. 나는 문을 열고 그 차에 올라타서, 가죽 시트에 머리를 기댄다.

"아돈데?(어디로 가시나요?)" 운전기사가 물어보자, 나는 무심코 고속버스터미널까지 가달라고 말한다.

"발레(알겠습니다)." 그가 어깨를 으쓱하고 에어컨을 더 세게 튼다. 차가운 공기가 수그러들 줄 모르는 더위를 잠시 식히며, 나를 달래준다. 내가 명료하게 생각할 수 있는 더 시원하고 조용한 곳이 필요하다. 산속 오두막, 젖은 풀, 차가운 별을 머릿속에 그려본다.

터미널에서 트렘프행 표를 사고 마리아에게 어수선한 메시지를 보내, 오두막이 비어 있는지 물어본다. 그녀가 대답하기도 전에 불안해서 덜덜 떨리고 쑤시는 몸으로 머리를 버스 차창에 밀어붙인 채 잠이 든다. 나는 산 너머에서 동이 틀 무렵 잠에서 깬다. 야트막한 적갈색 산들이 저 멀리 어렴풋이 보이고, 또 하루가 우유에 떨어진 핏방울처럼 하늘로 스며든다.

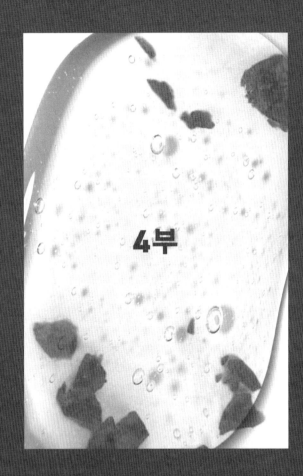

4부

86

    마리아가 낡아빠진 트럭을 몰고 나를 데리러 버스 정류장에 온다. 지직거리는 라디오에서는 소프트 록이 쾅쾅 울려 퍼지고, 백미러에서는 묵주가 흔들리고 있다. 그녀는 내 지친 얼굴과 어깨에 멘 작은 가죽 배낭에 당황하지 않는다.

    "이렇게 느닷없이 나타나서 정말 죄송해요." 좀처럼 그녀를 쳐다볼 엄두를 내지 못하며 내가 말한다. "최대한 빨리 비용을 지불할게요. 몇 가지 일을 해결하는 데 며칠만 있으면 돼요."

    "운이 좋게도 그곳이 비어 있어요." 내가 그녀 옆의 먼지 쌓인 자리에 기어 올라타자 그녀가 어깨를 으쓱하며 말한다. "보통 이맘때면 예약이 꽉 차지만 수도와 전기 문제 때문에 두어 주 동안 인터넷을 끊었거든요." 그녀가 운전대를 한 손으로 잡고, 조수석 사물함을 더듬어 담배를 찾는다. "이제 당신이 여기 왔으니, 날 도와줄 수 있겠네요. 내 아들들은 여자친구들과 함께 세비야에 있어요." 그녀가 고개를 절레절레 흔든다. "영어로 뭐라고 그러죠? 운 파르 데 마노스 엑스트라(일손이 더 있으면 좋을 거예요)." 대형 화물차가 경적을 울리자, 그녀가 욕설을 내뱉으며 별안간 작은 샛길로 방향을 튼다.

트럭이 구불구불한 도로를 따라가며 요동치자, 나는 속이 울렁거려서, 눈을 비비며 차창을 내린다. 근처 마을의 낯익은 석조 교회가 우리 눈앞에 우뚝 솟아 있다. 세상이 흐릿하고, 내가 감당할 수 없는 일을 벌인 것일까 봐 두렵다. 어젯밤의 일들을 머릿속으로 훑어보며 죄책감에 속이 뒤집힌다. 나는 사향 냄새를 풍기던 남자와 군중 속 당신의 창백한 얼굴을 떠올리며 마른침을 삼킨다. 당신에게 화가 나지만, 모든 것이 혼란스럽다. 내 감정은 화학 약품에서 비롯되었고, 수면 부족으로 왜곡된다. 당신이 나를 걱정하리라는 것을 알기에, 메시지를 보내려고 휴대전화를 꺼내지만 배터리가 다 닳아서 화면이 캄캄하다. 마리아가 오두막 바깥에 차를 세운다.

"에스타모스 아키(도착했어요)."

"무차스 그라시아스, 마리아." 나는 감사를 표하며 트럭에서 부드러운 땅 위로 뛰어내린다.

"데 나다(천만에요). 필요한 건 뭐든 가져다 써요. 나는 배선을 손보러 아침에 올게요. 지금은 전기가 들어오지 않지만, 지내기엔 괜찮을 거예요."

마리아가 차를 몰고 떠나 들판을 가로질러 가고, 나는 작은 오두막의 문을 연다. 나무와 숲 냄새가 온몸을 휘감는다. 나는 침실로 들어가, 햇볕에서 벗어났다는데 데 감사하며 침대에 털썩 쓰러진다. 눈이 침침하고 온몸이 쑤신다. 얇은 담요에 얼굴을 파묻으며, 그 밑에 함께 있던 우리의 몸을, 내가 당신의 모든 것에 얼마나 굶주려 있었는지, 그때가 지금은 얼마나 멀게 느껴지는지를 떠올린다. 가슴속에 후회가 북받치지만, 나만의 공간에서 나만의 생각에 잠겨 혼자 있다는 사실에 안도감이 들기도 한다.

나는 잠이 들고, 몇 시간 후 푸른 어스름 속에 입이 바짝 마르고 굶주린 위가 뒤틀린 채로 깨어난다. 오두막이 후텁지근해서 현관문을 열고 보니, 불쏘시개가 가득 담긴 양동이 하나, 와인 한 병, 바게트 하나, 갈색 종이에 싸인 부드러운 염소 치즈 한 덩어리가 놓여 있다. 마리아의 친절에 울컥 죄책감이 솟구친다. 나는 양초 두 개에 불을 붙여 바깥 테이블에 올려놓고 곤충들이 불꽃 주위를 맴도는 것을 지켜본다.

수도꼭지를 틀고 선 채로 미지근한 물을 벌컥벌컥 들이켜며 물방울이 턱을 타고 흘러 내려 옷을 적시도록 내버려둔다. 연기와 땀 냄새가 나는 원피스를 머리 위로 잡아당겨 벗어 던지고 속옷 차림으로 나무 현관에 서니, 산바람이 내 끈적끈적한 피부를 달래준다.

나는 덱 바닥에 앉아 바게트를 덩어리로 뜯어 염소 치즈를 바르고 재빨리 먹는다. 밀가루 반죽과 이스트로 배가 부르자, 내 미릿속 불안한 사고의 뾰족한 모서리가 부드러워진다. 나는 햇볕에 그을린 흙, 야생 로즈메리, 목재에 배어든 한낮의 열기, 들판 위로 흘러가는 모닥불 연기 냄새를 맡을 수 있다. 별들이 부서진 유리처럼 반짝이자, 우리가 보름달 아래 누워 있고 당신이 보름달이 징조라고 말했던 순간이 기억난다. 손가락에 묻은 염소 치즈를 핥아 먹자 식욕이 돌아오고, 하늘 아래 홀로 있는 내 몸은 자유롭고 원하는 것이 있다. 등을 대고 눕자, 테이블 가장자리에 버려진 마리아의 담배 한 개비가 눈에 띈다. 성냥을 찾아 불을 붙인 다음, 드러누워 산을 올려다보며, 얼굴 위로 담배 연기를 가느다랗게 내뿜는다. 입술에서 짠맛이 나고, 타르에 폐가 그슬리는 것을 느끼며 숨을 깊이 들이마신다. 손으로 배와 엉덩이를 쓰다듬으며 손끝에 닿는 피부, 지방, 뼈를, 나무와 담배가 있는 이 세상의 일부를, 그중 한 사람을, 결국 인간을 느낀다.

87

나는 파리를 떠나 런던으로 돌아갔다. 내가 재임대한 셋방은 마룻바닥이었고, 이전 세입자가 남겨둔 카펫까지 깔려 있었다. 그것은 일반적인 크기의 방이었지만 파리의 그 자그마한 다락방에 비하면 터무니없을 만큼 넓게 느껴졌다. 나는 커튼을 열어둔 채 잠을 자며, 햇빛이 베개에 스며들게 하고, 뜨거운 물로 오랫동안 샤워를 하고, 치약이 여기저기 튄 수도꼭지에서 콸콸 쏟아지는 따뜻한 물을 즐겼다.

새 하우스메이트들은 카페나 바에서 일하거나, 자전거 배달원으로 일했고, 각자 일정이 다 달라서, 주방 테이블에는 항상 누군가가 차를 타거나 캔 맥주를 마시며 앉아 있었다. 복도에는 잡지 상자가 쌓여 있었고 화장실 벽에는 펑크 밴드의 공연 전단지가 붙어 있었다. 주방 창턱에는 식물들이 줄지어 늘어서 있어서, 나는 물을 주는 데 많은 신경을 쓰며 길고 커다란 초록색 잎사귀들이 햇빛을 향해 뻗어가는 모습을 즐겼다. 흙을 항상 촉촉하게 해주고 지나친 추위에 시달리지 않도록 했다. 하우스메이트들은 요리하는 것을 좋아해서, 커다란 은색 냄비에 채소 칠리소스나 매콤한 카레를 부글부글 끓이고, 다음과 같은 메모를 남기곤 했다.

"마음껏 드세요."

누군가가 나무 주걱에 "다이어트 말고 폭동을"이라고 새겨놓았는데, 밥을 퍼서 그릇에 담으며 그 글자들을 손가락으로 더듬어 보고 억지로 밥을 먹다 보니, 내가 밀어내고 있는 모든 것의 무게에 짓눌린 실패자가 된 듯한 기분이 들었다.

런던은 유령으로 가득 차 있었다. 내가 드나들던 바와 카페들은 이미 문을 닫고 새로운 곳으로 바뀌어 있었다. 헝클어진 머리에 허기져서 멍한 눈으로 맨다리에 멍이 든 채 길모퉁이에 서서 더 이상 존재하지 않는 문을 찾는 더 어린 시절의 나 자신을 도처에서 찾아냈다. 나는 그녀의 손을 잡고 그녀를 위해 욕조에 뜨

거운 물을 받아주고 싶다는 생각과 그녀의 수치심과 자기혐오가
내게 영향을 미치지 않도록 가능한 한 거리를 두려는 절박한 마
음 사이에 낀 채, 그녀를 피해 다녔다.

88

나는 늦잠을 자다 후텁지근한 공기에 잠이 깬다. 머리가 몽롱
하고, 피부가 당긴다. 선반에서 오래된 인스턴트커피가 담긴 병을
발견하고 가스레인지에 냄비를 올려 물을 끓인다. 오두막 문을
열고 보니, 마리아가 문밖에 쪼그리고 앉아, 뒤엉킨 전선을 만지
작거리고 있다.

"부에노스 디아스." 내가 깜짝 놀라며 그녀에게 말한다. "그라
시아스 포르 엘 판 이 엘 케소(빵과 치즈를 주셔서 감사해요)." 나는
더러워진 원피스를 입은 다음, 밖으로 나가 발가락 사이에 거친
풀을 느낀다. 잠시 집중하여 마리아를 지켜보다, 페인트 얼룩이
묻은 티셔츠를 입은 그녀의 불룩한 이두박근과 그녀의 손목에
매달린 썩어가는 우정 팔찌를 발견한다.

"알리카테스 좀 건네줄래요? 전선 자르는 거 말이에요."

"돈데 에스타?(어디 있어요?)"

"검은색 가방 안에요." 나는 낡은 나무 테이블 위에서 더러운
검은색 공구 가방을 발견하고 철사 절단기를 찾으려고 가방 안을

뒤적거린다. 마리아가 무언가를 만지작거리며 욕설을 내뱉는다.

"이런 건 다 어디서 배웠어요?" 내가 그녀에게 물어본다.

"이런 거라니요?" 그녀가 나를 쳐다보지 않은 채 대답한다.

"배선, 배관, 직접 집을 짓는 일 같은 거요."

그녀가 귀 뒤에서 연필을 뽑아 구겨진 공책에 무언가를 적어둔다. "마드리드에서 몇 년 동안 불법 거주를 했어요. 다 거기서 배운 거죠. 불 좀 켜볼래요?"

"뭐라고요?"

"들어가봐요. 작동되는지 봐야죠." 내가 손가락으로 스위치를 누르자 주방 조명이 깜박거리며 켜지더니, 켜켜이 쌓인 먼지를 비춘다.

"되네요!"

"몰트 베(아주 좋아요)." 그녀가 도구를 챙기기 시작한다. "애인이 있었어요." 그녀가 나를 쳐다보지 않고 말한다. "함께 이 집을 지으려고 이곳에 왔죠. 하지만 상황이 안 좋아졌어요. 우리 사이는 끝났죠."

"저런. 어떻게 된 건가요?"

"그는 프랑스로 돌아갔어요. 그가 떠났을 때 나는 둘째를 임신 중이었죠. 하지만 난 남기로 결정했어요." 나는 나무 격자 시렁을 휘감은 포도 덩굴, 풀이 무성한 정원, 커다란 조각상들, 하늘을 향해 치솟은 붉은 바위들을 둘러본다. 직접 만든 지붕 밑에서 잠을 자고, 벽돌, 타일, 나무 조각을 하나하나 다 만져보고, 그 모든 것이 내 소유라는 사실을 안다면 기분이 어떨지 상상해본다.

"아름다워요." 내가 말하자 마리아가 웃음을 터뜨린다.

"허물어지는 중이에요. 하지만 이건 내 집이죠." 그녀가 처음으로 나를 제대로 쳐다본다. 나는 내 지저분한 옷, 얼룩진 화장, 고약한 술 냄새와 땀 냄새를 의식한다.

"그래, 남자친구는 어디 있어요?"

내 목구멍이 조여들고 나는 그녀의 시선을 피한다. "바르셀로나에요."

"그는 당신이 여기 있다는 걸 알아요?"

"설마요."

"설마라니 무슨 뜻이죠?"

"아니요. 그는 몰라요." 그녀가 빤히 쳐다본다. 목구멍이 답답한 느낌이 들고, 해가 중천에 뜨기도 전에 피부가 화끈거린다. 마리아가 고개를 절레절레 흔들며 공구 가방을 마치 공기로 만들어진 것처럼 거뜬히 어깨에 휙 걸친다.

"당신은 여기서 안전해요." 그녀가 말한다. "하지만 그냥 도망쳐버릴 수는 없어요." 그녀는 햇빛을 가려 눈을 보호하고, 그녀의 얼굴 위로 슬픔이 스쳐 지나간다. 나는 어린아이처럼 작아지고 잘못을 깨달아 온순해진 기분을 느끼며, 그녀에게 미소를 지어 보이려 노력한다. 그녀가 눈가의 머리카락을 떼어낸다.

"이따가 수영할래요?" 그녀가 나에게 물어본다. "이 근처에 바랑코(절벽)가 있어요. 내가 이웃 사람과 자주 가는 곳이죠. 당신이 가고 싶다면 오늘 오후에 차로 함께 데리고 갈게요." 시원한 물을 상상하자 갈망이 일며 다리가 풀리는 기분이다.

"그럼 정말 좋겠어요."

마리아가 고개를 끄덕인다. "우리가 이따 태우러 올게요."

"전기를 쓸 수 있게 고쳐주셔서 감사해요."

"데 나다." 그녀는 어깨를 으쓱하고, 나는 들판을 가로질러 가는 그녀의 강인한 모습 지켜본다.

그녀는 화장실 배관, 전기 배선 등 무슨 일이든 다 처리할 수 있고, 자신만의 세계의 범위를 규정할 수 있을 것처럼 보인다. 그녀가 무엇을 피해 도망쳤고, 왜 이곳에 남기로 결정했으며, 어떻게 이곳에서 혼자 두 아이를 키웠는지 궁금하다. 그녀가 도시에서 바에 앉아 있거나 지하철을 타는 모습은 상상이 되지 않는다. 그녀가 원래부터 이랬는지, 아니면 차츰 성장하여 주변 환경에 적응하게 된 것인지, 우리가 우리의 공간을 규정하는 것인지, 아니면 공간이 우리를 형성하는지, 그리고 그것이 나에게 어떤 의미인지가 궁금하다.

나는 휴대전화를 충전하고, 메스꺼움을 느끼며 전원을 켠다. 부재중 전화 열다섯 통, 카를라가 보낸 메시지 세 개, 엘레나가 보낸 메시지 두 개, 당신이 보낸 메시지 일곱 개가 와 있다. 직장에 전화를 걸어 내일 출근하지 못하겠다고 말해야 한다. 나는 입술을 잘근거리며 당신의 메시지를 죽 훑어본다.

"어디야?"

"괜찮은 거야?"

"이게 대체 무슨 짓이야?"

"왜 전화 안 받아?"

"전화해줘."

"부탁이야."

"걱정 돼."

엘레나의 메시지는 다음과 같다. "프레시오사, 돈데 에스타스? 우리는 널 찾고 있어." 나는 눈을 문지른다. 새날이 밝고 보니 내 행동이 너무 멜로드라마 같아 보여서 부끄럽기 짝이 없다. 무슨 말을 해야 할지 모르겠다.

"마리아의 오두막에 있어." 당신에게 메시지를 적어 보낸다. "산속에. 미안해. 난 괜찮아."

당신이 즉시 답장을 보낸다. "정말이야?" 당신이 메시지를 입력 중이라는 것을 의미하는 점들이 한참 동안 깜박거린다.

"미안해." 내가 다시 한번 입력한다. "우리 나중에 전화로 얘기하면 안 될까?"

나는 축제에서 당신에게 들은 말에 아직도 마음이 쓰리고, 내가 고칠 수 없는 무언가를 망가뜨린 것일까 봐 두렵다. 내가 우리 사이의 모든 좋은 것이 아무것도 아닌 것처럼 결국 그 어느 것도 붙잡을 수 없게, 손에 쥐고 구겨버리기라도 한 것처럼 말이다. 하지만 여러 해 동안 내가 원하는 것이 정확히 무엇인지 묻는 질문에 대답하지 못했던 내게는 원하는 것이 무엇인지를 알고 손을 뻗어 그것을 붙잡는 것이 중요하다는 점을 당신이 이해해주었으면 한다. 당신이 답장을 입력하는 동안 나는 당신의 사진을 바라본다. 당신의 진지한 회색 눈, 당신 뒤에 있는 나무들, 당신의 얼굴을 스치며 떨어져 내리는 초록빛과 금빛을 말이다.

"좋아." 당신이 그렇게 써 보내고, 더 기다려보지만, 다른 메시지는 오지 않는다.

"알았어." 내가 답장한다. "곧 이야기하자."

89

로사가 페컴에 있는 한 갤러리에서 개인전을 열었다. 나는 그녀가 자신의 가장 큰 그림 옆에 서 있는 것을 발견했다. 너무 선명해서 거의 고통스러울 지경인 붉은색이 흘러넘치는 그림이었다.

"왔구나!" 그녀가 따뜻한 화이트 와인 한 잔을 내 손에 꼭 쥐여주었다. 그녀가 내 쪽으로 바짝 몸을 기울이자 그녀의 머리에서 물감과 담배 냄새가 났다. 나는 벽에 걸린 그녀의 작품을 올려다보았다. 나는 그녀가 감정을 더 이상 자기 안에 담아둘 필요가 없도록 모양과 색깔 속에 욱여넣는 방식에 언제나 깊은 인상을 받았다. 검은색 터틀넥을 입은 키 큰 남자가 다가오더니 그녀의 사진을 찍기 위해 휙 데려가버렸다.

"내가 찾으러 올게." 로사가 어깨 너머로 입 모양으로만 그렇게 말했고, 나는 고개를 끄덕였다. 나는 긴 가죽 재킷을 입고 네온 색 아이섀도를 바른 사람들을 훑어보며 아는 사람을 찾았다. 다른 사람들의 눈길을 의식하며 와인을 단숨에 들이켜고 무언가 할 일을 찾으려고 애썼다. 나는 주머니에 손을 넣고 벽에 기대고 있던 맥스와 마주쳤다

"나랑 담배 피우러 갈래?" 그가 문으로 향하며 물어보았고, 나는 그를 따라갔다.

우리는 배수로에 발을 넣고 길거리 연석 위에 앉았다.

"런던으로 돌아와보니까 어때?" 맥스가 물어보았다.

"응, 좋아. 그냥 익숙해지는 중이야."

모르는 사람이 다가와서 우리에게 불을 빌려달라고 부탁했다. 나는 헝클어진 검은 곱슬머리, 찢어진 데님 재킷, 소맷부리 밖으로 비어져 나온 양치식물 문신을 유심히 보았다.

"여기요." 내가 맥스의 라이터를 건네주자, 당신이 나를 바라보며 말했다.

"고마워요."

90

우리는 산을 관통하는 터널을 통해 몽레베이 협곡으로 차를 몰고 간다. 그곳은 들쭉날쭉한 낭떠러지 사이에 흉터처럼 새겨진 비취빛 협곡으로, 수면 위에 선명한 색깔의 카약들이 흔들리고 있다. 마리아와 그녀의 이웃인 디에고와 나는 뜨거운 태양 아래 가파른 길을 오른 다음, 물가로 민첩하게 기어 내려간다. 사람들이 나무로 만든 선창에서 물속으로 뛰어들고, 그들의 맨몸은 햇빛을 받아 희미하게 빛난다. 절벽 사이에는 출렁다리가 높이 매달려 있고, 십 대들이 그 다리에서 뛰어내리며, 그들의 비명 소리가 바위 틈새에 갇힌다.

나는 먼지와 땀 때문에 가려워서 허겁지겁 옷을 벗는다. 수영복이 없다는 것이 떠오르자 위가 조여들지만, 마리아가 내 앞에서 옷을 모두 벗고 알몸이 된다. 그녀의 햇볕에 그을린 짙은 갈색 팔과 속살의 경계가 선명하다. 나는 잠시 망설이다가 오두막 밖에서 염소 치즈를 먹고 있었을 때 느꼈던 기분, 마치 내 몸이 이 세상에서 그저 하나의 개체에 불과한 듯했던 것을 기억하며 브래지어의 후크를 푼다. 디에고가 셔츠를 벗어 던지고, 고양이처럼 바위에 드러누워 눈을 감는다. 그의 손가락 사이에는 담배가 늘어져 있다.

마리아는 잔물결도 거의 일으키지 않고, 계곡물로 부드럽게 뛰어든다. 나도 그녀를 따라 뛰어들고, 그 시원함에 기분이 좋아지며 짜릿함을 느낀다. 물은 푸른 우유처럼 탁하고 부옇다. 나는 몸을 쭉 뻗으며 앞으로 나아간다. 저 멀리 있는 산을 목표로 삼고 향하다 보니, 마치 세상이 그 중심축에서 갈라져 나오고 나는 하늘을 누비며 헤엄을 치고 있는 듯 모든 것이 초현실적이다. 나는 하늘을 향해 둥둥 떠 있으면서, 햇살이 내 속눈썹 끝에 맺힌 무지개를 어르는 것을 지켜보며, 나 자신을 극한의 잔인한 상태까지 몰아붙이고 싶은 충동에 저항하고, 나보다 더 큰 무언가가 나를 떠받치고 있는 느낌을 즐긴다. 당신이 여기 있고, 아무것도 망가진 것이 없다면 좋겠다. 당신의 몸이 낯선 물속에서 우윳빛으로 빛나며, 푸른빛을 따라 함께 떠다니면 좋겠다.

마리아가 머리카락을 물개처럼 반들반들하게 뒤로 넘기고 내 옆에 모습을 드러낸다.

"에스 무이 보니토(정말 멋지죠), 안 그래요?" 그녀가 웃음을 터뜨린다. 그녀의 두 눈이 햇빛을 받아 반짝거린다. 마리아가 고개를 돌리고, 우리는 한 십 대 소년이 다리에서 쏜살같이 뛰어내려 풍덩 소리를 내며 수면을 때리는 모습을 구경한다.

"데우 메우(맙소사)." 그녀가 코를 찡그린다. "저러면 아플 텐데." 소년이 수면 위로 불쑥 솟아올라 웃음을 터뜨리며, 겉보기에는 다친 데 하나 없이 머리카락에서 물을 털어낸다. "한번 해볼래요?"

"뭘요? 다리에서 뛰어내리는 거요?"

"시." 그녀가 빙긋 웃으며 말한다. "여기 오는 사람은 누구나 꼭 한 번은 해봐야 해요. 디에고가 같이 가줄 거예요."

나는 물에서 기어 나와, 속옷을 잡아당겨 입으면서, 그 신축성 있는 옷감이 내 젖은 피부를 일그러뜨리는 대로 꿈틀거리며 몸을 밀어 넣는다.

"바모스." 디에고가 마리아에게 윙크하며 말한다. 다리까지 올라가는 동안 거친 바위에 스쳐 내 무릎이 까진다. 아드레날린에 목구멍 안쪽이 욱신거린다.

"무서워요?" 디에고는 갈색 치아를 드러내며 활짝 웃고 나는 고개를 끄덕인다. 우리가 다리 한가운데로 걸어가며 다리가 바람에 출렁이자 그는 웃음을 터뜨린다. 물에 젖어 엉망이 된 머리로 눈을 번뜩이며 한 십 대 소녀가 나타난다. 그녀는 난간을 풀떡 뛰어넘어 아주 작은 바위 턱에 올라선 다음, 무릎을 구부리고 나서 연필처럼 곧장 물속으로 뛰어들더니, 잠시 사라졌다가, 이내 다시 햇살 속으로 불쑥 솟구친다.

"내가 할 수 있을지 모르겠어요." 내가 디에고에게 말하자 그는 또다시 웃음을 터뜨린다.

"쉬워요. 미라(잘 봐요)." 나는 그가 쭈글쭈글한 발가락으로 출렁다리의 가장자리를 움켜잡은 다음, 낙하하며 두 팔을 발레리나처럼 허공으로 치켜들고, 바람이 밀려와 그의 몸을 휘감는 것을 지켜본다. 그는 우아하게 수면에 부딪힌 다음, 팔을 크게 저어 수면 위로 모습을 드러낸다. 그가 나를 올려다보며 손을 흔들고, 나는 바위 턱 위로 풀떡 뛰어내린다. 절벽 사이에서 불안정하게 서 있으니, 몸이 떨린다. 물이 햇빛을 받아 금속판처럼 반짝거리고, 나는 수면에 부딪히는 순간 척추가 부러지고 두개골이 산 산조각 나며 온몸의 뼈가 부서지는 것을 상상한다. 마리아가 나를 지켜보고, 바위 위의 십 대들이 부드럽게 타들어가는 마리화나 담배를 입에 물고 반쯤 감긴 눈으로 나를 올려다보고 있는 것이 느껴진다. 바위 턱 위에서 후들후들 떨며 내가 해낼 수 없다는 것을 깨닫는다. 나는 경계선을 넘어가는 것이 너무 두렵다.

짙은 색의 곱슬머리 남자가 나를 향해 다가오자 다리가 그의 무게에 짓눌려 출렁인다.

"바스 아 살타르(뛰어내릴 건가요)?" 그가 물어보자, 나는 바위 턱 위로 폴떡 뛰어 안전한 곳으로 되돌아간다.

"로 티에네스(마음대로 하세요)." 그 남자는 다리에서 뛰어내려 어색한 각도로 수면에 부딪히지만, 그래도 웃음을 터뜨리며 올라와 물보라 속에서 콜록거린다. 나는 나 자신이 한심하다고 느끼며, 마리아와 디에고에게 돌아간다. 그들은 웃음을 터뜨리며 걱정하지 말라고 말하지만, 내가 그들을 실망시킨 것 같은 기분이 든다. 예전 같았으면 고민하지 않고 뛰어내려 눈앞에 닥쳐오는 번쩍이는 협곡을 만끽하며 온몸을 바람에 내던졌을 것이다.

다 함께 차를 타고 마을로 돌아가는 길에 나는 침묵에 잠긴다. 구름이 어두워지기 시작하고 야트막한 산에서는 은빛 위협이 깜박거린다. 대기에는 전류가 흐르고, 나는 무엇이 변했는지, 왜 더 이상 바깥세상에 끌리지 않고 경계선에서 멀어지고 있는지가 궁금하다.

91

"어젯밤에 너랑 얘기하던 그 남자 누구였어?" 로사의 아파트에서 길을 따라 내려가다 보면 있는 어느 카페에서 함께 숙취를 풀면서 내가 그녀에게 물어보았다. 나는 진한 차를 홀짝이며 토스트에 버터를 발랐다. "길거리에서 말이야. 키가 크고 흑발이었어. 나긋나긋한 말투였고." 로사가 달걀프라이 노른자를 터뜨리며 나를 힐끗 쳐다보았다. 그녀의 눈 밑에 번진 아이라이너는 딱딱하게 굳어 있었다.

"골드스미스의 오랜 친구야." 그녀가 입술을 비죽거렸다. "왜?"

"그냥." 나는 토스트를 한 입 먹었다. "좀 괜찮아 보여서."

"그와 얘기했어?"

"설마."

로사가 히죽히죽 웃었다. "그러고 싶어?" 눈 안쪽에서 두통이 가라앉지 않아서, 나는 물 한 잔을 벌컥벌컥 들이켰다.

"아, 모르겠어."

"왜 안 되는데?"

"데이트한 지 오래됐어."

그녀가 자기 음식에 케첩을 조금 뿌렸다. "원한다면 그의 전화번호를 알려줄 수도 있어."

"그 사람한테 뜬금없이 문자를 보낼 수는 없어." 나는 몹시 당황했다.

로사가 눈을 말똥거렸다. "에이, 왜 이래. 재미있을 거야. 너무 복잡하게 생각하지 마."

92

화덕에 장작불을 피우고 벽장에서 스웨터를 발견한다. 눅눅한 냄새가 나지만 기꺼이 머리부터 집어넣어 입는다. 세찬 빗방울이 양철지붕을 두드린다. 스토브에 수프 한 캔을 데우고 와인 한 잔을 따르며, 우리가 이곳에 함께 있고 모든 것이 달랐던 때를 떠올린다. 선반에 쌓여 있는 머그잔들과 벽에 박힌 못에 걸려 있는 냄비들을 보며, 여기에 남아 공동체의 일원이 되어, 필요한 것을 줄이고 검박하게 산다면 어떨까 하고 생각해본다. 하지만 나는 이미 내 삶을 가장 기본적인 것만 가지고 사는 정도로 간소하게 살아봤고, 그로 인해 지나치게 가벼워진 나머지 이 세상에 별다른 인상을 남기지 못했다.

전화벨이 울리고 나는 불현듯 상념에서 벗어난다. 당신의 이름이 환히 빛나자, 마른침을 삼키고 당신의 전화를 받는다.

"안녕." 당신의 목소리가 작고 아득하게 들린다.

"안녕." 침묵이 흐르고, 나는 장대비 소리, 통나무에 금이 가는 소리, 냄비에서 수프가 보글보글 끓는 소리에 귀를 기울인다.

"당신 괜찮아?" 내가 머뭇머뭇 물어본다.

"별로야. 당신은?"

"나도. 별로야." 잠시 멈칫한다. "미안해." 내 목소리가 나직하게 흘러나온다.

당신이 한숨을 쉬고, 나는 입술을 깨문다. "대체 이게 뭐야?" 당신이 그렇게 말하자, 내 몸이 긴장한다. "대체 무슨 생각이었던 거야?" 그런 식으로 사라지지 말았어야 한다는 것을 알지만, 내가 당신의 새로운 삶에서 하찮고 거부당한 존재인 듯 무력감이 느껴졌기 때문에, 당신에게서 벗어나서 또다시 밤에 몸을 던졌던 것이다.

"미안해." 내가 다시 한번 말한다.

"정말 걱정했어."

"알아." 침묵이 흐른다. "그런 짓을 해서 미안해."

"진심이야?" 당신은 화난 어조로 말한다.

"응." 나는 와인을 아주 조금 마신다. "바보 같은 짓이었어. 당신 마음을 아프게 하고 싶지는 않았어. 하지만 당신이 떠나달라고 했을 때 난 마음이 아팠어."

"난 떠나달라고 한 적 없어."

"그렇게 느껴졌어." 긴 침묵이 흐른다. 나는 당신이 구겨진 셔츠를 입고 아파트 바닥에 앉아 큐티클 주변의 피부를 물어뜯고 있는 모습을 상상한다.

마침내 당신이 입을 열자, 당신의 목소리는 마치 당신이 그 안에 무언가 무거운 것을 담고 있는 것처럼 부자연스럽다. "당신이 떠날까 봐 항상 걱정이 돼."

"뭐라고?"

"이렇게는 못 살겠어. 모든 것이 이렇게 불확실한 채로는."

"무슨 뜻이야?" 당신은 침묵하고 나는 당신의 말을 곱씹는다. "나랑 같이 살 수 있을지 모르겠다는 뜻이야?"

"어쩌면."

분노가 내 목구멍을 옥죈다. 나는 상황이 나아지게 하고, 내가 손가락 사이로 흘려보낸 모든 귀중한 것을 되찾고 싶지만, 또한 당신을 더 멀리 밀어내고 싶고, 함께 절벽 너머로 가서 산산이 부서지는 소리를 듣고 싶기도 하다.

"알았어." 나는 당신이 축제에 올 것인지에 대해 명확하게 대답하려 하지 않았던 것을 떠올리며 쓸쓸하게 말한다. "그렇다면 안 되겠네."

"그래서, 그게 다야?"

"그게 당신이 원하는 거야?" 나는 숨을 죽인다.

"아니." 당신은 힘없는 목소리로 말한다. "당신이 돌아왔으면 좋겠어."

나는 작은 오두막을 둘러보고, 창문 너머의 푸른 산 그림자와 문가에 벗어 던진 내 샌들을 바라본다. 줄곧 내 것처럼 느껴지는 공간을 찾고 있지만, 어디에서 찾을 수 있는지 모르겠다. 내 삶을 선택할 권리를 위해 위험을 감수했는데 당신이 그것을 빼앗아 가게 내버려둘 수는 없다. 나는 익숙한 것으로 돌아가려 이를 악물고 노력해왔고, 내게 자격이 없다고 여기기에 내 주위의 모든 좋은 것들을 포기하려 애썼고, 배고프고 무모하다는 것이 어떤 느낌인지 기억하려 노력해왔다.

"정말이야?" 내가 당신에게 물어본다.

"응." 당신이 대답한다. 나는 잠자코 당신이 말을 이어가기를 기다린다. "다른 데 가서 지내게 해서 미안해." 당신이 말한다. "내가 같이 이사 가서 살고 싶냐고 물어봤을 때 당신이 너무 이상해 보였어. 당신이 떠나고 싶어 하는 줄 알았어." 수프가 다 준비되고, 나는 일어서서 스토브를 끈다. 창밖으로 어둠 속에서 나무들이 바람에 흔들리는 것을 바라보며, 내 모습이 당신에게 어떻게 보였을지 깨닫는다. 사실은 그저 나 자신의 선택인지가 중요할 뿐이었는데, 마치 함께 공간을 만들자는 당신의 제안을 내가 거부하는 것처럼 보였으리라는 것을 말이다.

"정말로 내가 하고 싶은 대로 뭐든 그냥 다 하는 것 같아?" 내가 당신에게 물어본다. 또다시 침묵이 흐른다. 나는 나무 조리대의 나뭇결을 손가락으로 누르며 당신의 대답을 기다린다.

"아니." 당신이 슬프게 말한다. "하지만 축제에서는 그랬지." 나는 수프를 그릇에 붓고 촛불 빛에 비친 김이 모락모락 피어오르는 모습을 지켜본다.

"어쩌면 내가 꼭 시도해봤어야 하는 일이었는지도 몰라."

당신은 한참 동안 말이 없다. "나 정말 피곤해." 마침내 당신이 말한다. "내일 다시 얘기할까?"

"그게 좋겠다."

당신과 작별 인사를 나누고 나서, 수프를 테이블로 가져간다. 속이 울렁거려서 잠시 주저하지만 이내 그릇을 기울여 입에 대고 너무 빨리 마시다가 입술과 혀를 덴다.

93

우리는 캠버웰에 있는 펍에서 만나기로 결정했다. 비를 맞으며 자전거를 타고 가는 바람에 내 머리카락이 물에 젖은 밧줄처럼 얼굴 주위에 축 늘어져버렸다. 나는 구겨진 셔츠를 입고 테이블에 양 팔꿈치를 괸 채 책을 읽고 있는 당신을 알아보았다. 위가 오그라들어 하마터면 뒤돌아서서 다시 나갈 뻔했지만, 그 순간 당신이 올려다보았고, 나는 미소를 지었다.

"한잔할래요?" 당신의 테이블에 다다랐을 때, 내 신용카드가 아직 되기를 바라며 물었다.

"고맙지만, 이미 있어요." 당신이 책을 덮고 앞에 놓인 비터 잔을 가리켰다. "한 잔 가져다줄까요?"

"괜찮아요. 직접 가져올게요."

와인 잔을 들고 자리에 앉았을 때, 당신의 손톱 밑에 낀 때, 왼쪽 눈썹 위의 작은 흉터, 목에 걸린 은빛 사슬 목걸이를 발견했다. 당신은 긴장한 고양이 같았고 담배 연기와 감초 냄새를 풍겼으며, 나는 마치 절벽에서 튀어나온 바위 턱에 서 있는 것처럼, 넘어질 듯 불안정한 감각을 느꼈다.

94

나는 일찍 일어나, 나에게는 한 사이즈나 작은 마리아의 낡은 운동화에 두 발을 밀어 넣고, 서랍 깊숙이 처박혀 있던 데서 찾아낸 반바지와 티셔츠를 입는다. 얼굴에 찬물을 끼얹고, 아침을 맞으러 밖으로 나간다. 더위가 시작되기 전이라 공기가 촉촉하고 상쾌한 냄새를 풍기고, 풀이 내 발목을 적신다. 나는 들판을 가로지르고 농장을 지나 걸어 올라가면서, 염소 방울 소리에 귀를 기울이고, 진흙과 거름 냄새를 들이마신다. 언덕 너머로 이어지는 흙길에 다다르자, 우리가 그 길을 따라 함께 걸으며 초목을 바라보고, 노란 꽃 사이로 손을 넣어 만져보고, 이름 모를 것들에 손을 뻗던 때가 기억난다.

달리기 시작하자, 심장이 빨리 뛰고 근육이 이완되면서 안도감이 느껴지고, 뼈 사이에 도사리고 있던 긴장이 쿵쾅거리며 풀려나간다. 나는 스스로를 채찍질해 앞으로 나아가며, 바위와 떨어진 나뭇가지를 뛰어넘고, 너무 꽉 끼는 운동화에 밟혀 돌멩이가 부서지는 소리, 뜨겁고 가쁜 내 숨소리에 귀를 기울인다. 당신이 새우 껍데기를 까고 오렌지 나무 밑을 거닐던 모습, 자전거 기름으로 얼룩진 당신의 종아리, 택시 뒷좌석에서 금빛으로 빛나던 당신의 얼굴, 주방 조리대 위에서 내 원피스 속에 들어와 있던 당신의 손을 떠올린다. 당신이라는 아픔에서 벗어나려 안간힘을 쓰며, 폐가 타들어가고 땀이 얼굴을 타고 흘러내릴 때까지 더 빨리 달린다. 더 이상 아무 생각도 나지 않을 때까지, 근육과 힘줄을 뒤로하고, 호흡과 공기만 남을 때까지 달린다.

나는 바위에 걸려 넘어져 땅바닥에 세게 부딪히며, 몸을 가누려고 손을 뻗다 손이 까지고 무언가 날카로운 것에 쿵 하고 무릎을 찧는다. 고함을 쳐보지만, 들을 사람이 아무도 없고, 긴 풀밭의 벌레들과 머리 위를 맴도는 새들이 부산을 떠는 소리만 들릴 뿐이다. 잠시 무릎이 욱신거리고 손바닥이 따끔거리는 채로 가만히 누워 있다가, 일어나 앉아 다리를 타고 흘러내리는 피를 바라보며 왈칵 눈물을 쏟는다. 나는 어린아이처럼 입을 쩍 벌리고 어깨를 들썩이며 엉엉 흐느껴 울고, 짭짤한 눈물이 내 얼굴을 타고 흘러내린다. 작고 각진 공간 속으로 나 자신을 욱여넣으며, 실현 불가능한 모습이 되려고 노력하는 데 너무 신물이 난다.

나는 다리에 묻은 모래를 털어내고 가까스로 일어선다. 무릎은 이미 멍이 들고 부어올라 있다. 위치를 파악하려 애쓰는 내내 머리가 지끈거리고, 오두막에서 몇 마일이나 떨어져 있다는 것을 깨닫는다. 주머니에서 휴대전화를 꺼내보지만, 신호가 잡히지 않는다. 정신을 가다듬고, 심하게 절뚝거리며 오솔길을 따라 되돌아간다. 나는 또다시 나 자신을 극단까지 몰아붙였다. 언젠가 이

순환의 고리를 끊고 내가 어떤 사람인지 받아들이는 법을 배울 수 있을지 궁금하다.

타라를 생각하니, 우리가 더 어리고 밤이 무한했을 때 어떤 기분을 느꼈는지가 기억난다. 알 수 없는 미래로 돌진하며 마치 우리가 천하무적인 듯 느꼈던 것이. 그래서 내가 지금 여기 있는지도 모르겠다. 나는 나이를 먹어가고 있고, 내가 잡을 수 있는 기회는 더 적다. 아니 어쩌면 내가 한때 하늘을 배경으로 손이 닿지 않는 눈부신 보석처럼 어른어른 빛나는 도시들을 붙잡으려 하면서 믿었던 것만큼 많은 기회는 애초에 없었는지도 모른다. 나는 런던과 파리에서 길을 잃었고, 두 도시는 나를 통째로 집어삼켰지만, 더 이상은 뚫고 들어갈 수 없는 벽에 나를 던지며 하찮은 존재라는 기분을 느끼고 싶지 않다.

나는 올바른 방향으로 가고 있는 것이기를 바라며, 무릎에 무리가 가지 않도록 조심하면서, 절뚝절뚝 바위와 덤불을 지나간다. 마침내 저 멀리 염소 농장이 보이고, 찰과상을 입고 쐐기풀에 쏠린 종아리와 피로 끈적끈적한 무릎이 따끔거리고 목이 마른 채로, 비틀거리며 오두막으로 돌아온다. 햇볕에 타는 듯한 공기를 들이마시며 가슴 속 심장이 터질 듯 마구 쿵쾅대고 반바지의 허리춤 위로 엉덩이 살이 비어져 나오는 것을 느낀다. 내 몸은 끊임없는 욕구로 욱신거리는 필사적인 동물이지만, 어쩌면 나는 욕구와 욕망을 부끄러워하지 않고 도리어 그것을 삶의 방식으로 보는 법을 배울 수 있을지도 모른다.

휴대전화를 꺼내, 타라에게 그녀를 사랑하고 그녀가 괜찮기를 바란다는 메시지를 보낸다. 내 엄지손가락이 당신의 이름 위를 맴돌지만, 무슨 말을 하고 싶은지 몰라서 누르지는 않는다. 냄비에 담은 따뜻한 물로 조심스럽게 무릎을 씻으며 먼지를 닦아낸다. 상당히 큰 돌 부스러기가 피부에 박혀 있다. 흔들리는 젖니를 비틀어 잇몸에서 뽑아내듯, 살짝 비틀어 조심스럽게 파내고 나니 아주 작고 축축한 구멍이 남는다. 그것을 손가락으로 잡고 굴리며, 만약 내가 알아차리지 못했다면 얼마나 오랫동안 그것을 지니고 다녔을지 궁금해진다. 내 피부가 치유되며 그 작은 돌 조각 위로 자라서 그것을 내 안에 가두는 것을 상상해본다. 그것이 덧날지, 아니면 내 몸이 그것을 분해할지 궁금하다. 어쩌면 나는 그것이 거기에 박혀 있는지도 모르고 평생을 지니고 다녔을지도 모른다.

95

나는 당신에 대한 생각을 무언가 섬세하고 너무나도 새롭고 연약한 것처럼, 마치 쉽게 부서져버리기라도 할 것처럼, 내 안에 품고 있었다. 당신의 물결치는 자음들은 유리 고층 건물들을 휘감고, 가로등들은 어스름 속으로 당신의 이름을 뱉어냈다. 나는 나를 당신에게 데려다줄 글자들을 엄지손가락으로 누르며, 다음과 같이 적어 보냈다.

"춤추는 거 좋아해요?"

당신은 깜박이는 하트와 함께 곧바로 대답했다.

96

마리아가 이웃집 정원에서 열리는 모닥불 파티에 나를 초대한다. 사람들은 플라스틱 의자에 앉아 잔에 담긴 와인을 마시고 차가운 블랙 올리브를 먹으며 불길을 응시한다. 나는 원피스 아래쪽 무릎에 붕대를 감은 채로 디에고 옆에 앉아 그릇에 담긴 짭짤하고 바삭바삭한 감자칩을 깨지락거린다. 머리카락에 연기 냄새가 짙게 스며든다. 나는 껍질이 벗겨져서 속살이 드러난 무언가처럼, 발가벗겨진 듯한 기분을 느끼며, 모닥불로 마음을 진정시킨다. 누군가가 연주하는 기타 소리를 듣는 둥 마는 둥 하며, 당신이 어디에 있고 무엇을 하고 있는지 궁금해하고 당신이 여기 있었으면 좋겠다고 생각한다.

디에고가 술에 취해 나를 다정하게 바라본다.

"토도 비엔?(별일 없죠?)" 그가 물어보자 나는 그에게 미소를 지어 보이며 고개를 끄덕인다. 마리아가 다가와 우리 둘에게 와인 잔을 다시 채워주겠다고 한다. 모닥불 불빛에 그녀의 눈가의 주름이 비치고 희끗희끗한 머리카락이 포착되며 더 나이 들어 보인다. 그녀는 둥글게 모여 앉은 다른 사람들에게로 가고, 디에고는 내게 그의 마리화나 담배를 한 모금 빨라며 내민다. 나는 고개를 가로젓는다. 곧이어 그가 내 무릎을 다정하게 꽉 쥐는 바람에 나는 움찔하며 놀란다.

"결혼한 적이 있어요." 그가 느닷없이 말한다. "여러 해 전에요."

"정말요? 무슨 일이 있었나요?"

"끝났죠." 그가 다리를 꼬며, 콧구멍으로 연기를 내뿜는다. "지금은 마리아가 있죠." 그가 그녀를 가리키며 말한다.

"두 분이 사귀는 사이예요?" 내가 놀라서 물어본다.

"운 포코(조금)." 그가 미소 짓는다. "서로 합의를 봤죠. 우리 둘 다에게 잘 맞아요." 그가 불 속을 들여다본다. "내 결혼이 깨진 후……" 그가 도리질을 하며 적절한 말을 찾는다. "마리아와 나, 우리는 서로 사랑해요. 하지만 얼마나 갈까요?" 그가 불을 바라본다. "우리가 언제까지 서로를 사랑할까요? 이제 나는 사랑이 배수구로 흘러 나가는 물처럼 떠나갈 수 있다는 걸 알아요." 그는 천천히 고개를 가로젓고 나는 마른침을 삼킨다.

"헤어진 아내분은 지금 어디에 있나요?"

"그녀는 갈리시아에 살아요. 새 가족이 생겼죠." 그가 담배를 말기 시작한다. "이 투?(당신은 어때요?)" 그가 미소 지으며 물어본다. "여기엔 왜 왔어요?"

나는 그의 얼룩진 손가락이 갈색 리즐라 담배 종이에 가루담배를 가득 채우는 것을 지켜본다. 내 무릎이 욱신거리고, 나는 몇 번이고 당신에 대해 곰곰이 생각하며, 당신이 나를 잃는 것이 두려워서 나를 밀어냈고, 내 혼란을 무언가 다른 것으로 오해했다는 것을 깨닫는다. 칠흑같이 어두운 밤, 내 몸에 닿던 당신의 손, 무엇을 원하느냐고 물어보며 내 귓불을 물던 당신 입술이 생각난다.

나는 한때 자극과 아름다움, 혼돈을 원했지만, 내 형편보다 더 큰 욕망을 충족시키기 위해 기본적인 욕구를 억눌러야 했다는 것을 당신에게 어떻게 설명해야 할지 몰랐다. 나에게 주어진 삶의 경계를 넘어, 문턱에 서서 그 너머의 세상을 보고 싶었지만, 그 가장자리에서 벗어나 한 걸음 내딛는 데는 예상하지 못한 대가가 따랐다. 나는 바람이 잘 통하고 볕이 잘 들며 성장할 여지가 있는 어딘가, 편안한 공간에서 살고 싶다. 그저 가장자리에만 머무는 대신 세상의 일부가 되고, 사랑과 보살핌을 받을 자격이 있다고 느끼고 싶다. 좋은 것들을 꼭 붙잡고 싶고, 머무른다는 것이 어떤 의미인지를 배우고 싶다.

"모르겠어요." 내가 디에고에게 말한다. 연기 속에서 눈에 눈물이 고인다.

"노 사베스?(모르겠다고요?)" 그는 웃음을 터뜨리고, 나는 고개를 끄덕인다. 나는 또렷한 징조인, 진주 같은 달을 올려다보다가, 이내 휴대전화를 꺼내 당신을 찾는다.

97

어둠 속에서 은색 셔츠를 입은 당신이 보였다. 당신이 가면을 벗자 당신의 얼굴은 무방비해 보였다. 깜박이는 불빛에 이끌려 연기를 헤치고 당신에게 다가가며, 거기에 몸을 맡긴 채, 당신이 나를 나무와 벌꿀색으로 물든 맑은 물이 가득한 어딘지 모를 곳으로 끌고 가게 내버려두었다. 우리는 바깥의 커다란 나무 상자 위에 앉아 하늘이 얼어붙는 것을 지켜보았다. 당신은 손가락 사이에 불꽃을 쥐고 있었고, 나는 당신을 삼키고 싶었지만 표백제, 휘발유, 소금에 절인 복숭아 같은 욕망의 맛이 두려웠다. 당신이 자신의 욕망을 하나의 밧줄로 엮어 나에게 던졌다. 나는 새벽에 덜덜 떨며 죽은 별들을 헤아리다가 두 손을 뻗어 그것을 잡았다.

98

마리아가 나를 정류장까지 다시 태워다준다. 우리는 그녀가 오후에 도착할 새로운 손님을 위해 오전 중에 물탱크에 난 구멍을 고칠 수 있도록 일찍 출발한다. 그녀는 피곤하고 정신이 없어서, 내가 그녀에게 작별 인사를 하자, 시계를 힐끗 쳐다보며 내 볼에 키스를 한 다음 떠나간다. 그녀가 지난 며칠 동안 내게 친절히 대해주기는 했지만, 나는 탈출구를 찾으며 잠시 머물다 갈 사람들 중 한 명에 불과하다. 침대 시트를 빨아주고, 쓰레기통을 비워주며, 배수구에 걸린 머리카락을 손가락으로 끄집어내줘야 하는 사람 말이다. 그녀는 피곤해 보이고, 이제 나는 비록 그녀가 혼자 힘으로 약간의 자유를 얻는 데 성공하기는 했지만, 이곳에서도 그녀의 삶이 고단하기는 마찬가지라는 것을 알 수 있다.

버스 정류장은 작고 쥐 죽은 듯 조용하다. 한 남자가 배낭을 베개 삼아 벤치에 누워 있다. 텅 빈 자판기가 햇빛에 반짝인다. 매표소는 셔터가 내려져 있고, 한 노부부가 쇼핑 카트를 사이에 두고 그늘에 앉아 있다. 나는 바깥에 테이블이 놓여 있는 작은 바를 발견하고 의자를 끌어내 앉는다.

내 원피스에서는 햇빛과 모닥불 연기 냄새가 나고, 꼬질꼬질한 붕대에 감긴 무릎이 쑤신다. 멀리서 독수리들이 붉은 바위를 빙빙 도는 것을 지켜보며, 당신이 출근길에, 잠기운에 흐릿한 눈으로 신발 끈도 묶지 않고 계단을 쿵쾅쿵쾅 내려가는 모습을 그려본다.

나는 엎질러진 맥주와 흘린 소금 알갱이로 끈적거리는 메뉴판을 만지작거린다. 꿀 바른 가지튀김, 문어튀김, 살사 소스를 잔뜩 뿌린 파타타스 브라바스를 판매한다. 웨이터가 내 테이블로 다가오자 나는 마음이 바뀌기 전에 재빨리 주문한다. 한 노인이 내 맞은편에 앉아 시가를 피우고 있다. 그가 나를 향해 고개를 끄덕이자, 나는 치아를 드러내며 활짝 미소 짓는다. 웨이터가 시원한 맥주를 가져다주고 나는 혀로 그 쓴맛을 음미하며 갈증이 나는 듯 벌컥벌컥 마신다. 휴대전화를 꺼내 잠금을 해제하니, 당신이 보낸 새 메시지가 있다.

"뭘 원해?" 그렇게 적혀 있는 글자들을 손가락으로 더듬어본다. 손을 뻗어 내 주변의 모든 아름다움을 붙잡고 싶고, 쾌락을 두려워하지 않고 싶다. 나는 끈끈하고 고통스러우며 욕망이 넘치고 반짝임으로 얼룩덜룩한 사랑을 원한다.

기름에 번들거리는 음식이 나온다. 나는 천천히 씹으며 튀김옷, 설탕, 바다의 너울을 맛본다. 마음 한구석에서는 여전히 내 몸에 대해, 그리고 그것이 내게 치르게 할 대가에 대해 걱정하는 바로 그 순간에도, 음식은 맛이 있다. 죄책감에 목이 메지만, 그래도 계속 먹으며, 입안에 삶을 받아들이고 그 삶의 일부가 되기로 선택한다. 비록 두렵기는 하지만. 나는 내 수치심보다 더 커지고, 질량과 밀도를 갖고, 흔적과 움푹 팬 자국을 남기고, 나 자신의 존재를 증명하고 싶다. 햇살이 구름을 뚫고 금속 테이블에 내리쬐며 나를 금빛으로 눈부시게 하고, 나는 손가락에 묻은 파프리카를 핥아 먹는다. 나는 휴대전화를 집어 들고 당신의 메시지를 다시 읽는다.

"뭘 원해?"

나는 아무것도 원하고 싶지 않았지만 당신이 그것을 불가능하게 만들었다. 당신이 내 삶을 활짝 열어젖혔고, 내 모든 욕망이 쏟아져 나왔다. 나는 풍미와 풍요로움을 원하고, 충만하며 개방적이고 싶다. 이 모든 것을 원하고, 그 모두를 당신과 함께하고 싶다.

"전부 다 원해." 그렇게 쓰지만 곧 지워버린다. "난 너무 많은 것을 원해." 그렇게 입력하지만 이내 다시 지워버린다. "선택할 수 있으면 좋겠어." 나는 그렇게 써서 보낸다.

당신은 재빨리 답장한다. "하지만 당신은 선택할 수 있잖아."

나는 바르셀로나행 버스가 정류장에 도착할 때까지 따뜻한 햇볕을 쬐며 앉아 있다. 감지 않은 머리카락과 씻지 않은 피부에서 시큼한 냄새가 나지만 아랑곳하지 않고, 몇 안 되는 소지품을 그러모은다. 단단히 잠겨 있던 내 입을 풀고, 열고, 벌려서, 세상 모든 버터와 소금에 잠긴 이 세상을 삼키고 있다. 웨이터가 내 테이블을 치우러 다가온다. 그는 기름과 꿀로 반짝이는 빈 접시를 보며 마음에 든다는 듯 고개를 끄덕인다. 그가 내게 어디에서 왔고 어디로 가는지 물어본다. 그가 내 이름을 물어보자, 나는 말한다.

감사의 말

이 소설은 예술 창작의 중요성을 망각하기 쉬웠던 코로나19 대유행 기간 동안 갖가지 봉쇄 조치를 겪으며 썼다. 내가 창작의 길을 다시 찾을 수 있게 도와준 모든 작가들과 친구들에게 감사의 뜻을 전한다.

나의 첫 소설을 무척 너그럽게 읽어준 독자들과 서점 관계자들에게도 감사를 표하고 싶다. 특히 포티코상을 통해 영국 북부 출신 작가라는 내 정체성을 인정해주고, 계속 작업할 수 있게 재정적 지원을 해준 포티코 도서관 측에 감사드리고 싶다.

어려운 문제의 매듭을 풀 수 있는 공간을 마련해준 크리스 웰비러브와 나와 내 작품을 세심하게 보살펴준 에이킨 알렉산더의 모든 분들께 심심한 감사의 뜻을 전한다. 셉터의 모든 분들의 노고와 지원에, 특히 항상 내 아이디어가 가치 있는 것처럼 느끼게 해준 프랜신 툰, 탁월한 역량을 보여준 루이즈 코트와 헬렌 플러드, 훌륭한 길잡이였던 샬럿 험프리에게 큰 감사를 표한다. 표지에 또 다른 그녀의 아름다운 사진을 사용할 수 있게 해준 카밀라 K 스탠리에게 감사의 뜻을 전한다.

나에게 도니골에 있는 자신의 집 열쇠를 다시 한번 건네주고, 이 책의 집필 기간 중에 세상을 떠난 로이진에 대해 특별히 언급하고 싶다. 나는 그녀의 친절을 결코 잊지 않을 것이다.

이 소설의 초기 단계에서 나를 자신들의 공동체에 반갑게 맞아들여준 아이다, 톰, 후케, 알디, 페드로와 가라프의 모든 분들에게 큰 감사를 표한다. 노란 프리지아와 심한 뇌우, 그 길고 낯선 봉쇄 기간 동안 수면 위로 떠올랐던 분홍색 달을 언제까지나 기억할 것이다. 내게 집이 필요할 때 암벽에 있는 그녀의 집을 내어주고, 꿈을 꾸는 것이 어떤 느낌인지 일깨워준 마리나에게 특별히 키스를 보낸다.

자신들의 언어를 알려준 펠릭스와 프란체스카, 첫 독자가 되어준 세라, 미란다, 캣, 멜, 리, 콜린에게 특별한 감사를 표한다.

나를 믿어준 우리 가족에게, 특히 언제나 이 세상이 제법 괜찮은 곳인 듯 느끼게 해준 우리 엄마에게 사랑을 전한다. 그리고 그 모든 번갯불에 감사하며 잭에게 사랑을 보낸다.

옮긴이 **김희용**

이화여자대학교 영어영문학과를 졸업하고 같은 대학원에서 박사 과정을 수료했다. 배화여자대학교, 그리스도대학교, 성결대학교 등에서 강의했으며, 현재 전문 번역가로 활동 중이다. 마거릿 애트우드의 《심장은 마지막 순간에》, 샐리 루니의 《노멀 피플》《아름다운 세상이여, 그대는 어디에》, 비엣 타인 응우옌의 《동조자》《헌신자》를 비롯해 《오 헨리 단편선》, 《로마제국 쇠망사》(공역) 등을 우리말로 옮겼다.

젖니를 뽑다

초판 1쇄 2024년 3월 25일

지은이 | 제시카 앤드루스
옮긴이 | 김희용

발행인 | 문태진
본부장 | 서금선
책임편집 | 허문선 편집 3팀 | 이준환

기획편집팀 | 한성수 임은선 임선아 최지인 송은하 송현경 이은지 유진영 장서원 원지연
마케팅팀 | 김동준 이재성 박병국 문무현 김윤희 김은지 이지현 조용환 전지혜
디자인팀 | 김현철 손성규 저작권팀 | 정선주
경영지원팀 | 노강희 윤현성 정헌준 조샘 조희연 김기현
강연팀 | 장진항 조은빛 신유리 김수연

펴낸곳 | ㈜인플루엔셜
출판신고 | 2012년 5월 18일 제300-2012-1043호
주소 | (06619) 서울특별시 서초구 서초대로 398 BnK디지털타워 11층
전화 | 02)720-1034(기획편집) 02)720-1024(마케팅) 02)720-1042(강연섭외)
팩스 | 02)720-1043 전자우편 | books@influential.co.kr
홈페이지 | www.influential.co.kr

한국어판 출판권 ⓒ ㈜인플루엔셜, 2024

ISBN 979-11-6834-180-7 (03840)